CARL E O CENÁRIO APOCALÍPTICO

MATT DINNIMAN

CARL E O CENÁRIO APOCALÍPTICO

Tradução
Letícia Werner

Harper Collins

Rio de Janeiro, 2025

Título original: *Carl's Doomsday Scenario*

Copidesque	Lis Welch
Revisão	Lui Navarro e Thiago Bio
Design de capa e ilustração	Will Staehle
Adaptação de capa	Julio Moreira | Equatorium
Diagramação	Abreu's System

Dados Internacionais de Catalogação na Publicação (CIP)
(Câmara Brasileira do Livro, SP, Brasil)

Dinniman, Matt
Carl e o cenário apocalíptico / Matt Dinniman; tradução Letícia Werner. – Rio de Janeiro: HarperCollins Brasil, 2025. – (Carl, o explorador de masmorras; 2)

Título original: Carl's Doomsday scenario.
ISBN 978-65-5511-771-4

1. Jogos de aventura 2. Jogos de fantasia 3. Jogos de interpretação (RPG) I. Título. II. Série.

25-298213.0 CDD-793.93

Índice para catálogo sistemático:
1. RPG: Jogos de aventura: Recreação 793.93

Bibliotecária responsável: Eliete Marques da Silva – CRB-8/9380

Rua da Quitanda, 86, sala 601A – Centro
Rio de Janeiro/RJ – CEP 20091-005
Tel.: (21) 3175-1030
www.harpercollins.com.br

Se você segurar um gato pelo rabo, descobrirá coisas
que não poderia aprender de nenhuma outra maneira.

Mark Twain

1

EXPLORADOR, BOAS-VINDAS AO TERCEIRO ANDAR.

O ANDAR ANTERIOR ENTRARÁ EM COLAPSO EM 3 HORAS E 35 MINUTOS.

FOMOS TELETRANSPORTADOS DIRETO DO ESTÚDIO DE ODETTE PARA UM longo corredor dourado, que lembrava o primeiro que nós havíamos entrado.

— Carl, olha! Estamos do lado de fora! — exclamou Donut, olhando para cima.

Ao lado dela, Mongo grasnou incerto.

Havia mesmo um céu escuro e pontilhado de estrelas sobre nossa cabeça. Uma nébula colorida, similar ao cenário do estúdio da Odette, o encobria.

Porém, o ar continuava estagnado. Peguei meu estilingue, mirei nas estrelas e atirei.

Plinc. Como esperava, a pedra quicou no teto uns sete metros e meio acima de nós.

— É uma ilusão — falei. — É igual àquele shopping em Las Vegas. Eles fazem parecer que você está do lado de fora, sendo que, na verdade, não está.

— Bom, isso é decepcionante — murmurou Donut.

As paredes e o chão eram feitos de tijolos dourados. Um tapete vermelho macio nos levava até uma porta bastante familiar no final do corredor e, ao nos aproximarmos, ela abriu sozinha. De lá saiu uma pessoa alta, e nós três paramos.

Vestido com um smoking, um homem jovem, de bom porte e tão belo que chegava a dar nojo estava nos esperando. Sua pele era cinza-escura, e um parzinho de chifres de demônio saltava da sua testa. Ele era quase da mesma altura que eu e usava o longo cabelo preto com toques de grisalho preso em um rabo de cavalo. Uma cauda pontuda se estendia pela parte de trás do smoking, e um par de asas escuras, semelhantes às de morcegos, estava dobrado junto das suas costas.

— Olá, Mordecai — cumprimentei, examinando a nova forma dele. — Tá brabo, hein?

— Nossa — disse Donut, olhando para Mordecai de cima a baixo —, eu não me importaria se você deixasse a toalha molhada em cima da cama.

Até mesmo o guincho costumeiro de Mongo soou como se ele estivesse maravilhado.

Mordecai — Íncubo — Nível 50.

Mestre desta guilda.

Este é um NPC* não combatente.

Também conhecidos como os Gigachads da Cidade Acima, íncubos são a versão masculina das famosas súcubos. Charmosos, sedutores e letais, íncubos podem ser identificados por sua beleza deslumbrante, carisma incomum e pés sensuais. São encontrados apenas nos andares urbanos da masmorra e dão um novo sentido para a frase "pegar ou largar".

— Princesa Donut, Carl, pequeno Mongo, boas-vindas ao terceiro andar. Os níveis tutoriais foram concluídos. Agora, os jogos poderão começar de verdade — anunciou Mordecai, com uma breve reverência.

Até mesmo a voz dele havia engrossado. O mestre de guilda indicou para entrarmos.

Assim que adentramos a guilda, a porta se fechou atrás de nós.

— Níveis tutoriais? — falei. — Puta merda, você chama aquilo de níveis tutoriais?

— Ah, finalmente — disse Mordecai assim que a porta se fechou.

Ele arrancou o paletó e a gravata, desabotoando os três primeiros botões da camisa. O paletó do smoking era diferente, tinha um par de longas fendas nas costas para acomodar as asas dele.

— Estava começando a achar que vocês dois não apareceriam mais — continuou Mordecai. — Já faz três horas que estou esperando, usando essa coisa. Eu odeio trajes formais.

— A entrevista demorou bastante — respondi. — Me corrija se estiver errado, o público geral não consegue assistir a essa parte?

— Não — respondeu. — Eles verão vocês entrarem e então saírem, mas não podem ver o que acontece aqui dentro. É como uma sala de júri.

---

* Non Playable Character, ou "personagem não jogável", controlado pelo próprio jogo. A sigla se tornou consagrada no mundo dos jogos. [N.E.]

A guilda era igual às anteriores, mas Mordecai havia a limpado ainda mais. Um par de camas foi inserido ali magicamente desde a última vez que visitamos o local.

— São para a transformação, se necessário — disse ele, acompanhando meu olhar. — Lembra o que aconteceu com a Donut quando ela comeu o Biscoitinho Pet Aprimorado?

Engoli em seco, lembrando da bolha gosmenta e esquisita em que Donut se transformara na época.

— Então — disse Mordecai —, já decidiram quem quer ir primeiro? Eu sugiro que a Princesa...

— Eu! — interrompeu Donut, pulando em uma das camas. — Vamos começar.

— Muito bem. Carl, sente-se — sugeriu Mordecai.

Eu me sentei em uma das cadeiras e Mongo pulou no meu colo guinchando e soando preocupado.

— Mamãe vai ficar bem — avisou Donut para ele. — Fique com o tio Carl por uns minutinhos enquanto eu me organizo aqui. E se comporte.

O pequeno velocirraptor se aninhou no meu colo e, de repente, eu me senti bastante desconfortável com aquela quantidade considerável de dentes tão perto da minha virilha. Se Mongo me mordesse ali, não sabia o que poderia acontecer. Suspeitei que ele não seria teletransportado, mas sim congelado, como acontecera com Frank e Maggie na sala segura. Com sorte, eu não teria que descobrir.

— Vamos lá — falou Mordecai. Ele fez um gesto com a mão e uma tela surgiu, flutuando no ar, como se estivéssemos no programa da Odette. — No momento, sua raça é "gato". Aqui está a lista de todas as raças disponíveis para a sua escolha. Parece que existem trezentas e vinte possíveis. Está em ordem alfabética, e você pode clicar em qualquer uma delas para ler os detalhes mais específicos. Além disso, a IA do sistema separou um grupo de três recomendações. Podemos passar as próximas horas analisando as vantagens dessas opções, e então eu irei...

— Escolho gato. Próximo.

Mordecai inspirou profundamente.

— Donut, há algumas alternativas aqui que você teria praticamente a mesma aparên...

— Gato. Resposta final. Vamos em frente.

Mordecai olhou para mim, e eu dei de ombros. Donut havia deixado claro desde o início que não mudaria. Eu só estava feliz por ela ter abandonado a ideia de me fazer virar um gato também.

— Muito bem, então — disse ele. — Uma mensagem vai aparecer, e você terá que confirmar sua escolha clicando nela.

— Espera — exclamei, tendo um pensamento terrível —, isso não vai, tipo, fazer com que ela volte a ser como era antes, né?

— Tarde demais, já cliquei — avisou Donut e ela pareceu brilhar por um momento. Em seguida, a gata olhou para as patas. — Eu me sinto a mesma de sempre.

— Não — disse Mordecai, que logo depois olhou de maneira incisiva para Donut. — Porém, é importante fazer esse tipo de pergunta. Fiz com que ela, na verdade, não escolhesse nada. Nada vai mudar, ela apenas terá acesso a alguns benefícios raciais que não tinha antes.

— Benefícios? Quais são eles? — perguntou Donut.

— Eu não sei, princesa — disse Mordecai, soando exasperado. — Não conseguimos examinar "gato" no menu de escolhas. Você poderá vê-los assim que terminarmos. Além do mais, você não teria se transformado de qualquer jeito. A mudança não ocorre até o fim do processo.

— Por isso, Donut — falei —, precisamos pensar bem nessa próxima escolha. Vamos ver o que a IA sugere, tudo bem?

— Vamos lá — pediu Donut —, me mostre qualquer coisa que tenha "princesa" ou "rainha" no título.

— Certo... seguindo em frente — disse Mordecai. Uma lista de itens apareceu na tela, mas era muito menor que a anterior. Mordecai fez uma pausa. Seus olhos brilhavam enquanto pesquisava a seleção. — Muito bem, Princesa Donut. Parece que você recebeu trinta e quatro escolhas de classe. É uma lista bastante curta. Na verdade, é a menor que já vi, mas acho que é devido à combinação da sua escolha racial e o resultado de seus atributos. A sua Constituição base continua sendo 2. Não, na verdade, é 4, graças à sua escolha racial de gato. — Ele se deteve, pesquisando em seus menus secretos. — Ah, agora eu entendi. É uma combinação de quatro coisas. Vocês dois têm o Passe Pistoleiro, que exclui várias classes logo de primeira, e Donut usa essa coroa, que afunila as escolhas ainda mais. Mas está tudo bem, ainda há ótimas opções nesta lista.

— E o que tem de bom? — perguntou Donut, olhando para a lista. — Uau, essa aqui parece muito legal. Tem um ar ameaçador, mas também misterioso e divertido. Escolho essa aqui.

— Espera! — falei, me levantando. Peguei o Mongo, que já tinha adormecido, na dobra do meu braço e fui até a tela. — *Não* escolha nada antes de termos lido tudo com cuidado.

Donut apontou para uma classe intitulada **NecroBardo**.

Mordecai resmungou.

— Essa não é uma má escolha. Na verdade, é uma das três recomendações da IA.

Olhei para a lista. As únicas classes básicas disponíveis para Donut eram **Bardo, Usuário de Magia** e **Bárbaro**. Cada uma dessas classes tinha alguns itens adicionais abaixo delas, incluindo **Necromante, Mago do Ar** e **Bruxo**. A subclasse **NecroBardo** estava listada tanto abaixo de **Bardo** quanto de **Necromante**. Também havia uma seção de **Classes da Terra**, e a maioria dos itens disponíveis se encontrava nela. Inclusos naquela divisão estavam diversas classes interessantes, como **Gato Selvagem Berserker, Cobaia de Testes** e **Jammer de Roller Derby**.

Olhei para a lista das três recomendações selecionadas pela IA.

Elas eram:

Magnata do Artists Alley.
NecroBardo.

e

Ex-Ator Mirim.

Agradeci em silêncio aos deuses do jogo por não terem chamado a classe de roller derby de "rainha do derby". Se fosse assim, era provável que Donut teria insistido em escolher aquela classe sem ler qualquer coisa. Havíamos conversado sobre a impulsividade dela e tínhamos um plano mais ou menos definido, baseados no conselho de Odette. Mesmo assim, Donut tendia a sair dos trilhos de vez em quando.

— Donut — falei —, clique em cada uma das três recomendações para que a gente possa ver a descrição delas.

— Já vou te dizendo que não vou escolher essa aqui de jeito nenhum — afirmou Donut assim que clicou na primeira possibilidade.

Magnata do Artists Alley.

Esta classe baseada em Carisma e Inteligência é o comerciante moderno. Usando de seu talento artístico superior para entreter e cativar outros nerdolas, o magnata do Artists Alley viaja o mundo para vender seus produtinhos que violam direitos autorais. Embora não tenha um físico particularmente ameaçador, esse comerciante ousado é extremamente difícil de machucar. Membros dessa classe recebem os seguintes benefícios:

+5 de Destreza.

Acesso instantâneo ao feitiço Escudo, de nível 5.

Um desconto de 25% em todas as lojas mais um bônus de 15% para todo lucro proveniente de vendas.

Um ganho de 10% de juros sobre todas as moedas ao descer para o próximo andar.

Habilidade Desbravador nível 5.

Acesso à Esquiva Aprimorada, que permite aumentar a habilidade Esquiva até o nível 20.

Habilidade Esquiva nível 5. [Já obtida.]

Subclasses adicionais ficarão disponíveis no sexto andar.

Essa é uma Classe da Terra. Como incentivo por escolhê-la, você receberá uma Caixa da Terra Prata ao selecionar esta classe.

Mordecai resmungou.

— Esse incentivo é um pouco fraco comparado com o que geralmente é oferecido. O normal é uma Caixa Ouro e alguns pontos de atributo.

— Não estou surpreso — murmurei.

Foquei de imediato a habilidade Desbravador. Odette dissera para nós encontrarmos uma classe que a tivesse, mas estávamos à procura de outra coisa, também.

— Ainda assim — disse Mordecai. —, essa seria uma ótima escolha. Se Donut conseguisse elevar a Esquiva até o nível 15, seria quase impossível acertá-la. Além disso, o desconto de 25% em todas as lojas é excelente. Isso pode ser somado ao desconto que ela já recebe pelo Carisma, logo, tudo custaria a metade do preço para ela, e isso pode mudar o jogo. Porém, mais importante do que isso, vocês teriam acesso à habilidade Desbravador, que facilitaria significativamente encontrar escadas, lojas e guildas.

— Sem chance — negou Donut. — Artists Alley? Sério? Não é lá que ficam os nerdolas que gostam de *Guerra nas Estrelas* e fazem desenhos de gatos vestidos como os caras do *Esquadrão classe A* e coisas parecidas?

Ela estremeceu.

— Pode ser uma boa escolha — afirmei. — Vamos ver as outras duas.

NecroBardo.

Essa classe incomum combina uma das profissões mais amadas com uma das mais odiadas. Necromantes se especializam em magia relacionada aos mortos. Bardos devem escolher uma habilidade baseada em entretenimento. Dependendo dessa escolha, seja o canto,

o instrumento musical kazoo ou a contação de histórias, o explorador dessa classe terá de usar essa habilidade para entreter, proteger ou encantar tanto os vivos quanto os mortos.

O necrobardo recebe os seguintes benefícios:

Acesso instantâneo a uma habilidade de entretenimento nível 5 de sua escolha.

Acesso a todos os clubes exclusivos, independentemente dos quais o explorador já é membro.

Quartos de graça em todas as salas seguras.

Uma penalidade de 10% no custo de mana em todos os feitiços que não pertencem às classes necromante ou bardo.

Acesso instantâneo ao feitiço Expulsar Mortos-Vivos, nível 3.

Acesso instantâneo ao feitiço Ímã de Calcinhas, nível 3.

+5 de Constituição, Carisma e Inteligência.

-2 de Força.

Benefícios adicionais dependendo da escolha da habilidade de entretenimento.

— Juro por Deus que eu te abandonarei agora mesmo se você escolher tocar kazoo — avisei.

— Sim, eu poderia aprender a tocar um instrumento... — disse Donut, maravilhada. — Poderia ser uma cantora!

— Queremos manter as nossas visualizações, lembra?

— O que essa descrição não explica é que muitos dos feitiços de necromante são invocados com o instrumento musical — explicou Mordecai. — Isso significa que ela não teria que usar pontos de mana para os invocar. É fantástico. Além do mais, cada instrumento tem uma longa lista de benefícios adicionais. Esta é uma ótima escolha se você quiser ir com uma classe de DPS, ou seja, uma que cause muito dano por segundo. Donut, você também teria uma grande variedade de habilidades de proteção e suporte.

— Carl, veja, eu poderia tocar gaita! — disse Donut ao abrir o submenu das habilidades de entretenimento. Ela soltou um gritinho. — Bongô. Eles têm até bongô, Carl!

— Gaita? E como é que isso funcionaria? — indaguei. — Você não tem polegares.

— Não preciso de polegares para tocar a harmônica, Carl. Não se eu tiver um daqueles apoios de pescoço.

Tive a visão da pequena Zev tentando me estrangular depois de eu ter deixado Donut escolher algum instrumento ridículo.

— Por favor, só vamos seguir para a terceira alternativa.

Ex-Ator Mirim.

Essa subclasse rara é um derivado da classe ator camaleão. E só pode ser obtida por exploradores que não só receberam a conquista "Corta!", como também obtiveram ao menos um trilhão de visualizações.

Outrora um pirralho mimado que virou um astro e depois um adicto, você voltou do fundo do poço mais forte do que nunca e está pronto para o seu retorno às telas. Essa classe baseada em Carisma e Sorte é oito ou oitenta. Pode ser que você chegue ao auge da fama ou que acabe na sarjeta daqui a uma semana.

Essa Classe da Terra única é baseada na subclasse bardo/ladino "pau pra toda obra", mas com algumas diferenças específicas.

Além dos benefícios abaixo, o aspecto mais distinto dessa classe multifacetada é a habilidade Ator Camaleão no nível 3. Essa habilidade sobe de nível apenas ao passar para o próximo andar.

Benefícios adicionais:

Imunidade a todos os venenos e doenças.

Habilidade Barata nível 5.

+10 de Carisma.

Desenvolvimento 15% mais rápido em todas as habilidades baseadas em Carisma.

O Benefício do Agenciamento.

Esta é uma Classe da Terra. Como incentivo por escolhê-la, você receberá uma Caixa da Terra Prata ao selecionar esta classe.

Observei os olhos da Donut ficarem enormes ao ler a descrição.

— Que droga é essa habilidade Ator Camaleão? Ou a Barata? — perguntei. — E mais, como assim conquista "Corta!"? Eu não me lembro dela.

— Ganhei por ser uma boa atriz — explicou Donut. — Quando nós enganamos as goblins xamânicas.

— Sei, mas isso não explica o que Ator Camaleão quer dizer. Mordecai?

O mestre de guilda não disse qualquer coisa durante um bom tempo. Mordecai havia torcido os lábios em desgosto e, naquela cara de íncubo, a expressão era ameaçadora.

— Como foi? — perguntou Mordecai. — Ah, então, Ator Camaleão. É um pouco complicado. Basicamente, a cada andar, Donut escolheria uma especialidade.

— Especialidade?

— Ela basicamente escolheria uma nova classe por andar. Cada andar daqui em diante terá um tema, então isso poderia ser útil. Se o andar está cheio de monstros de gelo, ela poderia escolher uma classe de fogo, e por aí vai. Porém, essa habilidade também é baseada na sorte e, se ela decidir ir com essa classe e escolher ser uma maga de fogo, a IA do sistema basicamente rolará dados e decidirá quantos feitiços e habilidades de mago de fogo dar a ela. Sem falar que, quando descer para o próximo andar, ela perderia essas habilidades e começaria tudo outra vez. Ainda assim, cada vez que Ator Camaleão sobe de nível, benefícios melhores são oferecidos. Essa habilidade faria com que Donut fosse bastante fraca nesses andares iniciais, mas, a cada descida, ela poderia se tornar bastante poderosa dependendo de suas escolhas de classe.

— Não sei se gostei muito — falei. — É deixar coisa demais na mão da sorte. O que acontece com os feitiços que ela já tem, como Míssil Mágico e tal?

— Esses permanecem intocados. Porém, se Donut escolher uma classe que tenha uma penalidade para essas habilidades e feitiços, o efeito negativo será aplicado. Por exemplo, se ela escolher uma especialidade necromante, o Míssil Mágico custará 10% a mais para ser invocado, mas só durante este andar. Ou, em outro exemplo, se ela escolher a especialidade bruxa, a Constituição dela ficaria 1 ponto mais baixa durante todo este andar.

Gostei de que a classe a deixaria imune a veneno e doenças.

— E o que é a habilidade Barata?

— Em termos simples, ela te daria uma chance de sobreviver a um ataque fatal. No nível 5, é garantido que Donut sobreviveria a um golpe letal por luta, embora sua barra de vida fosse ficar muito baixa. No nível 10, a vida sequer diminuiria ao receber esse primeiro ataque. O problema é que só é possível treiná-la por meio do uso, com poções ou guildas de treino, e isso se conseguirem encontrar uma, mas isso pode ser caro.

— Eu gostei — afirmou Donut. — Se eu a escolher, posso optar por necrobardo como a minha especialidade em todos os andares, mas escolhendo um instrumento musical diferente cada vez. Não seria legal? Teria o melhor dos dois mundos!

— Não necessariamente, Donut — comentei. — Se a IA te der uma rolagem ruim, você pode ficar presa com habilidades e feitiços fracos até o próximo andar.

— Exatamente — disse Mordecai.

— Vamos dar uma olhada melhor nas outras escolhas — falei. — Mas das três, acho que gosto mais do Artists Alley.

— Concordo — disse Mordecai. — Ainda acho que necrobardo *pode* ser melhor, mas está certo, Carl. Ela é... uma escolha perigosa para a sua audiência.

Passamos um tempo lendo as outras escolhas e analisando com cuidado todas as habilidades. O gato selvagem berserker era basicamente um tipo de bárbaro que causaria a morte imediata de Donut graças a sua pouca vida. Cobaia de testes era um mago especializado no uso de venenos que também fazia o explorador brilhar verde. Bruxo era uma ótima escolha em termos de habilidades, mas faria a gata perder 1 ponto de Constituição, o que a deixaria frágil demais. A maioria das outras usava Combate Corpo a Corpo, e não se encaixava de verdade.

Respirei fundo.

— Donut, sei que você não foi muito com a cara dela, mas ainda acho que você deveria escolher a classe magnata do Artists Alley. Não é perfeita, mas é a mais balanceada.

— Tudo bem — disse ela.

Olhei para Mordecai para ver se ele acreditava nela. Parecia desconfiado.

— Sério? — perguntei.

Donut fez algo parecido com um dar de ombros.

— Temos que fazer o que é melhor para a equipe, certo? Você quer que eu seja uma nerdola, então serei uma nerdola.

Donut: TEM CERTEZA DISSO, CARL? ELE VAI FICAR COM TANTA RAIVA.
Carl: Manda bala.

— Muito bem, então — disse Mordecai. — O menu vai aparecer, e você vai ter que rolar para baixo e escolher essa classe.

Donut brilhou por um momento. Em seguida, brilhou de novo.

— Pronto. Agora eu sou uma magnata boboca do Artists Alley.

— Mas que droga, Donut! — gritou Mordecai. — Mas que caralho!

— E *corta*! — disse Donut, acenando com a pata.

— Nossa — exclamei enquanto Mongo se mexia em meus braços —, o que rolou?

— Mordecai, querido, esse é o bordão do Carl. Deveria escolher outro. Carl, ele está bravo porque eu escolhi a classe ex-atriz mirim. Eu estava atuando! Não é fantástico?

— Isso não é atuar — respondi —, isso se chama mentir.

— Mas não foi mentira. Não tecnicamente. Eu escolhi magnata do Artists Alley como minha especialização do terceiro andar. É quase a mesma coisa, então não sei por que Mordecai está tão bravinho. Aqui diz que recebi todos os benefícios com exceção dos 25% de desconto. Ou o feitiço Escudo. Ou a habilidade Desbravador.

— Ou seja, menos todos os benefícios, Donut — falei suspirando. — Pelo menos seu carisma está mais alto. E você tem aquela tal habilidade Barata.

— E sou imune a venenos e doenças!

— Sim — disse Mordecai, seco. — E você recebeu o benefício do agenciamento.

— Ah, sim — falei. — O *que* ele é?

Já sabia exatamente o que o benefício do agenciamento era. Odette havia explicado tudo em detalhes.

— Sou eu — retrucou Mordecai. — *Eu* sou o agente. De agora em diante, pelo resto do tempo que passarem nessa masmorra maldita, serei automaticamente teletransportado a qualquer sala segura em que vocês entrarem.

— Legal! — gritou Donut.

— Não, nem um pouco legal — ralhou Mordecai. — Era para eu ser transferido para uma guilda de magia depois deste andar. Eu *gosto* de cuidar da guilda de magia. O espaço fica maior, eu tenho acesso às minhas poções e a mais feitiços. Agora, toda vez que vocês forem dormir ou comer ou, sei lá, escovar os dentes, serei forçado a passar o meu tempo com vocês. Longe da minha sala, minhas roupas e comida. Ah, deuses, eu perdi meu acesso de túnel. Sem mais TV. Sem mais acesso ao códex de informação. E, já que eu não posso mais assistir a vocês dois se atrapalhando pela masmorra, serei pego de surpresa na hora de ser teletransportado. E, se vocês comprarem uma área privativa...

Ele passou a reclamar baixo demais para ouvir.

— Isso não foi legal, Donut — falei.

Donut: EU DISSE QUE ELE IRIA FICAR COM RAIVA. NÃO GOSTO QUANDO AS PESSOAS SENTEM RAIVA DE MIM, CARL.
Carl: É, ele ficou puto. Desculpa, foi mal.

"Se vocês escolherem o benefício do agenciamento, e ele não estiver atrelado a uma escolha óbvia, será melhor se fizerem parecer que foi por acidente", dissera Odette. "Não perguntem a Mordecai sobre o benefício, pois, quando o fizerem, será tarde demais. Ele não pode dizer o que é a menos que vocês perguntem. Façam parecer que a ideia foi de Donut e que você, Carl, não teve nada a ver com a escolha. Mordecai pode ser rancoroso, mas ele ainda vê Donut como uma criança. Ele a perdoará. Mas, se descobrir que vocês fizeram isso de propósito, ele nunca mais esquecerá."

"E se o benefício do agenciamento for atrelado a uma classe que não é tão boa assim?", perguntei a Odette. "Eu gosto de ter o Mordecai por perto, mas não sei se seria uma boa troca caso prejudique a Donut."

"Há muito que ele não pode fazer ou te dizer enquanto guia de jogo. Como agente, todas essas regras vão para o lixo. Ele perderá acesso ao códex e tudo que disser a vocês será da própria lembrança, mas Mordecai está na masmorra há muito tempo, e o cérebro dele é uma das melhores fontes que qualquer explorador pode ter. Contanto que ele *queira* ajudar vocês, tê-lo como agente é quase tão bom quanto o ter na equipe. Ele poderá participar das conversas em grupo e é um mestre em alquimia. Dê a ele uma Bancada de Alquimia, e ele poderá fazer poções para vocês. Acredito que compreendem o benefício que isso pode trazer."

E eu vi mesmo benefício naquilo. Assim, decidimos seguir o conselho de Odette. Eu não gostava de mentir nem de tentar enganar Mordecai, já que ele era o mais próximo de um amigo que eu poderia ser com um alienígena, e sabia que uma ação daquelas poderia abalar para sempre a confiança dele em nós se algum dia descobrisse. Além do mais, eu não confiava em Odette. No momento, nós estávamos em dívida com ela e, por mais que fosse possível que Odette exercesse algum poder sobre nós, eu acreditava nas suas intenções: ela queria que sobrevivêssemos o maior tempo possível.

Depois de uma breve discussão com Donut, decidimos que o risco valia a pena. Escolheríamos o benefício se ele estivesse disponível.

Os traços bem definidos do rosto de Mordecai se contorciam em uma carranca. Seus olhos incandescentes focaram Donut.

— Meus parabéns, exploradora. Você agora é Princesa Donut, a gata ex-atriz mirim nível 13. Bem-vinda à porra do terceiro andar. — Mordecai me encarou. — Sua vez.

2

MORDECAI RESPIROU FUNDO, E EU O OBSERVEI SE ACALMAR.

— Muito bem, Carl — disse ele. — Vamos dar uma olhada nas suas opções para raça.

Eu me sentei na cama depois de deitar Mongo, ainda adormecido, em uma das cadeiras. Donut se sentou ao lado do bebê velocirraptor e descansou uma das patas sobre a cabecinha dele.

Linhas e mais linhas preencheram a tela.

— Parece que você tem 398 escolhas possíveis. É uma boa quantidade — disse o íncubo.

Foquei a linha das três opções recomendadas pela IA e ri.

Hobgoblin.
Humano.

e

Sasquatch.

— Hum, que estranho — murmurou Mordecai. — Nunca tinha visto o sistema recomendar essa raça inicial antes.

— A IA ama os dedinhos dos pés do Carl — disse Donut.

Mordecai fez uma careta e abriu a boca como se fosse falar algo, mas desistiu.

Cliquei na primeira raça, o hobgoblin.

Um modelo 3D de uma criatura grande surgiu no ar. Era basicamente um goblin maior e mais musculoso, mas com feridas purulentas cobrindo o rosto. Meu estômago revirou quando vi o monstro, e pela primeira vez tive total noção do que poderia acontecer ali.

Basta um comando meu, e serei transformado nessa coisa para sempre. Puta merda.

— Eca — resmungou Donut. — Carl, você não vai escolher essa raça. Se for mudar, seria melhor pegar o que ele escolheu. — Ela apontou para Mordecai. — Um íncubo. Ou um metamorfo. Sim, metamorfo! Você poderia se alterar para encaixar com a classe que eu escolher no andar. Isso não seria ótimo, Carl?

— Nenhuma dessas está na lista — respondi.

Não gostava da ideia da raça metamorfo, de qualquer forma. Mordecai dissera que, assim como a habilidade Ator Camaleão de Donut, a cópia nem sempre era tão boa quanto o original. Versatilidade extrema vinha com um preço.

Hobgoblin.

Essa raça exclusiva só está disponível para os exploradores que obtiveram o nível 5 na habilidade Manuseio de Explosivos até o momento da seleção de raça.

Um hobgoblin é o que acontece quando uma troll consegue deixar um goblin bêbado o suficiente para arrastar ele para a cama. Grandes, musculosos e inteligentes, hobgoblins são excelentes armadilheiros, controladores de explosivos e causadores de desordem em geral. Infelizmente, eles são tão feios que até górgonas vomitam se os observam. Essa raça é mais adequada para classes de ladino e guerreiro.

Automaticamente ganha +3 em todas as habilidades de armadilhas e explosivos.

Progresso 5% mais rápido em todas as habilidades de armadilhas e explosivos.

Destrava mais níveis em todas as habilidades de criação de armadilhas e explosivos, permitindo que elas subam até o nível 20.

Acesso gratuito a todas as Oficinas de Sabotador dos Hobgoblins.

-5 de Carisma. O nível máximo de carisma passa a ser 10.

+1 de Destreza.

+2 de Inteligência.

Adiciona a habilidade Regeneração. (Já obtida por meio da Camisa Encantada de Esmurrar de Pele de Troll.)

Aquela era uma ótima raça. Na verdade, era quase perfeita para minha build, a construção de personagem que eu tinha em mente, mas sem chance de eu me transformar naquilo. Não ia rolar. Os bônus eram ótimos, mas perderíamos todos os espectadores. Aquele monstro era feio para dedéu, não feio-fofo como o Mongo. Era perturbador pra caralho olhar para ele.

Fiquei curioso para saber o que o sistema tinha a dizer sobre humanos.

Humano.

Você já é humano, então vou chutar que não precisa de descrição. Se escolher isso, nada vai mudar, exceto que ganhará os seguintes benefícios raciais:

+2 para todos os atributos-base.

Adaptabilidade: +2% na velocidade de progressão de habilidades.

Escolher essa raça libera o acesso a múltiplas classes exclusivas da Terra.

Fiz uma careta ao clicar na última opção.

Uma enorme criatura humanoide peluda e com pés imensos começou a rodar no modelo 3D. Era quase idêntico ao que era retratado em desenhos animados e em comerciais na TV, o estereótipo cabeludo de um pé-grande com presas e uma testa gigante.

Sasquatch.

Essa raça exclusiva só está disponível para exploradores que obtiveram o nível 5 na habilidade Amassos até o momento da seleção de raça.

Pé-grande. Yeti (se você escolher uma classe baseada em gelo). *Skunk Ape.* A lista de apelidos para essas coisas parece quase infinita, mas no fim o resultado é sempre o mesmo. Primeiro, você pega um humano, mistura ele com um gorila, deixa ele uns quarenta e cinco centímetros mais alto, cobre o corpo de pelo e estica os pés até número 59. O brutamontes resultante é um combatente corpo a corpo e de tanque monstruoso.

+3 na habilidade Esmagar.

+3 na habilidade Amassos.

-3 de Inteligência.

-1 de Carisma.

+6 de Força.

+6 de Constituição.

+2 de Destreza.

Libera mais níveis da habilidade Amassos.

Olhei para o modelo 3D do pé-grande com desgosto. Encarei os enormes pés cintilantes da criatura. Sem chance. Não queria virar uma piada ou a porra de uma paródia de um ser da Terra. Lembrei do que o orc dissera, de como eu era o bichinho de estimação da IA. Não. Nem fodendo.

— Algum conselho? — perguntei para Mordecai.

— Continue procurando — disse ele. — Há outras raças que ainda te darão acesso às classes exclusivas da Terra. Baseado no que foi oferecido à Donut, parece que as classes da Terra serão as melhores escolhas neste ano.

Pelas próximas duas horas, li tudo o que podia sobre todas as raças possíveis. Havia uma variedade enorme de escolhas: do povo pequeno, atarracado e de pele roxa chamado de "anões da noite" até os lutadores altos e esbeltos feito gazelas que levavam o nome de "elfos de lyrx", além de monstruosidades rochosas com magma em seu centro conhecidos como "motores a carvão".

Havia até um verme parasita do tamanho de um dedo chamado "caçador de intelecto". Eu me indaguei se aquele era o mesmo tipo de criatura que controlava a Corporação Valtay, mas tive medo de perguntar. Os vermes podiam controlar do corpo de qualquer criatura que matassem, embora os corpos começassem a entrar em decomposição no momento que o controle iniciasse. Mordecai disse que aquela seria uma boa escolha, mas eu não conseguia imaginar em me perder para aquela forma.

A maioria das escolhas eram bem balanceadas, geralmente ajustadas para um ganho de 10 pontos de atributo, e, quando não, vinham com um bônus de habilidade ou alguma vantagem aleatória, como visão noturna, a capacidade de voar por curtas distâncias ou feitiços inerentes à raça. As raças exclusivas, como hobgoblin e sasquatch, em geral tinham um ou dois bônus a mais que as tornava um pouco melhores.

Encontrei uma escolha esquisita escondida no meio das outras. Um "primal". Cliquei nela, e o visualizador 3D não mostrou nada.

Primal.

Pelas primeiras temporadas de *Exploradores do Mundo Masmorra*, todos os participantes começavam como primais. Esses seres são telas em branco. Você terá a mesma aparência de antes e obterá todas as habilidades associadas à sua raça atual, com as seguintes exceções:

-1 para todos os atributos-base.

As habilidades de nível alto estarão disponíveis para subir até o nível 20.

Escolher essa raça destrava o acesso a múltiplas classes exclusivas da Terra.

Pensei por um bom tempo, pensando se aquilo era melhor ou pior do que ir direto com humano.

— Quão difícil é levar uma habilidade acima do nível 15? — perguntei a Mordecai.

— Subir uma habilidade até o nível 10 ou 11 é até que fácil, contanto que você a use regularmente. Pense no feitiço Míssil Mágico de Donut. Estamos apenas no terceiro andar, e ele já está no nível 9. Porém, cada nível depois do 10 é bem arrastado a não ser que você se dedique ao uso. Há múltiplas formas de subir uma habilidade, entre guildas, bônus de equipamentos, poções caras e feitiços pouco confiáveis. Se conseguirem um patrocinador bastante generoso, ele pode garantir algo a vocês que também faça subir uma habilidade. Mas subir para o nível 15 é algo possível de ser alcançado com dedicação e muito planejamento estratégico. Todas as temporadas, alguns exploradores escolhem essa raça. Mas em geral ela acaba não valendo a pena. São raros os exploradores que conseguem treinar uma ou duas habilidades acima do nível 15.

— Mas vale a pena treinar uma habilidade além do nível 15?

— Com toda certeza — disse ele. — Bola de Fogo nível 15 é um feitiço poderoso que pode arruinar o dia da maioria dos monstros. E Bola de Fogo nível 16 é quatro vezes mais potente. Uma nível 20 consegue transformar uma montanha em um vulcão ativo. Se conseguisse treinar suas habilidades de socos acima do nível 15, seria impossível te parar. Mas primeiro você teria que chegar lá. Se escolher essa raça no lugar de humano, perderá os 10 pontos de habilidade extra que ganharia, e ainda teria que largar mão de mais 5 pontos. Seria como voltar uns 5 níveis. É bastante coisa, mas nada impossível de lidar. Valeria muito a pena se você planejasse a sua build com cuidado e se dedicasse a poucas habilidades essenciais.

— Deixa eu perguntar outra coisa — falei. — Aquele cara, o Maestro, deu uma coisa chamada de Poção de Habilidade Lendária para a Maggie durante o programa dele. Essas coisas são comuns?

— Eu não posso... — Mordecai se deteve e olhou para Donut. A expressão dele azedou, como se tivesse acabado de se lembrar que tudo havia mudado graças ao benefício do agenciamento. — Elas não são comuns, de maneira alguma. Se você encontrar alguma à venda por aí, ela custará milhões em ouro. Se essa exploradora, Maggie, for esperta, ela a venderá. Porém, durante o segmento das Guerras de Facção do nono andar, cada clã poderá trazer um baú de mantimentos para a guerra. O baú é uma unidade de medida específica baseada em volume, e cada clã costuma enchê-los com poções desse tipo, além de anéis mágicos e outros itens pequenos, mas geralmente poderosos. Eu explico melhor como isso funciona depois.

— Então os clãs terão um monte dessas poções?

— O nono andar abrirá daqui a meia hora. Uns quinze minutos depois disso, quase todas essas poções terão sido usadas. Mas não todas. Novamente, há muito para explicar.

— E o que você escolheria? — perguntei. — Humano ou primal?

— Você *deveria* escolher hobgoblin ou "motor a carvão", mas é provável que ambos te fariam perder espectadores. As pessoas odeiam hobgoblins e entrevistadores não gostam de recebê-los em seus programas.

Olhei para Donut, que havia adormecido enroladinha em Mongo.

— Mas o que é um primal? — perguntei. — Aqui não fala. É só uma criatura inventada para a masmorra?

— Sim e não — explicou Mordecai. — Os primais foram os progenitores, a primeira espécie conhecida a conquistar o universo. Eles são os homens-do-saco do cosmo. Ninguém sabe qual era a aparência deles ou qualquer outra coisa fora que eles se espalharam pelas galáxias e um dia simplesmente desapareceram. Só se sabe que uma grande guerra tomou todos os cantos do universo, e até hoje podemos encontrar os resquícios dela. Se eles lutaram contra outra espécie que não a deles, não sabemos quem eram. Quando alguém encontra as ruínas abandonadas da civilização deles, a IA residente, se ainda estiver sã, toma a forma racial de quem a descobriu. É por isso que eles se parecem com quem os escolhe. Dizem que um dia os progenitores retornarão. Mães chamam os primais para botarem medo nos filhos, e alguns sistemas os veneram feito deuses.

Abri o menu, rolei até o fim e escolhi Primal como a minha raça.

Minha lista de classes disponíveis consistia em mais de 650 possibilidades.

— Você teria ainda mais se não fosse essa tatuagem no pescoço — comentou Mordecai.

— Por quê? E que tipo de classes são excluídas?

— O Clube dos Pistoleiros não permite... Como é a palavra? Bons-moços? Não permite o tipo "certinho". Assim, nada de classes de clérigo ou paladino — disse Mordecai. — E são excluídas algumas das classes de monge, o que é lamentável, porque elas valeriam a pena. Mas acho que todas as três sugestões são boas para você.

Olhei para as escolhas recomendadas pela IA. Todas as três eram do grupo das classes da Terra.

Técnico do Esquadrão Antibombas.

Boxeador Profissional.

e

Anarquista Remunerado.

— Hum… — murmurei, inspecionando uma de cada vez.

Técnico do Esquadrão Antibombas.

Essa classe exclusiva só está disponível para os exploradores que obtiveram a conquista "*BUM!*".

As pessoas que escolhem trabalhar com explosivos são alguns dos filhos da mãe mais loucos que existem. Exploradores dessa classe são excelentes em explodir coisas e, embora sejam bons em evitar que as bombas detonem em suas mãos, os técnicos do esquadrão antibombas ainda perdem amigos e membros em níveis alarmantes. Por sorte, a classe vem com benefícios que podem resolver 50% do problema.

Qualquer armadilha de explosivo será sinalizada quando você se aproximar.

Qualquer armadura tem 10% a mais de efeito.

+2 automáticos para todas as habilidades de explosivos.

+5 na habilidade Cirurgião de Bombas.

+2 de Destreza.

+2 de Constituição.

-2 de Inteligência. (Afinal, apenas idiotas escolheriam ganhar a vida dessa forma.)

Mais o benefício: Regeneração de Membros.

Essa é uma Classe da Terra. Como incentivo por escolhê-la, você receberá uma Caixa da Terra Prata ao selecionar esta classe.

Essa classe era boa. Muito boa, na verdade, mas faltavam alguns benefícios essenciais que eu estava procurando. A próxima apresentou o mesmo problema.

Boxeador Profissional.

Essa classe exclusiva só está disponível para exploradores que obtiveram o nível 5 na habilidade Pugilismo até o momento da seleção de raça.

Essa é uma subclasse de monge.

Homens seminus e suados se encarando em um rinque, transformando a cara um do outro em massinha enquanto a plateia vai à loucura. Os espectadores não ligam para quem está lutando contra quem; o que importa é que um deles vai acabar como um amontoado amassado e sangrento na lona antes da noite terminar. Boxeadores não fazem isso pela glória ou pela honra, apenas lutam para colocar comida na mesa. Não é nada pessoal.

Boxeadores profissionais recebem os seguintes benefícios:

+5 de Constituição.

+2 de Força.

-2 de Inteligência.

-2 de Carisma.

+3 na habilidade Pugilismo.

+1 na habilidade Combate Corpo a Corpo.

+1 na habilidade Punho de Ferro.

+5 na habilidade Nocaute.

+(1 x número do andar) de ouro para cada monstro morto com um soco.

Destrava os níveis mais altos da habilidade Pugilismo. (Benefício já recebido.)

Essa é uma Classe da Terra. Como incentivo por escolhê-la, você receberá uma Caixa da Terra Prata ao selecionar esta classe.

Aquele +3 em Pugilismo seria um bônus enorme, considerando que eu já tinha conseguido fazer ela subir para 10 graças à Poção de Macete. Teria escolhido essa classe sem pensar duas vezes se achasse que poderia resolver tudo no soco dentro da masmorra, mas eu já sabia que aquilo não iria acontecer. Precisava de algo mais versátil.

Suspirei e abri a descrição da terceira classe.

Anarquista Remunerado.

Essa classe rara e exclusiva só está disponível para exploradores que obtiveram o nível 5 na habilidade Manuseio de Explosivos e

conseguiram ao menos quinhentos bilhões de visualizações até o momento da seleção de raça.

Quando os oligarcas querem fabricar um movimento social ou, melhor ainda, evitar o surgimento de um, eles têm que usar de artilharia pesada. Os manifestantes pagos. Os provocadores. Essa classe híbrida de monge/ladino não é só um criador de armadilhas e bombas, mas também um estouro nas mídias sociais. O anarquista remunerado vai atirar contente um molotov dentro de uma janela em um momento e, no seguinte, implorar pelo fim da violência em frente às câmeras. Especialista em Combate Corpo a Corpo e táticas sujas, o anarquista remunerado apenas sofre quando o assunto são as técnicas de luta mais tradicionais.

+1 na habilidade Cirurgião de Bombas.

+1 na habilidade Engenheiro de Armadilhas.

+1 na habilidade Combate Corpo a Corpo.

-25% de dano ao usar armas com lâminas.

+25% de custo de mana em feitiços que causam dano.

Progresso 5% mais rápido em todas as habilidades de criação de armadilhas e explosivos.

+2 na habilidade Esconder nas Sombras.

+ o feitiço Medo.

+1 em Inteligência.

+5 em Carisma.

+5 na habilidade Encontrar Armadilha.

+5 na habilidade Revés.

+5 na habilidade Plano de Fuga.

Acesso ao Clube dos Pistoleiros. [Já obtido]

Acesso à Agência de Empregos dos Trombadinhas.

Essa é uma Classe da Terra. Como incentivo por escolhê-la, você receberá uma Caixa da Terra Prata ao selecionar esta classe.

Anarquistas remunerados deverão escolher uma subclasse ao chegarem ao sexto andar.

— Caralho, acho que temos um vencedor — exclamei. — Essa classe tem um monte de coisas adicionais. Embora o nome "anarquista remunerado" seja meio que uma contradição, mas acho que essa é a ideia.

— Sim, essas classes com número mínimo de visualizações geralmente são muito boas. Os organizadores fazem isso de propósito para dar um impulso aos jogadores mais populares. Essa aqui parece que foi feita para você, apenas me deixe analisá-la mais a fundo enquanto você olha as demais. É provável que tenha algo negativo escondido nas entrelinhas.

Então, segui analisando aquela montanha de classes. Dispensei todas que não tinham requerimentos especiais, já que elas não eram tão boas.

Não fiz muito progresso antes que o mundo tremesse e olhei para cima, surpreso. O segundo andar havia entrado em colapso.

Uma nova contagem começou. Teríamos oito dias para completar aquela área.

Exploradores, boas-vindas ao terceiro andar!

Estamos com um pouco acima de 700.000 exploradores ainda vivos. Vocês terão oito dias inteiros para completar este andar. Teremos um anúncio maior depois, já que sabemos que a maioria de vocês está concentrada com seus guias de jogo. Estamos ansiosos para ver quais raças e classes todos vocês escolherão. Temos algumas classes novas e fantásticas disponíveis nesta temporada! Boa sorte a todos!

— Oito dias — murmurou Mordecai, olhando para o teto e balançando a cabeça. — Se continuarem desse jeito, o sexto andar ficará aberto apenas durante onze ou doze dias. As facções ficarão furiosas. A duração normal é de trinta.

Voltei ao trabalho. Havia múltiplas classes que pareciam boas à primeira vista. Muitas lembravam a do esquadrão antibombas, como Apoio do Esquadrão de Choque e Comandante de Trabuco. Além disso, havia algumas das classes não terráqueas que eram interessantes, incluindo Ladino Mestre em Armadilhas e Trapaceiro.

Enquanto Donut e Mongo roncavam alto, em harmonia, Mordecai e eu discutíamos os prós e contras de cada classe.

— Apenas um aviso — disse Mordecai —, Donut não teve que se preocupar com isso, mas algumas dessas classes têm um valor mínimo para atributos. Embora eu recomende essa escolha, o mínimo de Carisma para anarquista remunerado é 25. Você tem 36 pontos para distribuir, mas seria forçado a gastar 17 deles em seu Carisma de imediato, mesmo considerando o bônus de +5 da classe. Depois, outros 6 teriam que ir para a sua Destreza, para assim alcançar o valor 10.

— Credo — resmunguei. — Isso é bem chato.

— Porém, várias das habilidades que vêm com essa classe são bastante raras. A Revés, por exemplo, permite que você pegue uma armadilha e a desconstrua. Poderá usar os materiais sobressalentes para seus próprios propósitos. Só os mecanismos de gatilho já valem uma nota. Você poderia ganhar a vida só farmando armadilhas.

Lemos a descrição de outras habilidades. Cirurgião de Bombas, que vinha em algumas das minhas opções, era algo que me permitia pegar uma banana de dinamite e a separar em pedaços, fazendo bombas menores e menos potentes, assim como desconstruir bombas de fumaça e usar seus componentes em armadilhas. Esconder nas Sombras era autoexplicativo, mas, com Donut e Mongo na minha cola, duvidei que seria tão útil assim.

Várias classes tinham a habilidade Desbravador, incluindo a trapaceiro, mas logo descobri que anarquista remunerado tinha a segunda melhor opção.

— O que é essa habilidade, Plano de Fuga?

Mordecai assentiu, lendo a descrição.

— Que estranho. Parece que é uma habilidade antiga, mas eu nunca a vi antes. Vivendo e aprendendo. Ela confere maior visibilidade a portas secretas, mas há um benefício secreto mais importante do que isso. — Mordecai resmungou baixinho e continuou: — Agradeça a sua gata por isso. Aqui diz que a habilidade oferece acesso ao localizador da masmorra, mas não informa o que ele é ou como acessá-lo. Para a sua sorte, eu sei como o encontrar e ler. Antes, eu não poderia contar isso a vocês.

— E o que ele é?

— Em cada cruzamento principal da masmorra, há uma legenda de mapa escondida que monstros inteligentes e andarilhos podem utilizar. Ela dá uma ideia geral do que existe para cada direção. Sabe como nos zoológicos tem setas que dizem "macacos nessa direção, leões em frente"? É o mesmo conceito. As legendas mostram o caminho para as escadas ou os chefões de cidade, e por aí vai. Não é uma habilidade tão boa quanto Desbravador, que basicamente tira a névoa de guerra do mapa em uma região enorme, mas isso aqui pode ser ainda mais útil de outras formas.

— Certo, e o que é essa Agência de Empregos dos Trombadinhas?

Ele deu de ombros.

— Não faço ideia do que seja. Soa como uma guilda que oferece missões.

— E as subclasses? Aqui diz que vou ter que escolher uma no sexto andar.

— Ainda não podemos ver o que elas são. É muito raro que você seja obrigado a escolher uma, mas já vi isso algumas vezes. É provável que você tenha que se especializar ainda mais nas habilidades de algum desses tipos: bombas, armadilhas ou combate corpo a corpo.

— Muito bem então — falei depois de um tempo — Qual classe você acha melhor?

— Se você estivesse em uma equipe mais bem balanceada, diria para ir com boxeador profissional — disse Mordecai. — Se estivesse em um grupo ainda maior, sugeriria esquadrão antibombas. As três são boas, mas anarquista remunerado tem o potencial de ser a melhor. A questão é que, assim como sua raça, ela requere muito empenho. Você vai ter que ralar e muito, tentando ganhar a maior quantidade de experiência possível, o que, com essas contagens regressivas menores, vai ser bem mais difícil.

Eu sorri.

— Então é bom que agora a gente tem um membro na equipe que sabe o que está fazendo.

Mordecai me encarou de olhos semicerrados conforme eu rodava pelo menu e escolhia Anarquista Remunerado como minha classe.

Em seguida, tive que distribuir os pontos de atributo. Os de Donut ficaram assim:

Força: 20
Inteligência: 23 + 5 (Coroa) + 1 (Pingente) = 29
Constituição: 4 + 2 (Escova) = 6
Destreza: 12 + 2 (Rabicho) + 2 (Bracelete) + 5 (bônus temporário do andar) = 21
Carisma: 70

Ela perdeu 3 pontos de Força, mas sua Destreza subiu em 4, a Constituição em 2 e o Carisma em mais 1 ponto graças a sua escolha de raça. A Constituição dela ainda era bem baixa, chegava a ser preocupante, por isso, encontrar itens que aumentassem aquele atributo seria uma de nossas prioridades.

Ela ganhou apenas 4 pontos de atributo por escolher gato como sua raça, mas também recebeu um monte de novas habilidades. Visão Noturna, Golpe Cortante, Reflexos Felinos e um benefício chamado 9 Vidas.

O benefício 9 Vidas era parecido com a habilidade Barata, mas não era tão bom. Ele diminuía pela metade o dano recebido durante os primeiros nove ataques físicos que ela recebesse por dia. Ajudava bastante, ainda mais considerando sua Constituição baixa. Porém, se nós fôssemos lutar contra monstros extremamente poderosos, era provável que meio ataque ainda fosse o suficiente para cortar ela ao meio.

Depois de um tempo, Donut acordou.

— O que eu perdi? Você ganhou orelhas de elfo? — Ela me olhou de cima a baixo. — Você continua humano. Que chato.

— Eu não sou mais humano, sou um primal.

— Isso é tipo um homem das cavernas? — disse ela, fingindo que me farejava. — Você tem o mesmo cheiro de sempre.

— Se você tivesse ficado acordada, saberia o que isso significa.

A gata deu de ombros e se espreguiçou. Mongo bocejou alto, também se esticando, e fez um som parecido com um ronronar que soou felino até demais.

Eu continuaria a ser o tanque da equipe. Recebi 3 pontos de atributo por subida de nível e tinha 36 pontos para distribuir, embora mais da metade deles tivessem sido definidos para mim graças aos atributos mínimos da classe. Depois de finalizado, fiquei com o seguinte:

Força: 10 + 3 (Anel de pé) = 13 + 3 (quando a Manopla está ativada)
Inteligência: 5
Constituição: 10 + 4 (Camisa) + 1 (Anel) + 2 (Anel) + 2 (Cueca) = 19
Destreza: 10 + 1 (Manopla) = 11
Carisma: 25

Eu coloquei Inteligência suficiente para usar aquele tomo de Armadura Fátua, mas não o usei de imediato. Ainda estava em dúvida se o usava, presenteava Donut ou vendia. Queria saber qual era seu valor monetário. O feitiço Medo que eu havia ganhado custava 3 mana para invocá-lo.

Eu ainda não estava muito satisfeito com aquela build. Donut ainda era muito mais poderosa do que eu. E, pela centésima vez desde que tínhamos começado a escolha de classes, eu me perguntei se havia sido um idiota escolhendo aquele caminho. Fui forçado a gastar um monte de pontos em Carisma, um atributo quase inútil, especialmente quando Donut já era uma deusa dele. Teria que subir de nível o mais rápido possível. Na minha cabeça, planejava acabar com muito mais Força e Constituição. Dali em diante, todos os meus pontos iriam para esses dois atributos até alcançar ao menos o valor 20 em ambos.

Donut acabou com um conjunto de habilidades que a permitia improvisar a build enquanto se desenvolvia, ao passo que o caminho que escolhi precisava de muito planejamento e um treinamento rigoroso. Porém, se eu conseguisse me sobressair (e sobreviver), poderia me moldar em algo muito poderoso. Mas será que eu *era* um idiota? Sabia que algumas pessoas diriam que sim.

— Só uma coisa fará isso dar certo — comentou Mordecai, quase como se lesse a minha mente.

— Treinamento? — perguntei.

— Não — disse ele. — Dinheiro. E muito. Venham, vamos lá fora. — O íncubo começou a abotoar a camisa de seu smoking. — Onde eu deixei aquela gravata? Ah, aqui está.

— Pera, você pode deixar a sala?

— Claro que posso sair da sala. Sou o seu agente. Além disso, tenho que apresentar vocês dois. É parte do show.

Ele alinhou a gravata-borboleta e alisou a frente do paletó.

— Tecnicamente, você é o *meu* agente — reclamou Donut, seguida de um guincho do Mongo.

Aquele era um bom ponto, mas pelo jeito nem Mordecai nem eu queríamos tocar naquele assunto ainda, já que ele ignorou o comentário.

— Não tenho autorização para lutar com vocês, mas ainda posso sair em certas ocasiões, especialmente nos andares urbanos. Vamos lá, eu tenho que apresentá-los e, depois, preciso mostrar uma coisa para vocês. Primeiro Carl, depois Donut e por último Mongo.

Nos organizamos em uma fila em frente à porta, e o mestre de guilda a abriu com um floreio.

Quando chegáramos à sala, passamos por um longo corredor de paredes altas. Porém, naquele momento, diante de nós se situava um movimentado vilarejo com dezenas de criaturas de todos os tipos. O fedor de enxofre e fumaça enchia o ar com um teor poluído. Muitas lojas de aparência medieval expandiam-se pela área, e o chão parecia ser feito de tábuas de madeira, espaçadas o suficiente para sair fumaça de suas frestas. Acima, no teto falso, um sol avermelhado feito brasa nascia, iluminando toda a área com uma luz escarlate.

Mordecai deu uma olhada geral no vilarejo, mas nenhum dos habitantes prestou atenção nele. Ele acenou para que eu o seguisse adiante, e assim o fiz, ouvindo meus pés ecoarem na madeira. A temperatura ali era muito mais alta do que no andar anterior.

— Gostaria de apresentá-los o explorador de masmorras Carl, o primal anarquista remunerado nível 13. Bem-vindo, Carl, ao terceiro andar.

3

– ESTA É A CIDADE ACIMA – DISSE MORDECAI CONFORME ANDÁVAMOS pela avenida de madeira.

Meu minimapa estava lotado com os pontos brancos de NPCs, e o ponto de Mordecai havia virado uma estrela amarela. Alguns pontos azuis de outros exploradores estavam espalhados por ali, mas não muitos.

— O local por onde vocês desceram do segundo andar não tem ligação com onde vocês entraram no terceiro — falou Mordecai. — É completamente aleatório, e, de agora em diante, vocês estarão misturados com exploradores do mundo inteiro.

— Então o Brandon e a equipe dele podem estar em qualquer lugar? — indaguei. — Quão grande é esta cidade?

Donut estava em meu ombro com Mongo em pé em suas costas, como se fôssemos um bando de artistas circenses. Mas, com o aumento da minha Força, eu nem sentia a presença deles.

Vários NPCs paravam para nos olhar boquiabertos enquanto passávamos. Naquela área, a maioria era composta por anões humanoides, mas havia também uma variedade de humanos básicos, orcs e criaturas élficas, todos vestidos com roupas medievais. Grandes guardas trajando armaduras, com rostos cobertos, também faziam a ronda.

— É, eles podem estar em qualquer lugar — respondeu Mordecai. — Eles vão aparecer em um lugar definido pela localização do guia de jogo deles. Você pode tentar falar com eles, mas é provável que não façam ideia de como traçar uma rota para vocês. A guia deles é a mestre Tiatha, e eu não a conheço muito bem, mas poderia tentar descobrir onde ela está, se quiserem.

— Isso é tudo uma cidade gigante?

Ele acenou com a cabeça.

— Os andares da Cidade Acima são uma tradição em *Exploradores do Mundo Masmorra*. Há centenas de vilarejos cercados por grandes trechos de uma cidade abandonada. Está tudo conectado. Até onde você precisa saber, essas áreas urbanas aparecem uma vez a cada três andares. — Mordecai bateu com o pé no chão frágil. — A maior parte disso tudo é só cenário falso. Vocês ainda estão abaixo da superfície de seu planeta, e este não é o céu de algum mundo distante. E não há um imenso vulcão sob nossos pés.

— Vulcão? — perguntei, olhando para baixo.

— Logo chegamos nisso. Pense que tudo que vê são estruturas cenográficas construídas para os espectadores. Este e todos os andares abaixo serão significantemente menores que os dois primeiros, com a exceção do nono andar. O terceiro andar deve ter um tamanho próximo do estado do Arizona, uns trezentos mil quilômetros quadrados. A maior parte disso são as ruínas.

— E qual é a desses NPCs? — perguntei.

Um par de meninas anãs, que deveriam ser apenas adolescentes, suspirou ao ver Mordecai. Elas falaram alguma coisa para tentar chamar a atenção dele, e ele grunhiu em resposta. As duas fugiram aos risinhos.

— Ah, eles são bem reais. São criaturas vivas com a biologia similar a alguns dos monstros. E foram criados pela Corporação Borant; portanto, pertencem a ela. Este é o único mundo que eles conhecem e que podem conhecer.

— Isso é muito fodido. Eles sabem o que são?

— A mente deles é alterada toda vez que são regenerados. Da próxima vez que este andar se formar, esses NPCs acordarão em um planeta distante como se fosse outro dia qualquer, mas eles também terão mudado, com lembranças falsas implantadas. Lembranças inconvenientes, como um explorador explicando que eles são só figurantes em uma série de TV intergaláctica, serão apagadas. Pense naqueles goblins de quem você me contou a respeito, por exemplo. Eles eram viciados em metanfetamina e lutaram contra as lhamas para ter acesso a isso. Essa história não existia na temporada anterior, foi acrescentada para o seu mundo e somente ele. Da próxima vez, os goblins serão viciados em extrato de frutinhas solares ou algo do gênero. Talvez até sejam fanáticos de algum deus, ou outra coisa.

— Caralho? — Aquilo era tão ruim, se não pior, quanto ao que eles estavam fazendo comigo e com o resto dos humanos. — Mas eles ainda são criaturas vivas? Como isso é legal?

— A Borant os criou e, por isso, é dona deles. Não é permitido alterar lembranças de naturais, ou seja, seres nascidos de um processo biológico natural. A menos que eles abram mão desse direito por meio de contratos.

— E esses seres concordam com isso?

— A maioria sim. A galáxia como um todo tem muito mais problemas com que se preocupar. As regras para esse tipo de situação são muito estritas, quase tanto quanto as referentes às IAs. Esses monstros e NPCs biologicamente formados são proibidos de existir fora de produções monitoradas pelo Sindicato. Usá-los para qualquer propósito além de entretenimento autorizado é altamente ilegal e considerado um crime de guerra.

— Então não há puteiros intergalácticos cheios de mulheres geneticamente modificadas?

Mordecai fez uma careta.

— Legalizados não. Mas há um lugar onde esse tipo de coisa tem permissão para acontecer.

Ele apontou para baixo.

— Mas você disse que... — argumentei, compreendendo em seguida. — Ah, você quer dizer nos andares mais abaixo?

— Isso mesmo — concordou Mordecai. — O terceiro andar não recebe turistas. A maioria se concentra no décimo oitavo, que é algo parecido com um retiro de luxo para bilionários. A elite e os ricos da galáxia se agregam lá para festejar, apostar e saciar seus desejos mais primitivos.

— Eu não entendo — murmurei. — Achei que o décimo oitavo andar seria o inferno na Terra, cheio de dragões e gigantes com raios e tal. O que aconteceria se um explorador conseguisse chegar lá?

— Ninguém nunca conseguiu, então eu não sei. Isso também vale para o décimo quinto andar. A Borant e a IA do sistema são legalmente obrigadas a terem um plano caso isso aconteça, mas ninguém jamais chegou tão fundo, e por isso ninguém sabe como é. Esse tipo de informação está muito além do que me pagam para saber.

Conforme avançávamos, passamos por várias lojas, guildas e tavernas. Essas últimas estavam listadas como salas seguras em meu minimapa.

Mordecai passou um bom tempo nos explicando sobre guildas de classe e habilidades. Tanto Donut quanto eu poderíamos treinar em guildas de ladinos. A gata também tinha acesso às de bardo, e eu, às de guerreiros. Ele disse que às vezes também surgiam guildas especiais para certas raças. Ele nunca havia visto uma para primais, mas era possível que existissem. No geral, quadrúpedes não tinham guildas.

Chegamos ao fim da rua, onde havia uma pequena cerca. Um par de guardas de armadura estava em pé, ladeando um portão na altura da minha cintura. Os guardas trajavam cota de malha reforçada com placas de metal dos pés à cabeça, e eu não sabia que tipo de criatura eles eram, apenas que eram altos e robustos. Ambos empunhavam longas espadas de aço. Examinei um deles.

Guarda Espadachim do Vilarejo — Nível 75.

Todo mundo gosta do tipo fortão silencioso. Para descobrir o que há embaixo do elmo, é preciso matar o guarda primeiro. Vai lá, tenta. Duvido duas vezes que você tenha coragem.

Guardas do vilarejo têm como dever proteger os centros urbanos do terceiro andar de criaturas que vagueiam pelas ruínas da Cidade Acima. Eles só trabalham durante o dia, então não vá choramingar para eles por ajuda quando estiver escuro.

O guarda não se mexeu, ficando parado feito uma estátua.

— Ele é meio assustador — comentou Donut quando paramos em frente ao portão.

— Não encham o saco dos guardas — avisou Mordecai. — Não ataquem os NPCs nem tentem roubar as lojas. Não fiquem bêbados nem deem PT no meio da rua. Não há cadeia aqui, só a pena de morte. Se vocês se desentenderem com os guardas, não tentem lutar com eles. Esses grandões de armadura podem ser lentos, mas há muitos deles. Mas, se acabar acontecendo, fujam deles em direção às ruínas, que não vão te seguir. Só que nunca mais poderão voltar para este vilarejo em particular.

Do outro lado do portão havia mais construções, mas elas eram decrépitas e abandonadas, feitas de tijolos esfarelados cobertos de musgo, pendendo e se afundando. Uma névoa encobria tudo na distância, mas mesmo assim era possível ver as fracas silhuetas de outras construções de todas as formas e tamanhos.

— Muito bem — disse Mordecai, apontando para a área além do portão. — Aquelas são as ruínas. É igual à masmorra, só que tudo ali é feito de antigas construções apodrecendo, parques abandonados cobertos de mato e outras estruturas parecidas. Há toda uma lenda sobre a existência dessa cidade baseada em um conto infantil que nunca se popularizou na Terra. Contando bem superficialmente, havia um vulcão adormecido imenso e, dentro dele, um mundo mágico. Nesse mundo, existiam seis camadas. O topo, onde nós estamos, é a Cidade Acima, onde a maioria das pessoas viviam. Um grande monstro habitava as profundezas do vulcão e, um dia, exalou um gás tóxico que matou ou transformou a maior parte do mundo vulcânico. Os descendentes dos sobreviventes vivem nesses vilarejos, e os monstros resultantes habitam as ruínas.

— Isso é bem mórbido — murmurou Donut.

— Então nós estamos no topo de um vulcão? Na história do jogo, quer dizer? — perguntei.

— Sim. A ideia é que este andar dê a volta na cratera do vulcão.

— E o andar abaixo?

— Para vocês, o quarto andar é só masmorra gerada aleatoriamente. O mesmo para o quinto. Porém, o sexto também faz parte da história do vulcão e, para os NPCs do terceiro, o sexto é o andar abaixo. Ele é conhecido como Campos de Caça. É outro andar urbano com vilarejos parecidos, só que muito maiores, pois os habitantes originais eram muito mais ricos. As ruínas lembram mais uma selva e estão cobertas de cipós e vinhas. Também é o primeiro andar no qual turistas corajosos e loucos podem caçar exploradores. Não há muitos que fazem isso pois é caro e perigoso, já que não há proteção para os caçadores e eles correm risco real tanto dos monstros quanto dos exploradores. Ainda assim, toda temporada um punhado de idiotas ricos consegue se matar desse jeito.

— E o que são os deuses?

— Isso é uma coisa completamente diferente, e eles não aparecem antes do quarto andar. Explico melhor depois. Mas, por ora, vocês têm que ir ao trabalho.

— Tudo bem — falei e me virei para encarar o vilarejo. — Tem lojas aqui. Já devemos ir às compras ou seria melhor abrir nossas caixas primeiro?

— Compras — exclamou Donut. — Definitivamente compras.

— Não aqui — disse Mordecai. — Este é um vilarejo pequeno. As lojas são muito caras, vão cobrar uma fortuna e não comprarão seus itens. Vocês precisam chegar a um povoado maior, mas têm pouquíssimo tempo disponível para isso. — Ele apontou para o leste. — Estão vendo aquela estrada mais larga ali? Sigam ela pela metade de um dia e chegarão a um vilarejo maior. Lá haverá lojas melhores e mais vantajosas.

— Como você sabe disso? — perguntei.

Mordecai apontou para uma pedra desbotada no chão fora do portão.

— Foque aquilo e selecione a aba de informação que aparecer.

Fiz como ele mandou.

— Caralho — disse um minuto depois.

Uma placa holográfica cresceu do chão feito uma árvore. Ela mostrava setas e distâncias em quilômetros. Indicando o norte, na direção da estrada principal em frente, lia-se **POVOADO ORNITOCÉU DE MÉDIO PORTE. 34 QUILÔMETROS.** Havia outras placas, também, indicando salas seguras, banheiros e o mais importante: as escadas. A mais próxima estava a seis quilômetros de distância.

— Há salas seguras nas ruínas? Não precisamos depender apenas de vilarejos? E mais, esses vilarejos têm nomes?

— Sim, salas seguras e banheiros estarão espalhados da mesma maneira que antes, mas *não* haverá guildas tutoriais nas ruínas, apenas nos vilarejos. Não que isso importe mais, já que serei teletransportado para as salas seguras. E não, os povoados não têm nomes. Os sistemas os designam como minúsculo, pequeno, médio, grande e imenso. Nada muito interessante. Este aqui é pequeno. Vocês podem nomeá-los por conta própria se conseguirem matar o prefeito, mas não se incomodem com isso, ao menos não neste andar. É provável que morram tentando fazer isso, e não há qualquer benefício real quando a contagem regressiva é de apenas oito dias.

— Certo — afirmei. — Então acho que vamos farmando o que pudermos até o outro vilarejo.

O mestre de guilda concordou.

— Certifiquem-se de ler as placas sempre que puderem para garantir que ainda estão no caminho certo. Todos os vilarejos médios neste andar terão uma guilda tutorial. Quero que me encontrem lá. Quando chegarem, iremos às compras juntos.

— Os monstros serão muito mais fortes neste andar?

— Ah, sim — disse Mordecai, sorrindo timidamente. — Eu devia já ter contado essa parte para vocês, mas é difícil de lembrar sem a minha lista. Há um ciclo de dia e noite neste andar. Sempre há monstros nas ruínas, mas eles são mais perigosos à noite. Com os diurnos vocês conseguem lidar com os pés nas costas, mas é preferível que deixem Mongo fora das lutas por enquanto. Não saiam à noite até que eu diga que estão prontos. Os vilarejos sempre serão seguros durante o dia, mas, à noite, apenas as avenidas principais são. Bom, geralmente. As vielas serão muito perigosas e, em alguns casos, até mais do que as ruínas. — Mordecai bateu as asas de íncubo algumas vezes e olhou diretamente para mim. — Fique longe das mulheres de chifres. Seu Carisma é muito mais alto do que antes, e elas serão atraídas por causa disso, sairão de bueiros para te pegar. Quero que pratique suas habilidades de socos e use seu novo feitiço, o Medo, em todas as lutas. Lembrem de parar em uma sala segura para abrir as caixas e para Donut ganhar o novo tomo de feitiços do clube Um Tomo por Andar.

— Eu já tinha me esquecido disso! — exclamou Donut.

Mordecai se virou e começou a voltar para o vilarejo. Ele estava indo em linha reta até o bar. Por cima do ombro, gritou:

— Não parem na primeira sala segura que encontrarem. Esperem umas duas horas, talvez quatro. Ah, e Donut, continue trabalhando com o seu feitiço Míssil Mágico, que está quase no nível 10. Vou ficar de olho no grupo, se precisarem de mim.

— Se eu soubesse que ele seria tão mandão, não teria escolhido o benefício do agenciamento — murmurou Donut.

— Fica quieta, Donut — retruquei entre dentes enquanto erguia a trava do portão que levava para as ruínas.

Ele se abriu com um ranger barulhento, e os guardas não moveram um músculo. Seguimos pelas ruas arruinadas, deixando a segurança do vilarejo para trás.

4

Visualizações: 371,5 trilhões
Seguidores: 7,8 trilhões
Favoritos: 1,1 trilhão

DONUT SE EMPENHOU NO TREINAMENTO DE MONGO CONFORME AVANÇAmos pela estrada. Eu peguei um graveto do inventário e atirei, enquanto ela tentava fazer com que o réptil ficasse parado até que recebesse o comando para buscar. O velocirraptor já tinha aprendido uns 80% do comando, mas o problema era que, quando Mongo ficava animado demais, ele se recusava a seguir ordens.

Donut parou no primeiro banheiro que encontramos e, assim que ela entrou, o dinossaurinho atacou a porta descontrolado, arranhando e gritando o mais alto que seus pulmões eram capazes até que ela saísse dali.

— Você precisa aprender a ter paciência, Mongo! — repreendeu Donut. — Siga o exemplo da mamãe.

— Claro, porque você é famosa por sua paciência — falei.

Fiquei encantado com o teto daquele andar enquanto andávamos. Lá ele era muito, mas muito mais alto do que no corredor de entrada. Algumas das construções tinham quatro andares e, na distância esfumaçada, havia outras ainda mais altas. Mesmo assim, eu ainda conseguia perceber que o céu era uma ilusão. A luz refletia nas superfícies de uma maneira atípica, revelando o truque.

Zev: Oi, oi.
Donut: OI, ZEV!
Zev: Oie, Donut! Boas notícias para vocês dois: o programa de Odette foi outro sucesso. Porém, mais importante do que isso: a maioria dos espectadores curtiu suas escolhas de raça e classe. Algumas pessoas ficaram confusas com o porquê de Donut ter escolhido Artists Alley como especialidade deste andar, mas no geral elas gostaram da ideia da classe ex-ator mirim. Tem alguns reclamões dizendo que isso impede seu desenvolvimento, mas a maioria

acredita que essa escolha é compensada pela de Carl, que exige um treinamento mais rigoroso. Além disso: até o momento, vocês escolheram classes únicas. Ninguém mais as selecionou. Isso é sempre bom. Há outros primais por aí, mas não muitos. Não há outros gatos, mas uma pessoa escolheu a raça gatisomem, sem falar que tem algumas mulheres-felinas rondando por aí. Mas ainda é cedo, muitos exploradores sequer terminaram suas escolhas.

Donut ficou completamente chocada, e eu tive que rir.

Carl: Bom saber, Zev. Pergunta: as pessoas podem ver o Mordecai?
Zev: Não, não normalmente. Todos sabem que vocês têm um agente, e puderam vê-lo quando ele introduziu vocês para o mundo, mas de agora em diante será no mesmo esquema de antes. Por sinal, eu chequei e não há exploradores famosos perto de vocês, pelo menos não até onde consigo ver. Mas eu evitaria adicionar qualquer explorador comum à sua equipe, são todos muito chatos.
Donut: QUAL É O PRÓXIMO PROGRAMA EM QUE NÓS VAMOS APARECER?
Zev: Então, este andar dura oito dias. Ainda estou negociando com algumas produtoras, mas é provável que seja durante a noite do quarto dia, apesar de eu não ter definido quem vai entrevistá-los. Tive até que adicionar à minha equipe mais algumas pessoas só para filtrar todos os requerimentos de participação de vocês.
Carl: Ok. Muito obrigado, Zev.
Zev: Tchauzinho por enquanto!
Donut: TCHAU, ZEV!

— O que é uma *mulher-felina*? — perguntou Donut. — Não gostei nada disso. E gatisomem? Seja quem for esse aí, tem que aprender a se comprometer com uma só coisa.

— Cuidado! — gritei, pulando para trás.

Uma faca bateu em meu peito e foi ao chão com um estrondo, mas sem me ferir. Olhei para a criatura que a atirou, algo parecido com um macaco, usando como máscara um crânio humano pintado.

Ex-Lêmure de Circo — Nível 8.

O circo itinerante Grimaldi era uma das atrações favoritas da Cidade Acima antes daquele dia fatídico, muitos anos atrás. Séculos depois,

os descendentes alterados e selvagens desse circo ainda espreitam as ruínas, procurando tanto por adultos quanto crianças para deslumbrar e entreter.

E por "deslumbrar e entreter" quero dizer "devorar a carne e usar os ossos como armadura".

Os incríveis lêmures malabaristas de Grimaldi um dia foram uma das principais atrações do circo. Crianças de todos os cantos riam e batiam palmas ao assistir às criaturinhas engraçadas fazerem malabares com todo tipo de objeto, de bolas e pinos até facas.

Acho que você entende o resultado disso.

A criatura era um macaco de pelos vermelhos (aparentemente um lêmure) e sua máscara de crânio humano era pintada de preto e vermelho. Ele havia aparecido na janela do segundo andar de uma construção arruinada, sentado no batente com as pernas para fora. Não havia aparecido no minimapa até jogar a faca, que tinha destino direto para a minha cabeça. Por sorte, o objeto voou baixo e me acertou no peito, sendo barrado graças ao benefício antiperfurante da minha capa.

— Ah, merda — exclamei quando mais quatro lêmures apareceram na janela.

Donut e eu pulamos em uma viela enquanto mais facas rasgavam o ar; duas acabaram fincadas no chão de madeira.

Mongo guinchou de raiva, e Donut gritou para que o dinossauro não saísse correndo para o meio da rua.

Preparei uma bomba de fumaça enquanto examinava o minimapa, tentando achar o melhor jeito de chegar até eles. Não havia janelas voltadas para a viela, mas logo descobririam onde estávamos. Um berro gutural e perturbador ecoou pelas ruas, seguido de outro em resposta a várias quadras de distância. Havia bem mais monstros do que só aqueles cinco. Guardei a bomba de fumaça e peguei um dos meus Explojarros.

Aviso da Administração — Há uma nova aba disponível em sua interface: Missões.

— Ué? — falei.

Um som musical parecido com trompetes encheu o ar, mas só por um segundo. Purpurinas e serpentinas ilusórias dançaram nos cantos da minha visão.

Nova Missão: O Show Tem Que Continuar.

As palavras apareceram girando no ar e caíram estrondosas diante de mim, feito o título de um episódio especial em um programa das antigas. Uma cascata de purpurina jorrava da palavra "missão".

Você descobriu os vestígios de um antigo circo. Séculos após a nuvem tóxica devastar a Cidade Acima, esse circo itinerante persiste, mas, em vez de trazer alegria, risadas e algodão-doce, ele oferece apenas dor e devastação. Sem falar que o algodão-doce deve estar bem nojento. Descubra por que esse circo ainda existe e traga um fim ao seu reinado de terror.

***Recompensa:* Você receberá uma Caixa de Missão Ouro.**

— Que porra é essa? — falei. — Uma missão?

Mordecai havia mencionado missões uma ou duas vezes, mas nós nunca falamos de verdade sobre elas.

Carl: Mordecai, acabamos de dar de cara com uma missão. Seguimos em frente ou tentamos dar um jeito nela?

Mordecai: Você devia era dar um jeito nessa sua cara.

Carl: Quê?

Mordecai: Mamãe o amava mais. Bem, quem é que sobreviveu, hein? Que bom que a gata usou as cinzas dela de banheiro.

— O que tem de errado com o Mordecai? — perguntou Donut.

Carl: Você tá bêbado? Faz, tipo, uns quinze minutos que a gente se falou!

Mordecai: Sabia que os íncubos têm uma tolerância muito baixa para...

Carl: Mordecai?

Ele não respondeu.

— Merda. Parece que vamos ter que nos virar sozinhos — falei. Não podíamos ficar ali. Indiquei para outra viela, do outro lado da rua. Havia uma sala segura a umas três quadras de distância. — Se preparem para correr.

Pulei para a rua principal. O plano era atirar o jarro na janela, mas naquele momento vi vários lêmures no telhado da construção. Coloquei mais um gás no arremesso, lançando o Explojarro em um arco bem alto, e depois corri de volta para a viela, me agachando conforme mais facas atingiam o chão. O jarro detonou, e a parede às minhas costas tremeu. Gritos agudos enlouquecidos soaram, e pude sentir o calor que vinha da construção.

Um lêmure em chamas pulou lá de cima e caiu na viela. Eu o chutei, fazendo ele sair voando pela rua, indo muito mais longe do que esperava. O bicho acabou se espatifando em uma parede de pedra. Atrás de nós, mais lêmures flamejantes caíram do telhado.

— Corre! — gritei.

Fugimos da viela e atravessamos a rua. Um monte de pontos vermelhos apareceu atrás de nós, mas o topo do prédio tomado pelas chamas estava coberto de X de lêmures mortos.

— Mas que droga, Mongo! — gritei quando o dinossaurinho se separou do grupo e foi na direção do lêmure (já morto) que eu havia chutado.

Ele guinchou e pulou com os pés à frente, executando o ataque perfeito sobre o cadáver. Mongo grunhiu de alegria quando os pelos chamuscados do lêmure saíram voando, e tive que alterar a rota para buscá-lo.

A galinha pré-histórica uivou de raiva quando eu a segurei. Uma faca bateu nos tijolos a centímetros de minha cabeça e ousei dar uma olhada sobre o ombro, mas parei no meio do caminho por causa do que vi.

Uma girafa. A porra de uma girafa vinha correndo em nossa direção.

O animal gigantesco estava a uma quadra de distância, carregando vários lêmures que se seguravam ao seu pescoço como se fosse o tronco de uma árvore. Ela virou o pescoço e depois o balançou, atirando dezenas de lêmures para o ar, na nossa direção. Uma das pequenas criaturas foi atirada alto demais, batendo no teto rochoso com um estalo, para logo depois despencar no chão, onde se espatifou na estrada de madeira.

O resto dos lêmures gritaram quando voaram, brandindo facas brilhantes no momento em que outras eram atiradas na gente das janelas da construção em chamas. Eu me abaixei, mas a maioria das facas caiu com um ruído pela rua, atiradas de muito longe. Os lêmures cavaleiros de girafa aterrissaram e puxaram mais facas das bandoleiras que carregavam atravessadas sobre os ombros. Eles vieram até nós, pulando de lado enquanto gritavam urros guturais profundos.

— Controla a porra de sua galinha! — gritei para Donut ao largar Mongo no chão para pegar uma bomba de fumaça.

Eu a acendi e deixei cair assim que entramos na viela em fuga. Fomos até a rua em frente e a atravessamos, entrando em outra viela logo em seguida, muito mais estreita que a anterior.

— Mongo, venha! — gritou Donut enquanto pulava em meu ombro.

Ela pousou de costas e atirou um par de Mísseis Mágicos. Mongo guinchou e bateu os bracinhos, continuando no nosso passo, correndo à minha esquerda.

Na próxima rua, a última antes da sala segura, havia um único ponto vermelho no centro. Peguei outra bomba de fumaça e a atirei à nossa frente.

— Acerte o monstro com um míssil quando a gente passar por ele!

A fumaça encheu a rua à nossa frente, mas foi pega por uma brisa que a levou para a direção errada. *Merda. Essas coisas são um lixo.* No último momento, lembrei do conselho de Mordecai sobre usar o meu feitiço Medo sempre que possível.

Entramos na rua e eu invoquei Medo ao mesmo tempo que Donut atirava um míssil de poder máximo. Mesmo assim, perdi o ar quando vi a criatura.

Atenção: Monstros medonhos são imunes aos efeitos de Medo.

Minha primeira impressão foi *Slender Man*, um homem magro, anormalmente alto. Um Slender Man vestido de palhaço. Puta merda.

O míssil de Donut foi muito baixo, mas percebi que havia sido de propósito. Ela acertou a coisa na perna, fazendo com que caísse. Enquanto o monstro-palhaço ia ao chão, sua descrição surgia:

Terror, o Palhaço — Nível 10.

Se você acabou de se mijar, está tudo bem. Não é o primeiro.

Perto dos três metros e meio de altura, os palhaços de pernas de pau eram um dos favoritos entre a molecada remelenta que visitava os três picadeiros do circo Grimaldi. Agora, afligidos pelo tempo e pela maldição da Cidade Acima, esses artistas outrora afáveis foram transformados em monstruosidades altas e sedentas por sangue, que querem nada menos que fazer bichinhos de balão com o intestino de suas vítimas.

O monstro era humanoide e tinha a pele manchada e branca feito osso. Não possuía olhos ou nariz, e a boca cheia de dentes vermelhos era grande demais. Ele usava roupas de palhaço esfarrapadas e ensanguentadas por cima de seu corpo emaciado, e os braços extremamente longos quase chegavam ao chão. Ele segurava uma faca de açougueiro enorme em cada mão e vestia uma peruca de cabelo encaracolado vermelho, além de um chapeuzinho com uma flor no topo.

Donut o acertara logo abaixo do joelho, o que o levou a cair de costas, jogando um sapato vermelho enorme no ar. Sangue jorrou da ferida, por mais que o local atingido devesse ser parte da perna de pau. Mas, pelo jeito, as pernas do monstro eram daquele comprimento todo.

Uma barra de vida apareceu, indicando que o míssil só havia tirado mais ou menos 20% da vida dele.

Depois de uma breve olhada no minimapa (os lêmures ainda estavam a uma quadra de distância), corri em direção ao monstro no instante em que Donut o acertava com mais dois mísseis.

— Preste atenção nos braços! — gritei quando fechei a mão em um punho.

Donut pulou de meu ombro.

— Pega! — gritou ela, escorregando no chão.

Mongo e eu pulamos no ar. Pousei no peito do palhaço enquanto Mongo guinchava e destroçava o tornozelo do monstro caído, logo acima do sapato.

O peito do palhaço afundou com um *crack* quando pousei. Senti como se tivesse pisado sobre um palete de madeira, estilhaçando-o sob meu peso. Fiquei de joelhos e ergui a mão para começar a socar.

Outro míssil atingiu o braço do palhaço enquanto eu o esmurrava na cara com toda a minha força. Seu pescoço estalou para trás, e uma longa língua bifurcada rolou para fora da boca. O chapeuzinho saiu voando, e a peruca vermelha caiu. Soquei sem parar até que sua cabeça afundasse.

A massa de pontos vermelhos se aproximava e deveria chegar ali em uns quinze segundos. Abri o inventário do palhaço:

Carne de Palhaço.
Ingresso para a Atração Principal.
35 moedas de ouro.

Saqueei tudo, assim como as facas de açougueiro gigantes, a peruca vermelha e o chapeuzinho. Mongo continuava no tornozelo do palhaço, rasgando a pele e grunhindo feito um cachorro com um osso. Eu me agachei para pegá-lo e percebi que o dinossauro estava bem maior. Eu o segurei assim mesmo, mas ele guinchou furioso, o que me levou a colocá-lo de volta no chão a uma distância segura.

— Fale para ele nos seguir — disse para Donut, indo em direção à próxima viela. — Depressa!

— Mongo, venha! — gritou Donut.

Aquela viela se recurvava em um pequeno labirinto salpicado de portas e paredes de pedra. A sala segura que parecia ser uma taverna estava a uns cinquenta metros adentro de um beco sem saída. Havia uma placa pendurada na frente, nomeando-a como **O PUG AFAGADO**. Um pug de terno e cartola estava desenhado nela. Observei, preocupado, a onda de pontos vermelhos tomar a avenida principal quando empurrei a porta e corremos para dentro.

Diferente das salas seguras dos andares anteriores, aquela parecia mesmo ser algum tipo de taverna medieval de feira renascentista. As três telas de informação continuavam lá, e a configuração em geral era parecida com a de outras salas seguras com funcionários. Um bopca protetor estava atrás do balcão e nos olhou com curiosidade quando entramos.

A primeira coisa que percebi era que os quartos — só cinco disponíveis — custavam dinheiro para serem locados. Dez moedas de ouro por noite, o que era nada. Entre mim e Donut, tínhamos quase dez mil em ouro. A comida também tinha preço, mas parecia ser igualmente barata.

Eu fiquei de olho nos pontos vermelhos para ver se eles nos seguiam até o beco. Se soubessem que estávamos ali, teríamos um problema. Porém, parecia que os lêmures não viram aonde tínhamos ido.

Fui em direção ao balcão para pedir uma bebida. Estava precisando muito de uma.

Tzuum.

Mordecai foi teletransportado para a sala, parando em pé ao lado do bar. Ele estava com a calça arriada e os olhos fechados.

— Muito bem, minhas queridas — anunciou ele, com a fala muito enrolada —, uma de cada vez. A vovó primeiro. Tem bastante do Mordecai para...

Ele perdeu o fio da meada. Abrindo os olhos, nos encarou.

— Meu bom senhor, tenho que pedir para que embainhe sua espada imediatamente! — disse o bopca. — Este é um ambiente familiar!

Eu olhei para o bopca. O nome dele era Gordo.

Mordecai ergueu a calça depressa. Ele ainda estava de smoking, mas a gravata e o paletó haviam sumido. Seu rabo com ponta de seta ficou enroscado no cinto, e por isso ele não conseguiu erguer a calça até o fim. Ele teve que enfiar o rabo pelo buraco da calça de um jeito esquisito para depois fechar o cinto. Então ficou balançando de um lado ao outro, e eu podia sentir o fedor de álcool nele.

Fazia vinte minutos que nós tínhamos deixado ele sozinho. Vinte minutos.

— Combinamos de vocês entrarem em uma sala segura só daqui a algumas horas — reclamou Mordecai, brandindo dedo. — Se querem que esse esquema funcione, vocês têm que escutar seu agente! — Mordecai cambaleou e ergueu os braços como se estivesse se equilibrando em uma prancha de surfe. — Onde foram parar aquelas duas jovens com a avó?

Em seguida, ele vomitou no chão, caiu sobre o vômito e desmaiou.

Gordo se inclinou sobre o balcão e fez uma careta.

— Esse é seu agente?

— Aham — respondi.

O bopca balançou a cabeça, triste.

— Vocês dois estão fritos.

— Aham.

5

MONGO HAVIA SUBIDO PARA O NÍVEL 3 E QUASE DOBRADO DE TAMANHO. Ele seria um monstro muito brilhante e colorido quando totalmente crescido, já que suas penas rosadas estavam ficando mais longas e grossas nos bracinhos, misturadas com uma fileira de penas de um vermelho profundo. Sua cauda também crescera, dando a ele uma aparência mais de dinossauro e menos de frango. A pele ao redor dos seus olhos havia tomado um tom azulado, e o bico estava mais longo e largo, também. Uma mordidinha no nariz vinda dele, naquele momento, poderia fazer um estrago.

— Eles crescem tão depressa — murmurou Donut, lamentando. — Ele ficou grande demais para se sentar nas minhas costas.

— Acho que logo é *você* quem vai poder se sentar nas costas dele — comentei.

Eu sabia que a versão real daquelas criaturas na Terra não eram tão grandes quanto nos filmes, mas podia ver que o jogo estava fazendo Mongo crescer para um tamanho mais cinemático, uma decisão mais interessante para o público.

Enquanto Mordecai roncava alto na poça do próprio vômito, Donut e eu abríamos as nossas caixas. Nós dois tínhamos Caixas da Terra Prata, mas também recebemos algumas conquistas aleatórias. Eu não tinha outras caixas, mas Donut ainda não havia aberto a sua Caixa de Pet Ouro. E a conquista mais notável que recebemos foi por toparmos com a nossa primeira missão.

Nova conquista! Elementar, Meu Caro Explorador!

E você achando que tudo que tinha que fazer era socar monstros.

Você recebeu uma missão! Enigmas, intrigas e mistérios, minha nossa! Se você quer sobreviver neste mundo, vai precisar ser mais do que outro bárbaro bonitinho que usa espada. Algumas missões

requerem a força bruta, sim, mas às vezes você tem que rachar a cuca, também.

***Recompensa:* Não queremos que você fique entediado. Essa é a sua recompensa.**

Aquilo seria bem interessante. E, se havia algum tipo de mistério envolvido, eu me perguntei se deveríamos investigar falando com outras pessoas. Se fosse o caso, o carisma astronômico de Donut seria muito valioso.

A gata abriu a Caixa da Terra e ficou boquiaberta.

Ela havia recebido três itens, e dois deles estavam dentro de caixas seladas com a logo da Amazon: uma vela barata perfumada e uma torre para gatos enorme, composta de vários postes de arranhar, plataformas e uma rede de dormir redonda. Era muito maior e mais chique do que a que tínhamos em nosso apartamento, e eu teria que a montar antes de Donut poder usar. A vela tinha o nome de "Brisa Marinha", mas não cheirava nem de longe como o mar.

O terceiro item era uma poção. Uma **Poção de Hobby da Terra**. Eu li a descrição.

Poção de Hobby da Terra.

De acordo com a subseção 1256-C do Ato de Proteção das Espécies Planetárias Nativas, o Governo do Sindicato requere que esta recompensa em particular seja presenteada a todos os exploradores que escolherem uma classe doméstica.

Usar essa poção é opcional, porém, ela não pode ser vendida ou transferida para outros exploradores ou entidades.

Ao bebê-la, você imediatamente ganhará o nível 3 de habilidade em algum hobby específico da Terra. O benefício recebido é aleatório, porém, você não ganhará uma habilidade que já tem.

Minha nossa, eu odeio quando os advogados me forçam a colocar a ladainha deles nas descrições. Você não odeia também? Enfim, pode ser que seu prêmio seja alguma coisa útil tipo Parkour ou Jiu-Jítsu, ou você pode se foder e ganhar alguma merda inútil como Filatelia ou Fabricação de Kombucha. Não tenha muitas esperanças, pois o fato de seu planeta ter sido cheio de babacas chatos e pedantes com hobbies insanos e ridículos não te deixa com chances muito favoráveis.

Eu ri. Mas por que algo assim seria mandatório? E com que propósito? Seria alguma tentativa burocrática de preservar a cultura terrestre? Não fazia sentido, mas, ao mesmo tempo, me lembrava alguma das besteiras que o exército aprovava.

Da Caixa de Pet Ouro, Donut recebeu uma coleira mágica preta para Mongo que indicava o ponto laranja dele no mapa em qualquer lugar em que estivesse. O dinossauro gritou e tentou retirá-la, mas, depois de ser repreendido pela gata, cedeu e parou de arranhar o adereço.

A caixa de correio estava em um canto escuro da sala segura, e Donut foi até ela buscar seu tomo de feitiço. Ela o examinou.

— Este feitiço parece uma delícia — exclamou ela, brilhando logo em seguida ao usar o tomo.

— Juro por Deus, Donut — falei —, é melhor você ter lido a descrição primeiro.

— Ai, Carl, relaxa. Veja.

Ela fez um gesto com a pata e Mongo, que naquele momento corria em círculos ao redor de Mordecai, de repente se multiplicou em três. O trio continuou a dar voltas. Um deles pareceu preocupado de repente e guinchou, pulando no balcão e rosnando para os outros dois. No momento seguinte, os outros também subiram ali. O primeiro gritou de medo e fugiu, correndo para se esconder atrás de Donut. Os outros dois se olharam e depois desceram, voltando a circular Mordecai feito um par de tubarões.

— Por favor, me diga que isso é uma ilusão — resmunguei.

Os novos Mongos pareciam, fisicamente, o reflexo um do outro, mas não se mexiam feito cópias perfeitas. Parecia que tinham mente própria.

— Eles são reais! — disse Donut. — Não é legal? Pena que duram apenas um minuto. E é um feitiço caro, também. Custa 26 pontos de mana.

No instante seguinte, os dois dinossaurinhos pararam de correr, olharam um para o outro e então desmontaram, revelando pequenas engrenagens, mecanismos e partes eletrônicas. As peças mecânicas desapareceram em uma nuvem de fumaça momentos depois.

— Ele se chama Tríplice Mecânica. Não é incrível? Porém, só posso o invocar em pets e soldados. Por isso, nada de Carl mecânico.

O Mongo de verdade guinchou preocupado para os dois montinhos de cinzas no chão.

— É um bom feitiço, melhor pegar prática com ele. Você já tem um excelente catálogo — afirmei, olhando a lista de feitiços dela.

Naquele momento, Donut tinha os seguintes feitiços:

Cura — Nível 1 (Máx.).
Tocha — Nível 10.
Míssil Mágico — Nível 9.

Salta Poças — Nível 3.
Segunda Chance — Nível 5.
Curar Criaturinha — Nível 1.
Tríplice Mecânica — Nível 1.

Não tinha notado que o feitiço Tocha dela estava no nível 10. Donut geralmente o ligava assim que saíamos de uma sala segura, e ele seguia acima de nós pela maior parte do tempo. Donut ajustava a luminosidade quando precisávamos ser sorrateiros, mas eu nem pensava naquilo, já que a maioria dos corredores do segundo andar tinha iluminação ambiente.

— Você vai montar a minha torre? — perguntou Donut. — E acender a minha vela? A srta. Beatrice acendia velas de vez em quando.

— Só espera um minuto.

Tive uma breve recordação de Donut andando muito perto de uma fileira de velas e de Bea surtando. Minha ex era muito paranoica com a ideia de a gata acabar pegando fogo e, mesmo assim, deixava um milhão de velas por todo o apartamento.

Eu ainda tinha a minha própria Caixa da Terra para abrir, o que fiz. Assim como a de Donut, ela continha dois itens aleatórios e a poção de hobby.

O primeiro item era um pequeno cacto em um vaso de barro. A planta atarracada nem chegava a oito centímetros e era coberta de espinhos amarelos. O vaso ainda tinha a etiqueta de preço nele: US$ 3,99. Viera de uma Home Depot.

O outro item era um box de livrinhos ainda embalado no plástico.

— Ah, nossa! — falei virando o pacote nas mãos.

Era uma coleção de livros do Louis L'Amour. De faroeste. Meu pai tivera uma estante cheia deles e, quando criança, eu pegava um ou outro escondido e lia o livro inteiro em uma noite, debaixo das cobertas com uma lanterna. Aquela era uma coleção de dezoito livros, todos da mesma série, que contava a saga da família Sackett. Eu não tinha lido nenhum deles. Guardei os livros no meu inventário. Percebi que minhas mãos tremiam, mas não sabia dizer o porquê.

Eu examinei o cacto enquanto me perguntava o que fazer com aquilo, analisando a razão de terem me dado ele. Ambos os presentes de Donut haviam sido intencionais: uma vela para a lembrar de casa e uma torre para gatos para o seu conforto.

Eu suspirei, guardando a planta no inventário.

— E aí, quer ganhar um novo hobby? — perguntei, sem esperanças de conseguir algo bom.

— Vamos lá — disse Donut.

Todo o corpo dela brilhou por um instante, e a gata fez uma careta.

— Escutelifilia — resmungou Donut momentos depois, pronunciando devagar. — Eu não... Eu nem sei o que isso significa. Sou uma escuteléfila. Soa obsceno. Como eu posso ter a habilidade em algo e não saber o que é? Isso não faz sentido. Que desperdício.

Soltei uma risadinha.

— Eu não sei o que te dizer, Donut, mas a IA avisou que a habilidade seria algo idiota.

Coloquei a poção no meu acesso rápido e bebi, sentindo uma onda de calor se espalhar pelo meu corpo.

Você ganhou uma habilidade!

Você é nível 3 na habilidade Cesta-Punta.

E só. Sem qualquer outra explicação.

— Cesta-Punta? — murmurei.

Aquilo era algum tipo de arte marcial? Olhei para minhas mãos. Não sentia nada de diferente.

— A sua poção foi inútil, também? — perguntou Donut.

— Eu não sei — disse. — Talvez.

Donut estava certa. Era idiota e sem sentido não sabermos o que a habilidade era.

— Deve ser a arte de quebrar nozes com os dedos do pé — comentou Donut, que depois se virou ao bopca. — Gordo, querido, traga algumas nozes, precisamos fazer um experimento. — Ela riu.

— Claro, imediatamente, Vossa Alteza — respondeu o bopca, que voltou correndo à cozinha.

Ele era ainda mais subserviente do que os outros de sua espécie. Também, o carisma de Donut havia decolado para 70. Mordecai explicara que, embora aquele número parecesse um absurdo de alto, nos andares mais profundos veríamos e precisaríamos de números muito mais altos só para acompanhar o ritmo. Com apenas 3 pontos por nível, teríamos que lutar por poções, itens, vantagens e tudo mais para fazer os atributos decolarem.

Por ser um dos poucos feitiços que funcionava dentro de uma sala segura, pedi para que Donut invocasse o Tríplice Mecânica várias vezes seguidas. Naquele momento, levava vinte segundos para ela regenerar um único ponto de mana. Mongo logo se acostumou a ter dois amigos mecânicos surgindo do nada e passou a guinchar de alegria sempre que apareciam, correndo na direção deles. Os outros dois também pulavam animados, e os três brincavam de lutinha, rolando uns sobre o outros, derrubando cadeiras e pulando em cima das mesas. A informação sobre suas cabeças não indicava qual deles era o real, e eu perdia rápido a noção de qual era o Mongo de verdade até os outros dois se desmontarem. O dinossaurinho dava um pio triste quando isso acontecia e corria para Donut, gritando e pulando, como se exigisse que ela os trouxesse de volta.

— Acho que eu não estou ganhando experiência com o feitiço — avisou Donut depois de um tempo. — Ele já deveria ter subido para o nível 2.

— Hmm. Talvez não conte nas salas seguras. — Olhei para Mordecai, que continuava a roncar. — Seria bom se a gente tivesse *alguém* para quem perguntar.

Tentei acordá-lo mais cedo, mas ele estava completamente desmaiado.

— Não deveríamos colocar ele em outro lugar que não seja uma poça de vômito?

— É provável — respondi —, mas não quero tocar nele outra vez. — A primeira vez que eu tentei acordá-lo, a cauda de Mordecai tinha se erguido de forma sinistra, feito uma cobra. — A última coisa de que precisamos é algum feitiço estranho de íncubo se ativando e nosso agente sendo congelado. Além do mais, algo me diz que esse não é o primeiro porre dele.

Eu ainda não estava com vontade de montar a torre de Donut, mas disse a ela que faria ainda naquela noite. Assim, enquanto Donut brincava com Mongo e os clones dele, passei um tempo mexendo com explosivos.

Deveria fazer aquilo em uma Bancada de Sabotador, o que pararia a degradação da dinamite e em tese me ofereceria mais formas de trabalhar com os explosivos. Tinha uma ideia, mas logo desisti dela, ao menos naquela hora.

Eu havia ganhado a habilidade Cirurgião de Bombas e, embora ela fosse apenas nível 1, já podia perceber o quão útil seria. Sem ter que consultar a descrição, conseguia sentir a profundidade do detonador e o quão perto as dinamites estavam de serem acionadas prematuramente.

No lugar da dinamite, passei a examinar o meu estoque de bombas de fumaça goblinoides. Aqueles explosivos do tamanho de maçãs eram um pouco grandes demais para o meu estilingue, e a forma com que eram projetados não me permitia dividi-los em partes menores. Eu me perguntei se deveria trocar o estilingue por uma atiradeira. Frustrado, guardei tudo.

Tinha um monte de produtos químicos aleatórios e uma tonelada de pólvora, mas, com o meu conhecimento limitado de química, não sabia como combinar aqueles itens da maneira correta para materializar o que tinha em mente. Precisava procurar uma loja que vendia suprimentos explosivos ou, melhor ainda, achar um vilarejo de hobgoblins e saquear o estoque deles. Parecia que eles tinham produtos de melhor qualidade do que os goblins.

Era para nós chegarmos ao povoado maior antes de escurecer, mas decidi que ficaríamos naquela área para explorar. Não tinha certeza de quando a noite cairia, mas ainda havia muitas horas antes do próximo episódio de retrospectiva.

O plano era ir lá fora e espiar os arredores desse suposto circo. Não queria tentar ir muito a fundo, não antes de sabermos com o que exatamente nós estávamos lidando.

— Vamos, Donut — chamei. — Vamos caçar palhaços.

A primeira coisa que percebemos quando chegamos do lado de fora foi o grupo de três X no mapa. Eram exploradores, mortos não muito longe de onde nós havíamos encontrado os lêmures.

— Ah, droga — murmurei.

Lembrei do que Zev dissera sobre não juntar forças com os exploradores daquela área e, de repente, eu me senti culpado por não ter procurado por eles. Havia ficado tão sobrecarregado pela quantidade de novidades daquele andar que não pensei muito nos outros. Senti remorso na hora.

Nós nos aproximamos da área com cuidado, andando pelas vielas estreitas. Mongo parou para farejar o ar e rosnou baixo.

— Pare — sussurrei.

Procurei pelo mapa, mas não encontrei qualquer monstro.

Mongo estava olhando diretamente para cima. Segui a direção de seu olhar e foi então que vi o lêmure de caveira na cabeça todo esticado na beirada de um telhado. Ele ainda não havia nos percebido.

Quando o vi, seu ponto apareceu no minimapa. Aquelas coisas tinham alguma habilidade de furtividade. E observava a rua com os exploradores mortos, de costas para nós. Uma armadilha. Eu só podia ver um lêmure, mas não duvidava de que havia mais deles.

— Voltem — comandei. — Vamos entrar nesse prédio e pegar ele de surpresa.

Aquelas construções eram apenas as cascas ocas de antigas casas. Nenhuma tinha portas ou janelas, apenas os buracos onde essas coisas costumavam ficar. Demos a volta e olhamos dentro de uma delas.

Nós nos agachamos perto da entrada. Mongo estava se comportando e continuou quieto. O segundo andar e o telhado do prédio eram apenas vigas de madeira podre rodeadas pelos blocos de pedra da casa. Podíamos ver o lêmure dali, sentado à toa na beira do telhado, mas não havia escadas ou qualquer jeito fácil de chegar lá em cima.

— Quer que eu dê um jeito nele? — perguntou Donut.

— Precisamos fazer isso silenciosamente — sussurrei.

O meu estilingue só iria irritar o bicho, e um míssil da Donut seria um pouco alto demais.

— Fica quietinho, Mongo, e veja como a mamãe faz.

— Espera! Mas que droga, Donut — sibilei baixinho.

Antes que eu pudesse reclamar mais, a gata pulou no ar, pousou em uma das vigas do segundo andar e atravessou a construção agachada. *Eita*, pensei. Ela conseguiu ser muito mais silenciosa do que achei que seria capaz, ainda mais porque...

Ela pulou na viga central do telhado, aterrissando logo atrás do lêmure. Mesmo lá de baixo pude escutar o som do pingente de sua coleira quando ela pousou no telhado. Naquele silêncio, era tão alto quanto a porra de um sino de igreja. A armadura traseira dela também tilintou alto ao bater na viga.

Mongo, decidindo que também queria entrar na brincadeira, gritou o mais alto que podia.

O lêmure se virou, olhando sobre o ombro assim que Donut pulou nele. De alguma forma, ela conseguiu não escorregar da beirada e cair na rua lá embaixo. A gata golpeou com selvageria o monstro, que se desequilibrou e caiu para dentro do prédio, batendo em uma das vigas do segundo andar e se espatifando no chão. Mongo correu e se atirou, caindo com tudo em cima do lêmure quase morto. Ele rasgou a barriga peluda da criatura com agressividade, abrindo-a como se fosse um zíper, do jeito que tinha sido treinado. O dinossaurinho deu gritinhos e enfiou a cabeça dentro das entranhas expostas do monstro.

Caramba, pensei, indo até eles.

Donut desceu e se sentou ao lado do lêmure abatido por ela, parecendo triunfante.

— Vamos ter que fazer alguma coisa com esse pingente aí se você quiser ser sorrateira. — comentei. — Você é muito frágil para fazer coisas assim sem planejar primeiro.

— Preciso ser um bom exemplo para meu filho, Carl.

— Ele não é o seu filho, Donut. Ele é um pet. Nós não colocamos a vida em risco por bichos de estimação.

Eu me arrependi de ter dito aquilo assim que as palavras saíram da minha boca. Donut olhou para mim como se eu tivesse dado um tapa nela, e eu me senti um tremendo cuzão.

Mongo arrancou a caveira pintada do monstro, revelando o verdadeiro crânio do lêmure morto.

— Eca — disse Donut, horrorizada. A expressão de mágoa desapareceu tão rápido quanto tinha surgido. — Carl, você está vendo isso? É repugnante!

— É, é bem nojento — respondi, agradecido pela mudança de assunto.

A máscara de caveira humana cobria um crânio que tinha um par de olhos saltados cheios de veias. A coisa não tinha pelos nem pele na cabeça. Parecia mais assustador sem a máscara do que com ela.

O monstro dropou uma Pele Inferior de Lêmure e uma pequena bandoleira com seis facas de atirar. Donut pegou todas elas. Cada faca era quase do tamanho da minha mão e tinha pequenas bainhas pretas.

— Donut, você deveria subir lá outra vez, devagar e sem fazer barulho, e dar uma olhada na rua. Veja se encontra mais lêmures em telhados e se consegue dizer onde fica a área principal do circo.

— Não precisa — respondeu ela. — Já olhei tudo. Tem outro lêmure no prédio em frente, mas ele está dormindo. É provável que eu consiga derrubá-lo com um míssil, sem que ninguém perceba. Algumas ruas abaixo, dá para ver as grandes tendas do circo, e acho que tem um parque de diversões, também. Fica na mesma direção de onde veio a girafa. Pude ver ao menos três delas andando por lá, mas não vi qualquer um daqueles palhaços medonhos. E outra, quando tudo fica bem quieto, dá para escutar a música vindo do circo.

Eu só fiquei olhando para a Donut. Ela estava mesmo se desenvolvendo e ficando mais eficiente. Eu me senti mal de novo pelo que falei sobre pets. Mas, ao mesmo tempo, era verdade, né? Donut era diferente. Era muito mais que um bicho de estimação.

Donut olhou toda amorosa para Mongo, que havia terminado de se empanturrar.

— Você foi muito bem — elogiou ela —, já está quase no nível 4!

O dinossaurinho saltitou, abanando os braços imundos de sangue e sujando tudo de vermelho.

— Tá bom — falei. — Vamos matar o outro lêmure, examinar os corpos daqueles exploradores e depois dar uma olhada no circo. Parece um bom plano, parceira?

Donut se deteve e então concordou devagar.

— Sim — falou ela. — Parceiro.

6

DONUT DERRUBOU O LÊMURE ADORMECIDO COM UM MÍSSIL MÁGICO. NÓS esperamos cinco minutos para ver se haveria retaliação, mas tudo que se seguiu foi o silêncio. No tempo em que ficamos esperando, pude ouvir o sussurro distante de uma calíope tocando uma música de circo lenta e fantasmagórica. Assim que tivemos certeza de que os vigias tinham acabado, nós nos aproximamos dos três exploradores mortos.

Ao chegar mais perto, vi que havia sangue e entranhas o suficiente para cinco ou seis exploradores. Assim como funcionava com as lagartas rajadas, os X desapareciam se os corpos fossem destroçados o suficiente. Parecia que uma batalha grande havia acontecido ali, e presumi que eles mataram muitos dos lêmures também, mas os corpos das criaturas foram removidos antes de chegarmos. Como suspeitava, os três exploradores seriam usados como armadilha.

Dos três que pude examinar com mais facilidade, dois eram humanos e um era uma criatura grande que parecia uma árvore. Tinha visto aquela raça na lista de escolhas, mas não me lembrava do nome. Quando examinei os corpos, o sistema não me informou as novas raças. As três eram mulheres.

Cadáver saqueável. Exploradora Grace Bautista 3 — Nível 3. Morta por ex-lêmure de circo.

Todas elas pareciam ser asiáticas, talvez das Filipinas, e tinham o mesmo sobrenome. Eram todas nível 8 e foram mortas pelos lêmures. Grace, Nica e Lea. O inventário delas estava vazio, o que indicava que alguém do grupo delas ainda devia estar vivo.

— Essa aqui, a mulher-árvore, está usando uma tornozeleira — avisou Donut. — E aquela outra tem dois anéis.

Era verdade. Assim que examinei os corpos mais de perto, pude ver que haviam os saqueado às pressas. Os inventários foram esvaziados, e as armas e armaduras também deviam ter sido removidas, o que as deixou apenas com roupas comuns; todas exceto a mulher-árvore, que vestia apenas a tornozeleira. O que acontecera ali tinha sido muito rápido. Aquelas três eram ou irmãs ou parentes próximas e morreram ao mesmo tempo. Balancei a cabeça. Essa merda de jogo.

A mulher-árvore era humanoide, mas tinha o corpo muito retorcido. Ela parecia mais com um Ent de *Senhor dos Anéis* do que com o Groot de *Guardiões da Galáxia*, mas mesmo essa comparação não estava correta. O rosto dela mantivera os traços humanos, mas ela fora forçada a uma postura corcunda com mais braços surgindo de suas costas.

Levou alguns minutos para tirar a joia do tornozelo dela, que era a provável razão de terem abandonado aquele artefato. Também tirei os anéis dos dedos da outra, a humana chamada Nica.

Ambos eram anéis que davam +2 de Força. Já que Donut não podia usá-los, limpei o sangue e os coloquei nos meus dedos, ficando com um total de quatro anéis. Dessa forma, a minha Força voltou a um nível aceitável. Eu não gostava de saquear o cadáver de outros exploradores, mas naquele momento percebi como podia ser vantajoso estar em uma área em que havia outros jogadores. Assim como podia ver o apelo em caçar os outros. O jogo dava muitos equipamentos.

Examinei a tornozeleira, que parecia ser feita de madeira. Tinha três pequenas contas presas a ela que faziam cliques quando eu a balançava, feito uma vagem seca. Não era nem de longe tão alto quanto o pingente da Donut, mas qualquer coisa que fazia barulho era uma distração.

Tornozeleira Encantada do Carvalho Caído.

Imbui quem a colocar com +1 de Destreza, +1 de Constituição, e dá +3 na habilidade Tiro Duplo. Também é uma tornozeleira. É de se pensar que tornozeleiras realçariam a beleza dos pés da mesma maneira que anéis fazem, mas, na verdade, elas são um exagero, distrações barulhentas que te deixam brega.

— Vamos ver se o sistema deixa você usar isso — falei para Donut.

Suspeitei que deixaria, pois ela já usava um bracelete em uma das patas dianteiras. Eu mal conseguia vê-lo debaixo de todo o pelo.

Donut olhou para a tornozeleira e torceu o nariz.

— Madeira? — resmungou ela. — Em que época estamos, os anos 1970? Tornozeleiras são para pés, não para mim.

Estava claro que a IA não queria que eu usasse aquela coisa, mas eu não iria dizer aquilo em voz alta.

— Ela dá 1 ponto de Constituição, e você precisa — argumentei por fim.

A gata suspirou e guardou a joia no inventário.

— Vou colocar na minha pata de trás para ninguém ficar vendo.

A tornozeleira foi equipada com um brilho ao redor da pata traseira esquerda de Donut. Estava um quarto do tamanho original e ficava escondida entre os tufos de pelo. A gata balançou a perna algumas vezes com desgosto, mas por sorte as contas mal faziam barulho. Se mantivéssemos o buff da escova dela ativo, a Constituição dela passava a ser 7. O que ainda era muito baixo para o meu gosto.

— Leia a descrição de Tiro Duplo e me diga o que faz — pedi.

Ela deu de ombros.

— Aqui diz que, se eu acertar um monstro duas vezes seguidas com o mesmo tipo de ataque, há uma chance de o segundo golpe conferir dano crítico.

— Ótimo — falei. — Bom, vamos sair do meio da rua.

Quanto mais próximo nós ficávamos dos limites do circo, mais alta ficava a música da calíope. O toque não mudava, era sempre um *vuum-pá-pá, vuum-pá-pá* lento e fantasmagórico de polca na metade da velocidade normal. Olhei para o céu, preocupado, pois o sol se aproximava do topo dos telhados distantes. Não encontrei qualquer sala segura desde aquela última.

Nós nos escondemos dentro de um prédio com vista para as imensas tendas do circo. Matamos outros cinco lêmures sentinelas no caminho até ali. Embora aquelas criaturas preguiçosas fossem difíceis de enxergar, era fácil surpreendê-las, contanto que nos movêssemos devagar. Donut matara a maior parte deles, geralmente deixando Mongo terminar o serviço. O dinossaurinho tinha alcançado o nível 4 e ficado do mesmo tamanho que a gata. Ele tremia de raiva e energia potencial sempre que chegávamos perto de um lêmure. Às vezes, a empolgação era demais para o velocirraptor, que dava um guincho alto e fechava o bico logo em seguida, como se soubesse que tinha feito algo errado.

Quando encontramos um lêmure adormecido deitado no chão de um dos edifícios, foi uma situação tentadora demais para Mongo. O dinossauro grunhiu e saltou, caindo sobre a barriga do lêmure, que acordou e ainda conseguiu urrar antes que eu também pulasse e esmagasse seu crânio com o pé. Uma girafa tomada de lêmures entrou na rua logo em seguida, e tivemos que nos esconder colados na parede da sala, mas felizmente ela passou reto por nós.

Pelo buraco do que um dia tinha sido uma janela, pudemos observar o circo. Ele consistia em três imensas tendas e múltiplos vagões, várias jaulas com formas sombrias invisíveis ao olhar, e pelo menos uma dúzia de tendas menores. Além dos lêmures, das girafas e dos palhaços de pernas de pau, vimos outros tipos de criatura, incluindo um grupo de pequenos palhaços roliços e um tipo de ogro imenso, que usava tanga de oncinha e tinha um tentáculo se projetando na lateral do pescoço.

Uma das tendas tinha o lado coberto por uma grande placa desbotada que dizia O MUNDO DAS ABERRAÇÕES DE GRIMALDI, ENTRADA: UMA MOEDA DE OURO. CRIANÇAS E PESSOAS DE CONSTITUIÇÃO FRACA NÃO SÃO PERMITIDAS. Em pôsteres separados, de quase três metros de altura, também estavam ilustradas as aberrações e outras atrações dentro da tenda. Uma delas era do ogro, na qual lia-se: O HABITANTE MAIS FORTE DA CIDADE ACIMA.

As outras ilustrações eram uma mistura desbotada de atrações secundárias e personalidades como A MULHER MAIS GORDA DA CIDADE ACIMA; GARTH, O TROGLODITA DE DUAS CABEÇAS; e TIQUINHO, O INCRÍVEL GNOLL CUSPIDOR DE FOGO.

Havia uma peculiaridade entre as artes. A última delas tinha a ilustração de uma mulher élfica de chifres coberta de tatuagens da cabeça aos pés. Na placa, lia-se: TZARINA SINETE E SEU FANTÁSTICO ESQUADRÃO DE GUERRA. Porém, pintaram um círculo enorme no pôster, riscando a imagem. "Procurada. Traidora", estava escrito sobre ela. Enquanto observávamos, um dos palhaços roliços passou empurrando um carrinho de mão amontoado de peles de animais. Ele parou em frente à placa, abriu a calça e urinou na arte.

— Minha nossa, parece que eles não gostam mesmo daquela dama — murmurou Donut.

— Não, nem um pouco.

Nós os vigiamos por mais alguns minutos. Os palhaços e os lêmures pareciam trabalhar duro, mas para quê? O circo era inteiro rodeado por uma muralha de um metro e meio, feita de pedras, madeira e ossos. Os palhaços colocaram as peles de animais sobre as barreiras. Dois dos pernas de pau arrastaram um vagão até o meio da rua e começaram a erguer algo que lembrava as defesas de uma guerra de trincheiras, largando estruturas de madeira conectadas umas às outras por rolos de arame farpado.

— Eles estão se preparando para uma batalha — falei.

Mordecai: Está ficando tarde. Vocês já estão perto do outro vilarejo?
Carl: Oi, Mordecai. Melhorou?
Mordecai: Eu não... Espera, do que você está falando?
Carl: Onde você está?
Mordecai: Na minha sala. Vocês dois estão perto do vilarejo ou não?

Eita. Devem tê-lo teletransportado de volta assim que deixamos a sala segura.

Carl: Você lembra de qualquer coisa que aconteceu hoje?
Donut: VOCÊ FICOU BÊBADO E MOLESTOU A AVÓ DE ALGUÉM.

Mordecai não respondeu por um bom tempo.

Mordecai: Onde vocês estão?

Expliquei a ele tudo o que havia acontecido. O agente não interrompeu com perguntas e esperou até que eu terminasse. Não levou muito tempo para falar de tudo.

Mordecai: Muito bem. Saiam já daí e vão direto para aquela sala segura. Isso aí é muita areia para o caminhãozinho de vocês. Façam isso imediatamente, vai anoitecer daqui a pouco. Vou explicar o quão idiotas vocês dois são quando chegarem aqui.
Carl: Talvez a gente não tivesse sido idiota se você não ficasse desmaiando em poças de vômito por aí. Já íamos voltar, de qualquer forma. Vemos você lá.
Mordecai: A noite chega rápido, é melhor vocês se apressarem.

Mongo grunhiu.

— Senta! — falei depressa.

Lá fora, dezenas de lêmures e palhaços de pernas de pau apareceram. Eles vinham de todas as direções e voltavam para o circo. Percebi que aqueles eram sentinelas retornando para a base antes de escurecer.

Tivemos que continuar dentro da edificação, escondidos com as costas coladas na parede, ou senão seríamos vistos pelos monstros. Nós nos amontoamos quando ouvimos o *pocotó, pocotó, pocotó* de uma girafa marchando sobre as tábuas de madeira. Donut pulou em meu ombro e espiou pelo canto da janela enquanto Mongo subia em meu colo. Percebi que fazia um *shhh* baixinho ao esfregar a nuca áspera e meio coberta de penas do dinossauro.

— Não para de vir mais deles — reclamou Donut. — Não devíamos ter vindo aqui, Carl. Já está escurecendo.

— Está tudo bem — murmurei. — Se eles estão retornando para a base, é provável que não nos sigam. Vamos esperar um minuto e sair correndo.

Donut concordou.

Esperamos até que a procissão de lêmures e palhaços começasse a enfraquecer. Devia ter mais de mil. O sol ainda não havia sumido por completo no horizonte artificial. Lá fora, os pernas de pau terminaram de erguer as defesas de arame farpado e começaram a se agrupar atrás da muralha. Outro grupo de monstros que a gente ainda não tinha visto estava perto de vários caldeirões, feito bruxas cuidando de uma sopa mágica. Eles eram altos, magros com braços emaciados, e se vestiam com mantos e máscaras esfarrapados, feito carrascos mortos-vivos... Exceto que o tecido das roupas era roxo e amarelo berrante. Naquele lado do circo havia quatro caldeirões que borbulhavam e estalavam, cada um deles com quatro dos seres de vestes coloridas ao redor.

Um grupo de palhaços roliços empurrou as grandes jaulas pintadas de vermelho e amarelo para as extremidades da muralha, as portas viradas para o lado de fora. Rugidos e gorgolejos saíam delas e, fosse lá o que estivesse preso ali, supus que eles soltariam em cima de quem os atacasse. Vi de relance tentáculos e garras se esticando de uma das jaulas, o que me lembrou o chefão Krakaren contra quem tínhamos lutado, embora aqueles tentáculos parecessem menos com um polvo e mais — não sei — algum tipo de verme. Senti uma repulsa visceral de olhar para aquilo.

— É, dane-se isso aqui. Vamos dar no pé — falei. — Venham.

Dois lêmures e um palhaço ainda estavam na rua quando saímos do edifício. Donut os atingiu com três mísseis rápidos e eu parti para cima. Chutei o primeiro lêmure diretamente no palhaço, que tinha cambaleado para trás com o primeiro tiro. Em chamas, o lêmure guinchante ricocheteou da cabeça do palhaço, que, por sua vez, se esforçava para se equilibrar, fazendo com que o grandão tropeçasse e, dessa vez, fosse ao chão. Enquanto Donut e Mongo despachavam o último lêmure de forma ágil, pulei no palhaço da mesma forma que havia feito antes, esmagando seu peito e enchendo a cara dele de bordoadas até que ela afundasse. Podia sentir a força adicional dos anéis em cada soco.

Mais força. Eu precisava de mais força, para poder matar aquelas coisas com um golpe só.

Saqueei o segundo Ingresso para a Atração Principal e outro pedaço de Carne de Palhaço.

Dei uma olhada para o grupo de dez lêmures que estava na rua de cima. Eles uivavam e apontavam para nós, mas não tentaram nos seguir.

— Corre — falei.

Nós nos viramos e saímos correndo rua abaixo, sem entrar nas vielas. A sala segura ficava só quatro quadras adiante.

— Você viu aquilo? — gritou Donut. Um som de assovio encheu o ar conforme ela tentava falar, mesmo sem ar. — O meu Míssil Mágico consegue atear fogo! O feitiço chegou no nível...

Bam! Metade da rua que nós havíamos acabado de sair explodiu, nos atirando em frente. Caí no chão e saí rolando até parar; meus ouvidos latejavam. Pedras e detritos choveram sobre nós e Mongo gritou de dor. Momentos depois, ele brilhou quando Donut invocou Curar Criaturinha. Ela correu em direção ao dinossaurinho sujo de sangue, aninhando-o preocupada.

— Que porra foi essa? — gritei ao me colocar em pé. — Ah, qual é!

Um cometa roxo e amarelo foi ao ar, vindo do circo. Ele assoviou ao bater no teto e voar em nossa direção. Percebi naquela fração de segundo que o projétil colorido funcionava como o tiro de um morteiro. Ele havia sido atirado dos caldeirões. Estavam soltando a porra de morteiros mágicos na gente.

— Merda — falei. — Entrem lá! — disse, apontando à porta mais próxima, e nós três pulamos para dentro.

Encobri Donut e Mongo com o meu corpo quando outra explosão ainda mais alta ecoou. Minha vida afundou, ao passo que a escuridão desceu.

Pedras bateram em minhas costas no momento em que a construção ao nosso redor entrou em colapso. Peguei na hora uma Poção de Cura para parar a descida em espiral da minha vida e, ao mesmo tempo, o chão ruiu, nos fazendo cair outra vez. *Merda, o chão é feito de madeira*, lembrei. *Estamos afundando através dele.* Só paramos quando nos esborrachamos, com pedra e madeira chovendo ao nosso redor e rolando pelo chão. Não consegui ouvir nenhum som por um bom tempo. Abaixo de mim, Donut e Mongo se contorciam, tentando sair do meu abraço.

Eu rolei para o lado, os libertando. Poeira e detritos ainda caíam aos montes, e eu não conseguia parar de tossir. Minha vida continuava pela metade, por isso usei o feitiço Cura para enchê-la. Estávamos na escuridão absoluta, e Mongo deu um ganido de medo.

Luz encheu a sala quando Donut invocou Tocha.

Esperamos por outro tiro de morteiro, mas ele nunca veio. Provavelmente acharam que tinham nos eliminado. Depois que as pedras se assentaram, ainda pude escutar o som da calíope, distante e fantasmagórica.

— Isso foi bem desagradável — reclamou Donut, se esfregando em Mongo para tirar o pó das penas dele.

Caíramos numa espécie de porão. Olhei ao nosso redor. Acima, uma luz fraca brilhava através do buraco da nossa queda, mais de três metros e meio acima. Olhei desconfortável para o chão, mas não consegui vê-lo com o tanto de destroços espalhados. Aquela sala havia sido construída abaixo do nível principal da Cidade Acima. Nem sabia que isso era possível. Fumaça subia lentamente de uma fenda entre os destroços.

O espaço não era muito grande. Parecia ter o dobro do tamanho da guilda de Mordecai, com as paredes feitas de pedras brutas. Um dia, uma escada levara ao andar superior, mas ela tinha desabado. Os vestígios apodrecidos de barris estavam enfileirados junto de uma das paredes, e a única saída parecia ser o buraco por onde tínhamos caído.

— Donut, você consegue usar Salta Poças para tirar a gente daqui?

Eu também podia construir uma escada, mas ia levar uns minutos, e estávamos ficando sem tempo.

— Não sei — respondeu Donut, andando para trás ao analisar o teto. — O buraco é pequeno demais. Preciso ter visão de onde vamos parar, e tudo que enxergo daqui é o céu. Se eu conseguir deixar o buraco maior, deve funcionar. Espere um momento.

Ela saltou através do buraco, e Mongo gritou. Ele pulou no ar furiosamente, tentando chegar tão alto quanto Donut.

— Ela já vai voltar — falei para ele. — Calma aí, carinha.

Mongo guinchou de fúria e pulou outra vez, indo tão alto que chegou a me surpreender. Ele subiu uns três metros, faltando só um pouquinho para chegar no buraco.

— Nossa, esse foi dos bons! — elogiei.

Ele deu um ganido triste, olhando para a abertura.

Momentos depois, um pedaço enorme do piso superior caiu para dentro e Donut desceu com o pelo todo eriçado. Mongo guinchou e fez festa para ela como se a gata tivesse passado horas longe, mas Donut ignorou o pet.

— Ela está lá fora, lá na rua — disse a gata, sem ar. — Ela está parada lá como se esperasse por nós. Só há uma saída desse prédio, e ela está bem ali. Acho que sabe que nós estamos aqui!

— Quem? — perguntei.

— A dama élfica do pôster, a Tzarina Sinete!

— Ah, merda. Ela chegou a ver você? O ponto dela no minimapa era vermelho? Qual é o nível dela?

Eu não via qualquer coisa no meu mapa. Donut pensou um momento.

— Ela olhou bem na minha direção, mas não se mexeu! O ponto dela é branco! Mas ela é bem medonha, e eu não tive tempo de examinar suas propriedades. Fiquei com tanto medo! Ela brilha. E está completamente nua com a exceção de uma calcinha fio dental adorável que a srta. Beatrice iria amar. Mas aquela dama está coberta de tatuagens que se mexem e nadam feito peixes em um aquário. Eu não gosto de tatuagens, Carl.

Suspirei, olhei para o buraco e me acalmei um pouco. Se o ponto era branco, não corríamos perigo imediato.

— Você tem uma tatuagem — comentei, distraído. — Lembra? E eu tenho duas. Além disso, você sabe que a Bea tinha uma tatuagem também. Aquela ridícula, bem no cóccix.

— A tatuagem da srta. Beatrice é uma obra de arte e a exceção da regra — informou Donut. — Lembre-se que adquirimos tatuagens *contra* a nossa vontade.

A tatuagem de Bea era um gato persa desbotado, cercado de umas decorações tortas esquisitas. A arte era baseada na Princesa Gorduchote, a gata de estimação que Bea tivera durante a infância, a avó havia muito falecida de Donut. Aquela tatuagem horrível parecia um Ewok chapado. Nunca entendi o porquê de ela colocar uma tatuagem em um lugar em que os únicos que veriam seriam aqueles que a pegassem por trás. Certa vez, cometi o erro de mencionar isso como uma piada, adicionando a parte do Ewok também. É, tinha sido um erro daqueles.

— O ponto da elfa é branco, o que significa que podemos falar com ela — comentei. — Vamos perguntar para ela o que está acontecendo e depois seguimos para a sala segura. Consegue nos levar lá para cima?

— Acho que sim — disse Donut, parecendo desconfortável.

Peguei Mongo. A última coisa que precisávamos era o monstrinho atacando a mulher.

— Nos tire daqui, Donut.

Dez segundos depois, estávamos agachados na entrada arruinada do prédio ainda mais destruído. A área estava encoberta pela escuridão total, e meu coração saltou quando lembrei do aviso de Mordecai.

Uma luz brilhava, vinda da rua, e tive que me espremer através dos destroços da porta para chegar ao lado de fora. Mais em frente, a uma quadra e meia de distância, o circo estava iluminado como se pronto para um festival.

As três grandes tendas brilhavam, e havia várias fogueiras ao redor de todo o acampamento. Luzes de holofote estavam viradas para cima, rondando o céu.

Palhaços, lêmures e girafas estavam enfileirados ali perto. Estava claro que podiam nos ver, mas por que não atiravam mais morteiros?

Eu examinei a criatura élfica seminua que estava em pé, quieta e sozinha, na rua escurecida. Ela media algo perto de um metro e setenta de altura e me lembrava muito Lexis, a assistente de produção de Odette. Era um ser humanoide extremamente magro, com longas e pontudas orelhas de elfo, além de pequenos chifres saindo da testa e presas afiadas. Ela emanava uma aura malévola e assustadora.

A pele dela emitia uma leve luminescência, e por causa desse brilho eu conseguia ver as tatuagens. Ela era coberta dos pés até o rosto pelas linhas grossas de tatuagens de estilo tradicional, todas representando monstros. A maioria das criaturas tinha um tema asiático ou náutico, como os onis japoneses, pequenos dragões chineses e dezenas de outras monstruosidades que lembravam tubarões e polvos. Como Donut dissera, os desenhos estavam vivos. Eles se mexiam pelo corpo da mulher, se enroscando uns nos outros e fazendo a pele dela ondular.

Tzarina Sinete — Meio-Náiade, Meio-Alta Elfa Invocadora — Nível 60.

Essa é uma elite.

O rei alto elfo Finian, líder do Setor Liana dos Campos de Caça, era um canalha tão tarado que dizem que ele levou para cama mulheres de mais de cinco mil raças diferentes durante seu reinado. A maioria dos estudiosos concorda que isso deve ser um exagero considerando o lábio leporino do rei Finian, além de sua obsessão com tricô. Mesmo assim, pelo menos um desses encontros ocorreu, resultando na combinação única de náiade com alto elfo. Considerando a tendência da Confederação Náiade de afogar estrangeiros e a inclinação dos altos elfos de caçar e matar qualquer filho mestiço do rei falecido, nossa querida Sinete deve ter tido uma vida difícil. Talvez seja por isso que ela tenha fugido com o circo.

ATENÇÃO: Essa é uma NPC de classe fada. Criaturas dessa classe infligem 20% a mais de dano contra você devido ao seu Passe Goblin.

Quando a descrição acabou, uma notificação surgiu.

Nova conquista! Conheceu a elite.

Às vezes eles são NPCs, às vezes são monstros, mas, no geral, são só uns cuzões, mesmo. Elites são entidades únicas e poderosas,

classificadas como as classes heroicas de *Exploradores do Mundo Masmorra* que não são chefões nem seres divinos. Se você der de cara com um desses egomaníacos, ele vai querer ou te foder ou te matar. De qualquer forma, sempre vai querer te usar, pois tende a achar que tudo é sobre ele. Tenha cuidado, pois onde há uma elite, costuma ter mais.

***Recompensa:* Elites aparecerão no seu mapa como pontos brancos ou vermelhos com uma cruz preta em cima.**

Engoli em seco. A mulher era assustadora de se olhar, mas ainda assim eu me senti atraído por ela. O efeito foi repentino e quase irresistível. Horrorizado, percebi que estava ficando excitado. Eu me visualizei puxando a mulher em meus braços e a beijando na boca. Cheguei a dar um passo na direção dela. *É um feitiço*, entendi. O que Mordecai dissera? *Fique longe das mulheres de chifres.*

Carl: Acho que estou sendo enfeitiçado por uma NPC de chifres. O que eu faço?

Mordecai: Não é um feitiço de Charme de verdade, senão você não estaria me fazendo essa pergunta. Está acontecendo com Donut, também?

Donut: ELE ESTÁ COM UMA EREÇÃO, MORDECAI. É MUITO INAPROPRIADO. MONGO ESTÁ PASMO.

Mordecai: Ok, Carl. Ela deve ter mais de 100 pontos de Carisma, o que a dá alguns buffs natos. Um desses é chamado de Cachorrinho, que pode deixar homens loucos de desejo. O efeito é fraco no começo, mas, quanto mais tempo você passar na presença dela, pior ele fica. Só há um jeito de o quebrar. Você vai ter que fraturar o próprio dedo. Faça isso rápido, que negará o efeito. Hã, tome cuidado para não arrancar o dedo.

Merda. Eu ainda tinha o Mongo nos braços. Segurei meu mindinho esquerdo e o torci para trás até fazer um estalo alto. A dor veio como uma explosão, e eu gritei. *Puta merda, eu fiz isso mesmo*. Fiquei olhando para o dedo retorcido feito um idiota.

Porém, a técnica funcionou. Senti o fulgor do feitiço ir embora, a sensação era parecida com ter um balde de água gelada despejado sobre a cabeça. Fiquei parado no lugar, respirando pesado.

A mulher olhou para o meu dedo, entretida.

— Olha só — disse ela. — Faz tempo que eu não via esse truque em ação.

Ela tinha uma voz sedutora que não combinava com seu rosto. Tomei uma Poção de Cura.

Donut: FUNCIONOU. VOCÊ É UM GÊNIO, MORDECAI.

Mordecai: Deuses, Donut. Precisa mesmo digitar com o caps lock ligado? Esse truque funciona para a maior parte dos feitiços que encantam alguém, mas só serve quando o afetado faz em si mesmo. O problema é que, quando você está realmente encantado, não percebe que está encantado. Essa aí é uma súcubo. Afastem-se dela e voltem para a sala segura.

Donut: ELA NÃO É UMA SÚCUBO. AQUI DIZ QUE ELA É MEIO-NÁIADE E MEIO-ELFA. TAMBÉM FALA QUE ELA É ELITE.

Mordecai: Ah, caralho. Saiam já daí e não se envolvam em seja lá para o que for que ela quer recrutar vocês.

— Desculpa ter te incomodado — murmurei para a mulher enquanto Donut e Mordecai conversavam. — Já estamos de saída.

Sinete deu um passo hesitante, quase tímido em minha direção. Preparei para apertar em Casca Protetora no menu. Não faria efeito nela se seu ponto continuasse branco, por isso, se houvesse a necessidade, eu precisaria calcular bem o timing.

— Eu vim aqui ver se vocês estavam bem — explicou Sinete. — Vi vocês serem atacados pela minha antiga família. Hoje em dia, eles podem ser bastante... antipáticos com desconhecidos.

Eu observei um dragão marinho pulsar por cima dos pequenos seios dela. A tatuagem preta parou para me encarar e deu um silvo silencioso antes de deslizar para as costas. Nos braços de Sinete, os monstros dançavam uns sobre os outros. Vi de relance um ogro gigante de três cabeças que segurava uma espada curva e a amolava em uma roda.

Percebi que Mongo estava tranquilo em meus braços. Olhei para baixo e vi que o dinossaurinho observava a mulher com seus olhos miúdos arregalados. Ela estendeu a mão e fez carinho em sua cabeça, e Mongo deu um pio alegre. Percebi que aquilo era o que acontecera com os goblins e as lâmias sob o Carisma de Donut, exceto que dessa vez éramos nós que estávamos sendo seduzidos pelo Carisma astronômico.

— Nós estamos bem — respondi no momento em que Donut pulou em meu ombro. — Obrigado pela sua preocupação. Nós temos mesmo que ir andando.

A mulher estendeu a mão para acariciar Donut, mas a gata recuou e soltou um grunhido. Mongo olhou de Donut para Sinete, confuso, e senti o corpo do dinossauro ficar tenso quando o encantamento foi quebrado. Ele também soltou um pequeno grunhido. *Bom garoto*, pensei.

— Nós não vamos nos envolver nessa sua querela familiar estranha, querida — avisou Donut. — Carl e eu não queremos nada com você ou com seus amiguinhos do show de aberrações. Já estamos de partida.

— Temo que seja tarde demais para isso — disse Sinete ao dar um passo para trás e estender os braços.

As tatuagens em seu corpo começaram a dar voltas e se mexerem cada vez mais depressa até virarem um borrão. Ela indicou o circo com a cabeça, e eu me virei para ele, relutante.

Daquela distância, eu mal enxerguei o que ela estava apontando. Podia escutar aplausos vindo da fileira de palhaços e animais de circo. Logo em seguida, percebi aterrorizado que *podia* ver o que havia mudado.

As jaulas das feras estavam todas abertas. Olhei para o minimapa, e os pontos vermelhos surgiram um a um, na nossa frente, atrás e dos lados.

Estávamos cercados, e os monstros vinham depressa.

7

– QUAL É O SEU NOME MESMO? – PERGUNTOU SINETE, SEM DESCANSAR a pose de Cristo Redentor.

— Hã... é Carl — falei enquanto procurava no minimapa pela melhor maneira de fugir.

Não tínhamos para onde ir. Eu me arrependi de ter pedido para Donut usar o Salta Poças, pois o feitiço tinha um tempo de recarga de cinco horas, e ele teria sido uma mão na roda naquele momento.

— Carl. Que nome forte. Você parece ser um homem robusto. Então, pode me fazer um favor, sir Carl? Mantenha esses leões de bolor longe de mim enquanto invoco meu esquadrão de guerra. Geralmente faço isso antes de ter que encará-los, mas a sua presença me distraiu, então é justo que me ajudem. Além do mais, se fugirem, eles alcançarão vocês.

— Carl, eu não estou gostando disso — sussurrou Donut enquanto eu colocava Mongo no chão. — Acho que estamos em uma enrascada daquelas.

— Se prepare — falei para ela.

Fechei a mão em um punho e me virei para encarar o ponto vermelho mais próximo. Estava a bons quinze metros de distância, do outro lado da rua e mais para dentro da viela em frente à casa do porão, mas eu ainda não o via. Observei o ponto se mexer *através* da construção.

Não, não através. *Sobre* a construção, no telhado. Olhei para ele e tentei não dar um gritinho de surpresa.

Leão de Bolor — Nível 15.

Malvado, esverdeado, e vai te comer empanado!

Os Leões Dançarinos da Madame Kiki eram uma das atrações principais do circo itinerante Grimaldi. Plateias iam à loucura sempre que a pequenina domadora aparecia no picadeiro estalando o chicote,

e uma dúzia de leões ficavam em pé sobre as patas traseiras, girando feito bailarinas. Que visão única!

No dia do grande cataclisma, os gentis leões domados foram alguns dos primeiros a serem transformados. Os esporos de Scolopendra criaram raízes nos felinos e os transformaram nos demônios que você vê. Outras transformações ocorreram depois, graças à vinha.

Assim como todas as vítimas iniciais do cataclisma, essas criaturas são cheias de fúria. Nada poderá pará-las até que eles espalhem as entranhas de vocês pela madeira da Cidade Acima.

— Isso é desnecessariamente macabro — resmungou Donut enquanto eu continuava boquiaberto, encarando o leão.

O monstro era do tamanho normal de um leão macho com juba. Metade de seu corpo estava coberto por um fungo verde, brilhante e empelotado que pulsava como se estivesse consumindo o animal. O bolor verde cobria suas pernas e peito, e tentáculos ramificados do parasita cobriam o rosto do leão feito mãos que o acariciavam por trás. O olho esquerdo dele brilhava como uma esmeralda, e irrompendo de sua juba havia mais tentáculos. Dezenas de longos filamentos verde e rosa, parecidos com minhocas balançando no ar, como se a criatura fosse uma medusa felina do caralho.

O monstro rugiu. Atrás de mim, houve um rugido em resposta. Depois, um terceiro. Os leões surgiram ao nosso redor, todos nos telhados das construções, prontos para pular a qualquer momento.

— Caramba, dona, quanto tempo isso vai demorar? — perguntei para Sinete.

Havia seis leões nos cercando. Os olhos da meio-náiade brilharam, e as tatuagens giraram ainda mais rápido pela sua pele. Ela não respondeu.

Durante o dia todo, eu tinha tentado desenvolver possíveis cenários como aquele em minha mente. Precisávamos de planos de contingência, formas de responder a certas ameaças. Se Donut e eu treinássemos, bastaria dizer o nome da estratégia em voz alta, e nós dois saberíamos nossos papéis. Naquele momento, eu tinha ao menos um desses planos em mente, perfeito para aquele cenário: estar cercado de monstros poderosos. O problema era que eu ainda não havia o explicado para Donut.

Procurei pela parede que parecia mais resistente, e escolhi a que ficava logo atrás de Sinete.

— Muito bem, Donut — falei enquanto passava por trás da meio-náiade, avaliando mentalmente a distância. Mongo ficou entre meus pés. — Guarde a sua magia até eu dar o aviso. Consegue beber poções no momento?

— *Sim* — disse ela com a voz cheia de medo. — O que vamos fazer?

— Tenho um plano. Quando eu pedir, use o último pergaminho de Névoa da Confusão, está bem? Se prepa... Ah, merda, agora, agora!

Todos os leões pularam ao mesmo tempo, e os rugidos aterrorizantes ecoaram na rua escura.

Eu apertei o Casca Protetora.

Mais cedo, quando usei uma bomba de fumaça goblinoide, ela foi pega em uma corrente de ar, o que acabou com seu efeito. A Névoa da Confusão não teve o mesmo problema. Além disso, os leões foram repelidos igual a vaga-lumes caindo de um mata-mosquito ao tocarem na proteção da casa. Cada um foi jogado em uma direção diferente, todos rugindo de raiva conforme os turbilhões de névoa se espalhavam ao nosso redor.

Sinete, como eu esperava, não foi afetada pelo meu escudo e continuou dentro da área de efeito do feitiço. A casca mágica duraria apenas vinte segundos, já a névoa translúcida "só para os mocinhos" ficaria ali por dois minutos e meio graças à Inteligência elevada de Donut.

Um dos leões pulou no escudo e foi arremessado naquela parede resistente que eu tinha encontrado antes. Julguei a distância corretamente, e o monstro ficou preso entre a parede e o domo do feitiço, que o apertava nos tijolos, apesar de ele procurar cegamente por apoio com as garras. O animal não tinha para onde ir e ficou pendurado lá a uns palmos do chão, entalado para valer, com as costas na parede, a barriga para nós, virado para baixo. Cego e confuso, ele urrava e arranhava sem conseguir se afastar do escudo. Dali a um segundo o bicho descobriria que girar o salvaria, então eu tinha que agir rápido.

O corpo dele soltava faíscas onde entrava em contato com o escudo, e sua barra de vida indicou uma queda lenta. Atrás de mim, outro leão rugiu de dor quando um de seus amigos o arranhou por instinto. Pulei na direção dele, ergui o punho e soquei o leão preso o mais forte que pude, mirando seu peito coberto de bolor assim que ele começou a se virar.

O monstro urrou de dor e tentou me atacar, mas, mesmo a centímetros de meu rosto, não conseguia atravessar as garras pela casca transparente. Soquei mais e senti algo afundar. Meu próximo murro foi mais fundo do que eu previa.

Mongo gritou e voou, se prendendo na barriga desprotegida do leão, rasgando-a enquanto eu erguia minha manopla ensanguentada e socava outra vez. Minha mão entrou no tórax do animal, e eu abri a mão, segurei algo e puxei.

Caí de bunda no chão quando o leão caiu no chão e rolou em minha direção. Achei estranho, pois ainda não haviam se passado vinte segundos, em seguida o fungo verde ficou preto diante de meus olhos, e os tentáculos de minhoca caíram, se misturando com o pelo encardido e emaranhado do leão de bolor.

Ele estava morto.

Mongo deu gritinhos de alegria e cresceu na minha frente. Acabei desperdiçando um segundo precioso olhando para o coração de leão embolorado em minha mão. *Puta merda. Eu arranquei a porra do coração dele. Eu arranquei o coração de um caralho de leão.*

— Segunda Chance! — gritei ao me levantar correndo, armazenando o coração no inventário.

O feitiço de Donut custou apenas 10 dos seus 29 pontos de mana.

O Casca Protetora começou a sumir no mesmo segundo em que o leão morto se pôs em pé. Ele foi reanimado, mas os olhos continuavam mortos, e as entranhas, caídas no ponto onde Mongo havia o eviscerado. Sinete não se mexeu nem mudou o que estava fazendo.

Soldado Zumbi da Exploradora Princesa Donut — Leão de Bolor — Nível 5.

Os zumbis tinham um terço do poder de suas versões vivas, mas não eram cegos.

— Mate! — gritou Donut, apontando para o leão mais próximo.

O zumbi rosnou e pulou, aterrissando nas costas do outro felino cuja vida já estava pela metade. Levou apenas um segundo para o zumbi dilacerar o pescoço do companheiro confuso.

Gritei outros comandos para Donut conforme eu ativava a manopla outra vez. Logo os quatro leões restantes perceberiam que nós estávamos desprotegidos.

Donut reanimou o segundo leão e bebeu uma poção de mana. Em seguida, ela gastou 26 mana para invocar Tríplice Mecânica no novo zumbi com o pescoço rasgado.

— Matem os outros! — ordenou ela.

Dois leões pularam para atacar e, momentos depois, as duas cópias entraram junto na luta. Porém, os dois autômatos foram despedaçados antes que o último leão morresse, e os dois zumbis também foram mortos pelo sobrevivente, cuja barra de vida estava nas últimas. Ele grunhiu, olhando para os lados quando a névoa começou a dissipar.

Mongo guinchou e o atacou.

Donut atirou um Míssil Mágico no leão quando o bicho estava prestes a golpear o dinossauro, e o monstro caiu morto. Mongo, sem saber que Donut havia salvado sua vida de uma tremenda idiotice, pulou nas costas do leão e começou a arrancar pedaços. Ele chegara no nível 6 e já era quase um palmo mais alto do que Donut, do tamanho de um peru. Sua cauda havia ficado mais comprida, também, com várias penas longas nascendo na ponta.

Donut e eu atingimos o nível 14. E recebi uma notificação informando que eu não poderia alocar os pontos de atributo até chegar a uma sala segura.

— Bom, isso foi inesperado — murmurou Sinete.

Olhei para a mulher. Nada havia acontecido, mas suas tatuagens pararam de girar sobre seu corpo, embora continuassem a se mexer da forma que faziam antes. Os olhos dela pararam de brilhar. Eu esperava que as tatuagens virassem monstros, pois a descrição dizia que ela era uma invocadora, e ela tinha dito que estava invocando seu "esquadrão de guerra".

— O que aconteceu? — perguntei. — O feitiço deu errado?

— É, deu errado — disse ela, com uma cara azeda. — Meus feitiços fazem parte da Magia Sanguínea e requerem um sacrifício apropriado para funcionar. Eu escolho o sacrifício, invoco o feitiço e as minhas gracinhas drenam o sangue da oferenda para se formarem.

Apontei para os seis leões mortos.

— Tem bastante sangue bem aqui.

Seguindo rua abaixo, o grupo de criaturas circenses gritava furioso ao perceber que os leões morreram. Tínhamos que sair dali, pois os tiros de morteiro recomeçariam a qualquer momento.

— Não posso usá-los — respondeu Sinete.

Enquanto observava, um dos leões começou a ter espasmos. Pulei para trás e fechei a mão em um punho. Donut silvou e subiu em meu ombro. Uma linha de bolor esverdeado escorreu do animal para o chão e se arrastou de volta para o circo.

Donut atirou um Míssil Mágico nele, e o fungo definhou e morreu.

— Nem se incomodem com isso — falou a meio-náiade. — O bolor em si não é perigoso, ao menos não diretamente, e vocês não conseguirão destruir ele por inteiro por mais que tentem. Acreditem em mim. Podem até incinerar os corpos, mas ainda sobrará um pouco. Tudo que o bolor precisa é de um único esporo microscópico sobrevivente para voltar à vinha. Amanhã este leão será reconstituído e estará pronto para atacar novamente. — Sinete suspirou. — Vamos recuar uma quadra antes que aqueles acrobatas comecem a atirar em nós outra vez. O ataque desta noite está cancelado. Que decepção. Meus bebês esperavam ansiosos por ele.

Nosso grupo se distanciou do circo sob as vaias dos palhaços. Alguns dos morteiros foram acionados, mas ficou claro que nós estávamos fora do seu alcance.

— Você só pode tentar essa invocação uma vez por noite? — indaguei.

Sinete me deu um meio-sorriso, e o seu rosto macabro ficou absolutamente sinistro.

— Correto, Carl.

Donut: CARL, EU NÃO GOSTO DESSA DAMA MESMO QUE O PONTO DELA SEJA BRANCO. TEMOS QUE SAIR DAQUI SEM ELA.

Carl: E a gente vai. Ela é ainda mais louca do que você pensa. Deixa que eu falo dessa vez, mas se prepare para correr, só por desencargo. Não acho que vamos precisar, mas quero pedir umas informações a ela antes de qualquer coisa. Não acho que ela seja perigosa, não mais, e contanto que a gente não a provoque.

— Então — comecei, tentando parecer tranquilo —, quem você escolheu como sacrifício, a gata ou eu?

— Você, é claro — respondeu Sinete, nem um pouco impressionada por eu ter descoberto sua intenção. — Assim que um daqueles leões te abrisse, todo seu sangue escorreria para mim e daria vida ao meu esquadrão. Nunca usamos sangue de primal antes, mas consigo sentir como é poderoso. Acontece que você não recebeu um arranhão sequer.

— Pera — falei. — Todo o meu sangue teria escorrido de mim mesmo se eu tivesse recebido apenas um corte?

Já havia deduzido a razão do feitiço dela ter falhado. A meio-elfa não queria que nós a protegêssemos, mas sim me seduzir para que eu morresse tentando defendê-la. Ela não estava invocando o feitiço enquanto as tatuagens giravam, na verdade, já havia o invocado e só esperava pelo meu sangue. Aquela NPC era louca e perigosa, mas também era claro que ela fazia parte da missão do circo, e eu queria descobrir a história toda.

— Apenas um corte não bastaria. Teria que ser uma ferida letal e, vou te dizer, essa restrição é um grande incômodo.

— Que tipo de criatura você usa, geralmente?

Ela deu de ombros.

— Eu costumo capturar algo. Quanto maior, melhor. Não tenho permissão para eu mesma sangrar os sacrifícios, caso contrário teria apenas matado você. Tenho que pegar alguma coisa, depois outra diferente, colocar as duas juntas para que lutem, adivinhar qual vai perder e invocar o feitiço no perdedor antes que ele receba a primeira ferida. Assim que ele morre, meu esquadrão de guerra surge. O poder dele depende exclusivamente da qualidade do sangue.

Donut: ELA VAI TENTAR NOS CAPTURAR, CARL. PRECISAMOS SAIR DAQUI AGORA.

Donut estava certa. Era idiotice continuar seguindo a meio-náiade, e por isso parei no meio da rua. Estávamos apenas a duas quadras da sala segura, mas, antes de deixá-la, eu tinha que fazer mais uma pergunta, a mais importante de todas.

— Por que você está atacando o circo?

Ela apontou para um alto edifício branco.

— Meu lar é aquele. Eu me mudei para lá, pois fica perto da vinha, e o circo não pode mais sair de seu lugar. Lá eu tenho refrescos e, se quiserem me acompanhar em uma bebida esta noite, irei entretê-los com a triste história de Sinete, a bastarda, e Grimaldi, o homem que ela amou.

— Achei que só homens pudessem ser bastardos — comentou Donut, falando pela primeira vez.

— Também — respondeu Sinete. — Mas aprendi muito cedo que a classe abrange tanto os homens quanto as mulheres..

— Temos que ir — comentei. — Mas adoraria falar sobre isso com você depois, contanto que prometa que não vai tentar nos sacrificar da próxima vez.

Ela sorriu.

— Depois de ver como vocês dois lutam bem, nem precisam se preocupar. Se me ajudarem com o ataque, contarei a história toda para vocês.

— Amanhã à noite a gente volta — falei. — Mas, se não for muito incômodo, prefiro te encontrar depois que você já tiver invocado seu esquadrão.

Ela sorriu ao ouvir aquilo e depois deu batidinhas no chão com o pé.

— Eu os encontrarei exatamente aqui, uma hora após o anoitecer de amanhã.

— Qual é o sentido de meu agenciamento se vocês dois, idiotas suicidas, não escutam meus conselhos? — reclamou Mordecai, furioso, assim que voltamos à sala segura do Pug Afagado.

Tivemos que desviar de apenas um monstro no caminho de volta até a taverna. Era um tipo de aranha com o corpo formado por um olho do tamanho de uma bola de praia. Ela tecera uma teia bem no meio da rua, e tivemos que fazer um longo desvio para chegar até a sala.

O episódio de retrospectiva estava prestes a começar quando chegamos. Antes de entrarmos na sala, mandei uma mensagem rápida para Mordecai, avisando que estávamos chegando, só por cortesia. Se soubesse que ele seria tão babaca, nem teria avisado.

— Minutos depois de sair do vilarejo, recebemos a missão — expliquei. — E perguntei para você se aquilo era importante ou se era melhor ignorar, e adivinha? Você não respondeu porque já estava bêbado que nem um gambá.

Mordecai respirou fundo.

— E eu peço desculpas. Não tive o prazer de beber em um dos bares da Cidade Acima em muitos anos e tirei vantagem da oportunidade. Porém, não levei em conta a fraqueza dos íncubos, que é o álcool. Porém, se eu estivesse são, teria explicado que missões são ótimas para ganhar experiência e itens, mas apenas se vocês tiverem chegado além da curva de dificuldade do andar. Como vocês só têm oito dias, precisam recuperar o tempo perdido, e assim eu teria aconselhado a ignorarem a missão e *fazerem o que eu instruí no começo*.

— E é provável que teríamos escutado esse conselho se você tivesse dado ele — resmunguei.

— Ademais — continuou Mordecai —, quando voltei à consciência, disse para que ficassem longe da droga da elite, mas vocês escutaram? Não. Marcaram um encontro com ela amanhã à noite. Um encontro que, caso decidam aparecer, vai resultar em todo o sangue de vocês sendo drenado de suas veias e colocado na tropa dela.

— Eu não gosto daquela dama — disse Donut enquanto mastigava uma posta de atum recém-retirada do forno.

Próximo a ela, no chão, Mongo devorava algo parecido com hambúrguer cru. Ele ergueu a cabeça para guinchar concordando.

— Ela é uma elite — retrucou Mordecai. — Nunca confie na elite.

— E o que, exatamente, são elites? Como que se diferem de outros NPCs? É só porque são mais poderosas? — perguntei.

Mordecai suspirou.

— Muito bem, vamos lá: elites. Há milhares delas espalhadas pelos andares urbanos da masmorra. Diferente da maioria dos monstros e NPCs da masmorra, elas podem viajar livremente pelos andares urbanos, e é o que fazem. Além da exploração, existem aspectos mais roteirizados da masmorra, feito uma série ou uma novela. Todas essas histórias são ativadas com a abertura do terceiro andar. À cada temporada, múltiplas delas começam ao mesmo tempo, da mesma maneira que vários programas entram nas plataformas de streaming juntos. Também existem algumas histórias que estão em desenvolvimento há várias temporadas, mas essas estão todas no nono andar. É muito complicado para explicar agora.

— Pera — falei. — Então eles são, tipo, atores?

O guia negou com a cabeça.

— Lembra de quando falamos, mais cedo, sobre a Borant possuir e alterar a mente de alguns monstros e NPCs? Elites nunca são naturais. São projetadas, esculpidas e recebem lembranças fixas do que precisam para seguir com seu drama. Até onde sabem, este é o mundo real delas.

— Mas isso é verdade para a maioria dos outros monstros.

Mordecai negou com a cabeça de novo, dessa vez com maior veemência.

— Não. Monstros comuns são autônomos. A partir do momento em que são soltos na masmorra, o que eles fazem depende do acaso. Essa é a questão com todas as elites, e isso é extremamente importante, então prestem muita atenção. A missão do circo que envolve essa tal de Sinete é uma história, um drama criado para os espectadores, escrito por um time de roteiristas. Ela vai acontecer independentemente de vocês estarem envolvidos ou não. Essa história terá o próprio programa, com produtores que já trabalham nela há muito tempo e que a protegerão de tudo. Enquanto as elites não são diretamente controladas pela IA nem pelos roteiristas, elas vivem sendo manipuladas e levando empurrõezinhos. Se os roteiristas não gostam do rumo que a história está tomando, eles lançarão novas atualizações ao cérebro das elites no mesmo instante.

Mordecai suspirou.

— Há regras estipuladas pela IA que mantêm a masmorra "justa" para exploradores, mas essas regras são bem menos rigorosas quando se trata de elites. Se a escolha for entre salvar a vida de um único explorador ou interromper um drama que se desenvolveu durante semanas, o que você acha que vai acontecer? Vi isso dezenas de vezes. Um explorador que se acha a última bolacha do pacote se encontra com uma elite e, ao invés de tentar cumprir a missão, decide ser levado pela ganância e matar o NPC. Nessas horas, alguma coisa sempre acontece, algo ruim. A maioria das elites tem uma proteção narrativa bem grossa e, nas histórias delas, *você* é o figurante. O camisa vermelha. O convidado especial.

Depois de uma pausa, ele continuou.

— Nem todas as missões envolverão elites, mas, sempre que isso acontecer, minha sugestão é que vocês fiquem longe delas. Ainda mais quando for uma história que acabou de ser lançada, pois haverá um time de roteiristas e produtores lá fora que não querem que sua preciosa série seja cancelada logo no primeiro dia. Além disso, se eles puderem encaixar a morte de um explorador popular nela, será ainda melhor, pois garantirá mais espectadores ao programa.

— Então quer dizer que, sempre que falarmos com a tal de Sinete, estaremos em outro programa? — perguntou Donut.

Mordecai apenas olhou para a gata.

— De todas as coisas que eu disse, essa foi a única que chamou sua atenção?

— Pera — falei depois que uma ideia me veio sobre algo que Sinete dissera. — Se esse andar só dura oito dias, o que acontecerá quando ele entrar em colapso?

— As elites importantes descerão para o sexto andar e a história continuará, enquanto vocês, exploradores, estiverem se matando no quarto e quinto andar. Tudo sempre continua, bem, pelo menos até vocês bagunçarem tudo. Ver como os exploradores estragam o trabalho duro dos produtores é parte da diversão para o público. É como pegar o Jason de *Sexta-Feira 13* e jogar ele em um episódio final da novela das sete para ver o que acontece. Mas, como eu disse, os produtores e roteiristas não permitirão que vocês cheguem e façam isso tão cedo assim. Eles lutarão contra a interferência.

— Mas só se tentarmos mudar a história planejada — argumentei. — Se incrementarmos a narrativa, pode ser que eles façam o oposto e nos ajudem.

Mordecai deu um riso desdenhoso.

— Vocês também podem ficar aqui neste bar brincando um com o outro pelos próximos sete dias. Pode ser que seja divertido, mas também é uma passagem só de ida para ficar para trás. Esqueçam essa missão e concentrem-se em ir para a cidade.

A tela central se acendeu, e a música de abertura do episódio de retrospectiva tocou.

— Edição especial! Vejam o que seus exploradores favoritos escolheram de raça! — exclamou o apresentador.

Eu me sentei e pensei em tudo que havia ocorrido naquele dia enquanto assistíamos à versão encurtada do primeiro bloco sanguinolento do programa. Um grande grupo de exploradores lutou contra um chefão de cidade que parecia um demônio com pinças de caranguejo, e o monstro os destruiu em segundos, matando cerca de quarenta pessoas com um entusiasmo terrível. Juro, ele ria de alegria em meio à chacina.

A primeira exploradora que mostraram em sua nova forma foi Hekla, das Filhas de Brunilda, a mulher da Islândia que uniu uma grande equipe de mulheres. Mostraram ela entrando na sala segura sozinha.

— Onde está o resto do grupo dela? — perguntei.

— Elas formaram o grupo muito tarde na masmorra — disse Mordecai — e por isso têm guias diferentes. Estão todas espalhadas por aí.

— Nossa, isso é uma droga — falei.

Fiz carinho na cabeça de Donut. Estava prestes a falar como seria horrível se Donut e eu fôssemos separados, mas pensei melhor e não disse aquilo em voz alta.

Hekla saiu da guilda, e o programa mostrou uma versão 3D rotatória de sua nova aparência. A raça que ela escolheu era "amazona". Ela ainda se parecia muito como antes, mas estava uns trinta centímetros mais alta e muito mais forte. A bela mulher loira já tinha uma boa forma antes, e naquele momento ela parecia uma fisiculturista profissional. Não mostraram os atributos dela, mas eu podia ver que era claramente uma build baseada em Força com uma Destreza considerável, também.

Um parágrafo de texto surgiu rolando mais depressa do que eu conseguia ler, mas parecia que explicava a classe dela. Permitiram que Hekla escolhesse uma classe da Terra, e ela foi com a escolha óbvia: "donzela escudeira".

— Não consegui ler o que estava escrito ali — resmunguei.

— É porque vocês são forçados a assistir ao programa em uma tela plana — explicou Mordecai. — Se estivessem usando uma tela de visualização normal, poderiam pegar aquele parágrafo e abri-lo. Vocês poderão comprar uma tela dessas para a sua área privativa quando chegar a hora, mas é provável que seja cara demais para se obter.

Os próximos grupos eram exploradores que eu não reconheci, mas que escolheram classes ou raças esquisitas, incluindo um homem que se transformou em uma lesma imensa e uma mulher que se tornou uma réplica da deusa hindu Kali, com seus quatro braços e sua pele azul. A mesma mulher escolheu uma classe diferente chamada "atacante de kabaddi".

— Alguns grupos ainda não terminaram suas escolhas — anunciou o apresentador. — Mas parece que por volta de 80% dos exploradores escolheram continuar humanos.

— Isso é muito mais do que eu pensei que seria — falei. — Estou surpreso.

— Eu não — disse Donut. — Vocês, humanos, sempre se acham os melhores.

— Mas você não mudou, também.

— Claro que não, Carl. Por que eu deixaria de ser uma gata?

— Costuma ser por volta dessa porcentagem mesmo — disse Mordecai. — Às vezes chega a ser mais alto.

— Sério? — perguntei.

Ele fez que sim com a cabeça.

— Sempre que há uma enquete com os cidadãos do Sindicato, a grande maioria diz que se transformaria em outra coisa se estivesse nessa situação. Porém, a verdade é que, quando as pessoas realmente recebem a oportunidade de virar outra coisa, e a mudança é real e permanente, a maioria opta por permanecer do mesmo jeito. Ficam com medo. Mesmo quando há uma escolha melhor, é assustador mudar tanto. Além do mais, se for uma mudança *significante*, sempre há um tempo de aprendizado. Às vezes é melhor ficar na própria pele. Acredite em mim, pode ser uma confusão terrível de repente ficar sessenta centímetros mais alto ou mais baixo, ou perder membros ou, ainda pior, ganhar novos.

— Olha a gente ali! — gritou Donut quando aparecemos na tela, eu apareci primeiro. — Olha, Mongo, o tio Carl está na televisão!

A gata apontou para a tela e Mongo olhou, saltando e abanando os bracinhos.

Eles contaram um resumo da história dos primais. Mostraram um humano de muitas temporadas atrás, que escolhera essa mesma raça, voando com delicadas asas de anjo e munido de uma imensa espada feita de raios. O homem atacava um demônio humanoide do tamanho de um estádio de futebol que estava em pé dentro de um lago de fogo que subia até o joelho.

— Que porra é aquela? — falei, vendo a breve cena acontecer.

Trocaram a imagem antes de a batalha começar, e o parágrafo que explicava a classe anarquista remunerado apareceu e sumiu.

— Aquilo, meu rapaz, era um guardião divino, um dos colossos do décimo segundo andar. Um chefão de país. Ele guardava o portal de fogo, uma entrada para o décimo terceiro andar.

— Caralho.

— Pois é — respondeu Mordecai.

— Aquele era o cara que chegou até o décimo terceiro andar?

— Não — disse Mordecai —, mas ele foi um explorador famoso antes do meu tempo. Ele morreu um minuto depois que a batalha começou. Da próxima vez que vocês estiverem com sua amiga Odette, perguntem a ela sobre ele.

— Quietos — censurou Donut —, falem só depois que eu aparecer!

Enquanto revelavam o processo de seleção de Donut, não consegui tirar a imagem do monstro do tamanho do Godzilla de minha mente. Aquilo era um *kaijū*. Certo, era um chefão de país, apenas mais fraco do que o de andar, mas, mesmo assim, aquele era só o décimo segundo andar. O andar em que Donut e eu tínhamos que descer se quiséssemos ter qualquer tipo de liberdade, e ainda haveria mais seis andares abaixo daquele. Que tipo de chefões haveria lá embaixo? Pensei no elemental da fúria. Ele era um monstro comum do décimo terceiro andar. Parecia impossível a ideia de elevarmos nosso poder até aquele nível em tão pouco tempo.

O episódio terminou com a transformação de Lucia Mar. Seus dois rottweilers, por serem animais de estimação não sapientes, não tiveram a oportunidade de mudar e, por isso, continuaram sendo cachorros.

Lucia escolhera uma das raças mais estranhas e descaralhadas que tínhamos visto até aquele momento.

— Mas que droga é essa, menina? — falei assistindo ao programa, completamente horrorizado com a escolha dela. — Por quê?

O nome da raça era lajabless.

Lucia Mar deixara a aparência de menina arteira para trás e virara uma mulher adulta. Enquanto o modelo 3D girava, o rosto dela alternava entre uma face muito bela e uma monstruosa cara de caveira. O apresentador explicou que ela passaria metade do dia como uma bela mulher e a outra metade como a versão feminina do Esqueleto do *He-Man*. Enquanto estivesse na forma humana, suas habilidades mágicas seriam dobradas. Feitiços teriam a metade do custo, mas sua Força também seria cortada pela metade. Enquanto estivesse com sua cara de "*día de los* taquepariu", era o oposto. Feitiços custavam mais, mas ela tinha o dobro de Força.

Lucia também passou a andar mancando. Nada mais de correr pelas paredes. A sua perna esquerda, e somente a perna esquerda, fora transformada de um membro humano para uma pata peluda de bode, completa com um casco rachado.

Quando ela saiu da guilda batendo o novo casco, até os dois cachorros pareciam assustados pela transformação.

— Ela parece feder muito — criticou Donut.

— Essa raça parece uma péssima ideia — falei.

— Talvez — disse Mordecai. — Mas é provável que ela seja a exploradora mais poderosa do jogo. Deve haver um monte de benefícios secretos nessa escolha racial que a faz valer a pena.

Depois, surgiu a escolha de classe dela. Outra vez eu só pude ler o nome, sem acesso aos detalhes.

Era uma classe tripla, um combo de clérigo, usuário de magia e guerreiro, chamada de "general sombria da inquisição".

— Caramba — murmurei —, e eu achava que essa menina já era assustadora antes.

O programa terminou, e momentos depois veio o anúncio.

Novamente, boas-vindas ao terceiro andar, exploradores!

Ainda há uns poucos atrasados cuidando de suas escolhas de raça e classe, e não há problema algum. A grande maioria de vocês está andando por aí, começando a conhecer as maravilhas da Cidade Acima. E essa é uma tradição de *Exploradores do Mundo Masmorra* que incentivamos.

Vocês fizeram algumas escolhas únicas e maravilhosas. Entre os quase setecentos mil exploradores que tomaram uma decisão, vimos quase quarenta mil classes diferentes, conseguem acreditar? Isso é um recorde, e estamos orgulhosos de ver tamanha diversidade.

Aqui vão alguns anúncios sobre o terceiro andar. Embora as penalidades a respeito do mal uso dos banheiros tenham sido removidas, queremos lembrar os exploradores que ainda há sanitários espalhados por este andar. Nos vilarejos, vocês poderão encontrar banheiros em qualquer taverna e em algumas das lojas. Nas ruínas, a prevalência das latrinas é a mesma como era nos andares acima. Por favor, não nos forcem a voltar atrás na nossa decisão.

Já estamos recebendo muito interesse no nosso programa de patrocínio. Embora ele só comece oficialmente no quarto andar, nesta temporada patrocinadores em potencial terão a chance de fazer lances mais cedo. Assim, lembrem-se de serem o mais interessantes que puderem!

Por fim, muitos de vocês ainda estão descobrindo suas novas habilidades e feitiços, e gostariam de testá-los. Nós pedimos para que façam isso mesmo, mas considerem este um aviso geral de que qualquer tentativa de violência contra NPCs não combatentes deve ser evitada. Ainda que esta prática não seja tecnicamente contra as regras, a Corporação Borant deseja manter os cidadãos na maior segurança possível. Por isso, estamos ajustando a experiência dada por cidadãos para zero e, em adição, dando um pequeno bônus de atributo aos guardas das cidades.

Por enquanto, é isso. Vão lá fora e matem, matem, matem!

— Qual foi a desse aviso sobre os NPCs? — perguntei.

— E eu lá sei? — disse Mordecai.

Passamos um tempo conversando sobre o dia e as coisas que Sinete dissera. Ela mencionou que Grimaldi havia se transformado em alguma coisa chamada "vinha", o que nos levou a uma longa e sonífera conversa sobre plantas, parasitas e controle de mentes. Mordecai recitou uma longa lista de formas de lidar com cada tipo de monstro vegetal enquanto enumerava os detalhes nos dedos. Esse, aparentemente, era um assunto de grande interesse para ele.

— Bom, vão alugar um quarto e dormir um pouco — disse o guia depois de nos devolver a pilha de poções.

Ele estivera nos mostrando como combinar certas poções para potencializá-las e acelerar os seus efeitos.

— Amanhã, quero vocês dois acordados bem cedo. Será um grande dia — continuou ele.

— O que vamos fazer? — perguntou Donut.

— Ah, será fantástico — disse Mordecai. — Amanhã é um dia que vai entrar para a história. Será a primeira vez que vocês dois farão exatamente o que eu disser.

8

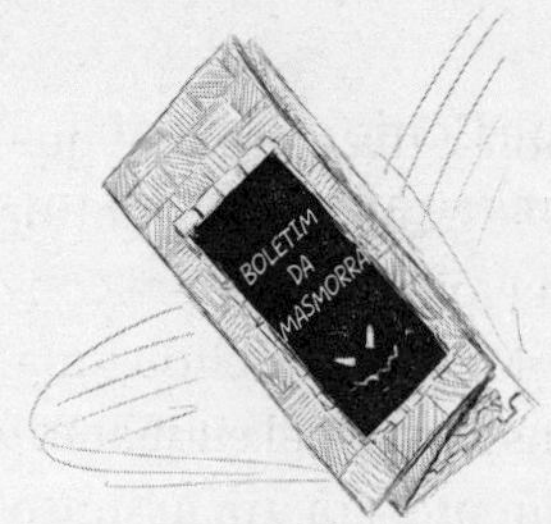

TEMPO ATÉ O COLAPSO DO ANDAR: 6 DIAS, 23 HORAS.

Visualizações: 998,3 trilhões

Seguidores: 16,5 trilhões

Favoritos: 3 trilhões

QUANDO ACORDEI, ENCONTREI UMA LONGA MENSAGEM DE BRANDON flutuando em meu campo de visão. Eu a fechei por um momento enquanto despertava. Como sempre, Donut insistiu para que dividíssemos o quarto, mas, em vez de dormir em meu pescoço, ela se deitou em sua torre para gatos que eu tinha acabado de montar e que mal cabia no quarto. Levei quase uma hora para encaixar tudo, seguindo o papel com as instruções e munido de uma chave hexagonal. Parecera surreal e ridículo estar realizando uma tarefa mundana como aquela em meio a tudo que acontecia. Ao menos a torre era leve e seria fácil guardá-la no inventário e, durante a noite, recuperá-la.

Enquanto Donut dormia na plataforma mais alta, Mongo se aninhava na base. Também acendi aquela vela barata para ela, que encheu o quartinho alugado com o cheirinho de lar.

Observei Donut por um tempo e percebi o que ela estava fazendo. Ela não dormia de verdade, só estava de olhos fechados, provavelmente fingindo que se encontrava no seu canto favorito do nosso apartamento. Depois de um tempo, apaguei a vela e fui dormir. Quando acordei, Donut estava em seu lugar padrão sobre o meu pescoço, e Mongo se acomodara entre minhas pernas, afundando a cama inteira.

Nós também alugáramos um quarto para Mordecai, porém, quando eu saí para pedir o café da manhã, encontrei nosso agente apagado em uma das mesas redondas com um copo ainda cheio de algo que cheirava a hidromel. Gordo, o bopca, também estava desmaiado ali, roncando tão alto que parecia uma motosserra.

— Gordo, acorde! Acorde imediatamente! — ordenou Donut quando entramos no salão principal — Preciso de meu café da manhã, e você tem que me escovar!

— Segura aí, gritalhona — resmungou Gordo ao se sentar. Ele limpou a baba da cara, sacudiu a cabeça e resmungou alguma coisa incompreensível. — Só deixa eu me ajeitar, e vou fazer a comida. E você pode muito bem se escovar, princesa.

— Como é que é? — disse Donut, atônita, e depois olhou para mim com expectativa. — Carl, faça alguma coisa.

— Mordecai te ensinou o truque de quebrar o dedo? — perguntei, escorregando em uma cadeira ao lado do íncubo ainda adormecido.

— Quebrar o dedo? Não. Ele fez uma poção para mim — respondeu o gnomo atarracado, levantando-se e tirando o pó da roupa. — Comentei com ele que não me sentia eu mesmo desde que vocês dois apareceram. Ele se ofereceu para me preparar um tônico com algumas coisas que tenho atrás do bar, algo que devolvesse a minha dignidade. — Ele encarou Donut. — É muito errado tirar vantagem da minha bondade desse jeito.

— Isso é um ultraje! — gritou Donut enquanto Gordo desaparecia na cozinha. — Mordecai, quero falar com você. Acorde!

— Onde eu estou? — murmurou Mordecai, sentando-se. Ele observou os arredores assustado, só relaxando quando seus olhos encontraram os meus. — Ah.

O íncubo fedia como o chão de um bar de motociclistas. Eu me levantei para trocar de lugar, mas ele segurou o meu braço e me impediu de sair dali.

— Você sempre bebe tanto assim? — perguntei. — Por que só estamos vendo isso agora?

— Você é o *meu* agente, Mordecai — disse Donut. — Por que está voltando os meus ajudantes contra mim? Quem vai escovar o meu pelo agora?

Mordecai: Escutem, vocês dois. Não digam qualquer coisa em voz alta. Eu tive que fazer uma poção que nocauteasse o bopca para poder entrar na cozinha e ler o boletim de notícias.

Carl: Boletim de notícias?

Mordecai: Sim. Bopcas e vendedores não têm acesso ao feed, por isso recebem boletins físicos depois de cada episódio de retrospectiva. Assim que Gordo desmaiou, fui lá atrás para ler o boletim do episódio. Também roubei alguns itens para fazer poções, mas não tenho um inventário como vocês, então peguem isso aqui.

Ele tirou vários itens de dentro dos bolsos e me entregou por debaixo da mesa. Eu os coloquei no inventário sem olhar, mas quase tudo parecia ervas soltas.

Carl: Caramba, Mordecai, isso não é trapaça?

Mordecai: Agentes só têm uma regra. Nós não podemos entrar em combate direto contra monstros. De resto, vale tudo.

Donut: VOCÊ É TIPO UM AGENTE SECRETO. SABIA QUE NÃO IRIA ME TRAIR.

Carl: E você conseguiu descobrir alguma coisa?

Mordecai: Sim. O informativo era regional e avisava sobre um grande evento de batalha que poderá acontecer nesta área, hoje, durante o dia ou a noite. Se os organizadores estão gastando tempo para avisarem aos bopcas, quer dizer que vai ser algo sério. É provável que tenha relação com a sua amiguinha elite. Assim, vocês dois precisam tomar o café da manhã e correr para a cidade, sem nunca mais voltar para esta área. E sem enrolação.

Carl: Ok.

— Não se esqueçam de distribuir seus pontos de atributo — disse Mordecai assim que Gordo retornou com tigelas que continham algo parecido com mingau empelotado.

Ele as largou sobre a mesa.

— Eu fiz isso ontem à noite — falei. — Coloquei os 3 pontos em Força.

A escova mágica de Donut apareceu sobre a mesa em minha frente.

— Você vai ter que me escovar desta vez — avisou ela.

Suspirei e peguei o objeto. Ainda tinha que fazer a rotina de pedicure. Enquanto a escovava, abri a mensagem de Brandon.

Brandon: Carl, você tá aí, parceiro? Ficamos muito felizes em ver vocês dois na retrospectiva de hoje. Quero que saibam que nós ainda estamos lidando com a parte da seleção. Está indo devagar. Nenhum dos idosos pode escolher humano, senão continuarão na mesma condição que estão, e muitos não gostaram da ideia. Os que têm problemas cognitivos vão ter que escolher algumas raças bem estranhas para continuarem viáveis. Te explico isso depois. Eu continuei humano, mas Chris e Imani não. A maioria dos idosos ainda está no nível 1, mas você ia pirar nas caixas que eles ganharam por chegarem ao terceiro andar sem matarem qualquer coisa ou causarem qualquer dano. Eles todos estão ganhando Caixas Lendárias de Pacifista e uma tonelada de outros espólios. A quantidade de equipamentos mágicos que nós temos é ridícula. Logo, alguns desses filhos da mãe vão ficar mais poderosos que

a Imani. Enfim, a mestre Tiatha disse que nós devemos estar bem longe de vocês. Mesmo assim, queria agradecer de novo pela sua ajuda e dizer que espero que a gente se veja novamente.

Mandei uma resposta curta para ele, desejando que ficassem seguros. Contemplei falar sobre a Agatha, mas achei melhor não. Não queria me envolver com aquela mulher e temi que digitar aquilo seria um erro. Também perguntei se ele sabia o que era o novo hobby de Donut, escutelifilia. Ou se sabia o que era cesta-punta.

Também dei um conselho a ele, o mesmo que Odette nos dera. De que, se eles ainda não tivessem terminado e alguém pudesse ganhar o benefício do agenciamento, ele precisava convencer a pessoa a escolher a opção que o garantisse. Apesar do alcoolismo desenfreado de Mordecai, já podia dizer que aquele benefício era a nossa melhor chance de sobrevivência.

Meia hora depois, Donut, Mongo e eu voltamos para as ruínas da Cidade Acima. O sol artificial havia acabado de nascer, deixando sombras longas sobre as ruas de madeira. Fios de fumaça preguiçosos surgiam de lugares aleatórios pela cidade, e o mundo cheirava a enxofre e alguma outra coisa azeda, feito o motor de um barco queimando óleo. O ar era mais fresco pela manhã, embora ainda fosse mais quente que no andar anterior. Respirei fundo o ar enfumaçado, Mongo deu alguns guinchos e Donut pulou em meu ombro.

Abri o primeiro localizador da masmorra que nós encontramos para ter certeza de que não havíamos saído do caminho, depois seguimos em direção ao vilarejo dos ornitocéus. Havia uns bons trinta quilômetros para percorrer.

— Olha, todo o sangue sumiu — comentou Donut assim que passamos pelo lugar onde tínhamos matado um lêmure no dia anterior.

Mongo fizera uma bagunça com o cadáver, espalhando sangue para todo lado.

— Lembra do que Mordecai disse? — perguntei. — Cada andar tem seu monstro zelador. Os ratos, depois as lagartas rajadas. Ainda não vimos os deste andar, mas pode ser que eles só apareçam de noite.

— Vamos mesmo fazer tudo que o Mordecai manda? — indagou Donut.

— Hoje, a gente vai — respondi. — Ele pode ter seus problemas, mas sabe o que está fazendo. Além disso, ontem ele estava certo, e eu errado. Não devíamos ter cutucado aquele vespeiro. Ainda mais agora que sabemos como elites funcionam. Só precisamos ficar o mais longe possível daqueles filhos da puta e...

Você foi atordoado!

Você foi paralisado!

Você está inconsciente!

Por que você teve que morrer? Não é tão pequeno como um rato. Não te alisei com muita força.

Senti como se uma picape tivesse passado por cima da minha cabeça. Gemi. Várias mensagens desesperadas de Mordecai inundaram minha visão, e as dispensei mentalmente. Eu me sentei e olhei ao meu redor, nervoso. Estava em uma sala escura, deitado sobre um sofá velho e surrado que fedia a umidade. Ainda tinha todos meus equipamentos e minha vida estava cheia.

Donut? Onde está Donut?

Meu peito se encheu de medo. *Não, eu não quero ficar sozinho.*

— Donut? — chamei. — Onde você está?

Sem resposta.

Carl: Donut? Caramba, me responde, por favor.

Não houve resposta. Abri o minimapa, mas nem sequer podia vê-la. Ela ainda estava no menu de equipe, o que significava que ainda estava viva. Apenas um pouco aliviado, chamei ela outra vez, mais alto.

Escutei alguma coisa, um guincho. Era distante, vindo de outra sala. Assim que o ouvi, um ponto laranja apareceu em meu mapa. Mongo. Mongo ainda estava vivo.

Se acalme. Respire fundo. Pense um pouco.

O que havia acontecido? Tentei me lembrar. Estávamos andando e conversando. Mal havíamos chegado na estrada principal. Não vi nada, nem Mongo nos avisou do ataque. Fui atordoado, paralisado e depois me apagaram.

A IA pareceu entender que eu estava prestes a morrer e até citou um trecho de *Ratos e homens*. Quando eu era criança, tive que ler essa droga de livro três vezes para a escola, porque vivia mudando. Depois, quando adulto, tinha uma edição no meu beliche. Li muitas vezes. Era um dos meus livros favoritos, não porque eu gostava da história, mas porque me era familiar, feito comida caseira. Era um trecho descaralhado para a IA citar, mas acho que era para ser reconfortante.

Carl: Mordecai, acabei de acordar. Não sei o que aconteceu. Não sei onde Donut está nem onde estou.

Mordecai: Ah, graças aos deuses! Você está amarrado? Enjaulado? Preso em uma teia?

Carl: Estou em um sofá. Não me amarraram, e eu ainda tenho todas as minhas coisas. Só que está escuro aqui, não consigo ver nada.

Mordecai: Ok. Garanto que Donut está viva, mas não sei onde se encontra. Se você já acordou, é provável que ela também acorde logo. Verá o ponto dela aparecer no mapa assim que ela despertar, contanto que vocês não estejam muito longe um do outro. Espere uns minutos, dê uma olhada onde você está, descubra tudo que puder e me diga o que vê.

A contagem regressiva do andar diminuíra bastante. Fiz um cálculo mental e percebi que tinha ficado inconsciente por quinze horas. Puta merda. Que coice. Mesmo se eu saísse disso... fosse lá o que fosse, tinha perdido a porra de quinze horas. Quando cada segundo contava, aquele era um atraso sério.

Chequei minhas notificações para ver se havia qualquer pista e vi que recebera três conquistas. Uma por ser atordoado, outra por ser paralisado e uma terceira:

Nova conquista! Lázaro!

Você foi atingido por um feitiço ofensivo de nível mais alto que 15 (e sobreviveu!). O fato de você não ser uma massa de carne tremelicando sobre o chão da masmorra prova sua sorte. Isso, ou você anda pegando um dos produtores.

***Recompensa:* Você recebeu uma Caixa de Cu-pra-Lua Platina!**

Não explicava qual feitiço tinha sido, mas, quando li a descrição, tive certeza de quem o invocara.

— Sinete — chamei. — Você está aí?

— Você me magoou — disse ela, sussurrando em meu ouvido.

Senti sua mão em minha coxa, na pele exposta entre a cueca e a joelheira.

— Caralho! — falei, quase pulando fora do corpo de susto.

A mão forte de Sinete me segurou no lugar. *Ela estava do meu lado o tempo todo?* Senti os pelos da nuca arrepiarem.

— Você me chamou de filha da puta — continuou ela.

Ela estava quase mordendo minha orelha, e seu hálito era quente em meu pescoço. Tentei não me arrepiar. Ela era nível 60 e, se me quisesse morto, não havia o que eu pudesse fazer para impedi-la.

— Você estava indo embora. E prometeu que voltaria — reclamou Sinete.

— Onde está Donut?

— Segura, não se preocupe. Eu salvei até mesmo aquele dinossaurinho dela. A sua amiga ainda dorme e continuará assim.

— Eu quero ver ela.

— Claro, claro — concordou Sinete. — A veremos quando sairmos daqui.

— Eu não vou a lugar algum sem Donut.

— Você vai fazer exatamente o que eu disser. Segui você e o seu bichinho hoje de manhã. Queria ver se manteria a promessa, mas você mentiu para mim, Carl. Fiquei tentada a derreter vocês dois naquele momento, mas posso ser misericordiosa. Sou de natureza indulgente. Minha mãe era uma náiade, e ela me ensinou que essa virtude deve sempre ser colocada em prática, mesmo em face da traição.

— Parece que sua mãe é muito inteligente — comentei. — Mas eu vou buscar a minha gata, e vamos embora.

No quarto escuro, a mão dela continuou sobre meu joelho. Senti a palma de Sinete retorcer de uma forma não natural quando algo se mexeu logo abaixo da pele.

— Como eu disse, a gata está dormindo. Minha mãe me ensinou mais do que a virtude misericordiosa. Ela me ensinou magia. Magia herdada, que é a mais poderosa. O feitiço se chama Lírio-d'Água. Não é um belo nome? Ela foi uma princesa. Minha mãe, quer dizer. Antes que a confederação usurpasse sua coroa. Eu teria sido uma tzarina se não fosse mestiça e, certa vez, contei isso para Grimaldi. Ele mudou meu nome para Tzarina Sinete depois disso.

Puta merda, essa vadia é louca.

— O que o feitiço Lírio-d'Água faz?

— Ele põe a pessoa para dormir, é claro. E ela não acorda até que o feitiço seja cancelado. Então, se eu morrer, ela morre, também.

Fui tomado por uma nova onda de medo.

— O que você quer que eu faça?

Sinete sorriu.

— Apenas cumpra a sua promessa. E só.

— Prometi que iria te ajudar a atacar o circo. Não consigo fazer isso sem a Donut.

— Vai ter que tentar. Esse é meu trato. Minha misericórdia. O que você precisa fazer para ter sua vida de volta.

Merda.

* * *

O andar térreo da casa da Sinete era uma casca vazia com as paredes ruídas em três dos quatro lados. Lá fora, o sol havia completado sua jornada pelos céus e mergulhava atrás dos prédios mais distantes. Donut estava adormecida no meio da sala, deitada sobre uma cadeira almofadada apodrecida. Era a única outra coisa ali além da grande gaiola que continha Mongo, que saltou e guinchou quando nos aproximamos.

— Donut! — gritei e corri para a gata.

Eu me ajoelhei e acariciei seu pelo macio, lembrando de quando a escovara mais cedo. Era difícil de olhar para ela naquele estado. *Ela é tão pequena, tão vulnerável.* Donut tinha **Inconsciente** escrito acima de seu corpo.

Estendi a mão e abri a gaiola de Mongo. O dinossauro pulou na cadeira e, confuso, cutucou a gata com o focinho, dando um guincho preocupado.

Sinete estava próxima de nós, as mãos à sua frente, com os dedos entrelaçados. Os pequenos seios nus seriam uma distração em qualquer outro momento, mesmo com sua cara assombrosa. As tatuagens pareciam se juntar, todas viradas para a direção onde eu estava, me observado com muita atenção.

— Não podemos deixar Donut aqui — falei, olhando para a sala.

Estávamos praticamente do lado de fora, e qualquer criatura poderia achá-la. Fiquei preocupado com os monstros zeladores, fossem lá o que fossem.

— Ela vai ficar — afirmou Sinete.

— Não. Vai se foder.

Segurei a gata, e uma barra de vida apareceu quando a ergui, descendo depressa.

— Carl, eu a devolveria imediatamente ao lugar. Um lírio-d'água não pode ser colhido, senão morrerá.

Coloquei outra vez o corpo adormecido de Donut sobre a cadeira, e a barra parou de descer. Logo em seguida, ela começou a subir lentamente.

— Venha, Carl. Está quase na hora de realizar minha invocação. Temos muito o que aprontar antes de começar a investida.

— Só um momento — murmurei. — Cuidado aí, Mongo.

Tirei do inventário as últimas peças do forte que fiz com a equipe de Brandon. Ainda tinha muitos pedaços de metal e madeira guardados, e os usei para erguer um abrigo feio e sujo ao redor da gata, feito uma pirâmide. Trabalhei o mais rápido que pude.

— Carl — chamou Sinete. — Agora.

— Minha nossa, você é pior que a Bea — falei enquanto colocava a última peça no lugar.

O obstáculo não a protegeria de um monstro muito determinado, mas era melhor que nada. Mongo pulou em cima da pirâmide desengonçada, que ficava na altura do meu pescoço, olhou por uma fresta torta e em seguida voltou a olhar para mim.

Coloquei minha mão na lateral da cabeça do dinossauro. Ele ainda era pequeno, mas, como estava no nível 6, já era maior que Donut.

— Não sei se me entende, mas você tem que ficar aqui para protegê-la. É a coisa mais importante que já fez até hoje. Tenho que ir, mas eu vou voltar. Entendeu, Mongo?

Ele guinchou, olhou para Donut pelo buraco na montanha de lixo e guinchou novamente.

Eu me virei e segui Sinete porta afora. Estava atualizando Mordecai sobre tudo que acontecia. Tinha um plano, uma coisa tosca que pensei na hora, mas não conseguiria executá-lo sozinho. Perguntei o que Mordecai achava, e o guia disse que eu era louco pra caralho. Sempre um bom sinal.

Carl: Zev, você tá aí?

Zev: Oi, Carl. Estou assistindo. O universo todo está. Todos nós estamos torcendo por você.

Carl: Era isso que eu estava esperando. Vou precisar de sua ajuda.

Zev: Você sabe que não posso interferir.

Carl: Não, não é isso que quero.

Expliquei o que eu queria que a kua-tin fizesse. Zev me respondeu que era impossível. Pedi para que tentasse mesmo assim.

— Desculpe por a situação ter chegado a esse ponto, Carl — comentou Sinete enquanto nós estávamos andando. — Ontem, você me surpreendeu quando sobreviveu. Não cometerei o mesmo erro hoje.

— Por que está fazendo isso, Sinete? Por que você ataca o circo todos os dias?

— Da trupe toda, eu fui a única que conseguiu escapar do ataque sem ser alterada pela nuvem tóxica. E o mais afetado por ela foi Grimaldi.

— Grimaldi, o cara que é dono do circo? Noite passada você disse que o amava.

— E eu amo. Ele é o amor da minha vida. Grimaldi me salvou quando eu era criança e me deu um lar quando ninguém mais me quis. Ele me protegeu dos altos elfos e me retirou dos Campos de Caça, me deu uma vida. Ainda mais importante do que isso, Grimaldi me deu uma família. Quando eu me tornei adulta, passei a amá-lo de outra forma, diferente de um pai. Iríamos passar nossa vida juntos.

— E o que aconteceu?

— Você precisa entender que o cataclisma foi horrível. A nuvem tóxica de Scolopendra foi um ataque de nove categorias, ou seja, aquilo te agredia de nove formas diferentes. Os mais sortudos simplesmente morreram. Os outros foram transformados, todos de maneiras diferentes.

Aquela era a segunda vez que eu ouvia aquele nome, Scolopendra. Parecia ser o nome do monstro das profundezas do vulcão. Guardei a informação.

Sinete continuou:

— Grimaldi era mais que o dono do circo, também era o mestre do picadeiro. Estávamos quase no final de um espetáculo quando o cataclisma aconteceu, e ele estava bem no meio do picadeiro central. Todos os outros saudavam o público. — Ela respirou fundo. — Ele se transformou na vinha. Quem estava na tenda do circo, independentemente de como foi afetado, logo se infectou com os parasitas cobertos de bolor, sendo submetidos ao controle de Grimaldi. Os lêmures, os palhaços, quase todo mundo. E eles fazem tudo que o mestre mandar e, se morrem, seus esporos retornam à vinha e renascem no dia seguinte.

— É por isso que você ataca o circo todos os dias? Por que você sobreviveu e os outros não?

Ela não respondeu à minha pergunta.

— Noite passada, quando invoquei meu feitiço, achei que você fosse morrer. Hoje, colocarei minha fé em você. É você quem tem que derrotar o sacrifício. Capturei Urze centenas de vezes, mas sempre com a intenção de fazê-la matar o sacrifício. Nunca pensei em usar o sangue dela para invocar o esquadrão. Hoje, estou confiando em você para matá-la. O sangue dela não é tão poderoso quanto o seu, mas ainda será um dos mais potentes que já usei.

Dobramos a esquina e paramos. Deitada e inconsciente no meio da estrada havia... uma *coisa*. Ela estava sob o mesmo feitiço que Donut.

— Essa aí é a Urze? — perguntei, sentindo enjoo.

— Isso.

— E eu devo matá-la para você usar o sangue dela na invocação do seu pessoal?

— Exatamente.

Dei um passo à frente.

— Muito bem, invoque o feitiço antes que ela acorde. Já vou matá-la.

— Não é assim que funciona, Carl. Não posso influenciar a batalha, senão o feitiço não funcionará.

— Essa é a coisa mais idiota que eu já ouvi.

— Se não fosse assim, teria apenas te matado noite passada.

Engoli em seco e examinei a "Urze".

Aquilo — bom, ela — parecia ter sido uma ursa-negra, antes de tudo. Ela usava um puído chapéu rosa de palhaço e uma gola frisada que pareciam estar grudados a seu corpo. Assim como os lêmures, ela não tinha pele na cara. Do pescoço para cima não havia qualquer coisa além do crânio e um par de olhos vermelhos redondos.

O horror não parava por ali. As patas dianteiras foram transformadas em massas de minhocas brancas, como se suas garras tivessem sido substituídas por esfregões. Aquelas eram diferentes dos vermes da juba dos leões, já que se mexiam e ondulavam mesmo enquanto ela dormia. Senti o vômito na garganta só de olhar para aquilo.

Porém, o mais absurdo de tudo eram as patas traseiras da ursa, que estavam presas a um par de patins. Ela também usava um tutu cor-de-rosa.

Sinete deu um passo para trás.

— Muito bem, Carl. Ela vai acordar, eu invocarei o meu feitiço e, então, você a matará.

Aviso dos Administradores: Batalhas de chefão que ocorrerem simultaneamente a produções secundárias, ou como parte de missões, poderão se comportar de forma diferente. Você ainda receberá recompensas de acordo com o ranque equivalente do chefão. Isso se conseguir sobreviver ao encontro, é claro.

— Ah, merda — falei.

9

A MÚSICA CONHECIDA E O ANÚNCIO BOMBÁSTICO DE BATALHA DE CHEfão nunca apareceram. O sistema estava tratando a ursa como se fosse um monstro comum, mas era óbvio que ela era mais do que uma fera qualquer.

Urze, a Ursa!

Chefão de Bairro — Nível 19!

Fazendo apresentações de circo desde que era filhote, Urze, a ursa patinadora, foi uma das atrações de maior duração do circo itinerante Grimaldi. Ela estava a poucas semanas de se aposentar quando o cataclisma aconteceu. A velha ursa foi transformada em uma monstruosidade quase irreconhecível. Hoje, passa seus dias como uma caçadora para o circo, procurando por monstros suculentos ou exploradores descuidados. Ela encontra e incapacita suas presas com uma força e velocidade impressionantes e depois as arrasta para o circo a fim de alimentar os palhaços.

Em algum lugar bem, bem, bem lá no fundo, ainda há uma centelha da velha Urze. A criatura amável tem seus momentos de lucidez enquanto corre atrás das presas aterrorizadas. Nesses breves instantes, ela pensa: *Ótimo. Eu sempre odiei todos vocês, seus filhos da mãe.*

Diferente da maioria das batalhas de chefão, não me trancaram naquela área. Mas eu não podia fugir, podia? Olhei os arredores, assustado. Logo atrás de mim havia um cruzamento largo, com um edifício de dois andares em cada esquina. Já estava escuro demais para enxergar dentro deles.

Carl: Mordecai. Batalha de chefão. Nível 19. É um urso-negro com minhocas no lugar das garras e patins nos pés. Dicas?

Mordecai: Patins? Tipo aqueles sapatos com rodinhas? Você está falando sério?

Carl: Sim, caralho.

Mordecai: Macho ou fêmea?

Carl: Fêmea.

Mordecai: Merda. Ok, e seu Casca Protetora? Saiu do tempo de recarga?

Carl: Sim, ela voltou uns quinze minutos atrás.

Mordecai: Ursos-negros são menores que outras espécies, mas são mais fortes e rápidos que parecem. As ursas são mais espertas que os machos. Eu não sei o que as garras de minhocas podem fazer. Mas não deixe que ela te abrace e use a casca.

Urze rugiu e ficou em pé, equilibrando-se nas patas traseiras e esticando os braços.

— Ah, me fodi — gritei ao fugir correndo.

Tinha visto muitos ursos-negros em minha vida e eles não eram grandes; no geral, tinham o tamanho de cachorros de grande porte. Urze era uma exceção. Ela era *imensa*. Sobre os patins, ela ficava perto dos dois metros e meio de altura. O chapéu rosa ficava torto sobre a cabeça dela, e eu consegui ver onde o cone se fundia ao osso, como se ela fosse um ursocórnio fodido.

As garras-minhocas ganharam força, dezenas de pequenas extremidades que se contorciam... e ficavam cada vez mais longas. Os vermes cor de osso pareciam brilhar na luz poente conforme escorriam ao chão, feito macarrão sendo produzido das patas da ursa. Quando as minhocas caíam, era possível ver de relance as garras de verdade da criatura.

Nossa, pensei, *isso é nojento pra caralho.*

Onde está Sinete? Procurei pela elite por toda parte. Percebi um movimento, e a vi através de um dos buracos em um edifício do outro lado do cruzamento. Ela estava no segundo andar, de braços abertos como no dia anterior. Suas tatuagens estranhas voltaram a percorrer seu corpo.

Eu percebi o movimento antes de vê-lo. Olhei sobre o ombro por um segundo, e a ursa já havia diminuído a distância entre nós pela metade. Ela zunia pelas tábuas de madeira com seus patins, deslizando em minha direção. As rodas bem lubrificadas faziam um som de *vrrrr, vrrrr, vrrrr*, pelo chão. Urze abria os braços quando me virei, já tirando duas bombas de fumaça do inventário e as largando perto de meus pés. Peguei mais duas e comecei a correr. Havia aprendido a minha lição: não dava para usar só uma daquelas coisas.

Lento demais. Urze estava a menos de cinco metros de distância. As minhocas se atiraram em mim feito chicotes antes que eu entendesse o que estava acontecendo. Dezenas de vermes me atacaram, batendo e se enrolando nos meus membros, dando várias voltas feito a porra de uma dança de pau de fita. As pontas frias e úmidas dos monstros atacaram a pele exposta das minhas coxas, e senti eles começarem a se enterrar na minha carne. *Preciso de uma calça. Caralho, eu preciso mesmo de uma calça*. Pareciam facas entrando na pele.

Sim, sim, esta é carne nova. Carne primal. Carne deliciosa.

Ele é forte. Será que tiramos uma prova dele? Será uma boa refeição para nossos palhaços.

Os palhaços sentem fome, primal. Eles são vorazes. E agora conhecem seu sabor.

Pressionei Casca Protetora quando a fumaça das bombas começou a subir. As minhocas foram cortadas no meio, separando-se da ursa e morrendo. As partes que começaram a se enterrar na minha carne caíram. Urze, que estava quase em cima de mim, foi atirada para trás, caindo no chão e rolando mais um tanto. O escudo havia a lançado uns bons quinze metros de distância.

Que porra foi essa?

Aquelas coisas-vermes entraram na minha pele e imediatamente começaram a falar na minha mente. As palavras vieram todas de uma vez, amontoadas umas sobre as outras. Não consegui entender se era uma voz ou milhares, se era masculina ou feminina. Só senti como se alguém tivesse colocado dedos imundos bem na massa cinzenta do meu cérebro e arranhado.

Caralho, não. Foda-se essa porra. Preferia morrer a deixar aquilo acontecer outra vez. Usei a oportunidade para reagir.

Corri até a ursa caída, deixando a proteção para trás. Peguei parafusos, porcas e pesos do inventário conforme corria e os espalhei por todo o chão.

Eu estava perto demais para usar um Explojarro ou uma banana de dinamite. Em vez disso, peguei um garrafão de aguardente normal e o atirei na ursa com toda a força, e ele se estilhaçou no crânio do animal. Atirei com muito mais força do que esperava. *Caramba*. Mesmo com o atributo Força melhorado, não imaginava o tamanho da violência do lance. Escorreguei até frear.

A barra de vida finalmente apareceu acima da cabeça de Urze, que urrou enfurecida. A aguardente se espalhou sobre a ursa inteira, que continuou caída de barriga para cima, tendo dificuldade em se levantar. Um fedor pungente encheu o cruzamento. A poça de álcool foi destacada em minha visão, com as palavras **Líquido Inflamável** escritas flutuando sobre ela. *Isso é novidade*, notei enquanto pegava uma tocha, a acendia e jogava na ursa.

Não fiquei esperando para ver o que aconteceria em seguida. Eu me virei e corri em direção às plumas de fumaça que ainda subiam. Igual da vez anterior, aquele cone de fumaça era irritantemente fino, apesar de vir de várias bombas. A brisa havia o puxado e levado para longe da ursa, porém, ainda era largo o suficiente para eu me esconder dentro.

Vuuush.

Senti o calor da aguardente entrando em ignição. Corri para a fumaça e me virei em tempo de ver a ursa se colocando em pé com o corpo inteiro em chamas. As labaredas vermelhas e azuis subiam na noite, e o fogaréu cobria a barra de vida dela. A barra descia, mas a um passo de lesma. Nem havia chegado no vermelho ainda.

A ursa em chamas gritou e começou a correr com os patins em minha direção. *Vrrrr, vrrrr, vrrrr.*

Bom, se você nunca teve a experiência de ver uma ursa flamejante com cara de caveira, usando tutu e patins, vindo a toda a velocidade na sua direção, não sabe o que está perdendo.

Ela tropeçou sobre um dos pesos e se desequilibrou, caindo. Quando o bicho se levantou outra vez, metade da pele e dos pelos ficaram no chão, expondo o tórax estufado de minhocas, feito um emaranhado de miojo. Os vermes fugiam do fogo e se espalhavam para todos os lados.

Puta merda.

Estava guardando aquilo para uma emergência, por isso o tirei do inventário naquele momento. Era a raspadinha que eu havia recebido na primeira Caixa de Cu-pra-Lua. Bola de Fogo ou de Creme? Eu tinha 50% de chance: ou eu ganharia uma Bola de Fogo nível 15 (que provavelmente mataria a ursa de imediato), ou a cobriria de creme de morango, a curando.

Segurei todo torto o cartão com a minha mão esquerda e com a outra raspei um dos cinco espaços, revelando um pequeno círculo giratório. O ícone alternou entre uma bola de fogo vermelha e uma pelota cor-de-rosa. A chefão patinadora havia virado só um esqueleto, e apenas o chapéu e os patins continuavam em chamas. Até mesmo os olhos esbugalhados sumiram. Ainda assim, tinha uma massa de minhocas entrelaçadas sobre os ossos, como se estivessem enroladas em um novelo.

A barra de vida continuava pela metade.

Entendi que me esconder na fumaça servira para nada. Ela tentou me chicotear com os braços outra vez.

O ícone que girava no cartão parou.

Creme. *Nham-nham!*

Aquilo foi dito em voz alta em um tom profundo e exagerado nos graves, como se fosse o cara da porra daquele joguinho *Candy Crush*. Tive uma lembrança repentina e inexplicável de Bea jogando aquilo no celular com o volume no máximo enquanto eu tentava assistir à TV.

— Pu-ta-que-pa-riu! — gritei ao pular para trás quando uma pelota de creme do tamanho de uma bola de praia surgiu e se espatifou sobre a criatura, apagando o fogo. Ela cambaleou e, outra vez, caiu de costas.

O esqueleto esminhocado rugiu de dor quando o creme ferveu sobre ela. A pele e o pelo retornaram a seu corpo se espalhando sobre a estrutura de uma forma estranha, aos trancos, feito uma animação *stop-motion*. A ursa começou a se levantar outra vez, feito a porra do Exterminador do Futuro. E sua barra de vida começou a subir.

Porém, algo havia mudado. Os patins soltaram dos pés dela enquanto tentava se manter em pé. O chapéu também caiu, e ambos se desfizeram em pó. A pele retornou ao rosto dela, e Urze não se pôs em pé da mesma forma que antes, apenas continuou de quatro como um urso normal. Seu pelo esfarrapado tinha um realce prateado que era ainda mais evidente ao entorno do focinho.

Ao curá-la, eu tinha matado as minhocas. A ursa deu um uivo lamurioso e assustado e se deitou no chão, dolorida. O restinho do creme que fervia evaporou e o animal me olhou, toda a sua vontade de lutar esvaída. Aquela era Urze, a verdadeira, livre dos parasitas que a controlavam. E me encarava com seus olhos reconstituídos.

Acabe logo com isso, me dizia aquele olhar amargurado. *Eu nunca devia ter vivido tanto*. Ela soltou um breve ganido de dor e fechou os olhos.

Eu me aproximei da ursa, tomando cuidado com as garras e prestando atenção a qualquer sinal de que aquilo seria uma armadilha. Urze suspirou fundo quando eu me aproximei. A barra de vida dela, que subira até o topo, estava caindo sozinha novamente. Sem os vermes, mofo ou o que fosse a magia que a mantivera viva, seu corpo definhava depressa. Aquela ursa idosa, Urze, não foi contra quem eu havia lutado, não de verdade. Ela era só a casca.

Fui tentado a deixá-la morrer sozinha, mas só por um momento. Ergui o punho e soquei a cabeça dela com dois golpes rápidos. Depois me levantei e terminei o serviço amassando o crânio dela com meu pé. A cabeça da ursa afundou facilmente.

Vencedor! surgiu na minha interface, o único indício de que havia acabado de terminar uma batalha de chefão. Algumas conquistas surgiram e foram arquivadas na pasta. Eu subi para o nível 15, quase chegando ao 16.

Donut ficaria uma arara.

O corpo da ursa tremeu. Uma linha vermelha subiu do cadáver, voando em direção ao corpo brilhante de Sinete.

Mordecai: Parabéns, você acabou de ganhar a sua primeira batalha de chefão solo.

Uma barreira de fumaça escura com raios envolvia a construção onde Sinete havia invocado seu feitiço. Mordecai me dissera que ele sabia exatamente que feitiço era aquele, sendo provável que levasse mais uns dez minutos para ela terminar a invocação. Naquele meio-tempo, achei melhor ficar longe dela e só deixar rolar.

Carl: Vou te falar, estou surpreso. Jurei que ela esperava que eu morresse e que tinha invocado o feitiço em mim outra vez.

Mordecai: E é provável que ela tenha feito isso mesmo. Como eu disse, o sistema deixa que os produtores alterem a realidade quando você lida com a elite deles, e é por isso que ficaremos longe delas. Teve notícias da Zev?

Carl: Ainda não. Donut ainda está bem?

Mordecai: Sim. Receberei um aviso se a vida dela ficar abaixo de 20%, mas isso é tudo o que eu posso saber. A condição dela não mudou.

Carl: Você descobriu alguma coisa sobre o que eu te pedi?

Mordecai: Fiz uma visita ao meu velho amigo Eklund. É o único guia nesta cidade que eu conheço. Infelizmente, ele é espertinho demais para o próprio bem. Não consegui fazer com que procurasse por uma cura para a maldição Lírio-d'Água, mas estou a caminho do alquimista da vila neste exato momento para descobrir se ele pode me dar uma dica. Porém, Eklund disse o nome do programa de Sinete.

Carl: E?

Mordecai: Acho que o seu palpite estava certo. Ele é chamado *A vingança da filha*.

Carl: Ah, graças a Deus. Obrigado, Mordecai. Continue procurando.

Saqueei o que restou da ursa drenada de sangue. Assim como qualquer outro chefão de bairro, ganhei o Mapa do Bairro. Eu o peguei, e meu minimapa se encheu de vida com os pontos de criaturas. Daquela distância eu não podia ver Mongo e Donut, mas enxergava o circo todo a algumas ruas de distância. Havia centenas de pontos vermelhos ao entorno do circo, da mesma forma que acontecera na noite anterior, todos esperando por nós. Além disso, dezenas de pontos vermelhos se espalhavam pelo mapa, alguns deles avançando enquanto outros permaneciam parados. Aqueles eram os moradores noturnos das ruínas, e eu precisava ficar longe de todos eles.

Um grupo de pontos brancos se formava ao redor de Sinete. Enquanto eu observava, outro ponto apareceu. Depois, mais outro.

Senti uma pontada de preocupação. Embora fossem muitos (devia haver pelo menos trinta), não eram nem de longe um número suficiente para lutar contra os batalhões do circo.

A fumaça se dissipou e, no mesmo instante, Sinete apareceu seguida pela sua tropa invocada.

— Nossa — exclamei ao vê-los.

Dei um passo para trás para admirá-los e quase tropecei no corpo esparramado da ursa morta. Não sabia se devia ficar maravilhado, se ria ou se chorava. *Estou fodido pra caralho.*

O menor dos monstros, um tipo de cabeça flutuante, devia ter uns três metros de altura. O maior, uma serpente marinha que ondulava e se contorcia, era tão alta quanto um prédio de três andares. O ogro de três cabeças era o segundo maior daquele conjunto diverso e empunhava um sabre imenso. Ele ficou em pé atrás de Sinete conforme ela se aproximava de mim. O ogro cruzou os braços, e seu sabre foi agitado pela brisa.

Os outros se amontoaram no cruzamento e pelas ruas ao nosso redor. Um tubarão-martelo flutuou no ar acima de nós.

— Essas coisas conseguem mesmo lutar? — perguntei à Sinete assim que ela chegou à minha frente.

As tatuagens sumiram de sua pele branca que, naquele momento, brilhava, deixando sua nudez ainda mais óbvia por ter apenas a calcinha fio dental como adorno. Percebi um leve brilho azulado em sua pele, quase como se ela fosse coberta por escamas muito finas e pequenas para serem detectadas a olho nu. Seu rosto, sem as linhas que se retorciam constantemente, era muito mais fácil de compreender. Embora ainda fosse estranha, Sinete não era nem de longe tão repugnante quanto em seu normal. Podia distinguir a criatura marinha da qual ela descendia. Porém, só tive um instante para pensar em sua aparência. Minha atenção estava inteira focando o "esquadrão" às suas costas.

Embora os monstros das tatuagens fossem grandes e medonhos, eles não eram o que eu esperava. Nem um pouquinho. Eles ainda eram... tatuagens. Desenhos. Sim, eram enormes, mas mal tinham três dimensões. Era como se tivessem expandido em vez de encolher na lavagem. Era como se tivessem desenhado monstros em um papel, aumentado a folha para proporções gigantescas, os recortado e os deixado balançando ao vento.

Todos tinham um contorno vermelho muito vibrante com uma substância branca e translúcida entre as linhas, tipo um papel-manteiga ou uma pele de cebola. A parte de trás dos monstros estava em branco. Tive a sensação nítida de que poderia atravessar um com apenas um soco, pois, se os olhasse de qualquer direção que não fosse diretamente de frente, podia ver o que eram de verdade. Um exército de papel. Os monstros se mexiam e piscavam e rugiam, mas tudo isso era confinado ao plano em que foram desenhados.

Examinei o ogro de três cabeças:

Elemental de Sangue e Tinta — Soldado Invocado da Tzarina Sinete — Nível 50.

Criado pela combinação de um sacrifício de Magia Sanguínea e a imaginação de um artista, esses elementais de curta duração variam muito em questão de força e habilidade. O potencial deles depende de fatores demais para listar aqui, quase como os humanos. Se você quiser adivinhar, são boas as chances de que o elemental que você está olhando seja uma bela porcaria.

— Claro que eles conseguem lutar — retrucou Sinete. — Você acha que Grimaldi prepararia essas defesas todas as noites para algo que não fosse uma verdadeira ameaça? Temos que nos apressar. O sangue de Urze era de fato poderoso, e pude invocar meu esquadrão inteiro, mas diminuí a longevidade deles em troca de mais poder. O nosso tempo é breve.

Como papel pode lutar?, quis perguntar, mas Sinete seguiu em frente antes que eu pudesse falar. Conforme ela andava, pude ver ainda tinha uma tatuagem na parte de trás do seu ombro. Era um desenho minúsculo, pequeno demais para entender, parecido com algum tipo de peixe. A tatuagem desapareceu como se submergisse sob as ondas.

Os monstros farfalharam ao passar por mim, marchando e flutuando em direção ao circo. As longas serpentes marinhas voavam de lado para que ficassem sempre de frente para o circo. Continuei boquiaberto, olhando para aquela variedade toda. O ogro de três cabeças se virou, seu corpo dobrando para me encarar.

— Siga ou será esmagado — avisou a cabeça do meio com uma voz grave e rouca.

— Você consegue falar! — exclamei.

— Também consigo esmagar — disse ele.

Eu segui. Corri para alcançar Sinete, que caminhava em direção ao circo na maior tranquilidade possível.

— Francamente, eu não sei o que você quer que eu faça aqui — falei para Sinete. — Nunca participei de uma coisa assim. Eu tenho uma armadura de merda e tudo o que faço é socar as coisas.

— Você é bem mais que isso. Acredito que tenha libertado Urze na luta. Por dois séculos ela esteve presa a esse ciclo, mas você a livrou dele. Ela era uma ursa velha e rabugenta. Eu disse mais de uma vez para Grimaldi que um dia ela perderia as estribeiras e tentaria comer um dos espectadores se não a aposentássemos logo. Mesmo assim, ela era parte da família e está livre por sua causa. Obrigada.

— É, e obrigado pelo aviso, por sinal — murmurei. — Mas aquela foi uma luta mano a mano. Não vou conseguir fazer grandes truques no meio de uma batalha imensa.

— Apenas não morra — pediu ela. — Nós costumamos passar pelas defesas e estamos o mais forte que já estivemos em um bom tempo. É para a última barreira que precisarei de ajuda.

— Mas tem, tipo, milhares deles!

Mandei uma mensagem para Mordecai contando tudo. Disse que não sabia se aqueles trecos elementais eram uma ameaça verdadeira para o circo.

Mordecai: Não se preocupe com isso. Se eles são tão grandes e numerosos quanto você descreve, é provável que a habilidade de Sinete com esse feitiço seja acima de 15. Eles conseguem lutar, e darão um tremendo show.

Carl: Que feitiço é esse, afinal?

Mordecai: Corsário de Tinta. Você desenha alguma coisa em um papel, faz um sacrifício de sangue, e ele anima os desenhos. Certas classes tatuam os monstros em si mesmas e, ao fazer isso, o próprio sangue mantém a tropa viva. Os soldados podem deixar o corpo quando a pessoa invoca o feitiço do sacrifício. Eles têm uma aparência bidimensional, mas há tempos que existe um rumor de que certos sacrifícios fazem a tropa tomar a aparência completa e realista dos monstros que retrata. Presumindo que esse é o

feitiço mais poderoso de Sinete, não vejo razão para os produtores a permitirem gastar o truque tão cedo assim na história.

Um grito distante preencheu a noite, seguido do *bam* de um morteiro mágico. O projétil navegou pelo céu noturno, quicando no teto da masmorra e indo em direção ao bairro uma rua acima. Mais morteiros começaram a chover. Tentei ficar o mais perto possível da srta. Proteção Narrativa.

A cabeça flutuante e vários dragões circulavam ao nosso redor, tomando a dianteira. Um dos elementais (um polvo) levou um tiro de morteiro bem no seu centro e irrompeu em chamas. Se Sinete estava controlando aquelas coisas, fazia sem demonstrar.

Sombras encheram o ar. *Lêmures*, percebi ao ver os pontos no minimapa. Eles estavam sendo atirados pelas girafas artilheiras. Também pude ouvir o rugido distinto dos leões de bolor. Eles eram muito rápidos e desciam uma rua em frente no mesmo momento que os monstros de papel tentavam interceptá-los.

Estávamos a uma quadra de distância do circo. A música assustadora da calíope subia na noite misturada aos urros dos lêmures e palhaços. Mais dos animais malabaristas surgiram pelos ares, dessa vez apontados para nós.

O ogro pulou voando por cima de mim e Sinete e pousou à frente. Tudo o que pude ver foram as costas vazias do elemental quando ele girou seu sabre contra a fileira de lêmures.

Dezenas dos monstros com cabeça de caveira gritaram ao serem atirados longe, mas, momentos depois, escutei o *tac, tac, tac* das facas sendo fincadas na superfície do ogro gigante. Apesar da aparência de papel, os objetos se prenderam ao elemental como se ele fosse feito de um compensado de madeira. O ogro não prestou atenção no dano e atacou outra vez. E, por "atacar", eu quero dizer que seu braço dobrou sobre si mesmo e meio que abanou para os monstros.

Não estava entendendo nada dos ataques do ogro. Ele dava o golpe, claramente errava, mas ainda assim dezenas de lêmures eram jogados para longe. O elemental tinha algum tipo de área de ataque que eu não conseguia enxergar dali detrás.

Eu vi, porém, os ataques elétricos das enguias. O par de longas criaturas parecidas como moreias mergulharam e atiraram raios de suas bocas, fazendo com que os pontos vermelhos dos leões mais próximos virassem X.

Ao meu lado, Sinete atirou para o ar um raio amarelo da palma de sua mão. Ele fez um arco sobre os ombros do ogro, acertando algo distante, e pude ouvir dezenas de gritos de dor. Atrás de mim, um prédio inteiro explodiu quando os tiros de morteiro recomeçaram.

— Cacete, dona — falei ao me agachar. — Você faz essa merda todas as noites?

Sinete atirou mais dois arcos voltaicos amarelos.

— Isso é o que se faz por sua família — respondeu ela.

Mordecai: Descobri a receita. É só misturar extrato de rã-saco com uma Poção de Cura comum. Já devia saber. Nega todos os efeitos soníferos das náiades e suas maldições. Simples.

Carl: Você tem essas coisas?

Mordecai: Não neste vilarejo. Mas é bastante comum. Posso comprar em qualquer mercado de alquimistas em um vilarejo médio ou grande.

Merda. Aquilo não nos ajudaria naquele momento.

Carl: Ok. Hora do Plano B.

Eu me joguei no chão quando outro prédio explodiu. Estávamos a só cinquenta metros da muralha, e os palhaços começaram a jogar pedras na gente. A maior das serpentes desceu cuspindo um jato de água que atirou centenas de artistas circenses e lêmures em todas as direções. Eu me escondi atrás de uma parede baixa quando outro morteiro voou acima de nós. Um tubarão se contorceu no ar sobre minha cabeça, urrando enquanto queimava.

Carl: Zev, você conseguiu falar com eles?

Zev: Mandei uma mensagem para o produtor, mas ele não quer responder. Acho que está esperando para ver o que vai acontecer. Meu chefe me obrigou a mandar seu pedido para ser arbitrado pela IA do Sindicato, e ela informou que só permitiriam isso dentro de circunstâncias muito específicas. Eu não posso, e eles também não podem, te oferecer qualquer tipo de ajuda. Acredite ou não, porém, que não é a primeira vez que esse tipo de coisa acontece. Na verdade...

Carl: Deixa a história para depois, Zev. Continue na linha, que logo vou precisar de você.

Apesar dos meus receios, os palhaços e as criaturas de circo não eram páreo para os monstros de tatuagem. Os defensores logo fugiram, correndo para a imensa tenda tripla central. O ogro elemental balançou o sabre, e a muralha desmoronou. Centenas de lêmures, palhaços e acrobatas de morteiro morreram. Aconteceu tudo tão rápido. O meu mapa ficou inundado de X.

Ainda havia centenas de monstros, mas estavam todos nas tendas centrais. O esquadrão de papel farfalhou para dentro na área do circo, jogando as fortificações de arame farpado para os lados como se não fossem nada e cercando as tendas imensas. Todas as apresentações secundárias, incluindo a do show de aberrações, logo estavam no chão. Percebi que os elementais apenas as empurravam de lado, como se tomassem cuidado para não rasgar a lona.

Tudo o que sobrou foi a arena principal. Poucos elementais foram destruídos: um polvo que retornou para a pele de Sinete e alguns tubarões. Eles se agitavam raivosos.

A música vinha de uma engenhoca do tamanho de uma carroça deixada em frente à tenda principal. Vapor saía do instrumento que vibrava e cuspia, os longos tubos de latão silvavam na metade da velocidade. O ogro fez o movimento para esmagar a máquina, mas Sinete estendeu a mão, o impedindo.

— Essa música faz minhas cabeças doerem — reclamou o monstro coberto de facas.

— Eu sei — disse Sinete, suspirando. — Nós temos essa conversa todas as noites.

A meio-elfa foi em frente e girou o disco de volume no instrumento, que ofegou uma vez antes de a música parar, mergulhando a noite no silêncio. Ela acariciou a madeira chamuscada com afeto.

Sinete apontou para a serpente marinha gigante, que flutuava no céu acima da tenda iluminada. Os holofotes do circo continuavam acesos e giravam de um lado ao outro, aumentando ainda mais aquela visão surreal. O colosso, que era quase tão grande quanto a tenda central, se enroscou em si mesmo e cuspiu um jato de água. Eu me encolhi em antecipação, mas a água se dissipou antes que tocasse na tenda colorida. O mundo ao meu redor foi encoberto por uma fina neblina, e logo eu me senti completamente encharcado.

Sinete baixou a cabeça.

— Droga — praguejou ela. — Droga, droga, droga. Tive esperança de que, com o poder do sangue de Urze, poderíamos finalmente atravessar essa proteção.

— Por que não funcionou? — perguntei.

Na distância, alguma coisa uivou na noite.

— É aqui que nossa luta costuma acabar — respondeu Sinete, apontando para a tenda. — Há magia protegendo o exterior, magia antiga. Fui banida e, por isso, não posso entrar. Minha tropa também não. A parte externa é impenetrável, mas não a interna. Se conseguíssemos romper a tenda, o feitiço se desfaria, e poderíamos terminar a investida. — Ela apontou para uma pilha de cadáveres. — Alguns desses palhaços carregam ingressos para a atração principal. Encontre um e mantenha ele em mãos. Os ingressos são mágicos e te deixarão entrar com um. Assim, você terá uma passagem segura pela tenda, contanto que não tente entrar em um dos três picadeiros. Você precisa ir lá causar o colapso da tenda. Há três postes centrais, e você terá que destruir uma de cada vez.

Olhei para a tenda com desconfiança.

— Imagino que os três postes estejam no meio dos picadeiros?

— Exatamente.

— E aquela coisa, a vinha?

— Também está no picadeiro, no central.

Aquele desafio era para ser completado por um grupo de pelo menos três exploradores, e não sozinho. De jeito algum eu conseguiria fazer aquilo. Não batendo de frente.

Peguei um dos ingressos que já tinha no inventário. Eu havia o examinado antes, mas fiz outra vez.

Ingresso para a Atração Principal.

Como você é sortudo! Este ingresso admite um adulto na tenda principal do circo itinerante Grimaldi.

Quem segurar este ingresso terá Travessia Segura garantida apenas pelas áreas públicas. *Grimaldi se reserva o direito de rescindir essa permissão aos bêbados e incitadores de violência.*

Diversão garantida ou o seu dinheiro de volta!

Algo me dizia que eu não iria me divertir.

10

SEGUREI O INGRESSO DA ATRAÇÃO COM FIRMEZA CONFORME ME APROXI-mava da entrada principal. Perto assim da tenda principal, podia ver os efeitos do tempo na lona e pelo resto do circo. O tapete vermelho estava esfarrapado e manchado de sangue. As paredes da tenda também estavam encardidas e cobertas de pequenos buracos. Mais alguns anos e Sinete não precisaria de um exército mágico para derrubar aquele lugar.

— Você tem de se apressar — avisou Sinete. — Temos apenas trinta minutos até que o esquadrão se desmanche.

— Prometa que, se eu morrer, você vai libertar a Donut — exigi.

— Trato feito — concordou ela.

A entrada tinha o formato de uma cara de palhaço gigante, e tive que entrar pela boca dele. O tempo desbotara as pupilas do entalhe, deixando os olhos do personagem completamente brancos. *Odeio palhaços*, pensei. *Odeio eles de verdade. Quem inventou essas coisas merece um soco na cara.*

Tive que atravessar um tunelzinho curvo, e a música começou a tocar outra vez, vinda das profundezas da tenda. Aquela versão era mais rápida e feliz, mais como música de circo tradicional. Meu minimapa era um mar de pontos vermelhos, incluindo um logo no fim do túnel. *Merda, merda, merda*, eu continuei pensando enquanto arrastava os pés e segurava o ingresso diante de mim.

Cheguei ao fim da curva e dei de cara com um dos palhaços roliços. Ele era mais baixo que eu, mas quase três vezes mais largo. Usava um traje azul e rosa vibrante, mas imundo, e no pescoço tinha uma gola branca frisada e encardida. O robe colorido fluía sobre seu corpo encaroçado e deformado. Diferente dos palhaços de perna de pau, que só tinham bocas parecidas com a de tubarões, a face daquele monstro era muito mais humana, mas com dentes pontiagudos. Sua maquiagem branca, vermelha e azul havia sido aplicada em exagero, feito a cobertura de um bolo. A barriga do palhaço fez um barulho e toda a superfície se remexeu, como se a carne estivesse viva.

Os palhaços altos eram armados com facas de açougueiro. Aquele ali tinha apenas longas unhas amareladas que lembravam as garras de um texugo.

Pegajoso, o Palhaço — Nível 9.

Com um rosto que nem uma mãe poderia amar, o circo foi a fuga perfeita para o jovem garoto rechonchudo que cresceria para se tornar Pegajoso, o Palhaço. Especialista em cambalhotas e dono de uma forte ética profissional, Pegajoso foi a adição perfeita à família Grimaldi.

Crianças adoram palhaços gordos. Eles são engraçados, alegres e te fazem rir. Os clones reanimados de Pegajoso ainda exibem todas essas qualidades, exceto, talvez, pela parte de te fazer rir. Ainda assim, eles são muito engraçados e alegres quando estão te devorando.

O palhaço silvou para mim, mas eu ergui o ingresso, segurando-o feito um escudo. O ser incrivelmente obeso se inclinou e farejou o papel como se eu estivesse segurando um petisco para um cachorro. Ele silvou outra vez e me cobriu com o fedor de carne crua, mas deu um passo para o lado e me permitiu passagem.

E foi assim que eu entrei na arena principal do circo itinerante Grimaldi.

Uma de minhas primeiras lembranças era ter ido ao circo com minha mãe no meu aniversário de 4 anos. Ela havia largado meu pai, fugido para a casa dos meus avós, que ficava no meio de lugar nenhum no sul do Texas, e me arrastado junto.

Foi quando ela me levou ao circo. Não era um circo itinerante grande, mas um desses pequenos, de gueto. Qualquer um que tenha vivido no sudoeste dos Estados Unidos sabe do que eu estou falando. Mesmo sendo uma criança, eu percebi que aquilo que visitávamos era uma cópia barata.

Eles tinham palhaços e acrobatas, além de um monte de outras atrações esquisitas, como motociclistas rodando dentro de uma esfera e uma mulher fazendo malabarismos com serras elétricas. Eles também tinham animais. Eu me lembro de camelos e poodles dançarinos, e de um palhaço que andava com um macaquinho no ombro. Não tinham elefantes ou girafas, mas a atração principal era um velho tigre ranzinza que ficava sentado no picadeiro central enquanto uma mulher de colã atirava bastões em chamas ao redor dele.

A maioria dessas lembranças vieram a mim anos depois, ao ver fotos. Achei uma caixa de sapatos cheia delas mais de uma década depois, escondida debaixo da cama de meus pais. Essa descoberta foi após outro aniversário, aquele no qual eu fui deixado sozinho. A caixa pertencera a minha mãe, um segredo dela, cheia de fotos, ingressos usados e um balão murcho. Todos os itens eram daquela época, as poucas semanas de nossas vidas em que ela conseguira fugir.

Porém, de todas as lembranças borradas e incompletas do circo, havia uma característica que eu jamais esqueceria.

O cheiro.

Era diferente de tudo que eu já havia sentido. Era o aroma de amendoim, algodão-doce e milho assado, mais o feno e o odor animal e brinquedos de plástico barato, tudo misturado em uma coisa só. Mas era ainda mais do que isso. Minha mente de 4 anos não tinha conseguido compreender na época, mas aquele era o cheiro de felicidade, alegria, de ser criança e não ter medo. Com o passar dos anos, senti cheiros parecidos em feiras e parques de diversões, ou sempre que visitava algum lugar com animais. Porém, o cheiro daquele dia era diferente, um aroma estranhamente específico que tinha sido gravado para sempre no meu eu de 4 anos, um cheiro que às vezes eu penso como o caminho não tomado, o mundo em que eu poderia ter vivido se meu pai não tivesse nos encontrado e levado de volta. Era um cheiro que busquei toda minha vida adulta.

É engraçado como essas coisas acontecem. Associamos cheiros a momentos e, quando a lembrança é ativada, somos puxados para dentro dela, não importa a circunstância. Foi exatamente o que aconteceu naquele momento, quando entrei no circo mais descaralhado da história do universo. Fui cercado pela confusão, caos puro e pilhas de tranqueiras, seguido por um "Mas que porra é essa?" atrás do outro, e o cheiro veio do nada para me acertar feito um taco de beisebol. Ele me fez pensar no meu aniversário de 4 anos quando visitei o circo com a minha mãe, além de como eu ri, bati palmas e derrubei o cachorro-quente na arquibancada imunda antes de pegá-lo de volta para comer, por mais que tivesse ficado com gosto de sujeira. Minha mãe chorou, vinha chorando, e até aquele momento em que senti o cheiro pela segunda vez na minha vida, sempre achei que ela chorava pela porra do cachorro-quente.

Aquilo me deixou completamente puto. Eu tinha tão pouco da minha mãe, quase nenhuma lembrança para chamar de minha. Era uma das poucas coisas que aquele lugar não podia tirar de mim, mesmo assim foi exatamente o que aconteceu. Foi tão inesperado, violento e absoluto que deixei de ligar para qualquer plano idiota ou para tentar salvar a minha vida.

Só queria destruir tudo.

Mas você não quer saber sobre essa merda toda, não é? Não é importante. Não quando tínhamos passado do prazo de validade da Terra, nem quando eu estava parado ali feito um idiota observando uma palhaça de monociclo passar por mim devorando, gulosa, o que parecia ser a perna de um goblin. Ou enquanto os coloridos e demoníacos acrobatas que, momentos antes, atiraram morteiros mágicos em monstros do tamanho de prédios naquele instante voavam de um lado ao outro sobre minha cabeça. Os lêmures faziam malabares. Os palhaços cantavam.

Pensei em Donut, inconsciente e exposta, protegida apenas por Mongo. Respirei fundo e tentei me acalmar. *Vocês não vão me destruir. Vocês não vão me destruir.*

Parecia até que a batalha do lado de fora não tinha acontecido. Eles ainda eram as versões transformadas e perturbadas dos artistas circenses, mas cada um deles performava de maneira enlouquecida uma paródia de seus números originais, todos espremidos próximo uns dos outros. Enquanto assistia, dois acrobatas colidiram no meio do ar e se espatifaram no chão. Ninguém sequer prestou atenção.

Uma placa de madeira desbotada estava no meu caminho: um recorte de uma pessoa com um balão de fala. Era um anão vestido com um casaco vermelho e preto de cauda longa, com a cartola de um mestre de picadeiro. Na placa, lia-se: SOU O MESTRE DO PICADEIRO GRIMALDI! TE DESEJO BOAS-VINDAS AO MEU CIRCO! DENTRO DESTA TENDA, TODOS OS SEUS MEDOS E PREOCUPAÇÕES FICARÃO PARA TRÁS. TUDO O QUE PEÇO É QUE VOCÊ SE SENTE, RELAXE E SE DIVIRTA. TIRAREMOS OS PESOS DE SEUS OMBROS, MESMO QUE POR APENAS UM BREVE MOMENTO.

Voltei a olhar para os artistas. Que merda era aquela que acontecia ali? Eles haviam se esquecido do cataclisma? Era um tipo de feitiço? Será que eles imaginavam que estavam seguros? Além disso, nenhum deles, apesar de terem pontos vermelhos no mapa, sequer olhava para mim. Era como se eu fosse invisível.

Sacudi a cabeça. Essa porra de jogo. Eu ainda segurava o ingresso e não ousava soltá-lo. Eles haviam me deixado em paz até ali, mas temi que, se largasse aquele pedaço de papel, estaria ferrado.

E foi então que eu a vi. A vinha. Aquela coisa era tão enorme que minha mente mal havia registrado sua presença. Achei que fizesse parte da tenda ou do espetáculo, uma decoração. Mesmo depois da longa conversa que tive com Mordecai sobre aquilo, eu esperava encontrar, bem, uma vinha. Um cara com um monte de galhos saindo dele e se espalhando para todas as direções, talvez envolvendo o poste central.

Aquilo ali estava mais para um arbusto imenso do que uma vinha. Tomava o picadeiro central por completo e subia até o teto da tenda, engolindo o poste central de ponta a ponta. Era de um verde pálido, menos desordeiro do que imaginava. Pelo chão, várias raízes se espalhavam feito jiboias. Sem encontrar solo sobre o piso da Cidade Acima, as raízes correram por cima dele e para todos os cantos da tenda.

Enquanto olhava para aquilo boquiaberto, uma nova conquista surgiu, era uma especial que eu não podia minimizar. Quando a li, senti o sangue se esvair de meu rosto.

Nova conquista! Não Dá para Vencer a Prefeitura!

Mas você pode morrer tentando.

Você descobriu um chefão de cidade!

Isso mesmo. Vou repetir para os filhos da mãe no fundão.

A.

PORRA.

DE.

UM.

CHEFÃO.

DE.

CIDADE.

Bem, se é para você morrer, é melhor que morra com estilo.

Só para sua informação: até este momento da temporada atual de *Exploradores do Mundo Masmorra*, nenhum explorador encarou um chefão de cidade e sobreviveu, e por uma boa razão: apenas um completo idiota se colocaria voluntariamente em uma situação em que teria que lutar contra um dos monstros mais poderosos de todo o andar.

***Recompensa:* É provável que um monte de gente assista a você morrer. Isso já é uma recompensa maior que a maioria de nós recebe.**

Outras conquistas apareceram, mas dispensei todas. Um chefão de cidade. Puta merda. Assim como foi com a ursa, não parecia que tinham me trancado na tenda. Dei um passo para trás e olhei por cima do ombro. Pegajoso continuava a postos, de braços cruzados, bloqueando a saída, mas eu podia sair. Podia ir embora bem ali, naquela hora.

Não. Você consegue. Você tem um plano. Engoli em seco e examinei a planta colossal no centro da arena.

Grimaldi, o Mestre do Picadeiro — Vinha Pestífera.

Esse é uma elite.

Chefão de Cidade — Nível 85.

Antes do cataclisma, se você perguntasse para qualquer criança da larga Cidade Acima qual era seu passatempo favorito, um bom número delas diria com alegria que era visitar o grandioso e fantástico circo itinerante Grimaldi. Os pequenos sonhavam em sair de casa e ver a longa fila de vagões do circo passar pelas ruas, porque sabiam que as tendas seriam erguidas nos parques próximos. A noite do circo era um feriado, um tempo de alegria.

Para Pedrarrubra Grimaldi, nada era mais importante do que sua família. Amava ela toda. Quando o cataclisma aconteceu, e a nuvem de veneno encobriu o circo, ele estava no centro de tudo. Até hoje, Grimaldi continua lá.

Transformado de um simples anão para uma imensa vinha pestífera, Grimaldi usa seus poderes especiais para manter sua família viva e a salvo. Por mais que ela morra, ou que os palhaços devorem exploradores, ele os traz de volta com tudo intacto. Bom, quase tudo. Em algum lugar lá no fundo, pode ser que Grimaldi saiba que essa não é a mais ética das escolhas. Mas é isso que se faz quando o assunto é família. Nós a protegemos a qualquer custo.

Além disso, é como dizem:

O show tem que continuar!

Assim que a descrição acabou, nada mudou. Ninguém tentou atacar, e a vinha não se mexeu de qualquer forma. Encarei as raízes mais grossas que serpenteavam as arquibancadas vazias. Fui até elas, navegando por meio dos palhaços, lêmures e outras estranhezas. Passei por um ogro musculoso com um tentáculo saindo do pescoço e percebi, chocado, que o rosto dele lembrava muito a cabeça central do ser de três cabeças da tatuagem de Sinete. Ambos tinham a mesma cicatriz rasgada do lado da cabeça.

Aquela criatura também era uma elite. Seu nome era Apollon, o Poderoso. Ele estava em pé ao lado de uma barraquinha com uma placa desbotada em que pude ler: SORBET. UMA GULOSEIMA CONGELADA DE OUTRO MUNDO! NÃO É NECESSÁRIO MASTIGAR! ELA ESCORREGA DIRETO COMO UM SONHO DE INVERNO!

— Casquinha? — perguntou o ogro quando eu cheguei perto.

Ele segurava algo que parecia uma casquinha de sorvete petrificada. Mergulhou-a em uma tina presa à barraca e, quando puxou de volta, o cone estava coberto por uma massa de minhocas brancas como osso, similares às que infestaram Urze, a Ursa.

— Não, obrigado — disse, engolindo em seco para não vomitar.

A criatura ficou olhando eu ir embora, com uma expressão confusa. O ponto dele era vermelho e tinha uma cruz preta em cima no meu mapa. Seu estranho tentáculo teve um espasmo, e percebi que era, na verdade, um galho grosso da vinha. Continuei andando, fazendo um barulho oco sobre as arquibancadas com meus passos.

Carl: Ele é uma elite e um chefão de cidade. Você não me disse que era possível ser os dois! Puta merda. Um chefão de cidade. Acha que ainda vai funcionar?

Mordecai: Eita. Mas eu estava certo, não é? É uma vinha pestífera?

Carl: Sim, mas é grande pra caralho. É da altura da tenda!

Mordecai: Então ainda deve funcionar. O núcleo deve ser do mesmo tamanho. Acho.

Carl: Você *acha*? Puta merda, Mordecai!

— Há alguns tipos diferentes de vinhas monstruosas que exercem controle mental coletivo, mas a combinação de esporos e vermes parasitas significa que essa provavelmente seja algo chamado de vinha pestífera — dissera Mordecai na noite anterior.

Aquela conversa acontecera depois do episódio de retrospectiva, antes de irmos dormir. Sinete havia mencionado "a vinha" algumas vezes, e eu perguntei a Mordecai se ele sabia o que seria aquilo.

— Na minha opinião, é um sinal de que os roteiristas são preguiçosos — continuou ele. — É como nas séries da Terra. Nos dramas policiais, o casamento do detetive é sempre uma droga. Sempre há uma história sobre um assassino em série e um superior que é um filho da mãe. As vinhas no terceiro andar, elas são... Como é mesmo a palavra? Um tropo. É isso. As vinhas pestíferas são um tropo desses programas, por causa da história do vulcão. Uma jovem descobre que a avó se transformou em uma dessas coisas.

Naquela hora, tanto eu quanto Donut havíamos concordado de que seríamos idiotas em tentar nos envolver com a missão do circo, mas Mordecai insistira em transformar o assunto em uma lição sobre monstros-planta que exercem controle mental, comuns na masmorra por serem comuns no universo.

— Toda temporada, centenas de exploradores morrem por causa dessas coisas, principalmente no sexto andar — explicara o guia. — Mas é sempre fácil matar uma planta. *Muito* fácil, contanto que você saiba o truque. O problema é que isso varia para cada tipo de planta. A vinha pestífera, por exemplo, é um vegetal que infecta outros monstros. É chamada de vinha porque se parece com uma planta, certo, mas na verdade se trata de um híbrido de fungo com um tipo de vegetal que vocês não têm na Terra. Nem me pergunte. De qualquer forma, ela excreta esses esporos de bolor, que conseguem infectar vermes parasitas, que, por sua vez, afetam outros monstros. O que acontece em seguida depende de uma variedade de fatores, como o tipo dos monstros e dos vermes. É algo fascinante, porque há literalmente bilhões de combinações possíveis. Além disso, como eu disse, essas vinhas são reais. Não foram criadas para a masmorra. Enfim, quando os vermes infectam os monstros, uma relação de simbiose tripla é formada, ou, bem, talvez parasitismo triplo, dependendo de como você olha.

— Mas, então, como que se mata uma? — perguntei.

Minha cabeça tinha começado a doer por causa da conversa. Donut perdera o interesse e estava correndo com Mongo pelo restaurante.

— Sobre a vinha pestífera, eu tenho boas e más notícias. A boa é que ela é uma das mais fáceis de matar. A má é que o efeito não é instantâneo. A vinha adora umidade e sangue, também. Pingue algumas gotas de sangue bem na raiz, e ela o sugará em um instante. Mas... — Mordecai se inclinou mais perto, e seus olhos faiscavam como se aquele fosse o tópico mais interessante no mundo. — Se o sangue for de alguma coisa que foi envenenada, ele quebrará a ligação entre os simbiontes. Infelizmente, leva de quinze a vinte minutos para fazer efeito. Mas, quando faz, em um momento a vinha está viva e saudável, no outro, virou adubo. Ela nem sente, sequer saberá que foi envenenada. Mas ainda assim morrerá.

— Isso também mata os outros monstros?

— Depende. Alguns ficam loucos de imediato. Outros caem mortos. E outros nem percebem que algo mudou.

— Então o processo é se envenenar, pingar algumas gotas do próprio sangue nela, e a coisa morre?

— Isso mesmo. Ela não saberá o que está acontecendo, mas, se suspeitar, você terá que ser cuidadoso ou ela tentará se salvar.

— Como? Há uma cura?

— Sim. Se você usar um antídoto em si mesmo e dar à planta a mesma quantidade de sangue do que antes, você irá curá-la. Então não dá para simplesmente jogar uma poção de antídoto nela, tem que ser o mesmo sangue. Assim, tome cuidado. Se a vinha souber que você a envenenou, tentará usar os monstros para fazer você sangrar.

Presumindo que a informação que Mordecai tinha me dado fosse correta e ainda válida, eu poderia matar Grimaldi dali do meu canto na arquibancada. Ainda assim, estava nervoso. O próprio Mordecai me avisara várias vezes que, quando o assunto era elites, as regras não significavam merda alguma.

Eu me sentei na arquibancada fria próximo da vinha. Tentei parecer descontraído, mas sabia que tinha que agir rápido. Se os produtores do programa assistiram à minha transmissão na noite anterior, era possível que já tivessem deduzido o que eu estava prestes a fazer.

Todo mundo na arena continuava ignorando minha presença. Respirei fundo. *Muito bem, lá vamos nós*, pensei. Tirei minha capa de noturno e a coloquei sobre as pernas, como alguém se acomodando faria. Minha Constituição ficou 4 pontos mais baixa quando fiz isso, e também fiquei sem a resistência a venenos.

Envenenar a mim mesmo era fácil. Tinha toneladas de poções. Peguei uma Poção de Cura e a segurei. Em seguida, tomei uma poção qualquer clicando no acesso rápido e depois bebi a que tinha em mãos antes que o tempo de recarga acabasse. Já havia feito aquilo antes, quando Donut fora ferida na luta contra o Suquito.

Você foi envenenado!

— Ugh.

Senti como se tivesse levado um coice no estômago pela porra de um cavalo. Tive que fazer de tudo para não me dobrar e gritar de dor. Da vez anterior, eu não tinha sentido aquela parte. Minha vida começou a afundar. Eu trazia uma das facas de arremesso dos lêmures no cós da cueca e passei a palma da mão pela lâmina, cortando fundo o suficiente para criar um longo rasgo. Apertei minha mão conforme o sangue pingava sobre a vinha.

Usei o feitiço Cura em mim mesmo, o que não me livrou do envenenamento. Esperei mais alguns segundos até que as poções pudessem ser usadas outra vez e tomei um de meus poucos antídotos. Havia os recebido lá no começo, de uma Caixa de Aventureiro Prata.

Eu me dei um segundo para respirar. Coloquei a capa nos ombros outra vez e olhei ao meu redor para ver se algo havia mudado. Nada. Ousei olhar para baixo, e quase todo o sangue tinha sumido. Tudo que restou eram algumas gotas que caíram dos lados da grossa raiz.

Não fazia ideia se aquilo havia funcionado ou não.

11

ESPEREI MAIS ALGUM TEMPO PARA VER SE HAVIA QUALQUER SINAL DE que o chefão de cidade estava doente. Nada. Era hora da próxima parte do plano.

Carl: Zev, eu consegui, mas o plano mudou. Quero que envie uma mensagem para os produtores dizendo exatamente o que eu escrever aqui.

Zev: Meus deuses, Carl. A tunelação está uma *loucura*. Só poucas pessoas entenderam o que você acabou de fazer, mas o boca a boca está se espalhando. Seus números não param de subir, é incrível ver esses dois dramas acontecendo ao mesmo tempo.

Carl: Zev, você está prestando atenção em mim? É importante.

Zev: Sim, sim, desculpe. Pode falar.

Carl: Para os produtores do programa *A vingança da filha*. Acabei de envenenar Grimaldi. Embora ele seja elite, suspeito que o deixarão morrer. Sei que tudo isso é parte do plano, afinal essa é a história de Sinete, e não dele. O título já diz tudo. Mas sei que este é só o primeiro ato, a origem. O foco é fazer com que ela chegue até os Campos de Caça e foder com aqueles altos elfos e talvez com as náiades, também.

Também suspeito que, assim que Grimaldi morrer, vai ser a hora em que o circo vai pegar fogo. Quando isso acontecer, é provável que eu morra, mas isso é parte de seu plano também, não é? Estou olhando para os três postes e posso ver como vocês armaram isso aqui. O poste central vai continuar firme, mas o terceiro até parece ser feito de palitos de picolé. Só um empurrãozinho, e é madeeeeeira. Tipo, é provável que ele quebre sozinho assim que Grimaldi morrer.

E não é preciso derrubar os três postes, certo? Um seria o suficiente para qualquer plano que vocês e os seus roteiristas têm. Posso estar só no chute aqui, mas a ideia seria abrir um rasgo na tenda para garantir o acesso de Sinete? Claro que isso só aconteceria depois que eu morresse. É isso que esperam de mim, não é? Vão servir algo incrível aos espectadores de qualquer jeito. Se eu conseguir, fantástico. Se eu falhar, trágico. E, não importando o resultado, vai chover tunelações em seu programa.

Tenho uma oferta para vocês. Se quiserem que esses números de audiência se mantenham altos, sugiro que prestem atenção.

Esta é a minha proposta: sei que não podem me ajudar. É contra as regras, e a última coisa que quero é atrair a ira da IA do sistema. Mas eu quero aparecer em seu programa como convidado frequente. Se Donut e eu conseguirmos sobreviver esta noite, e eu chegar até o sexto andar, assinarei um contrato de exclusividade naquele andar para completar missões temáticas com elites apenas se elas forem diretamente relacionadas a *A vingança da filha*.

Olhem para os números que estão alcançando no momento. Fui informado que programas novos como o de vocês raramente recebem uma atenção dessas. A maioria fracassa na estreia. Vocês devem ter feito de tudo para colocar esse circo perto de mim e Donut, na esperança de que o encontrássemos. Quero que imaginem as avaliações se continuarmos a participar dessa história.

Vocês têm trinta segundos após o término desta mensagem para concordar. Se não concordarem, cortarei minha mão outra vez, dando a Grimaldi um pouco do meu sangue saudável, e vocês sabem o que isso significa. Depois de eu ter curado a vinha, ficarei sentado pelo resto da noite e apreciarei o show. Nada vai acontecer, mas pode ser que eu fale algumas dessas teorias em voz alta. Sinete não entrará no circo. Minha participação especial dará em nada. Depois de todo esse desenvolvimento, a audiência ficará *furiosa*. Vai ser a mesma história de Geraldo Rivera e do cofre de Al Capone. É provável que vocês não entendam essa referência, então vou traduzir: ninguém vai assistir a esta merda de programa outra vez.

Mas, se concordarem, eu tenho um plano. Um plano bom pra caralho do qual as pessoas não irão parar de falar. Mas não vou arriscar executá-lo sem um trato.

Zev: Isso não foi o que nós discutimos.

Carl: Manda agora, antes que ele morra.

Zev: Eles já leram. Meu chefe os colocou na linha. Estamos esperando uma resposta.

No picadeiro, nada havia mudado. Lá embaixo, na entrada das arquibancadas, Apollon, o forte ogro sorveteiro, olhou em minha direção e nos encaramos.

Zev: Ok, parece que eles não estão mais nos lendo. Trato feito. Eles disseram, e eu cito: "Vamos ver o que você tem a nos oferecer, explorador. Se um idiota como você conseguir sair dessa, gostaríamos de colaborar no futuro".

Carl: Você é nossa agente, Zev. Quero que isso seja oficial, no papel. Ou qual for a forma que vocês fechem contratos.

Zev: Não se preocupe com isso, é oficial. Tenho o poder de assinar em seu nome.

Carl: Isso é assustador, Zev. Muito bem, eles estão prestes a ficar furiosos. Se perguntarem, apenas diga que sei o que estou fazendo.

Zev: Sabe mesmo?

Carl: Ih, nem de longe. Tô tirando ideias do rabo à medida que as coisas vão acontecendo.

Com essa resposta, cortei minha mão outra vez e pinguei sangue na raiz, curando o chefão. Outra vez, nada mudou. Não fazia ideia se aquilo tinha mesmo funcionado ou não, mas, ao menos ali, não descobriria. Fiquei em pé, desci da arquibancada e me aproximei do ogro.

Enquanto descia as escadas, abri o inventário e encontrei o Tomo de Armadura Fátua. Eu o guardei porque parecia muito valioso e pensava em vendê-lo. Donut me perguntava uma vez ao dia se ela podia ficar com ele, e quase cedi à sua vontade algumas vezes. Era um feitiço de proteção mágica, e seria bem útil a ela, mas, ao mesmo tempo, *eu* era o tanque da equipe e precisava de proteção também. Queria esperar para ver que tipos de feitiço estariam disponíveis na loja de magia antes de decidir o que fazer.

Acontece que eu não podia mais me dar o luxo de esperar. Li a descrição do livro outra vez.

Armadura Fátua.

Custo: 5 mana.

Foco: Apenas em si mesmo.

Duração: 5 minutos + 1 minuto por nível do feitiço. Requer um tempo de recarga de 5 minutos.

Envolve seu corpo com tentáculos de luz. Embora não tenha efeito contra ataques físicos, esse feitiço nega 75% do dano vindo de ataques mágicos e fornece imunidade temporária contra efeitos de controle mental. Também te dá uma aparência etérea e fantasiosa, uma vibe bem druida. Um bom feitiço se você curte raves ou está tentando levar uma vegana para a cama.

Ativei o livro e adicionei o feitiço ao acesso rápido. Por causa do Cura que eu invocara pouco antes, tive que tomar uma Poção de Mana para voltar a ter 5 pontos disponíveis. Minha mana regenerava mais rápido do que antes, mas ainda subia terrivelmente lenta.

Eu me aproximei de Apollon.

— Ô, amigo — chamei —, você ainda tem uma daquelas casquinhas sobrando?

— Sim — respondeu Apollon.

O ogro grande e musculoso se mexia com lentidão, mas com uma tranquilidade intencional. Eu me perguntei o quão forte ele era de verdade e torci para que nunca tivesse que descobrir.

Ele pegou uma massa de minhocas com a casquinha apodrecida e me entregou.

— Cortesia de Grimaldi — disse ele.

Olhei para o monte de minhocas que se contorcia sobre o cone de biscoito petrificado. Invoquei Armadura Fátua em mim mesmo, e uma contagem regressiva de seis minutos apareceu conforme luzes faiscantes davam piruetas ao meu redor, feito um enxame de cometas. Abri a boca.

Como a placa dizia, não precisei mastigar. As minhocas escorregaram direto, entrando em minha boca e descendo pela garganta.

Olhei nos olhos do ogro, que apenas me encarava. Até ele parecia perplexo com o que eu tinha acabado de fazer.

Você foi infectado com um parasita!

— Delicioso — murmurei, fazendo força para não vomitar.

Não se preocupe. Já é um de nós.

Sim, querido. Não te daremos de comida aos palhaços. Não alimentamos os palhaços com membros da família.

Um de nós, Carl. Um de nós. Glu, glu. Glu, glu.

Vemos suas lembranças.

Somos você. Você é nós.

As palavras surgiam em minha mente enquanto eu ia aos tropeços até a saída. Sentia as minhocas se contorcendo em meu estômago, expandindo, crescendo. O palhaço Pegajoso deu um passo para o lado quando eu saí aos empurrões.

Não, Carl. Você é útil para nós, não é mais seguro para você lá fora. Papai Grimaldi não pode te regenerar como faz com os outros. Ela vai nos matar. Ela vai matar você. Você é especial. Não. Por que você não para?

Algo remexeu em meu estômago. As minhocas ficaram tensas, enrijeceram.

Carl.

Aquela voz era nova. Não era a "todas as vozes" dos parasitas. Aquele era Grimaldi.

Carl. Não.

— Você consegue me ouvir? — perguntei, arfando.

Enquanto falava, pude sentir a infestação ainda crescente chegar à minha garganta, como se um fio tivesse ficado preso ali. Engasguei. Senti as pontas das minhocas crescendo até voltarem à minha boca.

Carl, eu posso te ouvir. Nossas mentes são uma só. Sei o que está fazendo. Volte. Por favor, volte.

Senti o puxão mental tentando me fazer parar, mas, graças à habilidade da Armadura Fátua em bloquear efeitos de controle de mente, eu ainda tinha autonomia, mas só durante os próximos cinco minutos.

Apesar da proteção do feitiço, meu cérebro parecia estranho, desconectado do resto do corpo, como se estivesse em uma sala em que a luz estava ficando lentamente mais fraca.

Enlouquecer deve ser assim, pensei. *Perder o controle deve ser assim.*

Não, respondeu Grimaldi. *Não, filho. Não é nada parecido com isso.*

Corri de volta para a noite. Sinete estava em pé logo na saída, limpando uma mancha na imensa calíope. As tatuagens haviam retornado ao seu corpo. *Eu tinha demorado tanto assim?*

— Carl! — exclamou ela, surpresa. — Pensei...

Ela me examinou, cerrando os olhos. As luzes brilhantes continuaram a me rodear. Sinete ergueu as mãos, que começaram a brilhar em amarelo.

— Espera — pedi.

— É este quem você manda, Pedrarrubra? — indagou Sinete, erguendo a voz em uma estranha mistura de raivas diferentes. — Ele sequer é da família.

— Espera — disse outra vez. — Não sou Grimaldi, mas ele pode te escutar. Fui infectado, mas meu feitiço não os deixa terem o controle total.

Sinete baixou as mãos.

— Você não derrubou os postes — concluiu ela, finalmente.

— Não. Não iria funcionar.

— Terei que te matar, Carl. Você não conseguirá lutar contra a infestação por mais tempo.

— Me escuta, temos só uns minutos. Quando foi a última vez que vocês dois se falaram? Sinete, está claro que você ama essa droga de circo, e é por isso que o ataca todas as noites. Está tentando libertar sua família disso tudo. E você, Grimaldi, eu sei que o seu cérebro é uma confusão. Se for um pouco parecido com o jeito que o meu está, só posso imaginar pelo que você passou quando o cataclisma aconteceu. Ainda assim, de alguma forma, a única pessoa da sua família que escapou foi Sinete. Você fez com que isso acontecesse, não é? Protegeu ela de alguma forma. Porque você a ama. E agora, séculos depois, vocês dois são cuzões que estão tentando matar um ao outro embora queiram a mesma coisa. Vocês querem proteger a família.

As minhocas em minha garganta subiram até a boca. A sensação era como se eu, de repente, estivesse vomitando.

— Ela fere a família. Ela foi embora — falei, rouco.

Taqueparíu. Elas me forçaram a dizer aquilo. Senti o sangue escorrer dos lados da boca, e a sensação na minha garganta era de ter engolido um monte de lâminas.

— Não façam isso — exigi, ofegante. — Caralho. Só pensem, e eu falo em voz alta.

— Meus irmãos estão sofrendo — afirmou Sinete. — Os palhaços foram transformados naquelas coisas. Eles matam quem eles costumavam entreter, e você facilita para que isso aconteça, Pedrarrubra. Você tem um bom coração. Está protegendo-os, porque são família. Mas os palhaços não gostariam que fosse assim. Eles prefeririam pôr um fim nisso, e você sabe.

— Por favor — falei. — Por favor, Grimaldi, escute Sinete. Olha, se você está vendo mesmo minhas lembranças, sabe por que estou aqui. Entrei nessa tenda de circo dos infernos porque estava tentando proteger *minha* família. Quando matei aquela ursa e a libertei do ciclo, pude ver nos olhos dela. Ela sentiu *gratidão*. E você sabe disso. Todas as vezes que os palhaços comem alguém, a alma deles morre mais um pouco. Este mundo todo é nada mais que morte e desesperança e, cara, estou começando a enlouquecer. Sinete disse que você era um bom homem. Eu preciso... todos nós precisamos... de um pouco dessa bondade. Tenho a sensação de que a Cidade Acima era um lugar muito deprimente mesmo antes do cataclisma, e você era a alegria de que o povo precisava. Mas, nos últimos anos, você esteve matando todos eles. E, o pior de tudo, você esteve matando quem você mais tentou proteger. Sinete nem deveria estar aqui, para início de conversa. Ela tem coisas para resolver lá embaixo, nos Campos de Caça, e você não está a deixando seguir em frente. Você é a família dela, e ela não vai partir até esse assunto ser resolvido. Só você pode mudar isso.

Um tempinho se passou. Na contagem regressiva da armadura faltava menos de um minuto. Preparei a Poção de Cura Dupla, a que Mordecai preparara na noite anterior e que ele insistira poder me curar de uma infestação de parasitas.

Vamos lá, seus cuzões, pensei. Com certeza os produtores daquele drama ridículo podiam ver o verde que eu tinha jogado ali. Com sorte, eles teriam controle suficiente de Grimaldi para fazerem ele morder a isca.

Não, não, não, pensei quando senti as minhocas voltarem à minha boca.

— Retirei seu banimento, meu amor — grunhi.

Usei a poção e caí de joelhos, vomitando no chão um fluxo infinito de vermes mortos ou morrendo.

Sinete começou a ir em direção à entrada.

— Espera — chamei, ainda tossindo —, espera. Você tem que libertar Donut.

— Sua amiga acordará assim que o sol nascer. Não se preocupe. — Sinete se deteve. — Obrigada, Carl. Não sei se um dia nossos caminhos se cruzarão novamente.

Ela se virou e entrou na tenda.

Quando as cortinas se abriram e a elite pisou dentro da boca do palhaço gigante, senti ele uma última vez. O cheiro do circo. Foi só uma leve sugestão do odor e, quando sumiu, soube que nunca mais o sentiria outra vez. Eu perdi algo naquele dia, mas, se aquela história do circo tivesse um final relativamente feliz, soube que ganharia algo também.

De repente, eu me lembrei de outra coisa do dia no circo com minha mãe. Uma das lembrancinhas que leváramos para casa tinha sido um par de mudas de árvore com as raízes embrulhadas em redes. Era uma coisa que aquele circo sempre fazia, davam mudinhas para todas as crianças. Minha mãe e eu plantáramos aquelas árvores no quintal dos meus avós. Anos depois, muito tempo após a morte dos pais dela, procurei pela casa na internet e achei fotos de satélite do quintal. As árvores ainda estavam lá, imensas.

"Tudo que precisa é de uma sementinha", dissera minha mãe no dia em que plantamos as árvores. "Só umas sementinhas aqui e ali, e logo você terá uma floresta."

Embora a história de Sinete estivesse apenas começando, soube que a minha participação naquele capítulo de *A vingança da filha* acabara. Fosse lá o que fosse acontecer lá dentro, não era mais da minha conta.

Senti uma dorzinha por ter desperdiçado a chance de matar um chefão de cidade sozinho, mas também tive certeza de que não teria sobrevivido à experiência. Além do mais, eu fizera algo bem mais produtivo.

As sementes estavam plantadas e começavam a se enraizar.

Vocês não vão me destruir. Vão se foder.

Missão Concluída: O Show Tem que Continuar.

Meia dúzia de conquistas surgiu, todas sendo arquivadas na minha pasta de mensagens. Pulei do nível 15 para o 18. Fui tomado por outra onda de náusea e voltei a vomitar montes de vermes mortos no chão.

Algo que Zev dissera andava me incomodando e, assim que minha mente começou a clarear, me fez pular em pé.

É incrível ver esses dois dramas acontecendo ao mesmo tempo.

Esses *dois* dramas? Qual seria o segundo?

Mordecai: Carl, a vida de Donut acabou de ficar abaixo dos 20%. Corra. Corra para lá agora.

12

EU VOEI PELA CIDADE ABANDONADA.

Mas estava quase a dois quilômetros e meio da antiga construção onde Sinete morava. A visão dos monstros disponível no Mapa do Bairro acabava uma rua antes. Evitei os monstros ambulantes, que não eram muitos naquela área, mas alguns deles pareciam ser grandes e rápidos.

Mordecai: A habilidade Barata de Donut acabou de ser ativada. A vida dela chegou a zero, mas o poder a manteve viva. Ela está em 5% da vida.

Entrei na rua correndo, virando e indo diretamente para a entrada do edifício. Havia vários pontos no mapa. Em seu estado inconsciente, eu não podia identificar o ponto de Donut, mas fiquei aliviado ao ver o ponto laranja de Mongo bem no meio da sala. Ele estava cercado de pelo menos dez pontos vermelhos e uma tonelada de X.

Quando me aproximei, mais dois monstros surgiram, vindos de uma esquina distante enquanto rolavam em direção ao prédio aberto. Eles eram atarracados, na altura de meus joelhos, pretos e cobertos de espinhos. Avançavam feito bolas de feno empurradas pelo ar. Um rugido poderoso saiu do prédio, alto e grave. Momentos depois, dois dos monstros redondos fugiram pela porta e pela rua. Fechei minha mão em um punho e abri caminho pelo caos na escuridão. Não conseguia ver porra nenhuma. Peguei uma tocha com a mão esquerda, acendi e joguei dentro da sala.

— Estou aqui, Mongo!

Levou vários segundos para meu cérebro compreender a cena diante de mim.

Mongo havia dobrado de tamanho. De novo. O rugido viera dele. Porém, mais importante, a vida dele estava bem no vermelho. Ele estava em pé em frente à pilha de lixo que eu erguera ao redor de Donut, guinchando furioso. Metade das defesas foi destruída e espalhada pela sala, expondo a cadeira e Donut para os monstros. Mongo estava em pé em frente ao buraco, desafiador, feito um goleiro protegendo a rede.

Tanto Donut quanto Mongo tinham virado almofadas de alfinetes, cobertos de longos espinhos pretos. Conforme eu observava horrorizado, outro dos monstros rolantes se atirou contra Mongo, que pulou no ar, dolorido, e golpeou a criatura com os pés. O monstro rolou para longe, deixando uma trilha de fluidos, e o dinossauro foi ao chão, onde tropeçou e caiu de lado, chorando. Vários novos espinhos surgiram nos pés dele. Os longos espinhos lustrosos tinham quase quarenta centímetros de comprimento, e alguns perfuravam por completo os pés do pet, saindo pela parte de cima.

Examinei as propriedades dos monstros enquanto corria até Donut.

Piquezinho de Rua — Nível 8.

Essas bolinhas pontiagudas só aparecem à noite. Muito, muito tempo atrás, alguns dos cidadãos mais ricos da Cidade Acima mantinham essas coisas como bichos de estimação. O nome deles, piquezinho de rua, era motivo de muita graça para os mais afortunados. Com frequência eles faziam piadas sobre manterem o pique de rua em casa, só o soltando para que aproveitasse a noite. Os pequenos seres irracionais podiam limpar um cômodo inteiro em questão de minutos.

Quando o cataclisma aconteceu, os piquezinhos de rua foram transformados no que você vê hoje. Maiores, mais letais e muito mais pontiagudos. Assim que arrasaram com os cadáveres de seus antigos donos, eles se mudaram para as ruínas e voltaram ao seu dever como os zeladores da Cidade Acima.

Um tipo de robô aspirador das ruínas, essas criaturas só têm um propósito: remover cadáveres e outros tipos de entulho deixados por exploradores desrespeitosos. Eles não te incomodarão se você não os incomodar, mas é melhor não entrar no caminho deles.

Os piquezinhos podem ser muito persistentes quando o assunto é empurrar o lixo para fora do caminho.

Puta merda. Aqueles pequenos filhos da mãe estavam ali por minha causa. Estavam atacando Mongo e Donut não porque eram monstros agressivos, mas por causa das defesas que eu erguera ao redor da gata. Só queriam devorar os pedaços de metal e madeira que eu havia empilhado e, como Mongo defendia com tamanha ferocidade, eles atacavam de volta, e Donut levava espetadas no processo.

Usei um Pergaminho de Cura, um dos que eu tinha ganhado nas caixas de sobrevivente, focando Donut. Ela brilhou, e os espinhos foram expulsos de seu corpo, sendo espalhados pelo chão feito as agulhas de um pinheiro. Depois, tentei usar outro Pergaminho de Cura em Mongo, mas não funcionou. *Droga*. Eu também não podia usar uma poção no pet.

— Segura aí, garoto — murmurei.

Comecei a guardar os destroços de metal e madeira no inventário. Quando um dos piquezinhos se aproximava, eu lançava um pedaço nele. Ele soltava uns estalos, mas parava de se aproximar. Em vez disso, rolava até o lixo e começava a devorá-lo. Enquanto eu trabalhava, mais dos monstros apareciam, limpando os cadáveres de seus irmãos caídos.

Depois que coloquei o último pedaço da barreira no inventário, peguei os espinhos perto dos meus pés e os guardei também. Quando terminei, os pequenos monstros redondos perderam o interesse e voltaram para a rua.

Donut continuou dormindo na cadeira, mas sua vida fora restaurada. Mongo estava caído no chão, ganindo. Sua vida estava muito no vermelho. Dezenas de agulhas pretas saíam de seu corpo em vários pontos. Não ousei tentar tirar qualquer uma delas.

Carl: Rápido, como eu posso curar Mongo? O pergaminho e a poção não funcionaram.

Mordecai: Pegue uma Poção de Cura. Você deve ter uma canela em pau no inventário e também alguns galhos de mofo-do-cardo que eu te dei. Coloque a canela inteira dentro da poção, espere cinco segundos e adicione o mofo-do-cardo. Tampe com a rolha e chacoalhe. Depois, despeje tudo na garganta de Mongo e tente fazer com que ele não arranque sua mão.

Fiz exatamente como ele me instruiu. Tanto a canela quanto o troço do cardo vieram dos espólios que Mordecai roubara da cozinha do Pug Afagado.

Uma nova receita foi adicionada ao menu de criação.

Duas conquistas surgiram, seguida de mais outra enquanto eu forçava a boca cheia de dentes do dinossauro a ficar aberta e derramava a poção marrom nela. As agulhas caíram no chão e Mongo grunhiu, sacudindo a cabeça. Ele se levantou, esfregou o focinho em Donut e então guinchou tão alto que meus ouvidos doeram. Depois ele começou a pular ao meu redor, abanando os bracinhos e me dando cabeçadinhas, como se tivesse acabado de perceber que eu tinha voltado.

— Você conseguiu, Mongo! — falei, fazendo carinho no dinossauro, que tinha começado a fazer algo parecido com um ronronar. — Você salvou a Donut.

O pet tinha ido do nível 6 para o 10. Antes, ele tinha mais ou menos o tamanho de um peru. Naquele momento Mongo era quase da altura do meu quadril. Ele estava coberto de penas coloridas, e era provável que Donut já pudesse subir nas costas dele.

Ainda não era possível tirar Donut do lugar, por isso eu me sentei e me acomodei na cadeira. Ainda havia muitas horas para a noite acabar, e Sinete dissera que Donut acordaria ao amanhecer. Torci para que ela estivesse falando a verdade. Mongo, apesar de ser grande demais para caber, aninhou-se em meu colo, sobrando para fora dos dois lados.

Eu me peguei pensando em minha mãe, meu pai e Bea. Nos meus poucos amigos de antes, como Billy Maloney e Sam. Nos meus colegas de trabalho no estaleiro. Todos eles haviam partido. Tudo que me restava no mundo estava bem ali.

Mongo logo começou a roncar, e eu podia sentir o calor de Donut na minha nuca. Ela respirava leve, alheia a tudo que acontecera naquela noite.

Esta, pensei, *esta é minha família*.

Logo antes do amanhecer, uma luz brilhante subiu ao céu vinda do circo. O mundo tremeu. O foco estava longe demais em meu mapa para eu poder ver o que havia mudado.

Sinete nunca retornou, mas foi sincera, e Donut acordou com o amanhecer.

— Onde nós estamos? — perguntou Donut, se esticando e olhando ao redor. Seus olhos brilharam, o que significava que analisava o menu. — O que você fez com Mongo? E como terminou a missão...?

Mongo se atirou sobre ela, guinchando em uma alegria pura e pulando para os lados.

Apesar de Donut não ter feito coisa alguma, ela chegara ao nível 15. O sistema havia transferido o bastante de minha experiência daquela noite para ela. Suspeitei que a maior parte daquilo vinha por completar a missão, já que ela participara de uma boa parte no começo. Ela também recebeu uma caixa por aquilo.

— Venha — disse. — Vamos sair daqui.

— Estou tão confusa — murmurou Donut, descendo ao chão. — Eu fiz alguma coisa? Não lembro de nada, mas tive o mais estranho dos sonhos. Ferdinand veio me visitar e eu corri até ele, mas ele virou um porco-espinho e ficou me espetando. Foi bem desagradável.

Eu ri por um bom tempo.

Contei a Donut os eventos da noite anterior enquanto nós seguíamos ágeis, mas com cuidado, ao vilarejo ornitocéu. Ela permaneceu estranhamente quieta sobre o acontecido. Parecia que ainda estava um pouco zonza.

Quando passamos pelo circo, não fiquei surpreso em ver que todas as tendas sumiram. Infelizmente, todos os X dos cadáveres sumiram também. Eu me chamei de idiota por não ter saqueado as moedas dos mortos. Apesar de não ter matado o chefão de cidade, esperava poder voltar e saquear o que ele tivesse dropado, mas não havia coisa alguma. Eu me perguntei se aquilo significava que Grimaldi ainda estava vivo.

Algo novo havia surgido em meio aos destroços: uma escadaria para o quarto andar, bem no meio do parque. Antes, ela estava escondida. Geralmente, as escadas eram indicadas no mapa, mesmo quando não era possível chegar até elas, como havia acontecido com a que era guardada pela Bola Suína. Aquela escadaria não aparecia ali antes. Perguntei a Mordecai, e ele explicou que dali em diante haveria muitas escadas que só se tornariam visíveis quando completássemos missões. Aquela provavelmente estivera ali o tempo todo, logo abaixo de Grimaldi.

Eu me perguntei se Sinete havia descido as escadas. Ela desceria diretamente ao sexto andar. Fosse qual fosse sua história, continuaria sem ser perturbada por exploradores até que nós chegássemos lá. *Se* nós chegássemos lá.

— Por que não matou o chefão? — perguntou Donut. — Ainda teria completado a missão, e imagine só a quantidade de experiência que nós teríamos ganhado!

— Era uma armadilha. Se eu tivesse matado ele, nós dois teríamos morrido.

— Bom, se eu estivesse lá, teríamos feito tudo de uma forma diferente.

Carl: Por sinal, não quero dizer isso em voz alta, mas foi algo bom para a gente. Agora temos outro grupo torcendo por nós, um estúdio de produções que tem interesse em nos manter vivos. Duvido que isso possa ajudar muito, mas, quanto mais representantes tivermos, melhor.

Donut: Pelo menos até nós chegarmos ao sexto andar e eles escreverem uma narrativa com a intenção de nos matar. Ou pior, eles perceberem que há mais pessoas falando sobre você do que de Sinete e tentarem nos matar antes mesmo de chegarmos tão fundo. Somos convidados especiais, Carl. É perigoso demais para um programa ter um coadjuvante mais interessante que o protagonista. É por isso que eles mataram a Barb em *Stranger Things*.

Carl: Isso... faz algum sentido. Exceto pela parte da Barb, mas você é melhor com essas coisas de televisão do que eu. Quando chegarmos lá, vamos ter que pensar em todos os cenários possíveis.

Donut: ADIVINHAR AS TRAMAS DE PROGRAMAS DE TV É O MEU SUPERPODER.

No segundo em que ela mandou aquilo, percebi que Donut não escrevera a primeira mensagem, muito mais longa, com o caps lock ligado, mas decidi não comentar nada. Tive a impressão de que Donut estava amadurecendo. Lentamente. Muito lentamente.

Havia mais outra coisa acontecendo ali, algo que andava me incomodando havia um bom tempo. Donut fazia muitas decisões e comentários que pareciam impulsivos, mas que ainda assim eram quase sempre decisões *boas*, mesmo que muitas vezes não parecessem a princípio. Embora eu soubesse que o atributo da Inteligência dela era mais alto do que o meu, não significava de verdade que a gata era mais esperta que eu. Então, eu suspeitava que muito da personalidade que ela mostrava para as câmeras era uma fachada desenvolvida para esconder sua verdadeira natureza sagaz. O problema era: estávamos *sempre* em frente às câmeras.

Por mais extrovertida e ousada que ela fosse, Donut ainda era nova ao mundo, e ter pensamentos sapientes reais era novidade para ela. Sua personalidade ainda estava florescendo. A adulta que ela se tornaria estava ali em algum lugar, apenas começando a surgir, mas Odette estava certa: a gata ainda era uma criança e tinha muitas atitudes e opiniões infantis. Ainda demoraria para ela amadurecer bem, mas estava claro que, se conseguisse crescer, se tornaria alguém extremamente inteligente.

Ao mesmo tempo, parecia que Donut tinha a convicção de que sua astúcia visível e sua eficiência silenciosa eram coisas que ela devia esconder ou, pior, suprimir. Parte disso era devido a sua natureza. Afinal, precisávamos ser populares para sobreviver, mas eu começava a me preocupar de verdade com o desenvolvimento dela e não fazia ideia de como falar com ela sobre aquele assunto sem parecer um babaca.

Tive uma breve lembrança da mãe de Bea. Acontecera no último Dia de Ação de Graças, em que havíamos dirigido até a casa dos pais de Bea para passar o final de semana lá. Eu tinha adormecido no sofá, mas acordei a tempo de escutar Bea e sua mãe sussurrando enquanto bebiam vodca, estalando os cubos de gelo nos copos. Donut viera com a gente, e ela dormia em meu pescoço. Os pais de Bea tinham uns dez outros gatos persas pela casa e Donut sempre teve medo de outros gatos, então ela ficava colada em mim ou em Bea quando visitávamos. Eu estava acordado e precisava mijar, mas Donut roncava e eu não queria acordá-la. Então continuei preso ao sofá, escutando Bea e a mãe escondido.

A mãe de Bea dissera: "Tem que fazer com que eles achem que você é mais burra do que é. Essa é a única forma de pegar um bom marido. Não dá para controlar os que são mais inteligentes que você, e não quer que os burros saibam o que são. Quando um homem percebe que é mais estúpido que a parceira, ele se torna rude. Você tem sorte de ter encontrado Carl. Só queria que ele fosse um médico ou um advogado".

Que a mãe da Bea achava que eu era um idiota não era novidade, então a fala não me surpreendeu. Na verdade, eu não me importava sobre o que ela pensava de mim.

Bea suspirou.

"Pois é", concordara ela. "Ele não é um cara complicado, disso pode ter certeza. Não é preciso muito para fazê-lo feliz. Carl fala o que pensa. Não briga comigo, nem mesmo quando eu tento puxar briga. Ele não é médico, mas ganha um bom dinheiro e não gasta com nada. Além do mais, eu o amo, mãe. Sei que dou muitas mancadas. Mas eu o amo de verdade."

Aquela atitude obrigatória de usar uma máscara, mesmo em frente à família, era uma que eu nunca consegui entender. Muita gente, tanto homens quanto mulheres, pensava daquele jeito, e eu nunca compreendi. Temi que Donut tivesse herdado a mesma atitude de Bea e da mãe dela.

Alguns minutos depois, Bea e a mãe tiveram outra conversa, dessa vez sobre Donut. Era algo que naquele momento eu agradecera por a gata não ter escutado.

Lembrei de outra coisa sobre a qual eu queria discutir. Mandei uma mensagem para Zev perguntando se ela estava livre.

Zev: Oi, oi para vocês dois. Sabem mesmo ser uma sensação. Acabaram de me confirmar que estarão em um novo programa depois de amanhã. Chama-se *Zona de Perigo com Ripper Wonton*. É uma mesa-redonda, uma de verdade. Haverá outros exploradores e

algumas celebridades intergalácticas, talvez até um político. O programa trata de alguns tópicos em alta do dia.

Donut: UAU, ISSO SOA DELICIOSO.

Zev: Também tem um segmento com participação do público em que as pessoas ligam para fazer perguntas. Não haverá censura, então é melhor se prepararem para qualquer coisa.

Carl: Mal posso esperar. Ei, Zev, eu tenho uma pergunta. A razão por que mandei mensagem, na verdade, é que eu estava me perguntando se você poderia me dizer qual é a companhia de produção por trás de *A vingança da filha*. É uma empresa kua-tin?

Zev: Não. Ninguém em nosso sistema tem permissão de produzir seriados enquanto administrarmos o jogo. Eles são desenvolvidos por iniciativas privadas, assim como os programas de auditório. Não somos reconhecidos por nossas produções dramatizadas, de todo jeito. Acredito que as nuances de um drama roteirizado envolvente não são compreendidas pelo kua-tin médio.

Carl: Legal, e quem produz esse aí com que fechamos contrato?

Zev: É uma entidade chamada Sensação Entretenimento S. A. Eles são de um dos sistemas centrais, que tendem a ser mais integrados. O cavalheiro com quem eu fechei o contrato era um sac.

Carl: Que porra é um sac?

Zev: É a raça de um povo. Eles são bastante comuns. Como você ainda não os encontrou, acho que não posso te contar mais. Mas também não é algo importante. Tenham uma boa sorte hoje, vou manter o contato e deixar vocês saberem quando for a hora da entrevista.

Donut: TCHAU, ZEV!

Lutamos contra vários monstros aleatórios durante a trilha. A maioria estava entre os níveis 9 e 11. Nós dois praticamos nossos feitiços com repetidas invocações, tentando fazer com que subissem de nível. Mordecai explicou que os feitiços subiriam de nível em algum momento se fossem usados de maneira aleatória, mas o sistema era esperto o suficiente para distinguir entre treino e uso em combate.

Donut conseguiu fazer com que o Tríplice Mecânica subisse para o nível 3, para a alegria de Mongo.

Usei o feitiço Medo em todos os monstros que víamos. As criaturas do circo eram imunes a ele, mas os outros monstros da Cidade Acima, não. O problema era que o feitiço tinha a tendência de fazer com que eles fugissem e, se não os matássemos, não ganhávamos experiência.

Para resolver o problema, Donut e eu inventamos a primeira tática daquilo que eu chamaria de nosso "manual de estratégias". Dei um nome para cada tática e, assim que um de nós dissesse a palavra, só tínhamos que seguir uma série de reações predeterminadas. Embora fosse bom ser fluido e adaptável, a luta contra os leões de bolor me ensinara que ter um conjunto de ações definidas para certas situações poderia ser benéfico. Era permitido a nós dois pedir pela tática e, assim que um fizesse, era só preciso agir sem questionar. Dessa forma, trabalharíamos juntos sabendo o que o outro estava fazendo.

Essa primeira jogada eu só chamei de Pânico. Eu invocava Medo e Donut atirava um míssil. Simples assim. Nada complicado e basicamente o que aconteceria mesmo, mas achei que era um bom começo. Com o passar do tempo, desenvolveríamos reações mais complexas, incluindo algumas que integrassem Mongo.

Praticamos com a jogada Pânico e consegui elevar meu Medo para o nível 3. Era um feitiço simples: se eu conseguisse invocá-lo, o monstro ou fugia, ou se mantinha firme, mas com a Destreza diminuída de acordo com o nível do feitiço. No nível 5, ele funcionaria em grupos de monstros, então eu precisava praticar o tanto quanto fosse possível.

E falando em Mongo... O rapazinho já não era mais tão pequeno. Como chegara ao nível 10, ele estava começando a ficar medonho pra caralho. Fiquei grato por tê-lo na equipe e ainda mais por Donut ter se esforçado tanto em treiná-lo para que seguisse ordens. Mongo ainda tinha a tendência de gritar ao ver monstros, mas estava muito, muito melhor em não virar uma galinha descontrolada da morte até que a gente desse a ordem. A experiência dele em proteger Donut fortaleceu ainda mais o vínculo entre os dois.

Além disso, o dinossauro ganhou um ataque de salto fantástico. Ele podia pular seis metros para a frente, cortando o ar e pousando de pé, e usar as garras para eviscerar um inimigo antes mesmo que ele soubesse o que estava acontecendo. Sabia que a espécie de dinossauro de Mongo era de caçadores de bando. A ideia de lutar contra um grupo de mongoliensis totalmente crescidos era assustadora pra cacete. Não sabia em que andar aquelas coisas costumavam viver, mas torci para que nunca tivesse que encará-las

Ainda tínhamos bastante tempo antes do anoitecer quando chegamos ao vilarejo médio.

De longe, a cidade era parecida com a anterior. Porém, ao chegarmos mais perto, percebi algumas diferenças importantes. Tinha facilmente quatro vezes o tamanho da outra, e os prédios eram muito maiores.

E aí havia os NPCs. Pouco mais da metade deles era ornitocéu, humanoides com cabeça de águia que conseguiam voar. Aquele era o tipo de criatura que Mordecai tinha sido antes de se tornar um metamorfo. Eu os reconheci pela fotografia do irmão dele que vira na guilda, e alguns ornitocéus estavam presentes na plateia de Odette. Mesmo assim, aquela foi a primeira vez que eu tive a chance de ver um deles de perto.

Os ornitocéus eram menores do que eu imaginava. Os machos, na média, tinham perto de um e setenta de altura, logo abaixo da média humana. Porém, estranhamente, eles não tinham braços separados, apenas as largas asas com pequenos dedos saindo da articulação central. Parecia que usavam as grandes garras dos pés como mãos. As águias voavam por tudo, circulando logo abaixo do teto e vivendo o dia fosse lá como pessoas-águias medievais viviam.

Outros NPCs, que incluíam humanos e orcs, também perambulavam pela vila. Os guardas da cidade eram as mesmas armaduras de antes. Abri o mapa, encontrei a guilda tutorial mais próxima e fomos direto para ela.

Enquanto andávamos, vi diversos exploradores. A maioria deles nos via e congelava, mas outros acenavam e cumprimentavam. Donut ficava toda orgulhosa com a atenção. Naquele momento, eu estava no nível 18 e Donut, no 15. A maioria dos outros estava entre os níveis 10 e 12, e não tinha estrelas ao lado do nome. Eu me perguntei como caralhos eles ainda estavam vivos. Donut queria parar para falar com eles, e eu também, mas tínhamos muito a fazer.

A porta da sala de Mordecai foi colocada em uma construção sem graça uma rua acima de um mercado lotado. Alguns jogadores saíam de lá, mas eu sabia que, quando entravam na sala, eles eram transportados para outra instância da guilda.

— Olha, olha! — chamou Donut logo antes de entrarmos na guilda.

Olhei para onde ela apontava com a pata, indicando uma torre que subia aos céus em uma rua em que nós ainda não havíamos nos aventurado. No topo da construção, tinha o símbolo familiar de uma adaga giratória em uma enorme placa art déco, algo que parecia fora do lugar no estilo primitivo daquele vilarejo. Abaixo da adaga, em letras altas e finas, era possível ler: O CLUBE DOS PISTOLEIROS. Abaixo daquilo, em uma fonte menor, lia-se: TÃO DIVERTIDO QUE DÓI. Por fim, ÁREA RESTRITA PARA MEMBROS + BAR PÚBLICO.

— Sempre quis ir a uma balada — comentou Donut, que depois olhou para Mongo. — Você quer ir dançar com a mamãe?

O não-tão-pequeno dinossauro guinchou.

— Algo me diz que eles não vão deixar o Mongo entrar lá — falei ao empurrar a porta da guilda.

Parei antes de entrar. Passei um tempo olhando para o mundo, maravilhado com a paisagem e o som do grande vilarejo. Tudo acontecia tão rápido, e fui tomado por uma repentina e inexplicável nostalgia. Quis que tudo aquilo já tivesse terminado. "Não é preciso muito para fazê-lo feliz", dissera Bea para a mãe. Era verdade. Eu me perguntava até qual andar teríamos que chegar antes que eles nos permitissem morar em uma cidade como aquela.

— Que tipo de festa não deixa uma mãe trazer os filhos junto? — reclamou Donut, sem saber do meu breve devaneio. — Se nos barrarem, eles vão ver só.

13

TEMPO ATÉ O COLAPSO DO ANDAR: 5 DIAS, 10 HORAS.

Visualizações: 1,4 quadrilhão

Seguidores: 30 trilhões

Favoritos: 6,2 trilhões

A PRIMEIRA COISA QUE FIZ QUANDO ENTRAMOS NA SALA DE MORDECAI foi me jogar em uma das carteiras escolares. Passei a noite toda acordado, e precisava muito dormir um pouco. Havia começado a sentir o peso das vinte e quatro horas anteriores. Eu observei Mongo, igualmente exausto, ir direto até a lareira e se sentar diante dela. Podia ver que o dinossauro ainda não estava acostumado com o tamanho maior e precisou de algum tempo até achar uma pose confortável. Ele acabou se acomodando de lado, igual a um cachorro.

Mordecai foi trazido à própria sala um minuto depois de nós chegarmos. Ele apareceu com um *pop* bem alto, e um pouco da bebida que segurava caiu no chão. O íncubo xingou o teletransporte repentino, que eu esquecera de avisar. Ops. Embora ele tivesse bebido, dava para ver que Mordecai não estava nem de longe tão acabado quanto da última vez.

— Ah, graças aos deuses — disse Mordecai, largando a bebida na prateleira. — Vocês estão em um vilarejo médio? Já não aguentava mais aquele vilarejo minúsculo. Eles só tinham três bares, e fui expulso de dois.

— Então a partir de agora, quando você sair sem a gente, vai ser aqui nesse vilarejo ornitocéu? — perguntei.

— Isso mesmo — respondeu Mordecai. — Como eu sou um agente, vou passar a aparecer no último lugar em que Donut esteve. Se ainda fosse um guia comum, poderia ir para qualquer lugar que eu quisesse. — Ele suspirou, melancólico. — Há uma vila de apenas mestres de guilda em que vocês, panacas, não podem entrar. Esperei muito tempo para poder ir lá. Não esqueçam que estive nesse planeta durante décadas, e nós não podemos nos enturmar muito durante o estágio preparatório. Assim, só posso ver alguns de meus amigos enquanto a masmorra está ativa.

Senti uma breve onda de remorso por ter feito Donut escolher o benefício do agente. Porém, logo em seguida lembrei que nós provavelmente teríamos morrido se não tivéssemos o escolhido.

— Por que você não está caindo de bêbado? — perguntou Donut. Ela pulou na prateleira e farejou a bebida. O caneco tinha "Pub O Bicudo e o Ensopado" escrito nele. A gata torceu o nariz. — Pensei que os da sua raça não pudessem beber.

Mordecai deu de ombros.

— Tive que fazer uma poção que negasse os efeitos do álcool em crias demoníacas. Coisa simples. Depois, eu a diluí em 43% para fazer o álcool funcionar como deve. Bom, quase. Acho que vou ter que diluir um pouco mais da próxima vez — murmurou ele, com a testa franzida.

— Você gosta mesmo de poções, não é? — falei.

— Claro. Embora meu foco fosse magia de fogo, também passei muito tempo trabalhando com alquimia. No meu mundo, eu fui um micologista, ou seja, estudava fungos. Era algo que me interessava muito, e as duas áreas se encaixam feito luva. O sexto andar, embora seja considerado um nível urbano, tem uma vegetação densa. Odette fez com que eu passasse muito tempo estudando alquimia quando chegamos nele.

— Hm — murmurei.

Donut me secou com um olhar afiado quando ele disse aquilo. Ela entendeu o significado da última frase no mesmo momento que eu. Nenhum de nós disse qualquer coisa.

— Eu tenho uma tonelada de conquistas e caixas para abrir — avisei. — Além de 12 pontos de atributo para distribuir.

— Deixe os pontos por último — disse Mordecai. — Vamos ver que equipamentos você ganhou. Está ficando muito tarde para irmos às lojas hoje, mas faremos isso ao amanhecer.

— A primeira coisa que vou fazer amanhã é comprar uma calça — falei. — Pode ser que eu não possa usar sapatos, mas, se a gente vai passar por um andar de selva, eu quero estar com as pernas cobertas.

— Além disso, nós queremos ir ao clube — disse Donut. — Ele só fica aberto de noite?

— O Clube dos Pistoleiros está sempre aberto — informou Mordecai. — E não estará tão apinhado de gente neste andar. No sexto e no nono é onde ele costuma ficar interessante. Conto para vocês amanhã. É melhor não irem hoje à noite, Carl precisa descansar. Por enquanto, abram as caixas e depois encontrem uma taverna com quartos disponíveis. Não podem dormir aqui.

Também acho que vão querer assistir ao episódio de retrospectiva de hoje, já que perderam o da noite passada.

— Nós estávamos nele? — perguntou Donut.

— Estavam, sim, e acredito que estarão de novo esta noite depois do que acabaram de fazer.

— Teve algum anúncio? — perguntei. — Não lembro de ouvir ele.

Mordecai fez que sim com a cabeça.

— Aconteceu enquanto vocês ainda estavam apagados na casa da elite. Não perderam muita coisa. Houve muitas atualizações de jogo, mas não acho que precisam se preocupar com qualquer uma delas. Há um feitiço chamado Golem que não está funcionando corretamente, então, se vocês o encontrarem, não usem. Ah, e eles apresentaram algo que chamaram de lances de patrocínio coletivos, mas não explicaram muito bem do que se trata.

Mordecai dissera que a quantidade de conquistas que nós receberíamos começaria a diminuir naquele andar, mas eu tinha mais de vinte delas, a maior quantidade que eu já havia recebido de uma vez só. Muitas eram relacionadas a derrotar um chefão solo e completar a missão. Algumas conquistas notáveis foram:

Nova conquista! Um Quadrilhão!

Você é um dos primeiros dez exploradores a chegar a um quadrilhão de visualizações! Isso só pode significar uma de duas coisas: ou você é um dos melhores exploradores no jogo, ou é um desastre tão completo que ninguém quer perder suas mancadas.

***Recompensa:* Você recebeu uma Caixa de Fã Ouro!**

Aviso da Administração: Você recebeu sua primeira Caixa de Fã. Esse tipo de caixa contém itens que foram escolhidos por votos daqueles que seguem sua exploração. Assim que uma caixa dessas é recebida, você não pode abri-la por trinta horas, até que os fãs votem no conteúdo.

Donut também recebeu a mesma conquista. Ela literalmente saiu saltitando de animação. Mordecai disse para ela não ter grandes esperanças enquanto eu seguia para a próxima conquista.

Nova conquista! Frangote Amarelão!

Você iniciou uma Batalha de Chefão e, de alguma forma, ela acabou com ambos vivos. Você é uma decepção. A droga de um covarde.

***Recompensa:* Frangotes não ganham presentes.**

Nova conquista! Jonny Quest!

Você não só recebeu uma missão, como conseguiu completá-la sem morrer. Gostamos quando você obedece assim. Significa que é um bom cidadão da masmorra e nem um pouco o traidor de seu povo.

***Recompensa:* Além da Caixa de Missão Ouro que recebeu por completar a missão, novas missões aparecerão no seu mapa *de vez em quando*. Percebeu que eu coloquei "de vez em quando" em itálico?**

A seguinte era ainda mais interessante.

Nova conquista! Hadji!

Você completou uma missão, e de uma forma incomum o suficiente para acionar a conquista Hadji! Assim como as crianças de rua de Calcutá que eram frequentemente exploradas, onde há uma, costuma haver mais. Essa é uma das raras conquistas que podem ser alcançadas mais de uma vez.

***Recompensa:* Sua Caixa de Missão Ouro foi aprimorada para uma Caixa de Missão Platina!**

— Há uma conquista mais avançada que essa — avisou Mordecai depois que eu descrevi a conquista Hadji. — Não sei como é chamada nesta temporada, mas ela eleva seu prêmio em dois níveis.

Donut também recebeu o aprimoramento Hadji. Observei ela abrir as caixas. Ela recebeu um monte dos itens comuns das caixas de baixa qualidade junto de alguns objetos aleatórios, como laços coloridos e adereços de coleira que não eram tão bons quanto o pingente de borboleta. O sistema disse que ela só podia usar um por vez. Donut também não conseguiria colocar os lacinhos a não ser que tirasse a coroa, o que não podíamos deixar ela fazer.

A gata abriu a Caixa de Missão Platina, que continha cinco mil moedas de ouro e mais dois itens: uma poção de habilidade e um par de "protetores de presas".

— Ambos são bons itens — elogiou Mordecai com um aceno de cabeça. — Mas esses protetores de presas não funcionam bem com o estilo de luta de Donut. Ela deveria ou os vender ou pensar em equipar o Mongo com eles. Na maioria dos casos não dá para trocar equipamentos com um pet, mas certos itens têm essa capacidade, e este é um deles. Além disso: protetores de presas vêm em pares, e seu dinossauro pode usar até seis pares de uma vez só. É algo único da espécie dele.

Embora o focinho de Mongo parecesse mais o bico de uma galinha superdesenvolvida, quando ele o abria havia fileiras de presas afiadas dando a volta pelo interior.

A poção de habilidade daria a Donut nível 3 em algo chamado Ouvidos Aguçados, que não só melhorava sua audição, mas aumentava em muito a informação disponível em seu mapa a respeito de monstros ainda não identificados. Basicamente, se Donut visse um ponto vermelho no mapa, também poderia ver quão grande o monstro era e se era de um tipo que já tínhamos encontrado. A habilidade nos informaria isso com uma precisão "semiconfiável".

Donut bebeu a poção de imediato e, depois, tirou os protetores de presas do inventário para que eu os inspecionasse. Eles pareciam um par de dentes de vampiro soltos.

Protetores de Presas Encantado do Tizheruk Expectorante.

Esse é um item Efêmero!

Curiosidade: Não sobrou um único dentista de seu mundo na masmorra. Alguns chegaram ao primeiro andar, mas todos esses desgraçados já bateram as botas. Sobraram alguns higienistas, mas eu não confiaria naqueles cabeças de bagre. O que eu estou querendo dizer é que você vai ter que instalar esses trecos sozinho. Tenha certeza de que eles estão virados para o lado certo. Você pode retirá-los, mas se lembre que eles são um item efêmero, ou seja, evaporam assim que retirados. Por isso, não faça merda.

Eles transformam dois de seus incisivos em presas letais, prontas para rasgar e perfurar. Impressionariam até mesmo o gótico mais autodepreciativo.

Aumenta o dano físico de mordidas em 50%.

Cada ataque de mordida tem 25% de chance de infligir uma condição de Envenenado nível 5.

Cada ataque de mordida tem 10% de chance de infligir uma condição de Paralisado nível 5.

— Vou mesmo dar eles para o Mongo quando ele acordar. Carl, você vai ter que colocar os protetores nele.

— Tem certeza de que é uma boa ideia?

Olhei para o dinossauro ainda adormecido com hesitação. Ele não mordera a mim ou a Donut naqueles últimos dias, mas tinha se irritado com nós dois. Várias vezes. Tanto Donut quanto eu éramos imunes a venenos, mas não à paralisia, e descobrimos do jeito difícil quando Sinete nos capturou.

Mongo dava mordidas no ar em seu sono. O som parecia o de um machado partindo toras.

Suspirei e fui abrir minhas caixas. Eu tinha muito mais do que Donut, e ela ficou de bico por causa disso. Sabia que a gata estava zangada por eu estar 3 níveis acima dela, mas ela ainda não dissera nada em voz alta. Na verdade, recebi uma Caixa de Cu-pra-Lua por ter sobrevivido ao primeiro ataque de Sinete contra a gente, mas ela não. Donut ganhou a mesma conquista, Lázaro, porém, em vez da caixa, na área da recompensa estava escrito: "Você tem sorte de estar viva. Essa é a sua recompensa". Nenhum de nós sabia o porquê daquilo. Mordecai suspeitou que era por causa da vida de Donut ter chegado a zero enquanto Mongo a defendia, e ela ter sido salva por sua habilidade Barata. Mas aquilo não fazia sentido para mim.

— Essa é outra daquelas coisas com que vocês vão ter que se acostumar — disse Mordecai.

Fui organizar meus prêmios. Recebi várias bananas de dinamite e bombas de fumaça. Também ganhei uma caixa inteira de dinamite hobgoblin, além de três pelotas de Pus de Hobgoblin (os explosivos controlados à distância) na Caixa de Chefão Bronze que ganhei na luta com Urze.

Nunca encontrara dinamite hobgoblin antes. As bananas eram brancas em vez de vermelhas, tinham uma capacidade muito maior de estrago e eram mais estáveis.

Nas últimas caixas que abri, também recebi um monte de bugigangas aleatórias que eram chamadas de Material para Armadilhas. Todas elas foram para meu inventário. Mordecai me avisou para não mexer com aquelas coisas até que minha Bancada de Sabotador estivesse pronta.

— Eu não sei muito sobre a criação de armadilhas, mas sei que é tão perigoso quanto o manuseio de explosivos — avisou ele.

Achei que ganharia outra raspadinha da Caixa de Cu-pra-Lua, mas na verdade recebi uma única ficha de cassino.

— Caramba! — exclamou Mordecai, pegando-a antes que fosse sugada para meu inventário. Ele a segurou contra a luz. — Nunca tinha visto uma dessas antes.

Ele continuou babando na ficha enquanto a minha Caixa de Missão Platina se abria.

Além de cinco mil moedas de ouro, recebi um único Pergaminho de Aprimoramento. Li a descrição imediatamente, e uma contagem regressiva de vinte minutos surgiu sobre ele quando o peguei.

Pergaminho de Aprimoramento!

Atenção: Esse item tem uma validade muito curta.

Talvez não seja tão bom quanto ganhar algo novo, mas às vezes é melhor pegar uma coisa com que você tem alguma familiaridade e dar uma melhorada. É como pagar o silicone da sua mina.

Assim que você usar esse pergaminho, um item aleatório que você tem equipado no momento receberá um aprimoramento. Pode ser algo pequeno. Pode ser algo que mude o jogo. Porém, como esse item expira rapidamente, use-o agora ou cale-se para sempre.

— Odeio esses itens de curta duração — resmunguei.

Mordecai ainda estava fascinado pela ficha de cassino.

— Eles fazem isso porque, senão, você os guardaria até chegar em um andar muito profundo, o que os tornaria mais valiosos do que o planejado.

— Posso desequipar tudo exceto por um item? — perguntei. — Por exemplo, se eu quiser aprimorar meu anel, posso desequipar tudo exceto por ele?

— Sim, mas eu não faria dessa forma — disse Mordecai. — Vi pessoas tentarem isso várias vezes, e o aprimoramento nunca é muito bom quando fazem desse jeito.

— Está bem, então vou usar agora.

Coloquei o pergaminho no acesso rápido e o ativei.

A minha Cueca Encantada do Meninão brilhou. Li a descrição e depois a descrição do novo benefício que eu acabara de receber.

Olhei para o teto.

— Seu filho da puta — exclamei. — Boa jogada, cuzão.

Mordecai se escangalhou de tanto rir.

— Essa cueca deve ser o seu item mais valioso.

O aprimoramento era fantástico, mas veio com um terrível porém.

Cueca Encantada do Meninão.

Esse item foi Aprimorado uma vez.

Tá, você já conhece a descrição desse item. Alguma coisa *Incrível Hulk*, blá-blá-blá. Mas você quer saber como esse item foi aprimorado, certo? Primeiro, os benefícios originais dessa cuequinha safada:

+2 para Constituição.

O usuário poderá invocar o feitiço nível 15 Casca Protetora uma vez a cada trinta horas.

Isso aí já é bacana, mas pode melhorar. Aqui estão alguns benefícios adicionais.

+5 para Destreza.

+5 para Inteligência.

+3 (para um total de +5) para Constituição.

+ o benefício Solte suas Esferas.

A descrição do benefício era:

Solte suas Esferas.

Eu quero ver seu corpo lindo, leve e soltooo!

Geralmente reservado para classes de monge e para aqueles que estão bêbados demais para se vestir direito, quem receber esse benefício ganhará um bônus de 100% de dano para todos os ataques que partirem da cintura para baixo. Além disso, todas as habilidades que partirem dessa região subirão de nível 20% mais rápido. Porém, como o nome implica, esse benefício permite apenas uma camada de armadura ou roupas cobrindo a área da virilha. Como você já está usando essa cueca, parece que não vai ganhar uma calça assim tão cedo.

Mordecai ainda estava rindo.

— Você não devia ter dito que queria tanto um par de calça.

— O quê? O que foi? — perguntou Donut.

Depois que Mordecai explicou para ela, a gata também começou a rir. Os dois riram tão alto que Mongo acordou e começou a pular alegre pela sala.

— Ah, isso é delicioso. Completamente delicioso! — disse Donut. — Não se preocupe, Carl. Talvez a próxima caixa contenha perneiras de couro. Você ainda pode usar elas, e destacariam muito bem seus pés. — Ela olhou para o teto. — Consegue imaginar como Carl ficaria gostoso usando perneiras?

— Mas que droga, Donut — censurei.

Respirei fundo e esperei que os dois parassem de cascar o bico. Pela primeira vez em dias, tive muita vontade de fumar. Tentei mudar o assunto.

— Esses benefícios são muito melhores que os que recebemos no andar anterior.

— Ah, sim — disse Mordecai, finalmente se acalmando e me devolvendo a ficha de cassino. — Você vai começar a receber itens que aumentam seus atributos não em números fixos, mas em porcentagens. É por isso que é crucial subir os atributos nesse momento. Também verá modificadores de dano de armas muito mais altos. Tudo fica um pouco louco nos andares mais profundos.

Mordecai: Ademais, e eu não quero arriscar dizer isso em voz alta, mas, como viu, uma vez que sua marca é estabelecida, os organizadores começam a mudar os tipos de equipamento que você recebe. Eles gostam quando novos equipamentos são conquistados e, acredite em mim, você vai conquistar todo tipo de coisa nova. Mas eles também não querem que você mude totalmente de aparência do dia para a noite. Não é comum ver esse tipo de pergaminho até chegar mais fundo, mas vocês dois já são bem conhecidos. Vão receber muito mais desses Pergaminhos de Aprimoramento. Este se saiu muito bem, a maioria não será tão potente.

— E o que é essa coisa? — perguntei, examinando a ficha de cassino. Era preta com listras em rosa e roxo na borda. O logotipo da adaga adornava o centro. A peça parecia pesar uns sete quilos.

— Ah, sim, — disse Mordecai —, então, pode ser que vocês fiquem ricos.

Ficha de Cassino de 100.000 Moedas de Ouro.

Essa é uma ficha de cortesia e não pode ser vendida ou transferida. Você não poderá convertê-la diretamente em ouro. Ela deverá ser jogada na Roleta de Grandes Apostas ou no jogo da Roda da Fortuna no Cassino do Clube dos Pistoleiros.

Boa sorte.

— Roleta? — perguntei.

Bea adorava a roleta. Às vezes eu jogava vinte e um, mas sempre fui do tipo que se irritava depois de perder alguns trocados e, quando ganhava, deixava o jogo na hora. Eu não era um grande apostador.

— Não é a roleta da forma que você conhece. Vá dormir. Amanhã à noite eu levarei vocês dois ao clube e mostrarei como o lugar funciona.

— Você pode entrar lá? — perguntou Donut.

— Não se preocupe com isso — disse Mordecai, sorrindo. — Eles me conhecem no clube.

14

ASSIM QUE PISAMOS FORA DA GUILDA DE MORDECAI, ABRI O MAPA DA vila e procurei pela menor taverna que consegui achar. Encontrei uma a poucas quadras de distância que não parecia cruzar com as ruas principais, e por isso nós fomos em sua direção. Quando tínhamos acabado de chegar à masmorra, eu quisera desesperadamente encontrar outras pessoas, mas, naquela hora, só queria dormir. O jeito que os outros exploradores apontavam e faziam cara de espanto quando nos viam não era algo com que eu conseguiria lidar. Não naquela noite.

Mongo continuava mordiscando o ar. Colocar os protetores nele foi mais fácil do que eu esperava. A forma que o sistema os descrevera me fez pensar que seria um procedimento difícil, mas as duas presas douradas se reajustaram e encaixaram com facilidade na boca do dinossauro, fazendo um som de clique igual peças de Lego. Ele me permitiu fazer aquilo com paciência, apenas ganindo feito um cachorro quando tem as unhas cortadas. Só demorou cinco segundos para colocá-los. Depois disso, sempre que Mongo mordia, pequenas faíscas elétricas explodiam de sua boca. Aquilo o assustou tanto no começo que ele acabou se mijando, o que fez com que Mordecai soltasse uma torrente de gritos, palavrões e gestos. Porém, quando Mongo percebeu que as mordidas elétricas não doíam, ele passou todo o tempo seguinte mordendo o ar e grunhindo de animação ao ver as faíscas.

Ainda não era noite, mas andamos no centro da rua. Ornitocéus continuavam a nos sobrevoar. Dava para ver que a maioria das construções no vilarejo tinha ao menos dois andares, e muitas apresentavam enormes janelas abertas para que os habitantes alados pudessem ir e vir quando quisessem. Na verdade, algumas delas pareciam completamente vazias no térreo e o comércio e os restaurantes se situavam nos andares superiores, atendendo aos desejos do povo-águia.

A maioria das lojas já tinha fechado, cerrando as cortinas, de forma que nós nem podíamos olhar as vitrines. Antes de sairmos, Mordecai tinha redobrado o aviso para ficarmos longe das vielas após o anoitecer. Os guardas continuavam patrulhando, mas eu sabia que logo eles desapareceriam e queria encontrar nosso quarto antes disso. Quando anoitecia, a lei que reinava nas cidades do terceiro andar era a do "cada um por si", e havia um limite da quantidade de drama e violência que eu conseguia lidar em um dia só.

A taverna que achamos se chamava Narval Caolho, mas o brasão retratava um humano gordo e careca abrindo a calça com um sorriso sem-vergonha.

— Carl, este lugar é nojento — reclamou Donut.

A maioria dos prédios naquela rua estava em algum nível de degradação. Eu também não via águias por ali, a maior parte dos NPCs era composta de orcs, ogros e humanos.

— Passamos por um lugar chamado Schnitzel Gostosinho. E era muito mais convidativo, tinha até flores na frente.

— Esse lugar vai ser de boa — garanti ao abrir a porta e olhar os arredores.

O bar estava quase vazio. Um único NPC orc estava sentado em um canto, bebendo. O local tinha uma estrutura parecida com a taverna anterior, com o balcão e as três TVs acima dele, mas fedia a cerveja e gordura. A contagem regressiva de exploradores chamou minha atenção, e eu suspirei.

649.433.

Dezenas de milhares de pessoas morreram desde a última vez que eu tinha olhado aquela tela, mas, ao mesmo tempo, a queda do número havia desacelerado dramaticamente. *A maioria das pessoas que chega até aqui já sabe o que está fazendo.*

A taverna tinha apenas quatro quartos disponíveis, mas eles custavam vinte moedas de ouro cada, muito mais do que na estalagem anterior. Embora a gente tivesse ouro para dar e vender, eu ainda não sabia dizer se o dono estava se aproveitando da gente. Para a minha surpresa, o proprietário não era um bopca protetor, mas um humano, um homem enorme e careca de nível 30 chamado Fitz. Era ele quem estava entalhado na placa do lado de fora, porém a versão real era duas vezes mais gorda.

— Vossa Alteza — cumprimentou Fitz quando nos aproximamos do balcão. — Que prazer, que prazer enorme. Nunca tive alguém da realeza aqui no Narval, nunquinha. Estão aqui só para jantar, ou vão querer um quarto também?

— Boa noite, Fitz — disse Donut ao pular sobre o balcão. A gata esfregou a pata sobre o tampo de madeira e depois olhou para ela com uma expressão azeda. — Vamos querer dois quartos. Um para mim e para Carl e outro para... — Mordecai surgiu no salão como que respondendo à deixa. O íncubo nada disse e foi de imediato até o bar, onde se inclinou para a frente para observar a fileira de garrafas. — E outro para aquele cavalheiro. Quais são suas seleções de peixes para esta noite?

Enquanto Donut e o taverneiro discutiam o jantar, eu me sentei em uma das mesas e observei Mordecai esperar para pedir sua bebida. Nós não podíamos fugir dele, e ele não podia fugir da gente. Antes eu não havia pensado muito no que o benefício do agenciamento implicava, mas já sabia que aquilo logo ficaria cansativo.

Distribuí 10 dos pontos de atributo em Força e 2 em Constituição. Minha Força sem a manopla, naquele momento, passou a ser 30. Eu me tornara tão forte quanto seis humanos normais, e essa realidade meio que bagunçava com a mente. Segurei a beirada da grossa mesa, sólida como qualquer corte de madeira envelhecida. Eu a apertei e senti uma possibilidade ali. Conseguiria arrancar um pedaço daquele tampo se eu quisesse. Senti o potencial do meu poder. Era tudo muito surreal.

— E não dê a este homem uma de suas poções — terminou Donut quando ela e Mordecai vieram se sentar.

Mongo saiu correndo pelo salão e farejou o orc que se sentava num canto, mas a criatura musculosa (que percebi então ser uma mulher) ignorou o dinossauro. Ele grunhiu indignado e voltou correndo para nós.

O episódio de retrospectiva começou assim que a comida chegou. Donut recebeu alguma coisa feita com peixe halibute, Mordecai pediu uma tigela de sopa, Mongo ganhou um prato de carne crua e, para mim, veio um hambúrguer que curiosamente tinha o mesmo gosto de um do Burger King.

O episódio não mostrou nada de muito interessante, embora tivessem passado a focar alguns exploradores que eu não tinha visto antes. Um cara com cabeça de jacaré equipado com algum tipo de espingarda Mossberg com carregador. Parecia que ele nunca ficava sem cartuchos, e eu me perguntei qual era a pegadinha.

— Eu me preocupo mais em como ele tira e veste a camiseta com aquela cabeça enorme — comentou Donut.

Eles também mostraram a senhora dos bodes que Mordecai comentara antes. Ela havia entrado na masmorra com quinze bodes e tinha conseguido manter todos vivos por um tempo. Mas parecia que só cinco sobreviveram ao segundo andar. Ela continuava humana, mas estava claro que ela escolhera algum tipo de classe de mago. Três dos bodes parrudos, brancos e marrons, continuavam iguais.

No final da minha adolescência, pouco antes de eu entrar para o exército, o lar nos obrigava a ter empregos. Eu tinha passado um dos verões trabalhando em uma pequena fazenda que tinha várias espécies de bodes, incluindo aqueles ali, os boer. Lembro que eles eram uma raça para corte e não davam leite. Os machos eram pesados pra cacete, ainda mais do que pareciam. Era preciso três pessoas para erguer um deles.

Os outros dois bodes tinham mudado.

— Parece que ela ganhou dois daqueles Biscoitinhos Pet Aprimorados — comentei.

Lembrei que a descrição dizia que comer o biscoitinho poderia trazer resultados variados.

— Três, na verdade — informou Mordecai. — Na noite passada, mostraram o que aconteceu. O terceiro biscoito não foi bom para ela, nem para muitos de seus bodes.

Um dos animais estava coberto por uma armadura e andava sobre as pernas traseiras ao lado da exploradora. Parecia que ele passara por uma transformação parecida com a de Donut, mas eu não tinha certeza se ele se tornara sapiente. Ele empunhava um machado de duas mãos e, de vez em quando, gritava sem razão alguma.

O último dos bodes fora transformado em uma monstruosidade satânica vinda das profundezas de um pesadelo.

— Minha nossa — murmurou Donut —, eu poderia ter virado algo assim?

— Este é um familiar de cria infernal. É provável que Carl estivesse se saindo melhor se você tivesse virado um desses — resmungou Mordecai.

Eu ri, e Donut fez um som de gato indignado.

Tratava-se de um monstro caprino do tamanho de um cavalo, com múltiplos seios e de pelo escuro feito a noite. Parecia pertencer à capa de um álbum de heavy metal dos anos 1980, do tipo que deve te convencer a matar sua avó se tocado ao contrário. A cabeça ainda tinha um formato distinto e os chifres de um bode boer. A criatura também andava de quatro, mas era imensa, e um grupo de seis seios humanos cresceram na frente do seu torso. O corpo dele era todo preto, exceto pelos olhos, que brilhavam vermelhos. Vapor subia de sua pele constantemente.

Assistimos à cria infernal avançar em um grupo de criaturas com cara de hiena e as pisotear até a morte.

— Crias infernais são alguns dos melhores e mais poderosos pets do jogo — explicou Mordecai, que depois olhou para Mongo. — Sem ofensa.

A senhora dos bodes o ganhou cedo o suficiente para que o pet suba até um nível bem alto, contanto que consiga mantê-lo vivo. Com o tempo ele ganhará asas e alcançará o tamanho da droga de um dragão.

— Caralho — murmurei. — É muito tarde para tentar dar outro desses biscoitinhos para Donut?

Mordecai riu.

Eu assisti maravilhado ao programa mostrar uma cena de quinze segundos de Mongo defendendo Donut. O dinossauro matara dezenas daquelas bolas de espinhos.

— Bom garoto. Olha, Mongo, você está na TV! — disse Donut.

O dinossauro saltitou por todo lado. Ele já não guinchava mais, apenas grunhia. A quantidade de entusiasmo que ele demonstrava era idêntica, mas não tinha o mesmo efeito de antes. Ter um dinossauro do tamanho de um gatinho pulando animado ao seu redor era fofo. Ter um do tamanho de um mastim agindo igual, não.

Apareci no episódio também, mas só por uns segundos. O programa não explicava como eu havia escapado.

— Não se preocupe com isso, rapaz — comentou Mordecai. — Baseado nos seus números, todo mundo sabe. As cenas em que você aparece são propriedade da produção de *A vingança da filha*, e é por isso que não mostraram muito do que aconteceu.

— Eu dormi o tempo todo — reclamou Donut, de bico. — Eles quase não me mostraram.

— Às vezes, até os coadjuvantes precisam dos próprios episódios — falei, o que pareceu acalmar ela.

Apesar de Donut ainda ter muito mais seguidores do que eu, minha contagem de visualizações alcançara a dela. Eu não tinha certeza qual de nós havia chegado a um quadrilhão primeiro e também não sabia se ela tinha percebido. Torci para que não.

O anúncio após o episódio não foi muito interessante, apenas mais do mesmo. Parecia que havia tantos bugs naquele andar quanto quando abriram a masmorra.

— Esperem só até chegarem aos andares temáticos — murmurou Mordecai. — É o equivalente a abrir um parque de diversões cheio de montanhas-russas e atrações sem qualquer teste. Na última temporada da Borant, o quarto andar inteiro se situava dentro de alguma criatura viva nunca identificada, então os exploradores andavam por intestinos e outras estruturas parecidas. O andar ficou aberto por apenas vinte dias, pois a criatura desenvolvida por eles acabou contraindo uma infecção bacteriana de desenvolvimento rápido que se espalhou por toda a masmorra. As paredes começaram a entrar em colapso e os corredores a se encher de sangue e entranhas, tudo de maneira acidental. Esse andar não foi nada popular entre os espectadores, então é provável que não tentem recriá-lo.

A orc que bebia sozinha se aproximou de nossa mesa. Ela era uma mulher mais velha, de postura instável. Na hora, ela me lembrou uma versão orc musculosa da Agatha. Sua bata medieval estava manchada de sangue, o que a fazia parecer uma açougueira que esqueceu de usar o avental para trabalhar. O tom da pele dela não era o mesmo do outro orc que conhecemos, Maestro. O balão de informação apenas a identificava como NPC orc nível 5, e seu nome era GumGum.

— Vejo que vocês são aventureiros — disse GumGum, se inclinando para a frente. — Preciso muito de ajuda.

— Não. Vai se ferrar — retrucou Mordecai. — Essa noite não.

— Também não precisa ser rude — reclamou a mulher, que retornou cambaleando até sua mesa.

— O que foi isso? — perguntei.

— Uma missão — disse o guia. — Bares como este sempre estarão cheios de pessoas dando missões inúteis. Nós não vamos fazer outras missões neste andar. Se olhar no seu mapa, é provável que essa orc tenha uma pequena estrela sobre o ícone.

— Não tem — respondi. — É só um ponto branco.

— Bom, nem todas as missões aparecem no mapa. Agora nós todos vamos para a cama.

— Tá bom — falei, olhando a mulher voltar a se sentar.

A orc, de cabeça baixa, colocou as mãos no rosto e começou a chorar.

Àquela altura, já seria de se esperar que eu aguardaria até Mordecai dormir e sairia de fininho do meu quarto para ir até GumGum, a orc, e perguntar no que ela precisava de ajuda.

E quem esperasse isso estaria certo. Bem, quase.

Assim que entramos em nosso quarto, não pude deixar de pensar nela. Era besteira, ainda mais depois de Mordecai ter nos dito para ignorar o assunto, mas eu não conseguia tirar da minha cabeça a imagem da mulher chorando. Disse a Donut que precisava usar o banheiro e voltei lá para fora.

Mordecai estava sentado ao bar, bebendo e conversando com Fitz, o taverneiro. GumGum não se encontrava mais lá.

— Ela já foi embora — disse Mordecai depois que voltei do banheiro, já que fingi ter ido usá-lo. — Olha, rapaz. Vou te dar um conselho. Algo que quero que entre nessa sua cabeça-dura. Você não pode salvar todos eles. As pessoas que mandam no show sabem que tipo de explorador você é e vão sempre tentar fazer você morder a isca. Preocupe-se primeiro com você. Se quer mesmo ajudar os outros, sua melhor opção é ficar o mais forte para descer tão fundo quanto for possível.

Não respondi. Voltei para o quarto, e Donut me encarou do alto de sua torre para gatos.

— Aceitou a missão? — perguntou ela.

— Cacete, eu sou tão previsível assim?

— Às vezes — respondeu ela.

Depois disso, nós fomos dormir.

A primeira coisa que fizemos no dia seguinte foi (finalmente) começar a visitar algumas das lojas.

— O plano de hoje é o seguinte — começou Mordecai. — Vocês vão às compras e, depois, passarão o resto do dia ralando muito para subir de nível. Acharão um chefão de bairro e o matarão. Aí, vocês voltarão aqui antes de anoitecer. E, se não estiverem muito cansados, nós vamos ao clube. Vocês *não* irão ao Clube dos Pistoleiros desacompanhados.

— Uhuu! — exclamou Donut. — Hoje será o melhor dia de todos. Compras e balada! E amanhã nós iremos a outra entrevista.

— Uma coisa de cada vez, Donut — murmurei ao chegar na porta da loja.

O lugar se chamava Armazém Geral do Sortudo. Um sininho tocou quando eu empurrei a porta e uma nuvem de poeira subiu, fazendo com que eu espirrasse.

Entrando em uma Loja.

A maioria das prateleiras nas paredes estava vazia. Atrás do balcão havia um ornitocéu nível 30 chamado Dançarino da Navalha. Ele estalou o bico ao nos ver, piscando rapidamente.

— Muito bem — disse Mordecai. — Este é um armazém geral, o tipo mais comum de loja que vocês vão encontrar. As variações mais especializadas, como armeiros e alquimistas, só podem ser encontradas em povoados. Vocês encontrarão lojas como essa aqui espalhadas pela masmorra de agora em diante. Carl, você tem um bom Carisma e poderá conseguir bons descontos, mas não é páreo para Donut. Deixe as negociações com ela, pois assim vocês conseguirão os melhores preços, tanto para venda quanto para compra.

— Isso é porque eu sou uma mestra das compras — disse Donut, passeando pela loja e olhando tudo com desdém. — Este lugar não tem a melhor seleção de produtos, não é?

— Você nunca esteve em uma loja antes — retruquei.

Peguei um item familiar de uma das prateleiras, um coco. Uma aba de informações apareceu, mas ela tinha um formato diferente do normal.

Coco.

21 moedas de ouro.

Isso é comida. Acho. Humanos fazem alguma coisa com essa coisa, mas sei lá...

— Isso é importante — comentou Mordecai. — Como podem ver, as descrições dos itens nas lojas *não* são fornecidas pela IA do sistema. Os lojistas são responsáveis por rotular tudo. As regras dizem que eles não podem mentir e, assim, não podem vender algo dizendo que é uma Poção de Cura se, na realidade, é um veneno. Porém, é permitido exagerar. E eles vão. Para sua sorte, Donut, você geralmente conseguirá uma descrição precisa dos lojistas contanto que seu Carisma seja mais alto que o deles. É melhor você praticar suas habilidades em Pechincha e Negociação todas as vezes que entrar em uma loja. Assim que treiná-las o suficiente, a maioria dos itens vai apresentar um aviso se a descrição for muito maquiada.

— Assim você me ofende, demônio — ralhou o Dançarino da Navalha, encarando Mordecai. — Se você conhecesse o povo ornitocéu, saberia que nós nunca passamos a perna em nossos clientes.

Mordecai riu.

— Vendedores ornitocéus *sempre* tentarão tapear quem não tem asas — avisou ele. — Meu povo pode ser um tanto xenofóbico e costuma ficar indignado quando você aponta o fato.

O atendente ia falar alguma coisa, mas fechou o bico de maneira abrupta quando Donut pulou sobre o balcão.

— Como você é charmoso — disse a gata. — Não acho que algum dia eu vi uma ave tão atlética assim.

A águia ajeitou a postura.

— Obrigado, Vossa Alteza. Tem algo que eu possa fazer por vocês hoje?

Depois disso, vendemos um punhado de porcariada inútil e não mágica que tínhamos no inventário. Os lojistas da masmorra não tinham dinheiro infinito como alguns vendedores nos videogames. Tivemos que passar por cinco armazéns gerais para nos livrarmos da maior parte das bugigangas. Mordecai aconselhou ficarmos com os jarros de aguardente, mas as armas sobressalentes e os trecos aleatórios foram todos para os comerciantes. Donut era mesmo uma negociadora nata. Embora ela ordenasse aos taverneiros como se fossem seus servos pessoais, a gata tratava os vendedores com muito amor e doçura, e eles a amavam.

— Esse é o melhor que nós conseguimos hoje, querido? — perguntou ela a outro lojista ornitocéu.

O nome dele era Garra Forte. O homem-águia parecia pensativo, analisando se comprava ou não a pilha de lanças que havíamos saqueado lá no primeiro andar, dos bandidos com cabeça de guaxinim.

Quando Donut usou sua habilidade Ator Camaleão para escolher a classe magnata do Artists Alley para ser emulada naquele andar, ela recebeu uma série de habilidades e benefícios, incluindo um grande desconto na compra de itens. Infelizmente, devido à forma que Ator Camaleão funcionava, Donut não recebera o desconto extra. Porém, ela ganhou os 15% a mais na venda de itens e exercitou a habilidade ao máximo da sua capacidade. Ali, ela estava em casa.

— Posso dar mais 5% no lote — concluiu Garra Forte.

— Arrasou demais! — falou Donut, e a águia ficou toda orgulhosa.

— Estou começando a achar que você tinha tudo planejado quando escolheu essa classe — sussurrei para a gata enquanto saíamos da loja.

— Claro que sim — respondeu Donut. — Sabia que venderíamos todas as bugigangas neste andar, por isso escolhi a classe mercadora. A srta. Beatrice não me chamava de Princesa Bolsinha de Dinheiro por nada.

— Tenho certeza de que era Princesa Fossinha de Dinheiro. Ela te chamava assim porque gastávamos mais com você do que com o aluguel.

— Bem, está óbvio que foi um bom investimento, não é, Carl?

Conseguimos um montante próximo de cinquenta mil moedas de ouro; o que, aparentemente, era muito bom.

— Pensem nos armazéns gerais como as lojas dos postos de gasolina — interrompeu Mordecai. — São lojas de conveniência. Você compra nelas apenas como último recurso. Elas são boas para vender porque comprarão quase qualquer tralha, mas, mesmo com os descontos, vocês pagarão três vezes mais pelo básico. Assim, se querem poções, vão a uma loja de poções. Se querem feitiços, vão a uma loja de feitiços. Isso se acharem uma. Ah, algumas guildas têm coisas para vender também.

Aquele vilarejo em particular não tinha uma loja de feitiços. Havia dezenas e dezenas de comércios, mas a maioria era inútil para nós. Precisávamos de equipamentos mágicos e itens que aumentassem a Constituição de Donut, mas não havia qualquer lugar que vendesse aquilo por ali. Porém, *existiam* muitas lojas de poções, e Mordecai me fez gastar dez mil de ouro em suprimentos de alquimia.

Compramos apenas um item diferente, uma Caixa de Transporte Mágica de Pet por quinze mil moedas de ouro para Mongo. Nem ele nem Donut gostaram muito da ideia, mas Mordecai avisou que a criaturinha não estava descansando o suficiente durante a noite. Parecia que, depois de defender Donut, o dinossauro se sentia na obrigação de nos proteger enquanto dormíamos mesmo estando em uma sala segura, o que afetava negativamente seus atributos. A caixa o permitiria descansar. Além do mais, o guia também explicou que pets não eram permitidos no Clube dos Pistoleiros. Eles tinham um "espaço pet", mas a segurança dos animais não era garantida. Com isso, Donut acabou cedendo.

O dispositivo era até que legal. Tratava-se de uma caixa marrom do tamanho de um cubo mágico e tinha um símbolo entalhado na parte externa que lembrava um hidrante. Ao tirá-lo do inventário, Donut podia ativá-lo para puxar Mongo lá para dentro com um raio. No cubo, ele ficaria em um estado adormecido e recobraria as forças. A gata podia trazê-lo de volta com o mesmo botão.

— Depois, pode ser que vocês consigam uma montaria, e elas funcionam de forma parecida — informou Mordecai. — Quando montarias são vendidas, elas costumam vir com uma Caixa de Transporte Rudimentar.

— Qual é a diferença entre uma montaria e um pet? — perguntei.

— Alguns pets podem ser os dois, mas as montarias comuns costumam ter poucos pontos de vida e quase nenhuma personalidade — disse Mordecai. — É possível ter várias montarias, mas elas costumam ser caras e devem ser alimentadas. Montarias não sobem de nível nem ficam mais fortes.

Assim que acabamos as compras, Mordecai nos levou até a saída da vila.

— Nada de missões — reforçou ele. — Sem elites. Matem monstros e, quando acharem um chefão, tenham certeza de que é um de bairro e nada mais forte. Mantenham contato e voltem antes de anoitecer.

— Fácil — disse Donut.

E, acredite se quiser, as horas seguintes não tiveram grandes incidentes. Encontramos um enxame de criaturas que parecia uma mescla de lulas flutuantes e guarda-chuvas. Elas tinham um ataque psiônico, mas, graças ao nosso Carisma elevado, não fomos afetados. Chamadas de ebulidores de cérebro, eram uma versão melhorada dos horrores mentais que tínhamos visto brevemente no segundo andar. As criaturas investiam muito devagar e eram fáceis de matar. Algumas droparam bolsas de tinta, e Mordecai ficou bastante animado ao saber disso.

Eu tinha decidido alternar entre atacar com socos e chutes, mas com as lulas resolvi mais no soco. Mongo fatiava elas com facilidade e precisamos mandá-lo parar, porque estava ganhando toda a experiência sozinho.

Donut alternava em ataques com Míssil Mágico, Segunda Chance e Tríplice Mecânica. Eu também invocava Medo, mas o feitiço não surtia grande efeito.

Consegui fazer minha habilidade Punho de Ferro chegar ao nível 10 junto do bônus da manopla. O nível 10 da habilidade liberava algo chamado efeito Boca do Estômago. Em resumo, se eu conseguisse dar um golpe firme no monstro, tinha 10% de chance de atordoá-lo por vários segundos.

A luta contra o chefão de bairro poderia ter azedado muito rápido, mas, graças à nova habilidade Ouvidos Aguçados de Donut, soubemos que ele espreitava logo atrás de uma esquina ao nos aproximar. Chamado Despachador, o monstro parecia algum tipo de arraia gigante. Camuflava-se na lateral de um dos prédios e pretendia pular em nós ao passarmos por ele. Antes que isso ocorresse, porém, já estávamos preparados, e Donut o atacou com dois ebulidores de cérebro reanimados. Assim que o chefão se descolou da parede, fizemos com que uma cópia de Mongo pulasse nele segurando uma banana de dinamite em cada asinha. A luta inteira durou menos de um minuto.

O Mongo de verdade gritou consternado ao assistir ao ataque suicida, mas Donut conseguiu manter o pet sob controle. Adicionamos a jogada ao nosso manual de estratégias e a chamamos de *Boom* Garoto. Contanto que eu conseguisse manter o estoque de dinamites em um nível saudável, aquele seria um ataque antichefão superefetivo.

Ao fim da luta, Donut chegou ao nível 16. Eu ainda estava no 18, mas quase no 19. Mongo chegou ao nível 11. Todos nós melhoramos um pouquinho nossas habilidades.

Quando nós nos viramos para retornar à vila, fora do vilarejo e logo depois do portão, vi um único ponto branco de um NPC e um grande grupo de X uma quadra acima. Enquanto observava, o ponto branco desapareceu vila adentro e voltou em seguida. Um novo X surgiu ao lado do NPC. Do outro lado da cerca, dentro dos limites da vila, estava um par de guardas. Fosse lá o que fosse aquilo, não deveria ser algo grave.

— Vamos ver o que está acontecendo.

— Isso está me cheirando muito mal — disse Donut, e Mongo grunhiu concordando.

Seguimos rua acima e fomos de fininho em direção ao NPC.

— Ah, Carl — murmurou Donut quando nós nos aproximamos. — Você sabia que ela estaria aqui?

— Não — falei. — Mas o sistema sabia que nós passaríamos por aqui.

Era GumGum, a orc. Observei enquanto a mulher enorme atirava outro corpo em uma pilha de cadáveres no meio da rua. Era uma massaroca de humanos, orcs, elfos e anões. Devia ter uns quinze deles, todos empilhados uns sobre os outros.

Tentei examinar um dos NPCs mortos, mas o sistema agrupou todos juntos.

Pilha de Meretrizes Mortas.
Nossa, pesou o clima, né?

Olhando de novo, percebi que todos os cadáveres eram do gênero feminino. Todas usavam roupas provocantes e estavam contorcidas e dobradas de uma forma estranha, como se tivessem morrido pelas mãos de um gigante, sendo torcidas feito um pano de prato. Uma delas, uma anã, sequer parecia ter a cabeça. A pilha inteira escorria de sangue enlameado.

— Então... — falei, dando um passo à frente. GumGum se assustou e virou em minha direção. — ... aqui está algo que não se vê todo dia.

— Aventureiros — cumprimentou ela, limpando as mãos na bata e manchando-a de marrom. — Torci para encontrá-los em seu retorno de hoje. Vi vocês deixando a vila essa manhã.

— E a sua forma de nos receber é com uma montanha de prostitutas pútridas? — indagou Donut. — Eu não sei de onde você vem, mas os eruditos de nosso tempo não usam mais cadáveres para quebrar o gelo. Da próxima vez, apenas traga um milk-shake para o Carl. Ele gosta de milk-shakes.

— Essas são as mulheres que eu encontrei hoje — disse GumGum. — Algo está matando-as, e não sabemos o que é. Também não sabemos quem são elas, não vieram de nosso vilarejo. Nós as achamos espalhadas pelas vielas todas as manhãs. A maior parte do sangue foi drenado de seus corpos. — Ela limpou as mãos na calça. — Mas não todo o sangue. Nós as empilhamos do lado de fora do portão, e os piquezinhos de rua dão um jeito. Mas encontramos novas todos os dias. Às vezes, é só uma ou duas, mas em outros dias, como na noite passada, é um monte. — GumGum respirou fundo, e percebi que ela estava se segurando para não chorar. — Isso não está certo. Os ornitocéus não se importam contanto que nós removamos os corpos. Os guardas não trabalham à noite. Mas elas são pessoas, e morreram, e eu não sei por quê. Podem me ajudar?

— Oh-oh — disse Donut logo antes de a notificação aparecer.

Nova Missão: As Profissionais do Sexo que Caíram do Céu.

Prostitutas. Garotas de programa. Damas da noite. As do *job*.

Não importa como você as chama, porque essas mulheres estão mortas. Mortinhas da silva. Todas as manhãs, mais delas aparecem espalhadas pelo vilarejo. Ninguém sabe quem são ou de onde vêm. Descubra o porquê.

***Recompensa:* Você receberá uma Caixa de Missão Prata.**

— Prata? — reclamou Donut. — Na última missão a caixa era ouro.

— Aquela lá envolvia elites e um chefão de cidade. Essa missão deve ser muito mais fácil — falei.

Eu me aproximei para examinar uma das mulheres mortas. Era uma humana, com feridas marcantes em seus ombros. De primeira eu quase não percebi, pois seu corpo todo tinha sido retorcido de forma que sua pelve foi virada ao avesso. A orc ao lado dela tinha as mesmas feridas. Todos os corpos pálidos pareciam brilhar na luz do dia que se esvanecia.

— Mordecai vai ficar uma fera — avisou Donut.

— Vamos ver o que podemos fazer — garanti a GumGum antes de voltarmos para o vilarejo.

Depois que passamos pelo portão, pensei no que Mordecai dissera na noite anterior. *Você não pode salvar todos eles.*

— Não se preocupe — falei para Donut assim que ficamos longe o suficiente para GumGum não nos escutar. — Tivemos um ótimo dia hoje, e não vou deixar tudo sair dos trilhos por causa de uma missão.

— Foi isso que você disse da última vez — retrucou Donut.

15

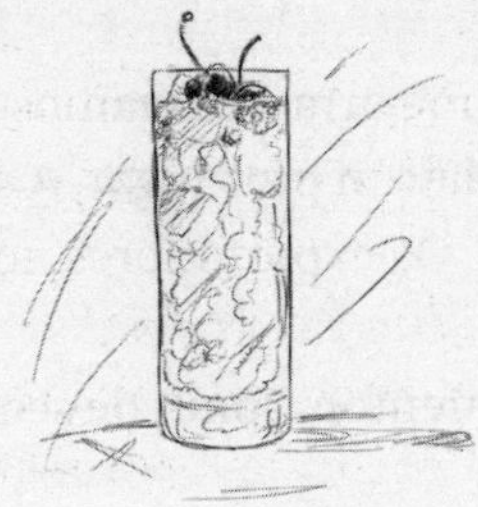

ENTRANDO NO CLUBE DOS PISTOLEIROS.

O PRIMEIRO SALÃO DO CLUBE BREGA E BARULHENTO ERA ABERTO AO público em geral. E estava lotado.

A parte externa do prédio parecia vir direto de Nova York nos anos 1920. Ele era cheio de colunas de concreto quadradas, decoradas com relevos em semicírculo de raios solares triangulares, no estilo de construção do Empire State. O clube tomava uma quadra inteira e subia uns seis andares acima. O logo neon em forma de adaga girava sobre nós.

— Esse lugar parece grande demais para esse vilarejo — comentei enquanto passávamos pelo segurança, um monstro de pedra que parecia entediado, e entrávamos no salão principal.

— Há dois clubes principais na Cidade Acima — disse Mordecai. — O dos Pistoleiros e o dos Conquistadores. Em geral, se você ganha acesso a um deles, não é permitido no outro. Este aqui é mais fácil de entrar. O Clube dos Conquistadores é mais um clube de campo no qual clérigos velhos se sentam em poltronas de couro, fumam cachimbos e, de vez em quando, contam piadas racistas. Esse lugar aqui é tipo a Las Vegas Strip misturada ao Mardi Gras de Nova Orleans e às discotecas dos anos 1970.

— Isso soa bem melhor — afirmou Donut.

Ela deu uma pequena balançada de pescoço antes de pular em meu ombro, e pude ver que a gata estava animada demais.

— Ah, acredite em mim: é sim — falou Mordecai.

— Quero experimentar um dos drinques favoritos da srta. Beatrice, o *Sex on the Beach* ou o *Long Island Iced Tea*. Ou aquele outro… como era mesmo, Carl? Ela sempre diz que é a kryptonita dela.

— Um *Dirty Shirley*.

— Esse mesmo. Eu quero provar.

— Gatos não bebem coquetéis — argumentei.

— E gatos também não atiram laser dos olhos, Carl, e olha só aonde chegamos. A mamãe aqui precisa de uma noite de folga.

Fomos seguindo Mordecai conforme atravessávamos o clube lotado. Vários NPCs e exploradores perambulavam pelo lugar. A sensação era de que todos os olhos estavam na gente. Os exploradores nos observavam. Os NPCs encaravam Mordecai.

— Mongo adoraria este lugar — lamentou Donut de seu pódio em meu ombro.

O dinossauro havia gritado furioso quando Donut lhe mostrara a caixa de transporte.

— É provável que ele gostasse, mesmo — falei, olhando para os seguranças com pele de pedra que estavam em pé nos cantos. — Mas nós não vamos descobrir.

— Essa primeira sala é exclusiva deste vilarejo — informou Mordecai. — Qualquer um dos habitantes pode vir aqui, sem precisar do passe. Exploradores que ainda não têm acesso aos clubes podem entrar nos salões para obter missões que dão a tatuagem de recompensa.

Nosso trio se aproximou de uma porta vermelha e cintilante ao final do salão. Ao atravessarmos, nos encontramos diante de outra porta em uma pequena antessala. Sentada à frente dela havia uma criatura com cara de réptil, um ser da mesma raça daquele explorador que carregava uma espingarda no episódio de retrospectiva.

Clarabelle — Crocodiliana — Nível 40.

Funcionária do Clube dos Pistoleiros.

Esse é um NPC não combatente.

Crocodilianos são uma raça semiaquática, sapiente e de pele grossa. Eles não costumam ser muito brilhantes, mas certamente são mais espertos que seus primos menores, os trogloditas. Eles costumam trabalhar com força bruta e ser milícias de organizações legítimas e não-tão-legítimas por todo o universo.

— Olá, Mordecai — cumprimentou Clarabelle. — Sabe que não consegue me enganar com um disfarce.

— Não é um disfarce se eu não tenho controle sobre ele — retrucou Mordecai, seco. Em seguida, um grande sorriso surgiu no rosto do guia e ele beijou a segurança nas duas bochechas. — Como está lá dentro?

— Morto. Mas tem mais gente do que noite passada — respondeu Clarabelle, que olhou para mim e depois para Donut. — Vi vocês dois no episódio de ontem. Onde está o bichinho de vocês?

— Mongo? — perguntou Donut. — Você sabe quem é o Mongo? Ele ficaria tão contente de conhecer uma fã! Ele está na caixa de transporte. Quer que eu o tire para você o ver?

— Não. *Não deixa* ele sair. Fico mais tranquila por vocês terem uma caixa, a sala dos pets está em manutenção. Não queremos outro incidente igual ao da noite passada. Vejo que vocês dois têm passes. O bar e a pista de dança estão abertos. O cassino ainda não está pronto, mas, se derem uma boa procurada, é possível que achem um jogo de cartas rolando. Abriremos ele dentro de alguns dias.

— Obrigado, Clarabelle — disse Mordecai, dando um tapinha no ombro da crocodiliana e atirando uma moeda de ouro para ela.

— Cacete — falei momentos depois, olhando pela sala assim que passamos pela porta. Eu tive que gritar para ser ouvido: — Isso aqui é considerado "morto"?

Devia ter por volta de duzentas pessoas de todos os tipos e tamanhos dentro daquela sala. Um som eletrônico tipo bate-estaca enchia a balada, e luzes que poderiam causar convulsões piscavam. O chão tremia. Fumaça subia de todos os cantos.

Mordecai fez um círculo no ar com o dedo, desenhando uma auréola sobre si mesmo. Uma bolha transparente se formou ao redor de sua cabeça, como se ele estivesse trajando o capacete terrestre da Zev. Ele fez um gesto pedindo para que eu fizesse o mesmo. Girei o dedo no ar e o círculo se formou, cobrindo minha cabeça. Donut repetiu o movimento, balançando a pata no ar.

Assim que a bolha se fechou, uns 95% da batida da música foi filtrada. Eu ainda podia escutá-la, mas nada mais era que um som ambiente. Olhei ao meu redor, e uma pequena porção dos frequentadores do clube também usava bolhas sobre a cabeça. Um novo som surgiu, e pude escutar que eles falavam entre si, como se estivéssemos em um café meio movimentado.

— Há alguns tipos de bolha de privacidade — explicou o íncubo. — Esta é a mais básica. Você pode falar com qualquer um aqui sem ter que gritar. A maioria dos clubes dá acesso a esse ou a outros feitiços parecidos.

— Que estranho — murmurei.

Cutuquei a bolha com o dedo e ela estourou, fazendo a música retornar, o que me assustou. Refiz o feitiço rapidamente.

— Este é o salão principal do Clube dos Pistoleiros — anunciou Mordecai.

Havia vários acessos para outras áreas, a maioria nomeada por placas neon flutuantes, todas na mesma fonte de um "bar ilegal dos anos 1920". O lugar todo me passava uma vibe retrofuturista tipo *Blade Runner*.

Das duzentas pessoas enchendo a pista de dança, a maioria era composta por NPCs, embora eu tenha visto alguns exploradores deslumbrados andando por ali. Meu mapa também mostrava alguns pontos brancos com a cruz em cima, indicando que havia algumas elites andando pelo salão.

— Esta sala existe em um plano separado da parte externa do clube — continuou Mordecai. — Funciona da mesma forma que a minha guilda. No momento em que você entra na área exclusiva, está na mesma sala que todos os outros membros, não importa por qual área do andar acessaram a sala. Assim, os exploradores que estão aqui vêm de todos os cantos da Cidade Acima. Porém, quando vocês saírem daqui, sairão pelo mesmo clube por onde entraram. Não dá para usar o salão como uma área de viagem rápida. Bom, não normalmente.

Nós nos aproximamos de uma das cabines, e os quatro elfos NPCs dentro dela se levantaram, estouraram as bolhas sobre a cabeça e foram para a pista, deixando a gente se sentar.

— A maioria desses NPCs é robô — informou Mordecai. — O clube sempre vai parecer cheio de gente, mas isso é uma ilusão. Se virem uma criatura jovem e bela ou musculosa e seminua, é bem provável que seja um robô. Não são NPCs de verdade. Você pode dançar com eles. Pode até transar com eles se tiver ouro. Mas não dá para ter mais que uma conversa rudimentar, além de que eles nem existem fora do clube. Quando um NPC ou um explorador entra por aquela porta, um desses robôs desaparece, e vice-versa.

— Que estranho — repeti, olhando ao redor.

Contei por volta de dez exploradores e três elites. Cada uma das elites conversava com exploradores. Senti o sangue ferver ao ver aquilo.

Donut pulou sobre a mesa.

— Como que você entrou aqui tão fácil? — perguntou ela para Mordecai. — Você também tem uma tatuagem?

O guia concordou com a cabeça.

— Eu ganhei um passe muito cedo — respondeu ele. — Todos aqui me conhecem.

Uma NPC de pele azul, que usava uma bolha de privacidade, veio até nossa mesa. Ela não tinha um nome ou um nível visível, seu título era só **Garçonete.**

— O que vão querer hoje à noite? — perguntou ela.

— Eu vou querer um *Dirty Shirley* — pediu Donut. — Mas precisa ser em uma tigela.

— Certamente, Vossa Alteza.

— Vocês têm bebidas da Terra? — indaguei.

— Claro, querido. Qual que te interessa?

— Traga uma garrafa de bourbon.

A garçonete ergueu uma sobrancelha.

— Esse pode ser um pedido de dez moedas ou mil moedas. Não é coberto pelo seu cupom de drinque.

— Vamos manter esse pedido na faixa das cinquenta moedas.

Ela concordou. Observei a fumaça que enchia o salão e brilhava na luz. O cheiro não era igual, mas senti uma comichão familiar dentro do peito.

— Pera, vocês vendem cigarros aqui?

— Mas de jeito nenhum! — interveio Donut. — Ele está proibido de fumar cigarros.

A garçonete fez que não com a cabeça.

— Vou ficar devendo, querido. Nós não temos tabaco da Terra. Porém, temos palitos de pisca. Quer que eu chame o boticário aqui?

Eu não fazia ideia do que era um palito de pisca, e a última coisa que eu precisava era de um novo vício.

— Não, tá tudo bem — falei, suspirando.

— Na verdade, quem é o boticário de plantão? — perguntou Mordecai. — É o Quint?

— Esse é o turno do Quint, sim.

— Pode chamar ele aqui — pediu Mordecai. — E eu vou querer uma jarra de Hidromel da Imperatriz.

— Pode deixar — disse ela, indo embora.

— Que merda é um boticário? — perguntei. — E um palito de pisca?

— Ah, ele só vende drogas — explicou Mordecai. — Fique longe dos palitos de pisca. São alucinógenos e altamente viciantes. Causam vício *mágico*. Você não vai querer lidar com isso.

— Então por que nós chamamos o boticário?

— Ele é um velho amigo — respondeu Mordecai.

— Estamos seguros aqui? — quis saber enquanto esperávamos.

— Este lugar não é uma sala segura, mas a segurança é boa. Porém, essa condição fica restrita nesta sala. O clube tem muitos recantos escondidos, e os seguranças não estão nas outras áreas, exceto pelo cassino.

Olhei para as placas neon que guiavam para as outras áreas. Três estavam apagadas, mas eu ainda conseguia ler. Em uma estava escrito **Cassino**, na outra **Campos de Caça** e, numa terceira, **Guildorama**. Nas placas acesas havia **Vadias, Parada do Pênis, Trampos, Rota da Seda e Banheiros.**

Havia uma nona porta, mas não tinha uma placa sobre ela. Mesmo assim, um monstro de pedra a guardava. Vi uma garçonete sair dali e percebi que aquela era a porta que dava para os fundos.

Quando vi as placas de Vadias e Parada do Pênis, pensei que elas levariam aos banheiros, até que li a verdadeira sinalização dos sanitários.

— E esses lugares ali, o que são?

— Vadias é a zona e clube de strip feminino. Parada do Pênis é a mesma coisa, mas para quem prefere homens. Não vá a nenhum deles, ainda mais neste andar. É pedir para ser esfaqueado. Além disso, os espectadores do programa costumam tirar sarro dos exploradores que entram aí.

De imediato, pensei na missão das prostitutas mortas. Mordecai só havia balançado a cabeça quando contei a ele e nos dito para a ignorarmos. A missão desapareceria assim que deixássemos o andar.

— ... Trampos é um lugar para conseguir missões — continuou Mordecai. — Elas costumam ter como objetivo o assassinato de NPCs ou algum tipo de assalto. A Rota da Seda é um mercado, iremos lá daqui a pouco. Guildorama tem as salas de diversas guildas de ladinos, assim como uma guilda de explosivos. Ali *há* guildas que já estão abertas neste andar, mas as mais especializadas só são liberadas depois, e por isso aquela seção ainda não está aberta.

— Peraí, o Clube dos Pistoleiros vai estar disponível nos andares mais profundos, tipo o quarto ou o quinto? E aquelas são mesmo escadas para os Campos de Caça?

— Sim, e exatamente — concordou o guia. — Mas será mais difícil de encontrar o clube no quarto e no quinto andar. Se entrarem nele, vocês se encontrarão de volta a esta sala, igual acontece com minha guilda. Aquelas escadas para os Campos de Caça vão se abrir quando chegarem ao sexto andar, que será muito maior do que este. Tem uma coisa interessante que acontece quando os exploradores chegam ao sexto. Explico depois.

Eu observei um grupo de três exploradores humanos ser levado para a sala das Vadias por uma elite com cabeça de elefante que tinha por volta de dois metros de altura. Tive vontade de me levantar e gritar para que se afastassem do NPC e da sala, mas a garçonete voltou com o boticário a tiracolo.

A mulher colocou as bebidas na nossa frente. Recebi um copo e uma garrafa que, de maneira suspeita, estava sem o rótulo. Donut ganhou uma tigela com um drinque de vodca vermelho brilhante, com três cerejas em calda flutuando dentro. A gata o farejou e fez uma careta.

Mal dei atenção às bebidas. Em vez disso, fiquei encarando Quint, o pequeno traficante flutuante.

A parte superior dele era de um gambá de dentes pontiagudos e olhinhos brilhantes. A parte de baixo era de um gênio rodopiante, como se aquela metade estivesse sendo engolida por um pé de vento, que descia em espiral em direção ao chão. Eu podia sentir o vento do pequeno ciclone. Diferente da garçonete, Quint tinha descrição.

Quint — Meio-Djinn, Meio-Carranca do Lixão — Nível 75.

Boticário do Clube dos Pistoleiros.

Esse é um NPC não combatente.

Meios-djinns são comuns nos Campos de Caça e em outros andares florestados de *Exploradores do Mundo Masmorra*. Ninguém sabe ao certo porque há tantos híbridos de djinns por aí, mas uma teoria sugere que um palavrão em uma hora inoportuna pode ser a causa da explosão populacional. Essa tese propõe que a pessoa em controle da lâmpada de um djinn e dos três desejos um dia gritou: "Essa floresta fodida", ou "Esse andar fodido", ou ainda "Seus fodidos", ou outra estrutura parecida, e o gênio escravizado tomou aquilo como desafio. O resultado é que há milhares de criaturas meios-djinns, meio-animais da floresta espalhadas pela masmorra. Apenas algumas são inteligentes. Menos ainda são sãs. Todas são filhas da mãe perigosas.

Dizem que, se você matar muitas delas, o pai pode vir te procurar.

— Perdi a conta dos anos, véi — disse Quint, olhando Mordecai de cima a baixo. Ele tinha uma voz estranhamente grave e rouca, como se fosse um pré-adolescente forçando demais a voz do Batman. — Achei que cê tinha sido liberado muitas temporadas atrás. Fiquei triste por não ter vindo dar tchau.

— Olá, Quint — cumprimentou Mordecai. — Estou na função de agente. Esta é a Princesa Donut, a minha protegida, e este outro rapaz é o Carl, que está na equipe de Donut.

— Satisfação em conhecer cês dois. Mordecai era um dos meus melhores clientes lá no começo. Então virou agente, é? Que sorte, tô até com inveja. Seria legal ser imortal, para variar. — Ele parou e olhou para o ar. — Ah, fecha a matraca, não tô falando nada que eles já não saibam — reclamou o gambá.

— Quint é um ex-explorador como eu — explicou Mordecai. — Foi ele mesmo quem escolheu essa raça aí. Ele era de um... mundo orc, certo? Eu não lembro. Calma, não responda. Não quero que você tenha ainda mais problemas com a IA.

O traficante balançou sua cabeça de marsupial.

— Te falar, viu? Ser agente é um trampo bom. Nada de IA fungando no teu pescoço. — Ele olhou para cima outra vez. — Porque tem vezes que essa babá é uma vaca. — Quint apontou com a garra para meu peito. — Cês nem pensem em fechar um acordo no décimo andar, ouviram? Se eu pudesse fazer tudo de novo, teria me esforçado para chegar no décimo primeiro. E essa aí, a bonitinha — disse ele para Donut —, cê conquistou o agente mais sabichão do jogo todo. Escuta o que ele diz, viu?

Donut olhou para Quint com os olhos cerrados.

— Quem é você mesmo? E por que está flutuando? — indagou a gata, que depois olhou para mim. — Carl, isso aí é um tamanduá falante?

Ah, merda.

— Você deu duas lambidas nessa bebida e já está bêbada? — perguntei, examinando as propriedades de Donut.

— Eu não gostei dessa coisa. Só comi as cerejas. Vodca é nojento — respondeu a gata, que em seguida se agachou e lambeu mais um pouquinho do drinque. — Eu não estou, de forma alguma, bebendo essa bile.

Ela tomou mais um pouquinho.

— Não se preocupe. Quint tem a poção certa para tirar ela desse ciclo — disse Mordecai. — Não tem?

— É pra já, parça — afirmou Quint. — Precisam de mais alguma coisa? O menu é o mesmo de sempre. Meus preços são mais elevados que o daqueles zé na Rota da Seda, mas é porque aqui o produto é de qualidade.

— Seus produtos são melhores, é verdade — concordou Mordecai. — Porém, o Carisma de Donut é 76 e ela é de uma classe mercadora, o que significa que lá vamos comprar a um quarto do preço que você vende. — Mordecai, o eterno palestrinha, se virou para mim e disse: — Bônus de Carisma não funcionam com meio-gênios.

— É djinn. Gênio não, véi — censurou Quint. — Cê sabe que isso aí me magoa.

— Me diga uma coisa — falou Mordecai —, você ainda vende Kits de Iniciante? E estaria aberto a fazer uma troca?

Os olhinhos brilhantes de Quint ficaram ainda menores.

— Vendo, sim. Mas não tava esperando alguém ter esse tipo de grana antes do quinto ou do sexto andar. O que cês tem para oferecer assim tão cedo?

Sem demora, Mordecai me enviou uma mensagem privada. Logo em seguida, dois garrafões de Aguardente Rev-Up apareceram sobre a mesa. Eu os usava muito em batalha, mas já tinha reservado um estoque para venda. Ainda tinha vinte e três jarros guardados, não incluindo os dois em cima da mesa. Assim como mais dez Explojarros prontos dentro do inventário.

— Tá de zoeira! — exclamou Quint, farejando a garrafa. — Aquela vaca da Krakaren disse que não ia fazer mais nesta temporada.

— Eles *estavam* produzindo mais — disse Mordecai. — Carl e Donut são a razão de terem parado. Eles têm o último lote.

Aquilo não era verdade verdadeira. Pelo menos outro explorador, em algum lugar, conseguiu pôr as mãos em um pouco de aguardente. Não recebi mais royalties depois das primeiras poucas moedas, mas aquilo indicava que alguém tinha achado alguns garrafões e feito Explojarros.

— Quatro garrafas, e negócio fechado — disse Quint.

— Nós te daremos três, e você também vai me dar uma poção para fazer o mundo parar de girar — disse Donut, zonza. Eu nem tinha percebido que ela estava prestando atenção. — Minha nossa, Carl. Acho que vou vomitar. Você não me avisou que ia ser assim — reclamou, bebendo mais um pouco e depois rosnando para a tigela.

— Negócio fechado — disse Quint.

— Peraí, que droga é essa que estamos comprando? — perguntei.

— Um Kit de Iniciante — respondeu Quint. — É uma maleta cheia de tudo que você precisa para começar seu império medicinal particular. Cê vai dominar o tráfico dessa masmorra, parça. Só não venha vender na minha área.

Ele fingiu atirar em mim, fazendo arminhas com os dedos.

— Confie em mim — pediu Mordecai. — Não estou comprando tudo isso por brincadeira. Estou organizando uma coleção de suprimentos para vocês.

— Precisam da bancada também? — questionou Quint enquanto fazíamos a troca.

Ele tinha um inventário de vendedor parecido com o meu. A maleta era, na verdade, um grande baú, e tive que tirar os garrafões do caminho para que o meio-djinn o colocasse sobre a mesa. O recipiente estava cheio de produtos químicos e ervas. Mordecai o abriu e começou a vasculhar.

— Bancada de Alquimia? — perguntei. — Já temos uma.

— Como quiser. Precisam de mais alguma coisa? Um passarinho me contou que cês tão querendo tabaco da Terra. Eu não tenho comigo nesse momento, mas posso dar uma procurada.

— Ei — chamei o gambá —, sabe o que aconteceu na noite passada? A segurança disse que aconteceu alguma coisa com um pet?

— Ah, é — disse Quint. — Foi doideira. Uma mulher veio aqui, era uma exploradora também. Não consigo lembrar o nome da raça dela, mas era uma coisa que eu nunca tinha visto antes. Era tipo humana, mó gata, mas com uma perna de bode. Mas, então, ela tinha dois cachorros, colocou os dois na creche e os bichos surtaram. Aqueles monstros mataram dois atendentes e outro pet, depois escaparam para a pista de dança, mordendo tudo e rosnando pra todos. Os seguranças agiram, mas a dona dos cachorros usou um feitiço que congelou a sala toda. Nunca tinha visto uma exploradora usar no terceiro andar uma magia tão poderosa daquele jeito. Daí, enquanto a sala estava paralisada, ela roubou algumas garrafas de tequila de detrás do balcão e os cachorros dela roeram mais alguns dançarinos. Depois, a exploradora pegou uma maça do inventário e esmagou os miolos de um gnoll elite que tinha falado com ela. Ainda bem que ela não matou nenhum dos seguranças. Cês deviam ter visto como esse lugar ficou depois. A creche dos pets vai ficar fechada por uma semana. A moça conseguiu escapar, mas não vai voltar. Anularam o passe dela, graças aos deuses.

— Eita, porra — falei. —, essa aí era a Lucia Mar.

— Esses cachorros parecem horríveis — exclamou Donut com a voz arrastada. — Rottweilers filhos de uma cadela. Quase tão ruins quanto os cocker spaniels. Eles se acham tão espertos.

Mas que droga, Donut.

— Não fale assim — avisei ela.

— Não vi raiz de brin aqui — comentou Mordecai, com a cabeça ainda dentro do baú.

— Pois é, é difícil de achar — disse Quint. — Coloquei dois frascos de seiva de bujold para compensar. É mais estável, de qualquer forma.

Mordecai resmungou e fechou o baú. Então acenou, e eu tirei o terceiro garrafão do inventário. Os itens desapareceram assim que eu guardei o kit no inventário. Uma Poção de Mata Porre surgiu, junto de três palitos de alcaçuz.

— Isso aí é por conta da casa — disse Quint, sorrindo e apontando para os palitos. — Não é tabaco da Terra, mas cê pode dar uma provada.

Palito de Pisca.

É tipo um doce, só que para a mente. Ao comer isso, a Inteligência subirá em 5 pontos temporariamente. Ao fumar, há 15% de chance de a Inteligência aumentar permanentemente em 1 ponto.

Pode ser que tenha um ou dois efeitos colaterais. Ou três.

Antes que Mordecai pudesse se opor, guardei os palitos no inventário. Não tinha a intenção de usá-los, mas nunca se sabe quando eles poderiam ser úteis.

Donut tomou a Poção de Mata Porre e ficou sóbria imediatamente. Ela olhou pensativa para a tigela ainda cheia pela metade do *Shirley Temple* alcoólico. Eu puxei o drinque para longe do alcance dela.

Por um momento, a gata pareceu que ia reclamar, mas então ela arrumou a postura.

— Carl, Carl, acabei de receber uma notificação. Disseram que eu posso abrir a minha Caixa de Fã!

— Está bem, vamos fazer isso quando terminarmos por aqui — falei.

No momento seguinte, recebi a mesma mensagem.

Mordecai e Quint papearam um pouco mais, mas era perceptível que aquela conversa podia já ter encerrado para o guia. A verdadeira razão de ele querer ir ao clube era óbvia. O íncubo estava coletando uma quantidade exorbitante de ingredientes para poções, tudo em preparação ao quarto andar, onde conseguiríamos montar a Bancada de Alquimia.

Deixei o copo de lado e bebi direto da garrafa de bourbon barato quando Donut estourou a bolha antirruído e foi para a pista de dança. Os NPCs robôs riram e bateram palmas ao ver a pequena gata pulando pelo chão. Um grande NPC ogro saltitou ao seu redor e ela subiu em seus ombros, e ele girou os dois pela pista durante um bom tempo, ambos rindo histericamente.

Mordecai e eu ficamos assistindo, sem dizer qualquer coisa, até eu quebrar o silêncio:

— Por que você ficou tão furioso quando Donut te escolheu como nosso agente? Somos tão ruins assim?

A princípio, ele não respondeu, só encarou a própria bebida.

— Não é por causa de vocês — concluiu o guia, por fim. — É complicado. Quando terminar meu tempo como agente, ainda serei liberto. Receberei o auxílio do Sindicato e cruzarei o universo.

Senti um alívio. Eu não percebera até ele tocar no assunto, mas andava mesmo pensando que nós poderíamos ter, sem querer, sabotado os esforços dele para se libertar.

— Mas isso teria acontecido de qualquer jeito — argumentei.

— Eu sei — disse Mordecai, olhando para mim com um sorriso triste. — Como disse, é complicado e não tem nada a ver com vocês dois.

— Aquele cara disse que você se tornou imortal. Isso é verdade?

— Mais ou menos. Sabe aquela armadura ridícula que Zev usa toda vez que vem visitar? Isso acontece porque não há proteção para funcionários nos primeiros três andares. Ninguém sabe o porquê. É provável que seja uma forma de reduzir custos. Porém, no quarto andar, a proteção sistêmica começa a funcionar. Não para vocês, claro. Para os empregados e os turistas, incluindo alguns NPCs específicos, como os agentes.

— Então é como se você sempre estivesse em uma sala segura?

— Não — respondeu Mordecai. — Em salas seguras, a pessoa é protegida de ataques e o atacante é punido. Não deixam ela se ferir. Essa proteção sistêmica é diferente, tanto pior quanto melhor. Pior porque a pessoa ainda pode ser ferida, sentir a dor e até morrer. Melhor, porém, porque quando ela morre sob proteção do sistema, não perece de verdade, só é tirada do jogo. O corpo é transferido para fora da masmorra. Antes, como um mestre de guilda, eu não receberia qualquer tipo de proteção. É parte do trato. Também não estou em segurança aqui nem durante o resto deste andar. Porém, no quarto andar, agentes como eu recebem o pacote de proteção. É a mesma coisa que os turistas que jogam Guerra de Facções vão usar no nono andar. Ainda posso morrer, mas não morrerei de verdade, só estarei fora do jogo. Assim, no que diz respeito à Donut e a você, minha imortalidade é irrelevante.

— Mas por que os agentes são protegidos e os guias, não? Isso não faz sentido. Pensei que seria o oposto.

Ele deu de ombros.

— Nas primeiras exibições do programa era permitido que agentes lutassem ao lado de seus protegidos. Os agentes que morressem nas batalhas ficariam disponíveis no andar seguinte. Isso só durou uma temporada ou duas. Então, se eu morrer como agente, minha participação na temporada terá acabado e, contanto que Donut chegue ao quarto andar, minhas obrigações com o jogo também. Estarei livre para ir embora. — Mordecai respirou fundo. — Eles não protegem outros NPCs, como mestres de guildas ou vendedores. De novo, é um tipo de corte de gastos. Há muitos de nós, e deles. Acredito que alguns chefões também sejam protegidos, porque às vezes os exploradores encaram versões mais poderosas deles depois. Mas é só.

Puts.

— Então, quer dizer que você pode se jogar na frente de uma escava-covas no próximo andar e estará livre?

— Exato — respondeu Mordecai. — Mas não se preocupe. Eles dão muitos incentivos para não fazermos isso. Quanto mais a Donut sobreviver, mais eu ganharei. Está escrito nas regras. A remuneração que receberei como mestre de guilda é praticamente nada. Como agente, ganharei muito mais. Quanto melhor vocês se saírem, mais dinheiro eu receberei quando estiver livre. Cada andar após o nono resulta em uma quantidade obscena de créditos.

Ele suspirou, olhando para Donut. A coroa roxa dela brilhou na luz da pista de dança.

Pensei de novo na minha primeira pergunta. *Por que ele ficou tão bravo em ser escolhido como agente, então? E por que Odette sabia que ele não gostaria daquilo?* Havia algo ali que eu não estava pegando, algo importante, mas pude perceber que Mordecai não falaria mais nada. Não ali, naquela hora.

— Vamos checar a Rota da Seda — disse ele, de repente. — O episódio está prestes a começar, e eles vão parar a música. É melhor nós estarmos bem longe daqui quando a segunda metade do programa começar, porque, se mostrarem vocês nele, os robôs virão iguais a um enxame pedindo para dançar e receber autógrafos. Se isso acontecer, nunca vamos conseguir tirar a Princesa Donut daqui.

16

A ROTA DA SEDA ERA ORGANIZADA COMO UMA FEIRA DE RUA. E SE TRAtava de um salão longo e quase vazio com uma única fileira de barracas. Uma seleção eclética de itens se encontrava sobre as mesas, mas havia espaço para mais cinco ou seis corredores de estandes.

— Esta sala será replicada no próximo andar — informou Mordecai ao entrarmos.

Donut estava em meu ombro, balançando a cabeça no ritmo da música que ainda pulsava pelas paredes.

— Logo, logo, tanto este mercado quanto o do andar abaixo estarão lotados de vendedores — continuou Mordecai. — Mas, por enquanto, não há muitos aqui.

Passamos por barracas que vendiam poções pretas borbulhantes e itens mágicos redondos, chamados de Escudos-Aranha, que custavam duzentas mil moedas de ouro. Havia uma grande mistura de raças entre os estandes ativos, de pequenos goblins até grandes seres encapuzados com quatro pares de garras de caranguejo.

Havia uma barraca sozinha nos fundos da sala rodeada por cinco ou seis espaços vazios. Quando nos aproximamos, soube na hora o que ela vendia. Várias notificações surgiram sobre os itens em suas mesas.

— Geralmente há um estande de tamanho duplo vizinho a este aqui, mas ele não aparecerá até o quarto andar. São eles que vendem suprimentos para fazer armadilhas. Nesse meio-tempo, queria mostrar para vocês a existência dessa barraca — disse Mordecai. — A proprietária é um pouco excêntrica, mas é inofensiva. Preciso de quinhentas moedas para ver o que o alquimista tem disponível enquanto vocês dão uma olhada aqui. — Ele fez uma pausa antes de ir embora. — Vocês dois têm que causar uma boa impressão nessa mulher, pois ainda se verão muitas vezes.

A loja era chamada **Hobgobs e Kabums**. Examinei a proprietária.

Pústula — Hobgoblin — Nível 30.

Ela era a primeira hobgoblin viva que eu via cara a cara. Tinha quase um metro e oitenta de altura e parecia muito com o exemplo de hobgoblin que eu vira na seleção de raça: um goblin grande e musculoso que entrou duas vezes na fila da feiura. Ela tinha uma ferida aberta na bochecha que borbulhava uma gosma preta e verde. O pus escorria do rosto e sobre o ombro, manchando sua camiseta, que era rosa, esfarrapada e com a estampa de um unicórnio de óculos escuros. A mulher fedia a podridão e doença. Engoli em seco. Ainda carregava a garrafa de bourbon e dei um gole para tentar tirar o cheiro da minha cavidade nasal.

— Carl — sussurrou Donut —, ela é feia. Tipo, muito feia.

— Ela também tem uma audição excelente — comentou a hobgoblin, com uma voz surpreendentemente feminina, e eu fiz uma careta. — Estão procurando por explosivos hoje?

As mesas dela continham várias caixas de dinamite goblinoide e hobgoblinoide, além de bombas de fumaça, detonadores e várias rebimbocas que eu ainda não conhecia, como explosivos chatos feito tapiocas que funcionavam como uma mina terrestre Claymore. A capacidade e a estabilidade daquelas minas eram impressionantes, mas elas custavam cinco mil de ouro cada.

Pústula também vendia barris de pólvora e outros produtos químicos, dos quais nós já tínhamos de sobra. A caixa de dinamites goblinoides tinha vinte e cinco unidades e custava quinhentas moedas. As hobgoblinoides eram vinte por duas mil moedas, o que era um roubo.

— Duas perguntas: você vende explosivos menores? De preferência em formato esférico? E mais, tem bombas de fumaça que prestem?

Ela riu.

— Sim para as duas perguntas, mas eu não tenho tudo em estoque hoje. As bombas de fumaça dos goblins são uma merda. Eles não entendem a química por trás, então o resultado é um monte de fumaça paçocada em um pequeno cone com curta duração. Elas até funcionam bem em lugares fechados, mas, se houver qualquer corrente de ar, mais vale arriar a calça e apontar o pau para ela.

A vendedora riu de sua própria piada sem graça. Havia uma dose de loucura naquela risada e, de repente, me senti desconfortável.

— Uma cortina de fumaça hobgoblinoide é muito melhor e não é cara, mas eu não as tenho em estoque no momento — continuou Pústula. — Mas tenho bombas redondas, as Hob-Lanças, que podem ter encantamentos de impacto ou ser de pavio. Hoje, só tenho uma caixa das de pavio. A capacidade é de um oitavo de uma dinamite hobgoblinoide, ou meia goblinoide. Elas são fortes como um coice, se estiver interessado. Uma vez assisti a minha mãe arrancar a cabeça de um rato almiscarado vorpal com os dentes. Ela disse que fez isso para dar uma lição no chefe de guerra, mas tenho certeza de que a razão foi outra.

Ela adicionou essa última parte sem qualquer pausa, como se fosse parte natural daquela conversa.

Donut: CARL, ESSA MULHER É LOUCA.

Decidi que era melhor ignorar o que ela dissera por último.

— Está bem, e "encantamento de impacto" é exatamente o que parece? — perguntei.

— Isso mesmo. Perigosas de usar, mas os hob-lanços de lanças as usam quase exclusivamente. É só não derrubar que elas são bastante estáveis. As de pavio funcionam como as dinamites de hobgoblin. Bastante estáveis e resistentes ao impacto. Você só tem que acender o pavio e atirar. Como disse, tenho uma caixa delas, vinte e cinco por quinhentas moedas.

Mandei uma mensagem para Donut na conversa de equipe.

— Qual é o melhor preço que podemos conseguir na caixa de Hob-Lanças e duas caixas de dinamite goblinoide comum? — perguntou Donut. Ela pulou de meu ombro e pousou sobre a mesa. — Além disso, voltaremos daqui a um dia se você prometer trazer algumas dessas cortinas de fumaça.

— Bom, duas caixas de dinamite goblinoide e a última de Hob-Lanças seriam mil e quinhentas moedas de ouro — informou Pústula com amabilidade. — Desculpe se o preço é *feio* demais para você.

— Ah, querida — disse Donut. — Acho que começamos com o pé esquerdo. Seria um prazer te conhecer melhor.

— Por mim, tudo bem — concordou Pústula. — Não queremos ninguém focando demais em pés aqui.

Donut me olhou de canto de olho.

— Acho que é um pouco tarde demais para isso. Mas nós queremos comprar seus produtos. Também acredito que compraremos na sua loja com frequência, então gostaria muito que pudéssemos ser amigas.

— Amigas? — repetiu Pústula. — Eu era amiga de Tiff. O rato almiscarado.

— Sim, amigas — respondeu Donut. — Só espero que sua mãe não tente arrancar minha cabeça com os dentes.

— Ah, ela morreu. Foi por causa desse rato almiscarado vorpal. Não dá para morder a cabeça de um deles sem morrer um pouquinho no processo.

A partir disso, passamos um tempo pechinchando. Donut não tinha o desconto extra automático que vinha com a classe magnata do Artists Alley, mas o Carisma dela ainda foi o suficiente para convencer a hobgoblin a diminuir o valor do lote para mil moedas.

Depois que finalizamos a transação, peguei um dos Explojarros do inventário e o coloquei sobre a mesa.

— Só por curiosidade, quanto você daria em um desses?

Pústula o pegou e examinou com cuidado.

— Bela invenção — elogiou ela.

A hobgoblin esfregou os lados do garrafão e soltou um pequeno gemido que eu não consegui decifrar. Depois, trouxe o objeto perto do rosto e o lambeu. Olhei para Donut e, sem fazer som, articulei com a boca um "Mas que porra?".

A vendedora voltou a ficar séria logo em seguida.

— Seu custo em material é alto demais. Se usasse um catalisador diferente, o efeito não seria tão quente, mas o custo de fabricação diminuiria em 90%. Se você vendesse só os garrafões de aguardente sem nenhuma alteração, conseguiria muito mais.

— Quanto ele vale do jeito que está?

— Eu provavelmente conseguiria vender um por sete mil e quinhentas moedas. Posso dar a metade disso. Está pensando em vender?

— Não agora — falei, pegando o jarro de volta. Tive que resistir à vontade de limpar a trilha de baba na lateral dele, mas era bom ter um valor de referência para meu inventário. — Obrigado, assim mesmo. Foi bom te conhecer.

— Vou trazer mais coisas para vocês amanhã — avisou Pústula enquanto nós íamos em direção à saída. — Tomem cuidado com os meteoros!

— Ela não é tão ruim assim — comentou Donut. — Só precisa tanto de um dermatologista quanto de um psiquiatra. Nem consigo dizer como estou aliviada por você não ter escolhido a raça dela.

— Audição *excelente* — gritou a vendedora de sua barraca a uns quarenta metros de distância.

— Nossa — murmurou Donut, olhando por cima do ombro. — É de se pensar que alguém que vive de explodir as coisas seria surdo.

Peguei uma Hob-Lança do inventário. Ela era um pouco menor que uma bola de beisebol, mas densa e pesada.

— Droga — reclamei. — É grande demais para o estilingue.

— Ninguém gosta do seu estilingue idiota, Carl — zombou Donut.

— Com sua Força atual, é provável que consiga atirar isso mais longe do que com o estilingue, de qualquer maneira — disse Mordecai ao voltar a nos acompanhar, me entregando um monte de ervas e frascos. — Isso é o que os hob-lanços de lanças fazem. Eles são o equivalente hobgoblin dos bombardos.

Saímos do mercado e atravessamos a pista de dança depressa. Naquela hora, o episódio de retrospectiva estava passando, e todos os festeiros estavam sentados no chão, assistindo à tela. Todos ficaram muito quietos, e a cena era desconcertante. A sala seguinte, a dos moradores do vilarejo, também exibia o programa, e um punhado de exploradores observavam os NPCs seguirem com suas vidas, fingindo que não havia nada passando na tela.

— Vão na frente — comentou Mordecai, de olho no bar. — Logo alcanço vocês.

— Você vai nos alcançar querendo ou não assim que a gente voltar para a taverna — falei.

— Eu sei. Mas eu não gosto de perder qualquer parte do programa. Às vezes eles escondem detalhes importantes lá. Vejo vocês na taverna. Vão direto para lá.

Saímos para a noite. A escuridão tinha tomado conta da cidade, e os guardas haviam desaparecido. Ainda assim, não era muito tarde, e as ruas estavam movimentadas. Um vendedor de rua tinha debandadores, os monstros em forma de barata, espetados no palito para vender. Aquilo me fez pensar no nosso primeiro chefão, a Acumuladora. Parecia ter sido a uma vida atrás. Ornitocéus voavam sobre nós, enchendo o céu, e música vazava das portas abertas de diversos bares.

Ainda assim, as vielas estavam um breu. De vez em quando, eu conseguia ter um vislumbre de ponto vermelho no meu mapa. Donut disse que a maioria deles era de tamanho pequeno, e talvez fossem ratos. Mesmo assim continuamos andando no meio da rua.

O Narval Caolho só ficava a umas poucas quadras de distância. Não precisávamos dormir lá outra vez, mas eu gostei da pouca movimentação do lugar, comparando a outras estalagens. Se nós nos apressássemos, conseguiríamos assistir ao final do episódio, e eu queria saber se iriam mostrar a Lucia Mar e seus cachorros detonando o clube de dança. Queria muito ver aquilo.

— Já pode sair, Monguinho — disse Donut, soltando o pet na rua. Ele surgiu em nossa frente com um *pop*, como quando a Zev se teletransportava para a masmorra. — Sentiu falta da mamãe? Porque a mamãe sentiu a sua falta!

O dinossauro rugiu, furioso, e saltou algumas vezes no lugar, sacudindo os braços.

— Ah, esquece isso — falei para ele.

Tirei um Biscoitinho Pet do inventário e atirei para ele, que o pegou no ar. Mongo fez um som de rosnado enquanto mastigava, mas percebi que havia conseguido aplacar sua raiva. Depois, ele passou a andar à minha direita quando Donut pulou em meu ombro.

— Ele é muito bem treinado — comentei com a gata. — Você fez um bom trabalho.

— Claro que fiz, Carl — retrucou Donut. — Afinal, sou um produto dos concursos de beleza. Tenho muita experiência em observar o que funciona e o que não serve quando o assunto é ensinar obediência. Talvez, quando tudo isso acabar, eu possa ditar um livro no assunto. Você poderia digitar ele para mim. Isso me lembra que Zev e eu estávamos pensando em escrever novos episódios de *Gossip Girl* desde...

E foi aí que Mongo urrou furioso e partiu como um dardo para uma viela escura.

— Mas que droga, Mongo! — gritei ao me virar para ir atrás do dinossauro. — E você fique quieta aí! — falei para Donut ao entrarmos na viela. — Não saia correndo na frente.

— Mongo! Mongo! — gritou Donut enquanto avançávamos.

Ela invocou seu feitiço Tocha, e a luz flamejante subiu no ar, iluminando a passagem deplorável. Era mais como uma rua secundária do que uma viela, na verdade, mas várias tributárias saíam dela, e Mongo entrara em um desses recantos menores. Lá, um grupo de pontos vermelhos era indicado junto ao X de um cadáver.

Merda, merda.

Também senti cheiro de fogo e do que parecia carne queimada.

Passamos por duas latas de lixo fedorentas. À nossa frente surgiram quatro silhuetas: três voadoras, flutuando acima do chão. A quarta era um humanoide alto e magro, que estava com uma mão apontada para o ar, queimando enquanto erguia fumaça, a fonte do cheiro. Mongo grunhiu e foi em direção da criatura mais alta.

Também pude ver o cadáver. Era GumGum, a orc. O peito dela fora aberto com um rasgo.

As criaturas voadoras eram cabeças femininas flutuantes, com um longo cabelo que ondulava como se elas estivessem debaixo da água. Os órgãos restantes das criaturas estavam pendurados de forma precária a partir do buraco do pescoço, tudo conectado pelas fibras flácidas e molhadas dos nervos, artérias e outras vísceras. Sangue escorria livremente. Aquelas três criaturas assustadoras gritaram ao ver a luz de Donut e giraram, se contorcendo para subir ao céu noturno, num movimento de saca-rolhas enquanto uivavam feito almas penadas, balançando logo abaixo de si os intestinos e pulmões pendurados.

Elas sumiram na escuridão, mas não antes de sua descrição aparecer:

Krasue — Nível 16.

Puta merda! Essas coisas são assustadoras! Quem que inventa essas porcarias?

Supostamente as cascas mortas-vivas de mulheres que viveram uma vida em pecado, as krasue perambulam por locais escuros escondendo suas verdadeiras formas horrendas. Elas são vorazes e bebem o sangue dos desavisados. Em outras palavras, essas criaturas são cabeças voadoras que também são vampiras. *E* elas andam com os órgãos por aí porque... bem, ninguém sabe o porquê. Deve ser só porque é muito nojento.

É possível matar a cabeça e os órgãos pendurados para espantá-la, mas esse tipo de monstro não morre de verdade até que o resto do cadáver seja encontrado e destruído. Também não é possível ganhar experiência por matar uma delas até que ela esteja morta *morta*, e não só morta.

Atenção: Esse é um monstro de classe fantasma. Ele só pode ser ferido com magia ou itens mágicos.

Mongo guinchou e saltou na silhueta que sobrou, a da mão flamejante, mas o ser desapareceu em um estalo...

... e ressurgiu bem na nossa frente.

— A batalha final está aqui! — esganiçou a criatura, um elfo, com a voz falhada. Ele gargalhou, e a fumaça parou de sair de sua mão. — Vocês podem ter assustado as krasue, mas não farão o mesmo comigo! Treinei a minha vida inteira para este momento! Usei de magia das trevas para atrair seu familiar para minha armadilha! Carl e Donut, seus blasfemadores! Preparem-se para sentir o gosto da morte eterna! — As mãos dele começaram a brilhar em vermelho. — Observem enquanto eu...

Chutei as bolas dele ao mesmo tempo que Donut atirou um Míssil Mágico em seu pescoço. A cabeça do elfo foi arrancada no instante em que ele foi tirado do chão. Senti o meu pé esmagar os testículos e fraturar sua pelve. Sem cabeça, o elfo morto subiu feito um foguete e se espatifou no chão em um monte retorcido, nos cobrindo de sangue. A cabeça saiu quicando feito uma bola de futebol murcha até parar na frente de Mongo, que a pegou e começou a chacoalhar como se fosse um brinquedo.

Por um bom tempo, nem Donut nem eu falamos qualquer coisa. Devagar, virei a cabeça para olhar para a gata.

— E quem que era esse? — perguntei.

17

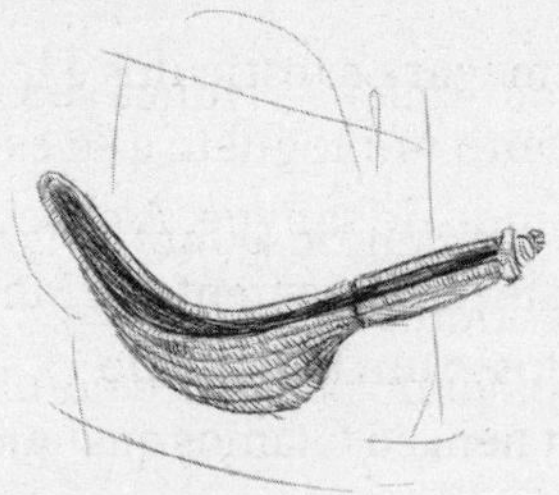

EXAMINEI O CADÁVER DO ELFO. QUERIA TER FEITO ISSO ANTES DA LUTA, pois o sistema dava muito menos informação depois que os inimigos morriam.

Cadáver Saqueável. Vicente. Elfo da Cidade — Nível 16. Morto pela exploradora Grande Campeã, a Melhor das Masmorras, Princesa Donut, com assistência do explorador Segurança Real, Carl.

— Ha! — exclamou Donut. — Ganhei o crédito pela morte.

— Bem, você arrancou a cabeça dele. Eu só o chutei nas bolas.

— Pois é, isso não foi muito másculo da sua parte, Carl. Achei que chutes no saco fossem tabu entre os homens.

— Não é algo que eu farei um hábito — respondi. — Mas que funciona, funciona.

Zev: Pois é, Carl. É melhor evitar isso, alguns dos espectadores fizeram comentários zombando você.

Carl: Cacete. Não quero lidar com o que a corja anda falando também.

Donut: TENHO CERTEZA QUE A IA DO SISTEMA GOSTOU.

Vicente, o elfo da cidade, tinha quase mil e quinhentas moedas de ouro em seu inventário. Além disso, ele dropou só mais um item, um pergaminho que Donut saqueou. Era para um feitiço chamado Ganchos de Carne, que ele usara para atrair Mongo para a viela.

— Sabia que ele era um bom garoto — disse Donut. — Ele foi invocado, não deu para evitar!

Mongo, que ainda mastigava a cabeça do elfo, fez um grunhido concordando. O feitiço invocava todos os monstros carnívoros de classe pet da região, na direção do cheiro de queimada e para longe de seus donos.

— É melhor você guardar esse aí — falei. — Nunca se sabe quando pode precisar.

— Ele sabia os nossos nomes — comentou Donut, olhando para o cadáver. — E você viu aquelas coisas voadoras nojentas?

— Sua luz as assustou — notei, olhando para o céu noturno. — Mantenha ela acesa.

O elfo não tinha mais nada no inventário, mas estava usando uma camisa que era tão familiar que chegava a ser estranho. Aquele era um uniforme militar que parecia muito deslocado no vilarejo. Uma camisa de abotoar preta que, se fosse azul, eu juraria ser parte do uniforme da Guarda Costeira dos Estados Unidos, o mesmo tipo de camisa que eu tinha usado todos os dias quando estava na ativa.

— Carl, olha — chamou Donut —, tem um emblema no braço dele. — Ela olhou mais de perto. — Há dois emblemas, na verdade. Um foi bordado e o outro foi transferido por calor. O do braço foi costurado à mão com um ponto de corrente. O trabalho foi bem-feito, mas está claro que não foi produzido em uma schiffli da mesma forma que o bordado com o nome no peito dele.

— Quê? — perguntei, olhando para os emblemas. — Do que você tá falando? O que é a droga de uma schiffli?

— Ué — disse Donut —, não sei como eu sei disso. Uma schiffli é um tipo de máquina que faz bordados. Devo ter assistido a um programa sobre isso ou algo parecido.

O emblema do braço tinha o formato de um escudo e nele havia desenho de um raio e uma varinha mágica cruzados sendo segurados por uma garra, com uma árvore ao fundo. Parecia muito com um emblema de uma unidade militar dos Estados Unidos, mas com o texto no sindicatês padrão. Nele, lia-se: **201° Grupo de Segurança — Operações Mágicas**. O segundo emblema era o crachá com o nome dele, e só estava escrito **Vicente**. Só isso, nada de insígnia de escalão, nem qualquer outra coisa na camisa, incluindo a indicação de que tipo de exército o 201° Grupo de Segurança fazia parte. Aquele detalhe faltante fez a camisa parecer falsa, mais como o figurino de um filme do que um uniforme de verdade.

Tirei a camisa preta do elfo sem cabeça e a coloquei no inventário. Iria mostrar ao Mordecai assim que a gente chegasse na taverna.

Fomos examinar o corpo de GumGum, a orc. Havíamos a visto só umas poucas horas antes, empilhando cadáveres de prostitutas do lado de fora do vilarejo. Os olhos dela encaravam algo em frente, quase como uma acusação. Eu dissera a ela que ajudaria, mas não tinha falado sério.

Cadáver Saqueável. GumGum. Orc — Nível 5.

Ali não explicava o que a tinha matado, mas, me baseando nos ferimentos (o peito aberto e a falta de sangue), desconfiei que ela tivesse sido assassinada por aquelas três krasue. Estremeci.

— Por que aquele sujeito esquisito disse que esteve treinando sua vida inteira para lutar conosco? Faz só alguns dias que nós chegamos a este andar — disse Donut, como se lesse meus pensamentos.

— Isso aqui é obviamente algum tipo de pista para a missão da orc. Tudo faz parte de um esquema desajeitado para que a gente continue a investigar.

Dito e feito, no inventário de GumGum havia quatro moedas de ouro e dois pedaços de papel. Um era intitulado **Passe do Portão**, e o outro era **Carta Misteriosa**. Suspirei e peguei ambos.

— Ela era uma boa mulher, para uma orc — comentou Donut. — Ela estava fazendo a coisa certa. Vamos ter que terminar a missão.

— Por quê? — perguntei.

— Porque eles a mataram e só fizeram isso porque nós aceitamos a missão — respondeu Donut. — Se não, ela estaria no bar esperando para pedir ajuda para outra pessoa.

Mas que droga, Donut. Ela estava certa. Claro que estava. Os olhos sem vida da orc brilharam refletindo o feitiço Tocha. *Ela não é real*, pensei. *Ela é parte do cenário, uma figurante em um programa de alto risco.*

Mas aquilo não era verdade, não é? Ela era um ser biológico. O que a orc acreditava ser a realidade não passava de uma ilusão, mas ela ainda era de carne e osso, e inocente. Tinha morrido só porque fazia parte daquela história. Igual a todas aquelas prostitutas.

Vocês não vão me destruir. Vão se foder.

— Acho que eu gostava mais quando o que você falava não fazia tanto sentido.

— Eu sempre fiz sentido, Carl — respondeu Donut.

Voltamos para a taverna. Eu não queria passar mais um minuto sequer naquela viela. Perdemos o final do episódio, e o anúncio ressoava nos alto-falantes do vilarejo quando entramos. Não havia novidades nem qualquer coisa interessante. Mais um dia, mais correção de bugs. Um feitiço druida estava fazendo com que o chão de madeira, supostamente indestrutível, evaporasse, criando crateras em que pessoas eram puxadas para dentro e fazendo com que elas caíssem do mapa e sumissem.

A taverna estava igual à noite anterior. A mesa onde GumGum se sentara foi ocupada por dois NPCs humanos, um casal de idade que comia sem fazer barulho e apenas conversava entre si. O taverneiro Fitz sorriu para nós.

— E a clientela retorna! — exclamou ele. — É sempre uma honra servi-la, Vossa Alteza.

Mordecai estava chumbado de cana quando foi teletransportado para a estalagem. E me instruiu, com a língua enrolada, a fazer uma Poção de Mata Porre. Era preciso uma erva gosmenta que cheirava a quiabo misturada com um frasco de álcool 70. A primeira tentativa falhou, mas na segunda eu consegui, o que me rendeu o nível 3 em Alquimia.

— Segui demais pelo caminho errado — disse Mordecai, sacudindo a cabeça depois de beber a poção. — Afinal, eu esperava ficar lá só por uns minutos. Viram aquela centauresa perto do bar? Ela se ofereceu para pagar uns tragos para mim. Por que demoraram tanto?

Eu contei a ele o que ocorrera enquanto fazia mais algumas Mata Porre. Fitz nos ofereceu quartos e alimentação de graça durante a noite em troca de três delas. Eu tinha bastante suprimentos e, como aquela poção não precisava ser fervida nem tinha um processo de emulsão complicado, podia fazê-la sem precisar da mesa.

— Um uniforme militar? — perguntou Mordecai. — Que estranho. Deixe-me ver.

— Não — interveio Donut. — Mostramos daqui a pouco. Carl e eu temos as Caixas de Fã para abrir. Meus súditos usaram de muito tempo e esforços para escolhê-las para nós. Vou abrir a minha.

Troquei um olhar com o Mordecai, que nos avisara uma dúzia de vezes que as Caixas de Fã das qualidades mais baixas costumavam só conter porcarias. Apesar de as caixas não trazerem qualquer coisa terrível ou que causasse danos físicos, a lista de itens gerados pelo sistema era cheia de coisas aleatórias e, às vezes, sem sentido. Muitas vezes trolladores entravam na votação, e o prêmio costumava ser a coisa mais ridícula e inútil na lista. Mordecai disse que ele recebera um brinquedo sexual ornitocéu em sua primeira Caixa de Fã.

Só depois de um tempo que essas caixas seriam mais significantes e guardariam itens melhores. A que tínhamos era uma Caixa de Fã Ouro, o que queria dizer que os fãs tinham que nos ter em sua lista de favoritos para votar, mas até mesmo essas votações costumavam ser fraudadas. Fãs teriam que pagar créditos para votar nos conteúdos de qualquer coisa mais rara. A taxa seria ínfima, mas evitava que pessoas brincassem com o sistema só por diversão.

— Lá vamos nós — disse Donut, e eu me preparei para o que estava por vir.

A caixa abriu, e a gata ficou boquiaberta.

— Minha nossa, Carl! Olha, olha! — exclamou, animada.

Senti meu estômago afundar. *Filhos da puta*, pensei.

Era uma pequena foto emoldurada quadrada de Bea, tirada diretamente do Instagram dela. Era a mesma foto que causara nosso término. Nela, Bea estava de biquíni e ria, sentada no colo do seu ex-namorado com o braço sobre o ombro dele enquanto tirava a selfie. Brad, como era chamado, fazia bicos de pedreiro e de modelo, e eu sabia disso porque era a única informação no perfil dele. No Instagram, o usuário era @Brad_o_Chad69, provavelmente o nome de perfil mais babaca na história mundial. Ele fazia biquinho em todas as suas fotos e, como eu nunca o conheci pessoalmente, a impressão que passava era de que ele estava cagando em todos os posts.

— Que incrível! — disse Donut. — Minha nossa, eu amei! Zev bem que disse que queria ver uma foto dela. Olha, Mordecai! É a srta. Beatrice e o amigo dela! Olha, Mongo, é a sua vovó! Fitz, venha aqui ver a srta. Beatrice. Ela não é linda?

Mordecai não olhou para a foto. Ele me encarou com uma expressão preocupada.

Eu esperava que aquilo fosse me incomodar mais, mas descobri que não. Perceber aquilo foi importante, quase monumental. Na época em que a foto foi tirada, eu fiquei chateado, disse para mim mesmo que não gostava de drama e terminei com Bea. Foi o certo a se fazer, mas fiquei mal. Claro que fiquei, mas menti para mim mesmo sobre a força do sentimento. Porém, agora aquilo estava no passado. Passado *mesmo*. Afinal, depois do colapso, como aquele assunto *não* estaria terminado? Entender tudo isso foi como se um peso, que eu nem sabia que estava ali, fosse tirado de meus ombros.

A reação de Donut com o presente foi mais que um pouco preocupante, mas pelo menos ela pareceu gostar dele. Poderia ter sido muito pior.

Sorri e olhei direto para o teto, dando de ombros enfaticamente.

— Acharam mesmo que eu ia ligar para isso? Bela tentativa.

— Carl, abra a sua caixa! Talvez seja outra foto!

Suspirei e selecionei a caixa. Se fosse algo horrível, pensado para deixar Donut triste, já estava preparado para enfiar no inventário antes que ela pudesse ver.

Mas não estava esperando pela cesta.

— Que porcaria é essa? — perguntou Mordecai quando ela apareceu. O guia a examinou e arregalou os olhos. — Ah — murmurou ele —, você ganhou um bom prêmio. Os arruaceiros devem ter focado todos os esforços no prêmio da Donut.

— Do que você está falando? — perguntou Donut.

Ela olhou para a estranha cesta de vime. Parecia uma enorme colher no formato de uma banana, com algumas presilhas e uma cinta incomum atrelada a uma das pontas.

— O que é essa coisa? — indagou Donut, lendo a descrição do objeto. — Eu ainda não entendi. O que...? Como que se pronuncia? "Ai, ai, ai"?

Eu não precisei ler a descrição. Assim que vi o item, soube exatamente o que era. As presilhas eram incomuns, mas meu cérebro já processava como aquilo funcionava. Era um bom prêmio. Na verdade, um prêmio excelente.

— Ei, Fitz — chamei o taverneiro, que tinha vindo ver a foto da Bea. E ainda a segurava firme nas mãos, passando um dedo no vidro, acariciando os seios da imagem. — Será que você tem laranjas aí?

Ele pareceu assustado, como se tivesse acabado de perceber que a gente ainda estava ali, então colocou a foto sobre a mesa depressa.

— Se me lembro bem, tenho — respondeu ele.

— Me dê quatro ou cinco, por favor.

Quando ele foi para os fundos, peguei a grande cesta e passei a mão por ela. Embora parecesse ser feita de vime, era de uma substância metálica muito leve. Minha mente se enchia de possibilidades, e a sensação era tão estranha. Aquilo era o conhecimento vindo da poção de hobby da Terra. E tudo me veio de uma vez só.

A habilidade que eu recebera era em algo chamado Cesta-Punta. Achei que era um tipo de arte marcial, mas não. Era um esporte, comumente conhecido como *jai alai*. Um jogo complicado e de ritmo acelerado parecido com o squash, em que pessoas usam cestas presas às mãos para atirar bolas em uma parede. Era perigoso pra caralho e, mesmo usando capacete, as pequenas bolas densas quicavam e voltavam com força suficiente para arrancar a porra da cabeça.

O prêmio que eu recebi na minha Caixa de Fã era chamado de xistera. Era a concha que os jogadores usavam na mão. Normalmente havia uma braçadeira de couro logo antes da alça para regular no braço, o que evitaria que a cesta saísse voando durante o jogo. A ideia é usar a cesta para pegar e atirar a bola e, por causa do formato da xistera e do peso da bola, seria possível atirá-la com muita força e velocidade, ainda mais se girasse o corpo e balançasse o braço da maneira certa.

Eu nunca havia jogado *jai alai* na minha vida terrestre, mas conhecera um primeiro-sargento que tinha um objeto parecido projetado para atirar bolas de tênis a grandes distâncias. A ideia do treco era usá-lo para treinar cachorros, mas ele o utilizava para arremessar bombinhas na lateral do navio, mirando nas geleiras do oceano Ártico. Ele até havia me deixado usar uma vez, e eu lembro o quão longe a bombinha voou.

E, naquele momento, percebi que aquela pequena lembrança, a de atirar estalinhos no gelo no meio de lugar nenhum, tinha sido o provável ponto de partida da sequência de eventos que me levou a ganhar aquele prêmio. Não dava para saber se o sistema conhecia minhas lembranças ou não, mas era óbvio que ele tinha um plano para mim. Com aquele item, eu não precisava mais do estilingue. Aquilo era muito, muito melhor.

Prendi a xistera no pulso, usando desengonçado a mão esquerda e os dentes para atar as primeiras presilhas. O segundo grupo delas ficava logo antes do meu cotovelo. A concha redonda se estendia por quase oitenta centímetros após a minha mão direita, quase como se fosse uma única unha imensa. Usar aquilo parecia natural para mim. Não conseguiria socar ou invocar a manopla usando a xistera, mas eu sentia uma fenda flexível logo acima da mão. Qualquer coisa que eu invocasse em minha mão direita, vinda de meu inventário, poderia ser colocada na concha. Ou, o contrário, eu também podia formar uma garra e tirar o objeto de dentro dela.

A xistera não era mágica (ou ao menos a descrição não dizia que era), mas seu funcionamento era mecânico e havia sido feita com alguma tecnologia muito boa. Ela tinha um truque: a segunda cinta antes do meu cotovelo tinha uma pequena argola de puxar. Assim o fiz, e a cesta inteira foi repuxada para cima, refazendo sua forma e cobrindo meu antebraço igual a uma braçadeira metálica. O movimento era ágil e suave. Assim que o equipamento terminou de se retrair, fechei a mão em um punho para ver se a manopla ainda funcionava, e descobri que sim. Na verdade, a manopla se encaixava perfeitamente no final da braçadeira, como se aquilo fosse parte dela. Com isso, a manga direita que faltava na minha jaqueta de couro não parecia tão ridícula.

— Aqui estão suas laranjas! — disse Fitz, colocando uma pilha de cinco sobre a mesa.

Eu as peguei e coloquei no inventário. Olhei para a entrada da sala segura, que eu sabia se tratar do objeto mais indestrutível do lugar, e estendi a concha.

Coloquei uma laranja em minha mão. Temia que ela fosse grande demais para a xistera, mas o equipamento se alargou automaticamente. *Opa, isso é bem legal.*

Eu girei, fazendo um arco com o braço sobre minha cabeça. A laranja foi catapultada da cesta e atirada exatamente no centro da porta. A fruta se desintegrou por completo.

— Ei! — reclamou Fitz.

— Nossa! — disse Donut. — Isso foi incrível! Faz de novo! Fitz, pegue mais umas maçãs e ameixas para ele!

O taverneiro parou de resmungar e correu para realizar o pedido. Tentei acertar de novo no mesmo lugar. Minha pontaria saiu um pouco errada, mas eu sabia que, quanto mais subisse aquela habilidade, mais precisa a mira se tornaria. Precisava ir lá para fora praticar tiros à distância. Com a nova arma, ganhei a capacidade de atirar projéteis com *muita* velocidade. Se usasse uma bola de pedra ou metal, conseguiria causar sérios danos.

Também percebi que teria que começar a distribuir alguns pontos em Destreza aqui e ali. Havia planejado uma build de Força e Constituição, mas, se minha mira começasse a ser um problema, uma aumentada na Destreza ajudaria.

Tentei atirar algumas das pedrinhas que usava de munição no estilingue cluricaun, mas elas não eram uniformes o suficiente para atirar. Embora a cesta tivesse tentado se afinar, a largura mínima não era nem de longe fina o suficiente. A pontaria com as pedrinhas era imprevisível porque eu não conseguia controlar a passagem pela concha ao lançar.

Carl: Você venceu, Zev. Nada mais de estilingue.

Zev: Viva! As pessoas estão muito animadas com a novidade. Ainda bem que você recebeu esse prêmio. Foi uma votação acirrada entre isso e uma coisa completamente imprópria.

Carl: O que era?

Zev: Você sabe que eu não posso te dizer.

— Vou precisar de mais munição comum e dessas Hob-Lanças — disse assim que acabei de brincar de tiro ao alvo.

O casal humano que estava sentado no cantinho se levantou e saiu correndo quando eu parei de fazer uma salada de frutas na porta.

— Isso é só a ponta do iceberg — disse Mordecai. — Depois, você vai conseguir produzir bombas de fumaça, e eu posso criar itens arremessáveis como pacotes de veneno e qualquer tipo de coisa que você imaginar. Conheço a receita de uma substância parecida com borracha que se desfaz em pedaços quando acerta um alvo. Porém, nós vamos precisar da bancada para isso.

Concordei com a cabeça. Peguei uma das bombas Hob-Lança do inventário e examinei suas propriedades.

Hob-Lança Hobgoblinoide — Modelo de Pavio.

Tipo: Arremessável de fragmentação.

Efeito: Explode as coisas.

Condição: 150. Reforçada.

Um dos carros-chefes dos hobgoblins hob-lanço de lanças, a Hob-Lança é uma solução mais estável, previsível, prática e tática do que a dinamite. Acredite! Porém, se você a atirar, certifique-se de que o pavio acenderá. Apesar de não poder garantir contraexplosões prematuras, ela é sua maior chance de não ganhar uma assadura!

— Seu esquema de rimas tá todo esquisito — murmurei.

A bomba redonda era do tamanho perfeito para a minha xistera. Aquele tipo de Hob-Lança tinha um pavio que precisava ser aceso, o que era uma pequena inconveniência. Eu podia voltar na barraca da Pústula, a hobgoblin louca, e comprar as que eram acionadas por impacto. Porém, pensando melhor, havia muito que eu podia fazer com aquele tipo de bomba. Muito. Especialmente depois que Mordecai colocasse as mãos em sua Bancada de Alquimia.

Joguei a bomba no ar e a peguei. Todo mundo na sala, incluindo Mongo, olhou para mim com uma expressão de horror. A estabilidade do item continuava em cento e cinquenta. Eu podia chutar ela que a bomba não acionaria sozinha. Sem falar que estávamos em uma sala segura. Ainda assim, todos me encararam como se eu tivesse enlouquecido. Tive uma breve lembrança de um goblin bombardo fazendo algo parecido quando passamos por ele. Lembrei de como tinha achado ele louco naquela ocasião. Guardei a bomba, meio sem jeito.

— Tem vezes que você me preocupa — comentou Donut.

— Ah, eu sei o que é isso — exclamou Mordecai quando eu dei a camisa para ele — Você disse que um elfo da cidade que a usava, certo?

— Isso mesmo — respondi. — Não tive tempo de ler a descrição dele antes de Donut matá-lo. Mas e aí, o que é isso?

— Vocês não vão ver militares uniformizados *de verdade* neste andar que não sejam os guardas ou talvez alguns tipos de monstro. Organizações militares só estão presentes no nono andar e talvez no sexto. E nunca se sabe o que vai acontecer nos outros andares. Mas os únicos bestalhões que se organizam dessa forma são os elfos da cidade. Eles formaram uma gangue e chamam a si mesmos de 201° Grupo de Segurança.

— Ah — respondi —, achei que fosse um emblema de esquadrão.

— Eles são uns imbecis, isso sim — resmungou Mordecai. — Geralmente são vistos nas cidades maiores, mas também em vilarejos médios governados pelos ornitocéus. Eu deveria saber que eles estariam por aqui.

— Eles são mercenários? — indaguei, pegando a camisa de volta.

— Eles têm parafusos soltos — respondeu Mordecai. — Há muitos tipos de elfo. Altos elfos, como a família de sua amiga elite, são os seres mágicos que moram na floresta, com que você deve estar mais familiarizado. Também há os elfos das trevas, do vento, elfos-goblins e mais uma dezena de raças. Entre elas, tem os elfos da cidade.

— Ele parecia um elfo normal, para mim — comentou Donut. — Mas ele era um pouco louco. E sabia nossos nomes.

— Pois é, eu não sei por que ele conhecia vocês dois — disse Mordecai. — Mas então, na superfície, vocês tinham aquele grupinho de pessoas que acreditava em boatos muito malucos. Boatos como alienígenas que viviam entre os humanos e que reptilianos controlavam os níveis mais altos do governo. Você sabe do que eu estou falando, certo?

— Sei — respondi. — Mas eles não parecem mais tão loucos assim, né? Vocês *estavam* entre nós o tempo todo.

Mordecai riu com desdém.

— Sim, mas a parte dos reptilianos não fazia o menor sentido. Aqueles cérebros de lagartixa, controlando um governo paralelo? Faça-me o favor. O último que eu conheci não conseguia sequer administrar um time no *FIFA*. Voltando ao assunto, eu estava falando sobre os doidos conspiracionistas. Pessoas que acreditam que o governo está tentando controlar a mente delas, que sociedades secretas funcionam, que existem sapos gays que atiram microchips de rastreamento por torres de celular e por aí vai. Não os conspiracionistas padrão, mas aqueles que passam de qualquer limite. Aqueles que usam chapéu de papel-alumínio e dizem que fetos são usados como adoçante no refrigerante. O tipo de pessoa que cobre seus carros com frases absurdas e insanas sobre sinais de rádio vindos da privada.

— Eu sei bem de quem você está falando.

— Assim que é um elfo da cidade. Eles são categorizados como uma raça separada porque sua estupidez é tão impressionante que os altos elfos a consideram um defeito genético e os deserdam. Todos os elfos originam dos altos elfos, que são conhecidos por adorar exílios em massa e causar genocídios. É o que acontece quando se vive para sempre e continua tendo bebês. Assim, os elfos da cidade acabam se reunindo nas cidades. Os jovens, particularmente os mais estúpidos, sempre entram para o 201° Grupo, uma grande milícia mal organizada que se considera uma unidade militar de verdade, com um só objetivo: proteger os ornitocéus dos térreos.

Eu ri.

— O quê? Mas *eles* são térreos, não são?

— Pois é, acontece que acreditam que ornitocéus são anjos. E pensam que o restante dos seres não voadores nos invejam; invejam os ornitocéus, quer dizer; e todos os humanos e qualquer ser sem asas querem os destruir. Essa milícia acredita que, quando Scolopendra lançou seu ataque de nove categorias, uma delas fez com que os térreos quisessem matar os ornitocéus. Não há a mínima verdade nisso. As pessoas querem matar os ornitocéus porque eles são cuzões. Nem precisam de um feitiço para fazer com que sejam odiados.

— Mas por que esses elfos se importam tanto?

Mordecai suspirou.

— É uma história longa e complicada e toca em um assunto que eu estava deixando para outra hora. Nós já falamos dele antes. Deuses e deusas. Deidades dentro do jogo. Vamos falar do que eles são de verdade depois, não precisa se preocupar com isso neste andar. Enfim, tudo que você precisa saber é que os elfos cultuam a Mãe Carvalho, a mãe de todos os deuses. O nome dela é Apito. Em uma história sobre essa deusa, é dito que, para o caminho ao paraíso ser mantido, os anjos dela devem continuar vivos e livres. Em outra história, completamente separada, dizem que Apito chamou os ornitocéus de "abençoados". Em uma terceira história, apócrifa, a deusa diz que apenas os anjos são abençoados. Nessa mesma história ela diz que qualquer violência contra anjos deve ser impedida e, se continuar, ela destruirá todos os mundos. Com o tempo, isso levou ao surgimento de um culto apocalíptico conduzido por elfos exilados viajados na maionese, que passaram a se dedicar à proteção dos ornitocéus em antecipação ao dia em que a deusa-árvore destruirá o universo.

— Saquei. E o que os ornitocéus pensam sobre esses caras?

O guia hesitou.

— No geral, os ornitocéus são um povo muito diverso, assim como os humanos, mas os deste andar são um pouco diferentes. Eles praticamente não têm religião. Mas têm, via de regra, uma má disposição contra todo tipo de criatura térrea. Pensam que vocês são uma classe vassala e estão abaixo deles. Na mitologia dos níveis do vulcão, os ornitocéus eram a classe dominante da Cidade Acima, e os altos elfos governavam as regiões florestadas dos Campos de Caça. Assim, quando os elfos surgem nas cidades, muitas vezes se atirando ao chão e gaguejando enquanto oferecem obediência absoluta, eles são tratados como entretenimento, uma piada. Ninguém os leva a sério. Eles têm os uniformes idiotas e as encenações, mas nunca vi fazerem de suas palavras ação em todo o tempo em que estive aqui. Essa história de anjos continua sendo a principal motivação deles, mas também têm todo tipo de teorias e crenças esquisitas. Todo mundo ri deles. Nunca ouvi falar de um causando violência.

— Bom, nós vamos descobrir o que está acontecendo — declarou Donut, sentada de forma tensa, depois de ter guardado a foto de Bea em seu inventário. — Decidi que vamos seguir com a missão, e não há nada que você possa fazer para nos impedir, Mordecai.

— Ah, é assim então? — perguntou o agente da gata.

— GumGum morreu por nossa causa. Carl, Mongo e eu decidimos fazer o que é certo por ela.

Mordecai apenas olhou para Donut, mas deu de ombros logo depois.

— Se é isso que querem fazer, façam. Não sou o pai de vocês, sou o agente. Já sabem o que eu acho das missões neste andar. Contanto que vocês passem o mesmo tanto de tempo farmando e matando, que assim seja.

Donut pareceu surpresa e, em seguida, triunfante. Pude entender pelo desinteresse calculado na expressão de Mordecai que ele havia decidido que nós estávamos presos à missão, quiséssemos completá-la ou não. Fôramos puxados para ela, da mesma forma que aconteceu quando Sinete nos sequestrou.

— GumGum está morta? Eu ouvi direito? — perguntou Fitz, olhando para nós com os olhos arregalados. — GumGum, a orc?

— Infelizmente — respondi. — Ela foi morta por um bando de krasue.

— Ah, não — lamentou ele. — Eu... eu vou ter que me sentar. GumGum, morta. Não acredito. Ela era a minha melhor cliente, era mesmo. Krasue. Sabia que aqueles monstros pegariam ela uma noite dessas.

O taverneiro voltou para a cozinha.

— Vou fazê-lo beber até cair hoje — comentou Mordecai. — Assim vou poder dar uma olhada no que ele tem em estoque e no boletim de notícias.

— Então, vamos fazer isso mesmo? — perguntou Donut. — Vamos completar mais uma missão? E eu estarei acordada o tempo todo desta vez? Excelente. Vamos resolver esse mistério. Por onde começar?

— Muito bem — falei —, vamos destrinchar o que já sabemos. Temos prostitutas mortas que não são da vila caindo do céu. Os corpos dessas mulheres sugerem que elas foram retorcidas até a morte. Além disso, elas apresentam feridas nos ombros que indicam que foram seguradas no ar por algum ser com garras. Possivelmente um ornitocéu. Além disso, apenas algumas horas depois de a gente concordar em investigar mais, a mulher que nos deu a missão apareceu morta. Fomos atacados por um elfo louco de gangue fissurada em ornitocéus e três daquelas mulheres fantasma medonhas com as vísceras penduradas. O que mais?

— Você pegou aqueles dois pedaços de papel. — disse Donut.

— Ah, é — falei, tirando ambos do inventário.

O primeiro foi a **Carta Misteriosa**. Era um papel dobrado com uma mancha de sangue. Eu o abri.

Era uma carta até que curta, escrita em uma língua que eu não entendia. O texto era todo em rabiscos e triângulos. Examinei as propriedades da carta.

Carta Misteriosa.

GumGum, a orc, tinha essa carta ensopada de sangue com ela. Está escrita em uma língua diferente. Seria uma pista? Uma lista de compras? Como você não consegue ler essa merda, então não dá para saber o que tem aí.

Eu a passei para Mordecai e examinei a outra folha.

Passe do Portão.

Quando se anda pelas ruas de qualquer vilarejo na Cidade Acima, os irracionais guardas espadachins tendem a ficar agitados se verem você carregando um cadáver por aí. No que diz respeito a sua visão preto no branco da justiça, as regras da lei são absolutas.

A não ser que você tenha um Passe do Portão.

Essa carta faz com que os guardas da cidade te deixem em paz, contanto que você não seja muito descarado com as atividades criminosas que está empreendendo.

Os passes apenas funcionam dentro do município em que foram expedidos.

No papel em si, havia escrito: "Passe do Portão. Aquele que portar este passe está agindo sob as minhas ordens. Magistrado Caipluma".

— Não era o que eu estava esperando — murmurei, guardando o papel no inventário.

Basicamente, era um passe livre para usar com os guardas e evitar qualquer punição.

— Reconheço este texto — disse Mordecai, nervoso, ainda olhando para a carta misteriosa. — Não consigo o ler, mas sei o que são os rabiscos.

É necroescrita, algo que um usuário de magia morto-vivo escreveria. É provável que seja um tipo de pergaminho, mas só quem tem habilidade com a língua pode ler.

— Então isso aí tem algo a ver com um necromante? — perguntei.

— Talvez sim, talvez não. Mas, quando eu digo "usuário de magia morto-vivo", falo literalmente.

— Aquelas cabeças krasue eram mortas-vivas — comentei. — O sistema disse que elas eram fantasmas.

— Krasue costumam ser carrascos, hum, carrascas que executam a vontade de alguma outra coisa. Acho que vocês dois estão lidando com um lich.

— O que é um lich? — perguntou Donut.

Eu conhecia aquele monstro por ter jogado *Dungeons & Dragons*, por isso respondi:

— Costuma ser um usuário de magia morto-vivo obcecado com a vida eterna.

— Mais ou menos — interveio Mordecai. — Eles são monstros terríveis. E costumam ser inteligentes, também.

— Humm — falei, pensando. — O que um lich tem a ver com aqueles babacas do 201° Grupo de Segurança?

— Ei, Fitz, querido, você poderia vir aqui, por favor? — chamou Donut.

O dono da taverna voltou da cozinha esfregando os olhos. Era óbvio que ele estivera chorando.

— Sim, Vossa Alteza?

— Você disse que temia que GumGum fosse ferida por uma das krasue. O que quis dizer com isso? Como você conhece esses monstros?

Olhei para Donut impressionado. E escolhi não dizer nada.

— GumGum me contou — respondeu o taverneiro. — Ela estava tentando entender o caso das mulheres caídas. Ela dizia que, às vezes, escutava uma cair e entrava nas vielas mesmo durante a noite. Eu falava para ela não fazer isso, que não era seguro, mas ela ia mesmo assim e, de vez em quando, ela via as krasue no escuro. GumGum tinha medo delas e tinha pesadelos. Mas a orc se importava com as mulheres. Em um dos pesadelos dela, uma mulher caía do céu ainda viva e ficava largada no chão, enquanto morria, sem ter alguém para segurar sua mão e dizer que ia ficar tudo bem. Veja, a mãe de GumGum foi uma dama. Dama da noite, quer dizer. Ela morreu depois de ser esfaqueada. Foi GumGum que a encontrou na manhã seguinte, esticada na soleira da casa delas. Ela se arrastara até o lar delas e morrera bem ali. Deixou um rastro vermelho de meio quilômetro e ninguém tentou ajudá-la. GumGum teve que crescer muito rápido depois disso. É por isso que ela tinha uma fraqueza por aquelas moças. GumGum era a orc mais legal que qualquer um podia conhecer. Ela cheirava muito mal, mas eu gostava muito dela.

— Então as krasue são um tipo de monstro comum neste vilarejo? — perguntei.

— Não há qualquer tipo de monstro que seja normal por aqui — respondeu ele. — Mas é estranho mortos-vivos vagarem por aí, ainda mais porque o magistrado é um clérigo das sombras e tal. Ele controla mortos-vivos, então acho que, se ele soubesse da existência dessas cabeças flutuantes, conseguiria bani-las rapidinho. GumGum disse que tinha aberto uma reclamação oficial, mas tudo que ele fez foi dar a ela permissão para carregar os cadáveres.

Troquei olhares com Donut.

— Magistrado, hein? — falei. — Você sabe onde fica o gabinete dele?

Donut insistiu em colocar a foto de Bea na mesa de cabeceira, bem ao lado de sua torre, enquanto ela dormia. Mongo não parecia tão animado com o retrato quanto a gata. Ele chegou a silvar para a imagem algumas vezes antes de Donut o repreender.

— Bom garoto — sussurrei tempos depois, coçando o topo da cabeça do dinossauro.

Mongo mordeu o ar, e faíscas elétricas saíram dos seus protetores de presas.

Decidi não ler naquela noite. Eu tinha os livros do Louis L'Amour, mas nós tínhamos que acordar cedo no outro dia. A entrevista seria antes do horário normal, e eu queria ver o tal magistrado de perto antes de dar a hora. Ainda assim, peguei a carta misteriosa e analisei os símbolos, tentando decorá-los.

Por mais que eu tivesse montado a torre para gatos por insistência dela, Donut pulou na cama e se aconchegou em meu pescoço.

— Boa noite, Carl — disse ela.

— Boa noite, Donut — respondi, fazendo carinho em sua cabeça.

— Prometa que você não vai deixar eu morrer sozinha igual à mãe da GumGum — pediu a gata. — Ou à própria GumGum. Acho que ela também morreu sozinha, e com muito medo, provavelmente.

— Não se preocupe, Donut. Vamos descobrir quem é o responsável e fazê-lo pagar.

Bump. Alguma coisa acertou o telhado da taverna bem em cima de nossa cabeça. E escorregou pelas telhas, caindo na rua com um estrondo.

Na manhã seguinte, descobrimos o cadáver nu e retorcido de uma prostituta humana estirado na viela ao lado da estalagem.

Arranhadas em sua carne drenada de sangue, nas costas, estavam as palavras: "Não vão, não".

18

TEMPO ATÉ O COLAPSO DO ANDAR: 3 DIAS, 16 HORAS.

Visualizações: 1,9 quadrilhão

Seguidores: 72 trilhões

Favoritos: 13,1 trilhões

– ESTAMOS AQUI PARA VER O MAGISTRADO CAIPLUMA, POR FAVOR – DISSE Donut usando sua voz mais doce.

Chegar ao gabinete do magistrado tinha sido um desafio. O edifício municipal da vila não tinha o térreo nem o primeiro andar, e precisamos usar o feitiço Salta Poças de Donut para teletransportar do telhado de uma loja de adagas até a área de pouso do edifício municipal. A gata conseguira atingir o nível 5 do feitiço, o que resolvia o problema de linha de visão. Em resumo, já era permitido que ela chegasse a uma área diferente mesmo que não conseguisse ver onde aterrissaria. Era uma pequena adição ao feitiço, mas uma que o tornava muito mais útil. O período de invocação também havia diminuído, passando de dez para apenas dois segundos. Ainda assim, chegar ao nível 5 não diminuíra o tempo de recarga de cinco horas, que era o pior problema.

Apesar disso, nós conseguimos. Surgimos na entrada do segundo andar do prédio e demos de cara com dois guardas espadachins. Eles faziam a vigia, firmes, e nos ignoraram enquanto seguimos prédio adentro.

— Como que eles chegaram aqui? — perguntou Donut.

— Não faço ideia — murmurei. — Também achei estranho.

Donut tinha se oposto à ideia, mas a convenci a colocar Mongo na caixa de transporte durante aquela excursão. Estávamos entrando nas câmaras legislativas do vilarejo, e a última coisa de que nós precisávamos era a galinha assassina sair em uma chacina desenfreada sendo que só o que queríamos fazer era falar.

“Vamos manter ele na reserva”, eu argumentara. “Mongo será a nossa arma secreta caso a gente tenha que lutar para fugir.”

Aquilo parecera agradar a ambos.

Mordecai havia dito que cada uma daquelas vilas tinha um sistema de governo diferente. Antes do cataclisma, os ornitocéus governavam toda a Cidade Acima. Naquele momento, os assentamentos eram espalhados, mas os vilarejos como aquele, que continuaram sendo controlados pelas águias, mantiveram uma estrutura parecida com a de antes, apenas sem toda a supervisão de outrora.

Graças a isso, o magistrado Caipluma mandava em tudo naquele lugar. Antigamente, ele estaria abaixo de um governador regional, que, por sua vez, trabalhava sob o comando do chanceler real, que respondia a um cara lá na enorme capital que estava localizada no nono andar.

O segundo andar daquele prédio era, na verdade, uma espécie de shopping de grife feito só para os ornitocéus. Os espaços administrativos e o lar do magistrado se situavam no andar acima, mas qualquer um que visitasse tinha que passar por aquela área primeiro. As lojas me faziam pensar nas que existiam em aeroportos e eram cheias de porcarias caras como robes de seda, chapéus chiques e pergaminhos. Embora os poucos clientes fossem todos do povo águia, os funcionários e assistentes eram de raças não voadoras. A maioria se tratava de jovens mulheres elfas e humanas de aparência estressada, que corriam por todos os lados enquanto levavam gritos e outros tipos de abusos verbais dos clientes ornitocéus.

Atravessamos um corredor largo e comprido com lojas em ambos os lados. Um carpete vermelho ia da área de pouso até uma escadaria e fiquei aliviado de ver degraus em vez de outra área de voo vertical. Observei uma humana carregando uma pasta azul cheia de papéis correr escada acima.

— Eles têm degraus para que os assistentes consigam chegar lá — comentei.

— Isso ainda não explica como os térreos subiram até aqui — disse Donut.

Pinturas de águias lutando contra elfos e outros seres estranhos adornavam as paredes. Aquela construção em si era uma das maiores da cidade, perdendo apenas para o Clube dos Pistoleiros. Do lado de fora, ela ficava bem camuflada. As paredes externas de cada seção eram decoradas de formas diferentes, se assemelhando a um grupo de construções medievais espremidas umas nas outras. O interior luxuoso e opulento fazia a faixada lembrar algo que se veria num parque da Disney.

Passamos por vários guardas, alguns clientes águias que pareciam assustados com nossa presença, além de um punhado de outros seres-ave chamados chapins que, à princípio, achei que fossem ornitocéus jovens. Eles eram da altura do meu quadril, basicamente uma versão anã das aves maiores.

Chegamos às escadas sem sermos parados ou questionados. Enquanto subíamos, a humana que nós víramos correndo escada acima descia no mesmo ânimo, quase trombando conosco.

— Perdão — murmurou ela.

Olhei para o nome sobre sua cabeça. **Borgonha**. A mulher tinha uma aparência estranha. Ela era jovem, bela, com cabelo preto e tinha um olho azul claro e o outro castanho, feito um husky siberiano.

— Sem problemas — falei.

Ela se deteve.

— Vocês estão perdidos? Não há muitos do seu tipo por aqui.

— Estamos aqui para ver o magistrado — respondi.

Ela deu uma risada desdenhosa.

— Boa sorte — disse, e continuou a descer as escadas.

Terminamos de subir e chegamos à área da recepção.

Uma grande escrivaninha estava espremida na parede mais distante, onde havia outra porta. Sobre o móvel tinha pilhas de papel, o que parecia ser um *bentō* gigante cheio de sushi, mais papéis (incluindo a pasta azul que Borgonha carregara ao subir ali) e uma fileira colorida de animaizinhos de pelúcia, que iam de ursos e goblins a águias e tubarões. Atrás da escrivaninha havia várias prateleiras contendo mais da coleção colorida. Percebi que aquilo era a versão da masmorra dos bichinhos de pelúcia Beanie Babies. Devia haver ao menos trezentos deles enfileirados. A maioria, se não todos, ainda tinha as etiquetas. Alguns, na prateleira mais alta, estavam protegidos dentro de caixinhas de vidro.

Detrás da escrivaninha, em vez de uma cadeira, havia um poleiro e, sobre ele, descansava uma ornitocéu idosa. As penas dela eram grisalhas, e seu grande bico tinha rachaduras e falhas como uma velha cerâmica quebradiça. Ela tinha cheiro de arnica. Ela observou nossa intrusão com uma expressão amarga de "quem infernos são vocês e que droga estão fazendo aqui?". Examinei as propriedades da NPC.

Senhorita Penacho — Ornitocéu — Nível 30.

Assistente do magistrado.

Cérbero. Heimdall. Alexiares e Anicetos. Qin Shubao. Taffarel. Alguns dos maiores guardiões de portões tanto da história quanto da mitologia. Acontece que nenhum deles, nenhum, era tão dedicado ao trabalho quanto a srta. Penacho.

Se ela não quiser que você veja o magistrado, você não vai ver o magistrado.

— Vocês têm um horário agendado? — indagou ela a Donut.

— Não — respondeu a gata. — Mas temos um assunto de grande importância para discutir a respeito da segurança deste vilarejo.

— E qual seria?

Donut se inclinou mais perto.

— Assassinatos. Assassinatos cruéis.

A srta. Penacho não pareceu impressionada.

— Foi um ornitocéu?

— O suspeito? — retrucou Donut. — Nós não sabemos ainda, mas...

— Não, não o suspeito. Ponha isso de volta no lugar! — gritou a assistente para mim.

Rapidamente, recoloquei o Beanie Baby de lêmure sobre a mesa. O bichinho de pelúcia usava uma bandoleira de facas igual à versão real.

— Algum ornitocéu foi assassinado? — reformulou a srta. Penacho.

— Não — disse Donut. — Não que nós saibamos.

— Então ele não vai se importar com isso — garantiu a assistente. — E, se ele não vai se importar, eu não vou incomodá-lo. Porque ele *vai* se importar em ser incomodado.

Donut: MEU CARISMA NÃO FUNCIONA COM ELA.

Mordecai: É provável que haja um feitiço Anticharme nessa área.

Carl: Então vamos ao Plano B.

— Então é assim que funciona nesta vila? — perguntei. — Contanto que as vítimas não sejam ornitocéus, todos os outros podem se ferrar?

A águia olhou para mim como se eu fosse alguma coisa que ela tivesse acabado de vomitar.

— Você quer a resposta curta ou a longa?

— A longa.

— Sim — respondeu a srta. Penacho. — É assim que funciona neste vilarejo. Era assim quando meu falecido marido era o magistrado, e é dessa forma com o magistrado Caipluma. — Ela olhou para o seu *bentō* e suspirou. — Mas, por favor, sintam-se à vontade para deixar uma mensagem descrevendo a situação e, se precisarmos de mais investigações, entraremos em contato com vocês.

— E quanto às evidências que coletamos? Devemos deixar aqui, também?

— Se você quiser.

Tirei a prostituta morta de meu inventário e a larguei sobre a escrivaninha da águia. As pernas do cadáver, ainda firmes pelo rigor mortis, empurraram a fileira de pelúcias, que caíram da beira do móvel uma a uma, como nadadores sincronizados pulando em uma piscina.

Tive medo de o sistema não me deixar pegar e guardar um cadáver, pois não era algo que eu tentara fazer antes. Foi uma surpresa descobrir que ele deixava, sim. Até foi prestativo em colocar o corpo na aba **Pista de Missão** no inventário.

A águia fez um som esganiçado, pulando do poleiro. Ela deu com as costas na parede, soltando as prateleiras mais baixas, o que fez mais duas fileiras de criaturas de pelúcia irem ao chão. Por um momento, o único som era o *pof, pof, pof* dos bonecos caindo depois de escorregarem.

— Guardas! — grasnou a srta. Penacho. — Guardas!

Os dois espadachins que estavam ao pé da escada vieram com um estrondo até nós. Ambos desembainharam a espada ao chegar ao patamar, erguendo-as feito feras metálicas. Eu me lembrei do anúncio de uns dias mais cedo, sobre como a força deles fora "levemente" aumentada. Torci para que minha estratégia funcionasse.

— Capturem esses dois, imediatamente! — exigiu a srta. Penacho.

Os conjuntos de armaduras silenciosas olharam para os lados na sala. Nenhum deles saiu do lugar.

— Ah, pelo amor dos deuses — resmungou a assistente, furiosa. — Olhem aqui na minha escrivaninha, seus idiotas.

Quando, naquela manhã, encontramos a prostituta morta com a mensagem terrível em suas costas, eu chamei um dos guardas. Apontei para o corpo e tirei do inventário o Passe do Portão, com a assinatura do magistrado, e o mostrei para o guarda. Aí peguei o cadáver e o coloquei em meu inventário. Eu não tive certeza se aquilo serviria para alguma coisa, mas sabia que, se ia andar por aí com uma meretriz morta no inventário, eram boas as chances de que os guardas se envolveriam em algum momento. Mordecai nos dissera que eles tinham uma espécie de mente coletiva. Se já tinham me visto com o corpo e, de um jeito estranho, aprovaram minha capacidade de estar em posse de um cadáver, então o mero ato de eu atirar o corpo sobre a mesa não seria considerado um crime.

Pelo menos era para funcionar assim.

Sem uma palavra sequer, os guardas deram meia-volta e desceram as escadas.

— Suas pilhas de sucata inúteis e sem valor! — gritou a srta. Penacho.

Ela voltou a olhar para nós.

— Como eles chegam até aqui em cima, por sinal? — indaguei. — E outra, como todos os funcionários nas lojas chegam aqui? Tem um elevador secreto?

Procuramos, tipo, por uma hora por um jeito mais fácil de subir aqui e não achamos.

— Tirem essa coisa daqui imediatamente! — exigiu a srta. Penacho. — Qual é o seu problema?

Ela se agachou e começou a juntar os brinquedos caídos em suas asas, mas não tinha onde os colocar. Não até poder arrumar as prateleiras, e principalmente até que a mulher morta fosse removida da escrivaninha.

Donut desceu de meu ombro e farejou o chão.

— Esse aqui está ficando bem sujo — comentou a gata, apontando para uma pelúcia com cara de rato que lembrava, de maneira suspeita, a primeira forma de Mordecai. — E acho que a etiqueta daquele outro caiu. Carl, pare de pisar neles!

— Pare! Pare neste instante! Por favor, só tire isso daqui — pediu a águia idosa, que parecia estar à beira das lágrimas.

— Tire *ela* daqui — corrigiu Donut.

— Só deixar a gente falar com ele que levaremos a evidência direto ao magistrado — falei.

— Ele não está aqui, tá bom? — sussurrou a srta. Penacho, empilhando os brinquedos em um canto, desesperada. Ela pegou uma pelúcia com a garra e espanou a sujeira inexistente dele com a asa. — Olha só o que vocês fizeram. Olha só o que vocês fizeram — repetiu.

Olhei para a porta fechada próxima da escrivaninha dela. Era grande, de metal, e dava um mau pressentimento.

— Ele não está mesmo aqui? — perguntei.

— Não. Ele só vem à noite ultimamente. Ah, meus deuses, que fluido é esse?

— Eu não sei, mas não é sangue. Todas elas tiveram o sangue drenado de seus corpos, mas ainda vazam e fedem. É muito nojento.

As asas da srta. Penacho estavam cheias de pelúcias.

— Por favor, por favor — pediu ela. — Apenas tirem isso daqui. Tirem *ela* daqui. Vou falar para ele que vocês estiveram aqui, eu prometo.

Peguei a mulher morta outra vez e a retornei ao inventário. Uma mancha de fluido branco leitoso cobria a escrivaninha.

— Vou passar mal — murmurou a assistente.

— É melhor você pegar uns papéis-toalha ou algo parecido — aconselhei. — Minha avó colecionava essas coisas, e o jeito que elas sugam umidade é impressionante.

— Não toquem em nada — avisou ela, colocando a pelúcia em suas asas gentilmente em uma pilha no canto. Então, correu para as escadas, gritando que precisava de uma camiseta ou toalha.

Tínhamos só um minuto, talvez menos. Corri para a porta da sala de Caipluma, mas vi que estava trancada. Quando eu toquei nela, uma notificação surgiu.

Esta porta está trancada. Trancada com magia. É quase como se não quisessem que você entrasse aí.

— Merda — murmurei e olhei para os lados.

Meus olhos focaram a fileira do topo de pelúcias intocadas acima da escrivaninha.

— Apenas diga a ele que nós passamos aqui — pedi para a srta. Penacho enquanto nós descíamos a escada. — E não precisa me agradecer por ter arrumado sua prateleira.

Ela nos ignorou enquanto limpava a escrivaninha de maneira frenética.

— Isso foi decepcionante — murmurou Donut. — Você acha que ele estava lá dentro?

— Não sei. Mordecai acha que ele mora lá, mas quem sabe?

— Nem sabemos se ele tem alguma coisa a ver com tudo isso — disse Donut.

— Não mesmo — respondi. — É por isso que eu queria falar com ele no horário de trabalho. Pensei que, se ele fosse um chefão louco e maligno, não daria uma de Freddy Krueger em público. E, se ele *não* fosse o vilão da história, saberia nos apontar para a direção certa. Mas acho que essa história não é tão complicada. É só uma missão prata. Além do mais, olha para as pistas. Um clérigo das sombras que só sai à noite? Tem que ser ele.

— Então nós vamos voltar aqui esta noite? — perguntou a gata. — Ou você quer encontrar a base do 201º Grupo de Segurança primeiro? — Ela parou em frente a uma loja que vendia mantos feitos para ornitocéus. — Olha só como isso é lindo!

— É seda mágica — explicou uma jovem elfa. — Permite que os ornitocéus se mantenham flutuando praticamente para sempre.

— É muito belo. Adoraria aprender a voar. Consegue imaginar, Carl? Eu, voando?

— Vamos voltar depois — disse ao me virar para olhar por cima do ombro.

Tirei uma corda do inventário. Nove metros custaram apenas cinco moedas. Era o que usaríamos para voltar ao nível da rua.

— Vamos falar com ele de um jeito ou de outro — completei.

Ainda tínhamos duas horas antes da nossa entrevista. Zev disse que, se estivéssemos lutando ou no meio de alguma outra coisa importante, não permitiriam que nós fôssemos teletransportados, e por isso ela preferia que estivéssemos em uma sala segura quando desse a hora. Ainda assim, faltavam duas horas, e eu decidi que deveríamos usar aquele tempo de maneira inteligente.

Por isso, nós deixamos a cidade e viajamos para o oeste, procurando por monstros para matar. Alguns exploradores estavam pela região, mas evitamos falar com eles. Fiquei atento para ver se identificava qualquer um com a caveira de assassino de explorador sobre a cabeça. Eu não havia me esquecido de Frank Q. e Maggie My. Eu me perguntei que raças eles escolheram e se ainda estariam vivos.

Ainda não tinha qualquer munição não explosiva boa para a xistera, mas tinha duas dúzias de Hob-Lanças. Os pavios das bombas duravam de seis a sete segundos, o que era perfeito para as arremessar igual granadas. Porém, quando as atirava a quatrocentos quilômetros por hora nos monstros, os seis segundos eram muito. Então as deixei pré-acesas, o que tirou dois segundos e meio dos pavios. Tanto Mordecai quanto Donut ficaram apavorados com a ideia de eu andar por aí com bombas acesas dentro do inventário, mas era a única forma de fazer aquilo funcionar com o equipamento que eu tinha.

Passamos por uma fileira de edifícios mais decrépitos que o normal. Parecia que aquele bairro tinha sido um tipo de favela antes do cataclisma. Donut estava sobre meus ombros e Mongo andava ao nosso lado, rosnando em momentos aleatórios. Essa mania dele me assustava no começo, mas não parecia haver qualquer coisa naquela área. Não vimos nada durante mais de quinze minutos. Foi então que encontrei um X no mapa, e percebi que era o cadáver de um chefão de bairro. Aquela área toda tinha sido limpa por outra pessoa, provavelmente uns dias antes.

— Droga. Mas que perda de tempo — reclamei. Então, suspirei, tentando ver o lado bom. — Vamos lá pegar aquele Mapa do Bairro.

O ataque veio quando eu estava prestes a entrar na piscina abandonada, que um dia fora coberta. Aquele prédio havia sido a versão da Cidade Acima de uma YMCA, uma Associação Cristã de Moços, embora metade da estrutura tivesse sido destruída. A piscina vazia estava quase toda exposta aos elementos, e o cadáver de uma criatura marinha de duas cabeças apodrecia lá dentro. A coisa tinha o corpo de uma baleia e dois pescoços compridos, tipo o monstro do Lago Ness. Aparentemente, os piquezinhos evitavam corpos de chefões.

O chefão era nível 17, tinha o nome de O Divisor e fora morto por um explorador chamado Daniel Bautista 2. O monstro estava coberto de furos do tamanho de bueiros e seu corpo estava tremendamente inchado, apesar das perfurações. Lembrava um balão de um desfile de Ação de Graças.

Assim que eu pisei no lado raso da piscina vazia, o mundo ao nosso redor escureceu. Uma dúzia de pontos vermelhos surgiu no mapa. Eles estavam longe, em dois grupos de cada lado da rua, mas começaram a se aproximar.

Deixáramos a taverna ao nascer do sol, e ainda não era a versão do meio-dia daquele mundo. O sol virtual estivera brilhando exatamente sobre nós apenas momentos antes. Fomos do dia para a noite tão rápido que achei que tivesse ficado cego. Eu saí da piscina e encostei as costas na parede. Os pontos ainda estavam na rua e se aproximavam devagar e com cuidado, quase como se achassem que estivessem nos emboscando.

Donut imediatamente invocou Tocha, atirando a luz bem alto sobre a rua, que cintilou feito uma estrela no céu. A tocha brilhava, mas não iluminava a escuridão do jeito que deveria, como se as sombras resistissem ao seu toque.

Logo em seguida, um raio verde saiu de um dos pontos vermelhos e acertou a tocha, apagando-a.

— Que deselegante — disse Donut.

— Merda, eles têm um ataque antimagia — murmurei.

Precisávamos de um plano, e rápido. Peguei duas tochas normais do meu inventário, as acendi e atirei para a frente. Elas saíram rolando pela rua, mas a escuridão não deu trégua. Ela se espremia nas duas chamas como se o ar fosse feito de tinta.

Rua abaixo, alguma coisa gemeu. O som me deu arrepios. Mongo soltou um som que era meio rosnado, meio ganido.

Ainda assim, a escuridão não era absoluta. Pude distinguir formas na penumbra. Não enxergava os monstros, que ainda deveriam estar a uns trinta metros de distância, mas enxergava as silhuetas dos prédios. Uma pilha de destroços bloqueava a saída por dentro do ginásio, e não havia passagem que desse para o outro lado. Estávamos encurralados.

Ainda assim, os monstros avançavam devagar. Aquilo me deixou nervoso. Monstros lentos costumavam ser do tipo que ninguém gostaria de ter por perto.

— Dois deles são elfos da cidade — avisou Donut rapidamente. — O ponto mais distante de cada lado. Eu não sei o que o resto deles é, mas são grandes. Será que nós fazemos a Hora da Gosma?

De todas as estratégias que havíamos inventado até aquele momento, Hora da Gosma era a favorita de Donut, e por uma boa razão. Era porque era incrível pra caralho. Mas aquele não era o momento certo e, além disso, eu não tinha certeza se iria funcionar. Não ali.

— Negativo — falei. — Espere um segundo. Vamos ver se isso aqui serve para alguma coisa.

Eu me distanciei da parede, peguei uma Hob-Lança e estendi a xistera. Não conseguia ver os monstros, mas conseguia ter uma ideia de onde eles estavam, gemendo e se arrastando em nossa direção. *Será que eram zumbis? Meu Deus*. Esse era um pensamento assustador. Eu girei e atirei a bomba com toda minha força na direção do ponto distante do elfo da cidade, aquele que invocara o feitiço antimagia.

A bomba voou chiando com uma velocidade satisfatória, lançada da xistera feito uma bola de canhão. Ela acertou alguma coisa feita de carne uns seis metros de distância do elfo. Minha intenção era que ela voasse por cima dos monstros lentos, mas estava claro que eu não tinha apontado alto o bastante.

Bam! Escutei um som do que presumi ser uma chuva de entranhas cobrindo a rua.

Um dos pontos virou um X, mas apenas um. Minha bomba devia ter entrado no monstro. Porém, ganhei um trajeto livre até o elfo. Eu girei e atirei uma segunda bomba naquele filho da mãe.

Aquela acertou em cheio, e na hora certa. Queria muito ter visto a bagunça. A Hob-Lança explodiu pouco antes de chegar no elfo, mas a explosão de fragmentação o fez em pedaços. Nem sequer sobrou um X depois daquilo.

Os outros monstros gemeram, naquele momento só a doze metros de distância.

A escuridão não se dissipou.

Podia escutar bem o som de algo se arrastando sobre as tábuas de madeira. Puta merda, eles *eram* zumbis. Tinham que ser. Zumbis gigantes.

Ali acabou a brincadeira. Retraí a xistera e peguei duas bananas de dinamite goblinoide do estoque.

— Corram para dentro da piscina! — ordenei a Donut e Mongo enquanto erguia as dinamites e atirava uma em cada direção.

Assim que joguei a segunda banana, a linha de pontos vermelhos avançou em mim. Observei, em uma terrível câmera lenta, a dinamite voadora bater em uma forma imensa, algo que tinha mais de três metros e meio de altura. A bomba não explodiu, apenas quicou, voltando girando e cuspindo faíscas para mim. Perto demais.

— Ah, merda, merda!

Pulei de costas para a piscina vazia, sem prestar atenção por onde eu estava entrando. Não tive tempo, apenas pulei. Eu me preparei para usar o feitiço Casca Protetora, mas queria estar perto de Donut e Mongo antes de fazer isso.

Infelizmente, parei de cair muito antes do esperado. Pousei exatamente sobre o cadáver esponjoso e apodrecido do Divisor.

E essa foi a última coisa de que eu me lembro.

O que aconteceu em seguida foi contado para mim pela Donut, que continuou consciente pelo resto da luta.

Ambas as dinamites explodiram, matando a maior parte dos monstros que sobraram, assim como o último elfo da cidade. Eu caí longe o suficiente para estar fora da área de choque, porém não protegido do cadáver inchado do chefão, que explodiu igual à porra de uma batata cozida no micro-ondas. Não sei se foi por eu ter caído nele ou pelo impacto da explosão dupla.

Quando o segundo elfo morreu, a escuridão sumiu. A primeira coisa que Donut viu foi eu sendo lançado no ar como se tivesse sido atirado de uma catapulta, girando igual um cata-vento. Pousei no telhado de um prédio do outro lado da rua.

A erupção do corpo do Divisor não feriu nem a Donut, nem a Mongo, embora tenha coberto os dois com uma tempestade de vísceras fedorentas e pegajosas. Donut pegou o Mapa do Bairro, pulou para fora da piscina e acabou com os últimos três monstros, que mal sobreviveram à explosão. Ela acertou dois com Mísseis Mágicos e deixou o dinossauro terminar com o terceiro, que cumpriu a tarefa com a alegria costumeira.

Depois, Donut pulou no telhado do prédio em que eu pousara e usou um Pergaminho de Cura para fazer a minha vida subir outra vez. Continuei inconsciente por mais três minutos, apesar de ter sido curado.

Acordei olhando para o céu. Alcançara o nível 19. Meu cérebro levou uns instantes para religar por completo. Havia pousado sobre um monte de pedras, que se cravejaram nas minhas costas. Rolei para o lado, gemendo, e quase caí pelo buraco no teto para o andar abaixo. Não fazia ideia de onde eu estava. *O que tinha acontecido?*

Eu escutei um *tump* do Míssil Mágico de Donut, que me fez olhar para cima.

— Bom dia, Carl. Não vi mais dos elfos, mas aqueles sacos de carne continuam aparecendo — informou ela, atirando outro míssil. — Eles são bem fáceis de matar se acertar no lugar certo. Mongo está se divertindo à beça. Ele acabou de subir para o nível 12. — Ela se inclinou sobre a beirada e gritou: — Bom garoto, Mongo! Mamãe vai matar o próximo, e você pega o que está vindo atrás dele.

Ela atirou outra vez.

— O que está acontecendo? Como eu cheguei aqui? Nossa, Donut. O que aconteceu com você?

Já vira Donut coberta de vísceras antes, mas aquilo ali era demais. Depois que lutamos contra Suquito no primeiro andar, ela havia ficado toda empapada de sangue e entranhas, e achei que nunca mais conseguiria limpá-la. Mas aquela vez não era nada comparada com o que eu via ali. Devia ter uns dez centímetros de carne podre fedorenta presa ao pelo dela. Ela estava tão empanada quanto um frango frito extra crocante.

— Deixa isso para depois — suspirou ela. — Eles continuam vindo daquela direção. Os monstros são muito lentos até chegarem perto, e aí ficam bem rápidos. Veja Mongo matar aquele ali.

Eu também estava coberto de entranhas, mas era mais nas minhas costas. Senti aquilo escorrer de mim, grosso feito lama, quando me sentei.

Olhei por cima da beirada e fiquei boquiaberto com a cena. Engoli em seco. Nunca tinha visto algo assim. Meu café da manhã fora mingau, e naquela hora estava me arrependendo.

Em todas as direções havia sangue e tripas esparramadas. A piscina estava cheia de vermelho e, como muito das vísceras acabava escorrendo para ela, o nível ficava cada vez mais alto. Pedaços de carne, alguns muito grandes, estavam empilhados nos cantos feito rochas. Os pontos brancos dos ossos se alongavam por todo o campo de visão, como se eu visse uma imagem ampliada de uma ferida, em que os ossos eram larvas.

E o cheiro. Minha nossa, senti tudo de uma vez. Uma mistura do fedor de esgoto com os conteúdos de um freezer cheio de frutos do mar em um restaurante de quinta categoria, aberto depois de passar um bom tempo sem luz. Minha cabeça girou.

— Que caralho da porra — falei. — Que merda é essa que aconteceu lá embaixo?

— *Você* fez aquilo — acusou Donut. — Precisa mesmo ter mais cuidado, Carl.

Percebi um movimento, e pela primeira vez vi um dos monstros que havíamos encarado no escuro.

A fera era uma pilha de partes do corpo costuradas de qualquer jeito, medindo uns quatro metros de altura e se arrastando pelo chão. Era como se o dr. Frankenstein tivesse usado ácido antes de fazer sua criação. Vi pernas, braços e troncos, todos amarrados juntos. Havia cabeças, também. Muitas cabeças, todas humanas. A coisa tinha o formato de uma lesma gigante e se mexia como uma. Tentáculos feitos de braços e pernas giravam no topo, balançando no ar. Todas as cabeças gemiam juntas.

A coisa era assustadora de se ver, e fiquei grato por estar ali em cima e não no chão, lutando contra ela.

Berserker Rastejante — Nível 12.

Se você não teve a sorte de lutar contra um desses monstros chefões de bairro no primeiro andar da masmorra, não tema! Esta é a sua chance de se divertir!

Sabe quando você compra um móvel e, depois que você termina de montá-lo, vê que umas partes ficaram sobrando? Acontece com todo mundo. O que você está vendo aqui é um berserker rastejante, a menor versão dessa criatura. Também conhecido como "minimoedor" e "o estridente", esse monstro consiste nas partes sobressalentes que encontramos depois de terminar de criar o Mundo Masmorra. Quem guarda sempre tem.

Essa abominação morta-viva é geralmente encontrada em grupos, invocadas como assassinas lentas, mas muito persistentes. Quando alguém é marcado como o alvo dessas coisas, elas não vão parar de caçar. A boa notícia é que elas são praticamente inofensivas. A não ser, é claro, que você lute com elas no escuro, nesse caso o poder delas é quadruplicado. E, quando elas começam a sua investida desenfreada, não há o que as pare. Elas não são tão lentas depois disso.

É, pois é, parece que você está ferrado.

Eu lembrei da sra. Parsons, minha vizinha lá em Seattle, que morava no andar de baixo antes de tudo isso começar. Ela tinha sido decapitada no colapso, e sua cabeça caíra perto dos meus pés, mas o resto dela havia descido para as profundezas com o prédio. Será que eles usaram o seu corpo sem cabeça em uma daquelas coisas?

Enquanto eu olhava, Mongo surgiu da pilha de entranhas em que estava fazendo um lanchinho, rugiu e correu a toda velocidade até o monstro para pular nele, pousando com os pés. O berserker rastejante caiu para trás e se desmontou, gemendo enquanto morria.

— Eles são bem fáceis de matar — repetiu Donut. — Eles só se desmancham.

— É porque não está mais escuro.

Senti como se tivesse sido atropelado por um caminhão. Ainda não sabia ao certo o que havia acontecido.

— Tenho certeza de que foi o nosso amigo, o Caipluma, que mandou essas coisas atrás da gente.

— É provável. Além disso, acho que nós deveríamos ter uma nova regra — comentou Donut.

— Qual?

— É evidente que não devemos atirar explosivos enquanto não temos visão.

Eu ri.

— Soa como uma boa regra.

Lá embaixo, Mongo grasnava vitorioso enquanto eviscerava a pilha de partes que ainda se mexiam lentamente.

— Eu consegui o Mapa do Bairro — avisou Donut. — Posso ver que há mais dez deles vindo. Deixe Mongo e eu os matarmos, e aí saímos daqui. Hoje foi um ótimo dia para conseguir experiência, chegarei ao nível 17 antes de terminarmos, mas precisamos nos apressar. Tem uma sala segura perto, só dobrar a esquina. Preciso tomar um banho antes de ir para a entrevista.

Pensei em nós sendo teletransportados no estado em que estávamos para um trailer da produção e de repente senti que comecei a sorrir. Não pude evitar, eu ri. Até achei que soava um tanto louco.

— Está bem — concordei. Tirei uma Hob-Lança do inventário e a atirei no ar antes de pegar de novo. — Mas me deixa matar alguns, também. Quero ver o quão longe eu consigo atirar essas coisas.

19

O TRAILER DE PRODUÇÃO ERA DIFERENTE DO QUE HAVÍAMOS USADO para o programa do Maestro, mas ainda era alugado, de acordo com o robô em formato de frisbee que tomava conta do lugar. O navio era maior e mais bem-equipado que o particular de Odette, e tive a impressão de que a embarcação costumava ser usada por autoridades e não exploradores. Ou talvez até fosse parte de um alojamento, pois tinha uma grande cama em formato de bacia e uns banheiros bem-preparados.

Havia uma bandeja de comida, mas estava claro de que não se tratava de comida terrestre. Eram minhoquinhas gelatinosas roxas, ainda vivas. Elas tinham cheiro de peixe. Donut e eu concordamos que não estávamos com fome. Mongo farejou a bandeja e pôs tudo para dentro.

Eles provavelmente alugaram aquele lugar de última hora porque eu havia dito a Zev que nós não tivéramos tempo de nos limparmos direito. O tom nas mensagens dela indicava que ela queria chorar quando eu disse aquilo, e a kua-tin nos deu um sermão sobre como nós tínhamos que estar prontos para nossas "obrigações de relações midiáticas".

A sala segura em que chegamos antes disso era uma daquelas versões de galpão, sem comida e apenas com um chuveiro. Conseguimos molhar Donut, e pedi para que Mordecai a escovasse enquanto eu me limpava. Ainda assim, quando chegou a hora, o pelo de Donut continuava muito embaraçado, já que as vísceras lamacentas estavam presas a ele feito uma tinta vermelha. Ela precisava voltar para o chuveiro, mas não tínhamos mais tempo.

Assim, quando fomos transferidos para o trailer de produção, nos colocaram em um especial que continha um chuveiro que parecia ter saído direto do desenho dos *Jetsons*.

O nome do robô frisbee era D-0NAH, que Donut imediatamente traduziu para "Dona". O robô pediu para que a gata removesse todos os equipamentos (exceto a coroa, claro) e entrasse no chuveiro. Mongo e eu observamos enquanto a gata subia em um tipo de esteira que parecia ter sido projetada para ela. Dentro da máquina a cobriram com jatos de água, ar e algum produto químico azul, e depois mais água, ar, a seguir um braço robô a escovou e, então, outra leva de jatos.

Quando Donut saiu, parecia pronta para participar de uma exposição internacional de gatos. O pelo brilhava. Não havia um indício sequer de que uma hora antes ela fora coberta com as vísceras podres e explodidas do cadáver de um chefão monstro marinho de várias toneladas. Observei a gata reequipar o rabicho e o restante de seu equipamento. Dona pediu para que Donut voltasse à máquina de limpeza e, dessa vez, o mecanismo focou em limpar e polir suas armaduras. E a gata saiu dali com a saia metálica brilhando. Mongo chegou perto dela e começou a farejar, cheio de incerteza.

— Carl, Dona me disse que podemos comprar um desses limpadores multiuso para nossa área privativa. Ela disse que são caros, mas acho que valem muito a pena. Precisamos começar a economizar. Vai, rápido, use ele também. É um luxo.

— Não precisa, estou de boa.

— Carl, a parte de trás da sua capa parece ter sido usada como absorvente. Você precisa se limpar.

— Explorador Carl, fui instruída a te informar que precisará utilizar os recursos de limpeza — disse Dona, a robô. — Você estará na presença da realeza durante o painel, e não se apresentar de maneira apropriada será considerado um insulto.

Eita.

— Realeza? Não é aquele cuzão do Maestro, né?

— O príncipe Maestro perdeu os títulos, foi deserdado pelo pai e não é mais considerado realeza. Mas não, não haverá integrantes do Império Caveira. Você receberá um resumo sobre os outros membros do painel no pré-programa, que ocorrerá daqui a dez minutos. Por favor, entre no limpador.

— Está bem, mas eu não vou ficar pelado — avisei. — Só limpe onde as pessoas podem ver.

A robô fez uma pausa.

— Está bem.

— E depois o Mongo vai — disse Donut —, ele está fedendo.

— Requeremos que seu pet seja colocado na caixa de transporte durante a entrevista.

— Como é? — bradou Donut.

Entrei na máquina para não escutar a discussão que veio a seguir. Dona continuou a falar comigo enquanto a esteira se reajustava para meu tamanho, ela também me instruiu a erguer os braços e virar de costas, mas eu podia ver que, através do material meio acrílico, Donut continuava a discutir com a robô. Eu não conseguia ouvi-la, mas sabia que Donut estava pistola.

Igual ao trailer de Odette, aquelas instalações tinham uma escotilha. Dela, eu vi toda a extensão do mar azul. Diferente das duas outras vezes, naquele momento estava claro do lado de fora, e eu consegui finalmente ver o mundo real. Um par de objetos prateados e retangulares boiava sobre o oceano a umas centenas de metros de distância. Lembravam contêineres de carga, mas flutuavam como navios comuns. No céu azul, um trio de formas zuniu pelo ar a uma velocidade impressionante.

Eu me perguntei como os outros humanos estavam lidando com aquilo, os que foram espertos o suficiente para não entrar na masmorra. O sistema dissera que eles seriam deixados em paz se decidissem não participar, mas, até mesmo através daquela pequena escotilha apontada para um lugar aleatório do oceano, eu sabia que aquilo não era verdade. Quantas espaçonaves e outras embarcações haviam pousado no planeta? Eles estavam mesmo deixando os humanos em paz? Ou eles estavam sendo explorados, caçados e escravizados?

— Chegamos a um acordo — afirmou Donut assim que eu saí da máquina. — Vão limpar o Mongo, mas depois ele vai para a caixa de transporte.

Passei os próximos cinco minutos assistindo à Donut tentar convencer o dinossauro a subir na esteira. Já tinha visto ele pular de cabeça em uma maçaroca de zumbis de quase quatro metros de altura, mas a ideia de tomar um banho parecia aterrorizá-lo. Donut acabou sendo bem-sucedida ao capturar ele com a caixa de transporte, para depois soltá-lo dentro do equipamento. O limpador ligou, e a galinha gigante gritou feito um leitão sendo jogado em um triturador de carne. Podíamos escutar ele mesmo através das paredes à prova de som da máquina.

— Não seja um bebezão — disse Donut. — A mamãe está aqui!

Ele saiu da máquina pouco depois, todo eriçado e cheirando a lavanda. Mongo começou a correr em círculos pelo trailer enquanto Dona fazia um muxoxo e ia atrás dele, nervosa.

Depois de tudo isso, Donut conseguiu guardá-lo, e a porta no final da sala foi aberta. Nós entramos em um estúdio vazio com uma grande mesa redonda. Havia uma seção reservada para os espectadores, mas naquele momento estava vazia. Holofotes brilhavam acima de nós. Não havia uma escrivaninha separada como no show de Odette nem uma cadeira toda ornamentada como no programa idiota do Maestro. Havia apenas uma placa iluminada e simples na parede dos fundos em que se lia **Zona de Perigo com Ripper Wonton.**

Uma das cadeiras tinha **Carl** brilhando sobre ela e, na do lado, estava escrito **Princesa Donut**. Nós nos sentamos. Como da vez anterior, a cadeira de Donut subiu, permitindo que ela enxergasse sobre a mesa.

— Isso é tão emocionante! — disse ela. — Adoro aparecer em programas novos.

— Pois é... porque da última vez saiu tudo super bem — murmurei.

Uma estranha criatura apareceu por uma porta do outro lado do estúdio. Chutei que a criatura fosse "ele", mas não tive certeza. Era um humanoide, mas absurdamente magro, quase da minha altura, branco por inteiro e sem pelos. Tinha imensos olhos pretos, feito poças de petróleo. Uma crista surgia entre os olhos e cruzava sua cabeça feito um moicano ossudo. Ele estava vestido com roupas brancas simples. Seu corpo todo brilhava e, quando andava, deslizava como se os pés não tocassem o chão.

Como estávamos fora do jogo, não havia um nome flutuando sobre sua cabeça. Ele veio pairar ao lado da mesa.

— Princesa Donut e Carl, boas-vindas à *Zona de Perigo* — cumprimentou.

A sua voz soou do jeito que eu imaginei que seria: leve, irregular e alienígena. Ele acenou para nós em saudação, em um movimento lento e preguiçoso. Ele só tinha três dedos em cada mão.

— Olá, é um prazer te conhecer — disse Donut. — Você é o Ripper Wonton?

O alienígena deu uma risada leve.

— Não, Princesa. Meu nome é Evo. Sou o diretor deste programa. Queria conhecer vocês dois pessoalmente antes de conectar os outros. Hoje estaremos ao vivo, e não gravados. Temos mais uma exploradora conosco esta noite, mas ela já recebeu o briefing. — Ele apontou para uma cadeira vazia. — Ela está sentada ali neste momento, mas não pode vê-los.

— Qual é o nome da sua raça? — perguntei.

— Ah... O nome do meu povo é deveranos, mas os outros costumam nos chamar de "veras" — informou Evo.

— Na Terra tínhamos muitos trabalhos de ficção e filmes sobre alienígenas, e muitos deles se pareciam com você — comentei.

— É verdade, e é muito interessante — disse Evo. — Sua cultura mostrou mais dos nulos do que de nós, mas vimos exemplos de nosso povo em suas mídias e em registros históricos. Eu não sei como vocês se apegaram a nossas feições, mas é provável que alguns de meus semelhantes tenham visitado este mundo no passado. Há probilidacionistas entre meu povo, e é possível que eles tenham visitado este planeta para coletar uma amostra do estoque humano para tentar fazer previsões sobre o rumo da futura exploração. Visitar o planeta por qualquer razão que não por um assunto oficial do Sindicato é ilegal, claro, mas isso não significa que não acontece.

— Então abduções alienígenas aconteciam de verdade? — falei, admirado. — Olha só.

— E aquele negócio de sondas? — perguntou Donut. — Lembro de terem falado de sondas na TV.

— Acredito que esteja falando de sondas anais? — perguntou Evo. — Também ouvimos falar delas. Se aconteceu de verdade, é provável que tenha sido algo feito pelos nulos. Vocês os chamam de homenzinhos verdes. Eles são uma raça asquerosa e desagradável. Pervertidos, todos eles. — Evo apontou para a cadeira logo à minha esquerda, e uma imagem holográfica e estática apareceu. Era uma mulher que tinha o rosto cheio de tentáculos e que usava uma coroa. — Temos que seguir em frente. Sentada nesta cadeira estará a princesa D'nadia de Prisma. Ela é da raça saccathiana. Também conhecidos como sacs. São uma raça comum, mas o reino Prisma, de D'nadia, é um tanto pequeno. Ainda assim, ela é poderosa em certos ramos comerciais e fala o que pensa. É uma convidada recorrente neste programa, fã de vocês dois. Ela pediu especificamente para se sentar aqui.

Eu observei a mulher-lula. Aquela era só uma representação holográfica, e não ela de verdade. Sua pele parecia cinza e coberta de caroços. Um emaranhado de tentáculos de polvo saía do rosto cefalópode como se ela fosse um Cthulhu humanoide. Usava um longo vestido esvoaçante, e não dava para saber como o corpo era por baixo do tecido. No todo, a aparência dela me assustava.

Na cadeira seguinte havia uma criatura marrom, gordinha e peluda que parecia o resultado do cruzamento entre um vombate e um Ewok de *Guerra nas Estrelas*. O ser devia ter mais ou menos um metro e vinte de altura e não usava roupas exceto pela porra de um lenço laranja ao redor do pescoço, tipo o do Fred de *Scooby-Doo*. Ele tinha bochechas enormes e olhos gigantes, e era tão fofo que chegava a enjoar. Tive uma vaga lembrança de ver a versão de pelúcia daquela raça na prateleira da srta. Penacho.

— Ah, nossa! — exclamou Donut. — Aquele ali é certamente adorável.

— Aquele é o apresentador, Ripper Wonton — disse Evo. — Ele é da raça setonix, mas a maioria só os chama de quokkas. Vai mediar a conversa. É um cavalheiro de bom coração, apesar de suas opiniões fortes. Ele vai tratar vocês de maneira justa, mas, se discordar de sua posição quanto a algo, vai garantir que vocês saibam disso.

Na próxima cadeira havia outra criatura de aparência feminina. Tinha uma coloração preta e prateada com cabeça de cobra. O holograma era imenso, deixando-a bem acima da mesa, e a cabeça com as abas no formato de capuz devia ter um metro de largura.

— Aquela é Manasa, uma cantora famosa. Ela é uma naga, mas não se preocupem — afirmou Evo, olhando para Donut —, ela não faz parte do Sultanato Sanguíneo. Dessa forma, vocês não terão que matá-la quando chegarem ao nono andar. Ela não é uma naga verdadeira também. A Manasa verdadeira morreu muito tempo atrás, mas ela tinha um contrato com a Corporação Valtay para que eles continuassem a carreira dela mesmo depois de sua morte.

Lembrei do que Odette me dissera sobre o sistema Valtay. O povo era formado por pequenos parasitas controladores de corpos.

— Então quer dizer que há uma minhoca no cérebro dela controlando o corpo?

— Correto — respondeu Evo. — E a carreira dela está se saindo melhor do que nunca. Seu último *single* se encontra, no momento, em oitavo lugar na classificação geral de todo o universo.

Na próxima cadeira havia um humano de meia-idade com cara de arrogante chamado Tucker. Um comediante de stand-up. Só de olhar para o sorriso idiota no holograma soube que sua cara seria boa de socar. Nem precisava dizer que eu não gostei dele.

Evo revelou a última participante, e eu reconheci de imediato a exploradora sentada ali. Donut ficou boquiaberta.

Era Hekla, a loira islandesa que havia se tornado uma amazona donzela escudeira. Ela era a líder da equipe Filhas de Brunilda. A última vez que eu a vira tinha sido no episódio de retrospectiva, algumas noites antes. A equipe dela tinha sido espalhada pelo andar, mas boa parte conseguira se reagrupar, e juntas mataram um urso-coruja chefão de município. Lembrei que ela tinha uma balestra automática mágica que destruía tudo como se fosse uma motosserra de longo alcance. Eu não sabia quais eram os atributos dela naquele momento, mas, no episódio que eu assistira, ela havia chegado ao nível 25, a segunda exploradora a fazer isso, horas depois de Lucia Mar.

Os músculos de Hekla saltaram quando ela se inclinou para a frente em sua cadeira, e percebi que aquilo não era um holograma estático, mas ela de verdade.

— Oi, Hekla! — cumprimentou Donut do outro lado da mesa, então olhou para mim. — Olha, Carl, é a Hekla!

— Eu estou vendo, Donut.

— Olá, Donut — respondeu a amazona, que olhou para mim e assentiu com a cabeça.

— Como a sua equipe está se saindo? — perguntei.

— Estamos sobrevivendo. — A mulher quase não tinha emoção em sua voz. Seus olhos eram da cor de safiras. — Uma das Filhas está perto de vocês. Ela reconheceu o circo no episódio e sabe que vocês estão próximos. E gostaria de se reunir com a equipe, mas acredito que estamos muito longe. Ela precisa de ajuda para subir de nível. Vocês podem a auxiliar? Vou considerar isso um favor pessoal.

— Mas é claro! — exclamou Donut, antes que eu pudesse responder. — Adoraríamos ajudar a sua amiga.

Mas que droga, Donut. Então parei para pensar.

— Diga para ela ir ao Narval Caolho hoje à noite, no vilarejo ornitocéu médio. Mas, só para você saber, estamos envolvidos com uma coisa perigosa e não vamos poder diminuir o ritmo para ajudá-la. Vamos fazer o que der.

— Tudo bem — disse Hekla, e um leve sorriso surgiu em seus lábios. — Só não a explodam.

— Por mais que eu não goste dos saltadores-do-lodo — comentou Tucker, o imbecil pomposo —, sinto que a Valtay passou da linha tentando assumir o controle da temporada. As cortes sempre mantiveram os direitos daqueles que procuram por proteção pela falência, e eu não vejo por que isso teria que mudar.

— Não era para você ser um comediante? — indagou Donut. — Quando que vai falar alguma coisa engraçada? — O público foi à loucura. — Viu só? Não é difícil.

À minha esquerda, a princesa D'nadia fez um som de trompete com os tentáculos, que parecia significar que ela não só concordava como se divertia. Vez ou outra, ela tentava segurar minha mão, mas suas garras com membranas apenas atravessavam meus dedos. Manasa, a cantora pop com cabeça de cobra, também riu, sua língua bifurcada saindo e voltando.

Tucker fechou a cara.

— Muito bem, e qual seria a sua opinião sobre o assunto, *Princesa* Donut? — perguntou ele.

Donut bufou.

— E como que eu iria saber? Sou uma gata! — Mais risadas. Ela continuou: — Mas eu sei disso, Toco: em primeiro lugar, não conheço o suficiente do assunto para ter uma opinião formada sobre ele, diferente de você, que está claramente tirando ideias do traseiro. Em segundo, sei que meu parceiro tem uma opinião muito ruim de você. Não é mesmo, Carl?

— Isso — respondi. — Você é um idiota.

Hekla riu pela primeira vez desde que nós havíamos começado a entrevista. Até mesmo Ripper, que estava tentando manter um tom imparcial durante o programa, teve que baixar a cabeça e batucar na mesa, tentando não deixar a emoção transbordar.

Eu não fazia ideia se a opinião do Tucker era válida ou não, mas uma das primeiras coisas que ele fizera quando começamos a conversa foi fazer comentários arrogantes sobre como o programa estava caindo de nível se tinha passado a dar espaço para a fala de pets. Achei que ele ia usar a deixa para fazer alguma piada leve, ou até fazer graça com o apresentador, mas não, ele estava falando sério. O público vaiou, e o cuzão ficou com sorriso presunçoso no rosto. Donut não gostou daquilo e logo começou a descer a lenha no sujeito. Ela estava a toda. Naquele momento, fazia meia hora que eles mantinham tal bate-boca. No começo fiquei preocupado de ela encarar um comediante, mas Donut o colocou contra a parede quase que de imediato, já que ele era burro demais para perceber que tinha perdido antes de começar.

— Você sabe que meu nome não é Toco. Está fazendo isso só para me deixar com raiva.

Donut olhou para mim com os olhos faiscando.

— Mas, Carl, você me disse que o nome dele era Toco.

— É Tucker — falei.

— Tucker? Tem certeza?

Do meu lado, achei que a princesa D'nadia estava passando mal, de tanto que ela ria. Era óbvio que ela também não gostava do Tucker.

O comediante jogou as mãos para o alto.

— Podemos seguir em frente, por favor? Eu vim a este programa porque iríamos falar de assuntos importantes.

— Ah, querido — disse Donut, balançando a cabeça. — Como você é puro.

Depois que os espectadores se acalmaram, houve um breve segmento sobre várias questões intergalácticas que nem eu, Donut ou Hekla tínhamos muito o que acrescentar. Por um bom tempo, eu não fazia ideia do que eles estavam falando. Um sistema solar tinha sido invadido por outro. Um povo entregara uma petição para fazer parte do conselho do Sindicato. Eram coisas assim, no geral. Até a audiência parecia entediada com aquela parte.

O problema sobre o qual Tucker tinha dado a opinião era a respeito de como a Corporação Valtay tentava coletar os débitos do sistema Borant.

Nós, exploradores, fomos inteligentes o suficiente para não falar nada de estúpido sobre a Borant ou a Valtay, caso eles assumissem a exploração, o que parecia bastante improvável.

Manasa, por razões óbvias, era a favor da Valtay. Ripper e a princesa D'nadia pareciam achar que ambos os lados eram uns babacas, mas ficaram do lado da Valtay. Tucker estava mais do lado dos kua-tin.

Ripper levou a discussão para o Império Caveira. Aparentemente, havia uma grande agitação ocorrendo em um de seus sistemas centrais, em parte por causa de todo o constrangimento causado pelo Corte do Linguicinha. Muitos comparavam o Império Caveira aos hedonistas javalíneos da Supremacia Orc, e novas demandas por uma reforma democrática surgiam pelos sistemas. O povo se ressentia de a família real gastar tanto tempo e dinheiro brincando com a exploração e os jogos de Guerra das Facções enquanto negligenciavam os deveres em seu território. O rei Ferrugem respondera às críticas deserdando Maestro e falando para o povo calar a boca. Ripper olhou bem para mim e perguntou minha opinião.

Levei uns segundos formulando a resposta. Estava esperando uma pergunta sobre esse assunto e tinha me preparado mentalmente para responder. "Tudo que precisa é uma sementinha." Estendi a mão e a coloquei sobre Donut.

— Eu não sei dos detalhes, é claro. Tudo o que sei, na verdade, é o que você me apresentou hoje e como aquele cuzão, o príncipe Maestro...

— *Ex*-príncipe Maestro — corrigiu Donut.

— Como o *ex*-príncipe Maestro agia. Se o pai dele, o rei Ferrugem, trata os súditos da forma que o filho tratava os convidados em seu programa, então eles *têm* que se rebelar. Na Terra, nós tínhamos essa fábula: a história conta que, se você jogar um sapo em uma panela de água fervente, ele vai escapar na hora, mas, se você colocar o mesmo sapo em uma água em temperatura ambiente, ele vai ficar nela. Não vai sair, porque está tudo bem. Então, se você puser a água para esquentar, e a temperatura subir, o sapo não vai pular porque só está um grau ou dois mais quente do que antes. Continue a aumentar a temperatura, e o sapo vai morrer cozido vivo. Se é jogado na panela fervente, o sapo saberá na hora que estava em perigo. Mas por causa do aumento gradual do calor sobre a temperatura ambiente, ele não perceberá que o perigo estava próximo até ficar tarde demais.

— Essa é uma metáfora muito idiota — começou Tucker.

— Pare — interrompeu Ripper, erguendo uma de suas patas peludas. — Deixe Carl terminar.

— Então, eu não sei o que está acontecendo nos sistemas deles. Sou só um cara de um planeta pequeno, que achava estar sozinho no espaço. Fomos jogados na panela fervente e a tampa foi fechada sobre nós, e por isso eu, Donut e Hekla não temos muito a opinar sobre o que está acontecendo conosco. Porém, acredito que seja diferente para os que vivem sob o Império Caveira. Se antigamente era bom, mas hoje é ruim, talvez eles devessem fazer alguma coisa quanto a isso. Eles não devem comparar as circunstâncias com o jeito que elas eram ontem. Devem olhar para o que era anos atrás. Era para fazermos do mundo... do universo... um lugar melhor para nossos filhos. Se não está melhor, e eles estão lidando com crueldade e negligência, então deveriam fazer alguma coisa quanto a isso. E é o que eu digo: fodam-se eles. Fodam-se o rei Ferrugem e o seu filhinho cuzão. Se estão infelizes com o governo, deem um pé na bunda dessa família e montem um governo novo, um que represente melhor os interesses do povo. Eles não deviam ter que ficar lidando com um babacoide que pega o dinheiro do povo e gasta com joguinhos para matar gente mais fraca, sem correr risco algum. É um frouxo mesmo. Essa é a minha opinião.

Ninguém falou qualquer coisa por vários segundos.

— Você provavelmente não sabe disso — comentou Tucker, com um tom de triunfo em sua voz —, mas usar abertamente de túneis para incitar sistemas a se rebelarem contra um membro do Estado é um crime.

— Se isso é verdade — retruquei —, então vocês *todos* estão na mesma panela. — Eu me virei para olhar para o público. — E, para todos vocês, se o seu governo tem medo do que o povo diz, talvez tenha uma razão para isso. — E logo completei: — Além do mais, o que eles podem fazer comigo? Me jogar na masmorra?

Ao meu lado, a princesa D'nadia começou a bater palmas e fazer som de trompete com os tentáculos. Hekla, que dissera praticamente nada durante todo o programa, me encarava diretamente. Eu não consegui decifrar sua expressão.

Sob a minha mão, Donut tremeu quando o público gritou em aprovação.

Porém, percebi que não era unanime. Várias pessoas — a *maioria* — vibrava. Mas não todos. Os que não comemoravam pareciam desconfortáveis e alguns estavam aborrecidos. Mas estava tudo bem, era um pequeno passo. A metáfora do sapo funcionava dos dois jeitos.

— Puxa — disse Ripper. — Me disseram que vocês costumam queimar pontes por onde pas...

Em minha frente, a imagem de Manasa, a cobra, piscou algumas vezes, e então desapareceu por completo. Em seguida, o estúdio virou de lado, fazendo tanto eu quanto Donut cairmos de nossas cadeiras. As luzes piscaram, e Donut gritou. Quando bati no chão, minha interface, que estivera desligada desde que havíamos chegado ao trailer de produção, foi religada.

— Carl, Carl, eu vou passar mal — murmurou Donut.

O trailer continuou a oscilar. O mar, que até aquele momento estivera na maior calmaria, havia ficado revolto.

O estúdio sumiu, e tudo o que sobrou foram nossas cadeiras e metade da mesa. Dona, a robô, entrou na sala.

— Por favor continuem calmos. O sistema será restaurado dentro de quinze segundos.

Zev: Ah, meus deuses, vocês estão bem?

Carl: Que merda foi essa?

A interface desapareceu outra vez, e o estúdio ressurgiu na medida em que o mar se acalmava. Ripper, a princesa D'nadia e Tucker ainda estavam em seus assentos, e o apresentador falava enérgico com alguém que eu não conseguia ver. Hekla estava em pé atrás de sua cadeira e suspeitei que ela também fora derrubada, o que significava que o trailer dela devia estar flutuando por perto. Hesitante, Hekla se sentou outra vez. Manasa não retornou.

— Você se machucou? — sussurrou a princesa D'nadia para mim.

— Estamos bem. O trailer balançou. O que aconteceu?

— Estão dizendo que houve um ataque ao trailer de Manasa. Ela estava de férias na Terra e ascendera para participar da entrevista. Falaram que o trailer dela foi atingido por um ataque de pulsão. Isso é tudo que eu sei.

— E você? Está bem, também? — perguntei para Hekla.

— Sim — disse ela. — Estou bem.

— É, nós também.

— Eu vomitei — reclamou Donut, olhando para mim.

Tinha vômito pela cara dela inteira. Usei o tecido grosso da capa de noturno para limpar o pelo dela o melhor que pude.

— Você está de brincadeira? Jura mesmo? — exclamou Ripper para seu assistente invisível. — Deixa eu ver a declaração.

Ele se virou para mim e para Donut. O apresentador peludo abriu a boca como se estivesse prestes a dizer alguma coisa, mas mudou de ideia. Em vez disso, ele encarou os espectadores.

— Senhoras e senhores, peço desculpas pela interrupção. Algo aconteceu na superfície da Terra, e ainda estamos esperando por mais informações. Manasa perdeu a conexão, e acredito que ela não voltará. Continuem tunelados e traremos mais notícias assim que elas vierem. Enquanto isso, vamos para a Zona de Perigo.

Nada aconteceu por um momento, e em seguida uma mulher-coruja apareceu do nada no fim da mesa.

— Olá — cumprimentou a coruja. — Tenho uma pergunta para a Hekla. Por que abandonou seu marido quando vocês entraram juntos na masmorra? E você se arrepende de ter feito isso?

Hekla pareceu pega de surpresa pela pergunta. A mudança abrupta de assunto, considerando tudo que acontecia ao nosso redor, pareceu tão repentina e fora da hora que era quase absurda. Mas, pelo que dava para ver, a seção de perguntas e respostas do programa se chamava Zona de Perigo. Atrás de nós, Ripper havia desaparecido. Tucker virou de costas no assento para falar baixo com alguém fora da projeção. Ao meu lado, a princesa D'nadia estava com a cabeça inclinada para o lado e escutava a algo ou alguém escondido.

— Eu... Eu... — gaguejou Hekla. — Ele me deixou e não me deu outra escolha. Ia acabar matando a nós dois. Então ele morreu, e eu não.

— E você se arrepende por isso? — repetiu a coruja.

— Claro que eu me arrependo.

— Obrigada — disse a coruja.

Ela desapareceu, e em seu lugar surgiu um orc macho.

— Eu sou Rolf — apresentou-se o orc. — Essa pergunta é para Carl. Qual é o seu jeito favorito de matar?

— Essa é uma pergunta bem descaralhada, hein? — falei. — Eu não gosto de matar.

— Não? — surpreendeu-se Rolf. — Mas você mata bem.

— Ele é ótimo, não é? — disse Donut.

— Acho que eu prefiro quando é simples, limpo — respondi. — Um soco rápido, que quebre o pescoço do inimigo.

Rolf ergueu um punho no ar.

— Isso é bom. Obrigado.

A próxima pergunta foi sobre a balestra de Hekla. Depois dela, surgiu uma criatura que parecia uma kua-tin, mas com tamanho humano. Acho que Odette havia chamado eles de brilhosos. Ela olhou diretamente para Donut.

— Princesa, quem é Ferdinand?

Várias pessoas no público aplaudiram a pergunta.

Donut ficou tensa, mas depois relaxou.

— Ah, querida, adorei esse conjunto que está vestindo. É muito bonito. E você está certa em perguntar. Deixei esse segredo guardado por tempo demais, e por isso suponho que seja a hora de o universo saber a verdade. — Ela suspirou de maneira dramática. — Ferdinand é o amor da minha vida, mas tivemos um relacionamento trágico. Ele só me visitava à noite. Admirávamos um ao outro de uma grande distância e ambos sabíamos que aquele era um amor que nunca se concretizaria. Nosso amor estava escrito nas estrelas, mas ele estava sendo caçado pelas autoridades. Entre a realeza felina, ele era odiado, chamado de "vira-lata", um gato sem pedigree. É por isso que eu saí para a noite no dia do colapso. Podia sentir ele lá fora, me chamando.

— Pera — chamei. — Você está falando daquele gato laranja medonho que aparecia na janela quando você entrava no cio?

— Estou sim, Carl. Imaginei que já era hora de você saber do meu amor secreto. Uma princesa e um rufião. Não era para ser, mas nosso amor era puro.

Não pude evitar, comecei a rir.

— O nome dele não era Ferdinand. Era Molhinho. Ele era da Marjory, do primeiro andar.

Aquele gato também tinha cruzado com todas as fêmeas em uma área de três quarteirões. Bea chamara o controle de animais para lidar com ele umas duas vezes, mas a equipe nunca conseguiu o encontrar e capturar. Bea fez o maior escândalo com Marjory por causa dele, mas eu nunca entendi direito o porquê de ela se importar tanto. Molhinho ficar sentado na árvore perto da nossa janela não era nem de longe tão irritante quanto a Donut se esgoelando por estar no cio.

— Ele preferia Ferdinand — afirmou Donut, fungando.

O brilhoso sumiu e em seu lugar surgiu uma criatura élfica que usava cartola.

— Olá, o meu nome é Chappy — disse o elfo. — Minha pergunta também é para Donut. Se Bea estiver viva e aparecer na masmorra, a Princesa vai mesmo deixar Carl para ficar com ela?

Senti um calafrio. Lancei um olhar duro para Donut, que me encarou com a confusão estampada no rosto.

— Quando nos reunirmos com a srta. Beatrice, vamos todos trabalhar juntos. Vai ser como era antes.

Chappy pareceu perplexo com a resposta dela.

— Mas você acha mesmo que Carl vai querer continuar com ela? — O elfo olhou para mim. — Carl?

Aquela situação jamais aconteceria, porque as chances de Bea estar em qualquer estado que não morta eram ínfimas. E, mesmo que estivesse viva por algum milagre, um desses programas já a teria encontrado. De qualquer forma, aquela era uma conversa que eu ainda precisava ter com a Donut, mas não a faria ali, ao vivo, caralho. Eu resmunguei:

— Quando isso acontecer aí a gente v...

— Desculpe interromper, pessoal — disse Ripper, com a voz agitada. Podia ver que ele estava com tanta raiva que mal se segurava. — Mas tenho algumas notícias de última hora para compartilhar. Como vocês viram, nosso programa foi interrompido. Averiguamos que isso foi por causa de um ataque de pulsão absurdo contra um de nossos camarins de produção, onde se encontrava nossa amiga e convidada frequente, Manasa. Sinto muito em dizer isso, mas ao que tudo indica ela pereceu no ataque.

Gritos de surpresa e espanto vieram dos espectadores e Ripper ergueu as patas para acalmá-los. Ao meu lado, a princesa D'nadia chorava e óleo negro escorria pelo seu rosto cefalópode.

— E tem mais — avisou Ripper. — Em uma reviravolta trágica nesta história, parece que ela *não* era o alvo do ataque. Simultâneo ao pulso... — Ele fez uma pausa, falhando ao tentar manter a compostura, a raiva transbordando em sua voz. — O príncipe Valente do Império Caveira divulgou a seguinte declaração.

Uma tela surgiu, exibindo um porco selvagem de pelos eriçados que estava sentado atrás de uma mesa. O príncipe Valente, herdeiro da coroa do Império Caveira, lembrava muito o irmão mais novo desonrado. Enquanto Maestro parecia musculoso demais, Valente era mais magro, mas ainda exalava poder e força, sem falar de crueldade. Mesmo antes que dissesse uma palavra, vi aquilo em seus olhinhos de porco.

Atrás dos ombros do orc havia uma janela que dava para um imenso campo verde que se perdia na distância. Os pontos de vários soldados marchando em formação apareciam logo abaixo, e a câmera estava disposta de uma forma que dava para ver o campo com perfeição.

Ele está no nono andar, pensei. *Ele está se preparando para as Guerras de Facção.*

— Cidadãos do Sindicato. Quando esta mensagem tunelar, as criaturas vindas da Terra Carl e Donut terão sido executadas por um golpe de pulsão lançado de meu iate pessoal. O Império Caveira pagará por qualquer dano às propriedades privadas destruídas no ataque. Nós defendemos que esta execução sumária está dentro das regras do Sindicato no que diz à soberania dos sistemas independentes, e é tanto justificada quanto apropriada considerando as afirmações do explorador Carl ao incitar a insurreição. Isso é tudo.

A tela apagou.

— Isso foi rápido — murmurou Donut.

— Nem me fale.

O ataque tinha vindo nem dois minutos depois de eu terminar o discurso.

— Eles atingiram o trailer errado. — disse Tucker, olhando para nós, a arrogância de antes desaparecida. Ele parecia estar em choque. — Era para ter sido vocês.

— Manasa precisou trocar de trailer — explicou a princesa D'nadia. — Nos informaram que vocês precisavam de recursos de limpeza, e ela se ofereceu para fazer a troca. — A princesa mal conseguia falar de tão triste que estava. — Ela era minha amiga. Por anos incontáveis ela foi uma grande amiga. Mesmo sabendo que era uma cabeça de minhoca, nós fomos próximas por tanto tempo. — Ela se virou para o público, limpou a voz e se sentou mais ereta na cadeira. — O reino Prisma condena oficialmente essa ação do Império Caveira, e enviaremos uma denúncia imediata à corte do Sindicato.

— A Valtay e o Império Caveira são fortes aliados — avisou Tucker. — Sem dúvida verão que isso foi um trágico acidente.

— Sabe quanto dinheiro a Manasa traz para a Valtay por ano? — disse Ripper. — Aqueles idiotas. Estúpidos, imbecis. Ela era um tesouro. As pessoas acham que o setor tecnológico da Valtay é o mais lucrativo, mas isso não é verdade, nem de longe. São os ativos de entretenimento. E eles a assassinaram desse jeito.

Eu senti a raiva subir, de repente. *Agora vocês estão indignados? Quando é a amiga de vocês?* A dissonância cognitiva era demais para mim. Não ousei dizer em voz alta, mas que porra? Eles nos destruíram, destruíram o nosso *planeta*. E, de repente, um míssil disparado por engano ou fosse lá o que tivesse sido aquilo era uma tragédia. *Vão se foder. Vão se foder todos vocês.*

— Carl — murmurou Donut com preocupação —, Carl, se eles descobrirem que acertaram o trailer errado, vão atirar em nós outra vez? Talvez fosse melhor nós irmos embora.

Ripper olhou para nós e fez um movimento pedindo para que continuássemos sentados.

— Está tudo bem, vocês estão a salvo. Acabei de receber a informação; estão me dando mais detalhes neste instante. A Valtay alega que um de seus encouraçados na órbita terrestre acabou de destruir o iate do príncipe Valente. Repito, a Corporação Valtay afirma ter destruído a nave real do Império Caveira. Pela mensagem está claro que Valente não se encontrava a bordo no momento, mas há rumores de que tanto a rainha consorte Ugloo e o ex-príncipe Maestro *estavam* a bordo.

— Lá se vai a aliança deles — resmungou Tucker. — Isso enfraquece a posição da Valtay na tentativa de seguir com a ação de falência.

— Cala a porra da boca, Tucker — bradou a princesa D'nadia. — Pelos deuses, nossa amiga foi assassinada.

— Calma, ele acabou de dizer que Maestro morreu? — perguntou Donut. — Carl, você também ouviu isso?

— Ouvi, Donut.

Enquanto Ripper repetia tudo que havia acontecido, quase sem fôlego, meus olhos se encontraram com os de Hekla, que continuava quieta e sentada do outro lado da mesa, feito uma rocha em meio ao furacão. Ela me estudava com curiosidade.

— Então é sempre assim com vocês dois? — indagou ela. — Como foi que ele disse? Pontes queimadas?

Eu concordei e coloquei minha mão sobre Donut.

— Com uma pitada de caos também.

20

RIPPER WONTON MOSTROU UM VÍDEO DE MANASA CANTANDO, SUA ÚLTIMA performance. A imensa serpente estava em um salão de festas opulento, cantando à capela em um soprano triste e assombroso. O estúdio inteiro assistiu em completo silêncio. Chegou a me dar arrepios.

— Nossa — sussurrou Donut quando a música acabou.

O programa terminou logo depois, e o estúdio virtual se dissipou, deixando Donut e eu sozinhos. Hekla e os outros desapareceram antes de podermos nos despedir. Nós nos levantamos e retornamos para o lounge.

Fui até a escotilha no banheiro e, como suspeitava, um dos trailers flutuantes tinha sumido. Em seu lugar havia centenas de sondas de todos os tamanhos que voavam e analisavam a água. Duas delas vieram na minha direção bem quando olhei pela janela, mas, antes que pudessem chegar muito perto, a escotilha se fechou como o obturador de uma câmera.

Minha interface ligou outra vez.

Zev: Vejo vocês na sala segura. Preparem-se para o teletransporte dentro de alguns segundos.

Carl: Esperamos você lá.

— Ela foi muito legal. A Manasa, quer dizer. Eu gostei dela — comentou Donut enquanto esperávamos.

Ela soltara Mongo da caixa de transporte, e ele pulava por tudo, animado. Então, o dinossauro correu para o banheiro, subiu na esteira do limpador automático e grunhiu quando o equipamento não ligou sozinho.

— Pois é — falei. — Uma pena.

— Você acredita mesmo em tudo aquilo que disse? Sobre as pessoas se revoltarem? — indagou Donut.

Dei de ombros.

— É um pouco ingênuo. É uma fantasia legal, mas sei que o universo não funciona desse jeito. Até onde a gente sabe, pode ser que os súditos daquele rei estejam muito felizes. Só porque as pessoas reclamam não significa que estão na pior. Além disso, eu sou um zé-ninguém. Não é como se eu tivesse o poder de mudar qualquer coisa. Mas, cacete, não esperava por aquela resposta.

— Pois é, Mordecai vai ficar furioso. Ele disse que você devia fazer uma piadinha do rei se pudesse, e não matar a esposa dele.

Ainda não sabíamos todas as razões do porquê Mordecai ter sugerido que eu desse umas cutucadas no rei se a oportunidade surgisse. Ele nunca entrava em detalhe sobre aquele tipo de coisa. Só ficava tagarelando sobre o que a gente tinha que fazer ou prestar a atenção: tipos de monstro, ervas, equipamentos. Jeitos de agir ao encontrar certos tipos de NPCs. Por isso, nós começamos a chamar aquilo de nosso BOLO diário. Bota o Olho e Liga o Ouvido. Donut surgira com o termo graças à vez em que ela maratonou *Law & Order*. Suspeitei que esse esquema com o rei Ferrugem era uma estratégia a longo prazo, algo que tinha a ver com o nono andar, se algum dia chegássemos nele. Mordecai queria que a gente insultasse o rei para ficar no radar dele, provavelmente porque seria mais fácil de bolar uma isca para pegá-lo depois.

Mas falei a verdade para Donut. Sabia que um cara aleatório preso em uma exploração, gritando sobre revolução, não seria o suficiente para começar uma crise intergaláctica. Ainda assim, sementes. Mordecai tinha seus planos, e eu tinha os meus.

Dito isso, alguma coisa estava acontecendo. Outro jogador invisível na *call*, por assim dizer. Aquilo estava me incomodando desde a hora em que eu havia escutado a mensagem do príncipe Valente.

Carl: Precisamos ser cuidadosos. Nunca sugira isso em voz alta. Mas acho que armaram para nós.

Donut: DO QUE VOCÊ ESTÁ FALANDO?

Carl: Aquele cara, o Valente, pareceu preparado demais para dar a declaração. Estava com a câmera pronta e o exército no fundo. Ele planejava nos matar desde o começo. Não acho que esperavam meu discurso, mas foi conveniente para eles.

Donut: MAS ELES ERRARAM.

Carl: Armaram para o Valente, também. Nós éramos só os peões, as iscas. Manasa também. Quem está orquestrando isso sabia que os orcs planejavam nos matar. O troca-troca de navios foi ou de

propósito para que eles acabassem matando uma aliada, ou usado como uma oportunidade. O erro os humilha e fere a aliança do Império com a Valtay. Quem tira benefício disso?

Donut: MANASA TINHA A VOZ DE UM ANJO. NINGUÉM SAIU GANHANDO.

Carl: Não, não é verdade. A Borant ganhou com isso, e muito. Se a Valtay perder um aliado poderoso, ou talvez até entrar em guerra contra o Império Caveira por essa causa, eles não terão tempo de tentar tomar o sistema Borant. Mas eu não tenho certeza. Não sabemos de quase nada.

Donut: OU PODE SER QUE NÃO TENHA NINGUÉM POR TRÁS DISSO TUDO. SIM, OS ORCS IAM NOS MATAR, MAS SÓ TIRAMOS A SORTE GRANDE.

Carl: Talvez. Se for isso, então foi *muita* sorte para nós e para a Borant.

Donut: ACHA QUE A ZEV ESTÁ ZANGADA CONOSCO POR CAUSA DO QUE VOCÊ DISSE?

Carl: Vamos descobrir.

— Ah, meus deuses! — exclamou Zev assim que retornamos para a sala segura.

Ela nos enviara para a mesma sala que tínhamos entrado, a vazia que ficava perto da piscina com o cadáver explodido do chefão. Zev tinha chegado antes de nós e estava de pé no meio da sala, vestindo seu traje espacial de sempre. Nossa interface não sumiu como costumava quando ela entrava na sala. Não sabia se aquilo fora um descuido ou um bug devido a ela ter surgido primeiro.

— Aquilo foi *assustador*. Achei que vocês dois tinham morrido — disse a kua-tin.

— O que aconteceu? — indagou Mordecai, olhando para nós.

Donut contou a história para ele, animada e bem do jeito dela. Começou detalhando o sistema limpador multiuso do trailer, entrando em minuciosidades extremamente inúteis.

— Como eles sabiam em qual trailer a gente estava? — perguntei para Zev enquanto Donut contava a história para Mordecai. — Quer dizer, eles estavam errados, mas só porque trocamos no último minuto.

— Esse tipo de informação não é segredo — revelou Zev. — Trailers alugados disponibilizam os cronogramas para coordenar os horários. Antes de hoje, nunca houve uma razão para esconder quem usava qual trailer. Nunca tentaram assassinar um explorador fora da masmorra. Que pesadelo.

— Pare — pediu Mordecai, erguendo uma mão para Donut. — O que aconteceu de verdade?

A gata respirou fundo.

— Carl chamou o rei orc de frouxo, e a nave do filho dele, que orbitava a Terra, atirou um laser no trailer de produção. Só que acontece que nós trocamos de trailer com a Manasa e ela que foi explodida no nosso lugar.

Mordecai olhou para mim, horrorizado.

— Manasa, a *cantora*? Ela morreu?

— Ela foi tão legal — lamentou Donut. — Ela me falou que achava o Mongo adorável.

Mordecai: Lembro muito bem que pedi para vocês serem discretos.
Carl: Pode ser que eu tenha passado um pouco do limite. Fica pior.

— Tem mais — disse Zev. — A Valtay respondeu ao ataque fazendo o iate do príncipe virar pó. Talvez a rainha consorte e o Maestro estivessem a bordo.

— Puta merda — murmurou Mordecai.

Eu dei de ombros.

— Ei, eu só fiz o que me pediram, que foi dar minha opinião. Não é minha culpa se o príncipe Cara de Porco reagiu desse jeito. É uma droga que a mãe dele tenha morrido, mas, se ela ajudou a criar aqueles dois, é provável que não tenha sido uma grande perda.

O traje da Zev fez um pequeno som de bolhas.

— A boa notícia é que ninguém está dizendo qualquer coisa negativa sobre Carl ou Donut nas redes. O príncipe Valente saiu como vilão. Nossa. O rei Ferrugem vai ter que deserdar ele também. Não tinha pensado nisso. Desse jeito, só resta a princesa como herdeira. Nossa equipe está lidando com uma nova onda de pedidos de entrevista, mas *Happy Hour do Explorador com Odette* será seu próximo programa de acordo com o contrato.

— Tudo bem — comentei. — Não estou com vontade de aparecer em qualquer outro programa.

Zev foi embora logo depois, nos deixando na sala segura vazia. Mordecai pediu para nos sentarmos.

Mordecai: Muito bem, nova regra. Não vamos interferir, mencionar ou falar de qualquer outra entidade externa à masmorra daqui em diante. Não vamos falar do rei Ferrugem ou do príncipe Valente antes de deixarmos o sexto andar, e isso se vocês dois idiotas

chegarem tão fundo. Quando Odette perguntar, digam que não têm opinião. Só falem de coisas que estão acontecendo na masmorra.

Carl: Então sem tirar mais onda do rei Ferrugem?

Donut: TIRAR SARRO DOS OUTROS É MEU TALENTO ESPECIAL. TANTO A MANASA QUANTO A PRINCESA D'NADIA ME DISSERAM ISSO.

Mordecai: A esposa dele está morta. Ele está com merda até o pescoço. A culpa não é de vocês, mas ele vai ver desse jeito. Queria ter certeza de que o Clã Caveira tentaria derrubar o Sultanato Sanguíneo assim que vocês chegassem ao nono andar. Não acho que isso será um problema mais. Temos apenas que torcer para que ele não esteja com raiva *demais* de vocês.

Carl: Por quê? O que ele pode fazer com a gente aqui?

Mordecai: Além de tentar assassinar vocês enquanto estiverem na superfície? Nada ainda. Isso mudará logo. Vamos lidar com isso quando chegarmos a esse ponto.

— Bom, então não tem nada que a gente possa fazer, né? — falei em voz alta. — Ainda está claro e temos muita tarefa pela frente. Vamos voltar para a cidade. Temos que acabar com uma milícia e invadir o gabinete de um magistrado.

Um dos mistérios da missão das profissionais do sexo era como os elfos da cidade do 201º Grupo de Segurança se encaixavam em toda aquela história. Presumindo que o Caipluma era o malvadão do esquema, então a presença dos elfos junto de monstros mortos-vivos aleatórios fazia sentido. Eles cultuavam os ornitocéus como anjos reais, e o líder ornitocéu daquele vilarejo era um clérigo das trevas que comandava os mortos. Os elfos da cidade eram praticamente a mão de obra gratuita e motivada que Caipluma estava usando para arrebanhar sua tropa morta-viva.

Ainda não sabíamos o que estava rolando com as mulheres mortas e, naquele momento, não tinha problema nisso. Eu não precisava de todos os detalhes para saber que a melhor forma de enfraquecer os planos do cabeça do esquema era derrubando uma de suas redes de apoio.

Não gostava da ideia de ir para cima de um grupo de elfos com transtornos mentais feito um homicida desvairado. Ainda assim, se eles estavam perseguindo e matando NPCs inocentes, eu não sentia muita empatia por eles. Isso sem falar que eles tentaram nos matar duas vezes. Se não lidássemos com eles naquele momento, aquilo continuaria acontecendo.

Enquanto estávamos no meio da entrevista, Mordecai se aventurou pelo vilarejo e encontrou a base deles para nós. Não foi difícil. Eles tinham uma placa e três elfos da cidade na entrada tentando convencer os pedestres a escutar "as boas novas sobre Apito, a Mãe Carvalho".

Estavam só a duas quadras de distância dos aposentos do magistrado, situados em uma área quase toda residencial em um dos distritos mais pobres do vilarejo.

Quando deixamos a sala segura, ainda tinha um punhado de berserkers rastejantes nas ruínas ali perto. Corremos para o telhado de um dos edifícios e matamos eles de longe. Eu não queria gastar as Hob-Lanças a menos que fosse necessário, então joguei uma banana de dinamite hobgoblinoide.

Nunca tinha usado essa dinamite mais avançada antes e fiquei grato por não ter tentado enquanto estava no solo. Elas eram praticamente minibombas nucleares. Usei de minha Força aprimorada para lançar a dinamite em um berserker a meio quarteirão de distância, e a explosão resultante atirou a mim e a Donut, que estava no meu ombro, no chão. A faixada de um prédio distante colapsou, caindo sobre si mesma e enchendo a rua de destroços.

Eu me levantei e examinei o dano com os ouvidos zumbindo. Havia obliterado o monstro morto-vivo e matado o que vinha atrás dele. A fumaça se erguia e a poeira enchia o ar.

Eita, pensei.

O poder da dinamite era fantástico, mas aquelas bananas eram inviáveis de se usar em uma luta comum. Mesmo com minha Força, não tinha certeza de que conseguiria atirá-las longe o suficiente para manter uma área segura se não estivesse a dois andares acima do chão.

— Céus — disse Donut. — Você tem que ter cuidado com essas coisas, Carl.

Ela subiu em meu ombro outra vez. Longe, um terceiro berserker havia mudado a rota e se aproximava por uma estrada que não fora bloqueada pelos destroços.

Queria ter um jeito de atirar as dinamites mais longe. Com a minha xistera, eu conseguia arremessar uma Hob-Lança a uma distância quatro vezes maior, mas as bananas não tinham o formato apropriado para a cesta. Peguei outra dinamite hobgoblinoide e olhei para ela.

— Espera, essas são as mesmas que você usou para *aquela* coisa? — indagou Donut.

— Aham — falei. — Três delas.

— Talvez nós devêssemos ter testado isso primeiro — murmurou a gata.

— Isso é o que vão escrever na minha lápide.

— Não seja tolo, Carl. Eles não nos dão lápides aqui.

Eu ri.

— Sabia que o sistema avisa que eu não posso tocar nelas? — continuou Donut, olhando para a bomba branca. — Aqui diz que há 75% de chance de ela explodir se eu tentar.

— Sério?

A estabilidade da banana continuava em 80% para mim, o que significava que eu poderia bater com ela na cabeça que nada iria acontecer.

— Acho que não se pode tocar nesse tipo de coisa a menos que tenha as habilidades certas — argumentou Donut. — Ou se estiver desesperado. E eu achava que a dinamite dos goblins era assustadora. Eu me pergunto se há algum nível acima deste. O que vem acima de hobgoblin?

— Eu não sei — respondi. — Não lembro se há algo acima deles.

Minhas habilidades de Manuseio de Explosivos e Manuseio de Explosivos Perigosos haviam ambas subido para o nível 9. O que aumentava a potência das explosões. Do jeito que estava, uma única dinamite hobgoblinoide seria suficiente para matar quase qualquer coisa.

Não, não qualquer coisa. Pensei no Guardião Divino, o chefão de país do décimo segundo andar que nós víramos em um breve clipe num dos episódios de retrospectiva. Aquele monstro nem perceberia se eu atirasse uma caixa toda daquelas coisas dentro de sua garganta.

Tump. O Míssil Mágico de Donut destruiu o terceiro berserker rastejante.

O sol começava a descer no horizonte. Tínhamos só mais duas horas de luz sobrando e precisávamos delas.

— Vamos lá — falei. — Temos que conversar com uns elfos.

A placa não dizia que o edifício se tratava do quartel-general do 201º Grupo de Segurança, mas, ao nos aproximarmos, ficou claro que a informação de Mordecai estava correta. A sinalização simples e pintada à mão sobre a faixada tinha o símbolo de uma árvore acompanhada pela frase **CENTRO EDUCACIONAL APITO**. No minimapa, o prédio estava nomeado como **Templo Corrompido**. Uma breve troca de mensagens com Mordecai confirmou que qualquer lugar marcado como "corrompido" indicava a presença de monstros dentro.

Três elfos da cidade estavam em pé na frente do templo, cada um segurando uma varinha com uma noz pendurada na ponta, e tentavam dar as varetas para qualquer um que passasse, sem sucesso. Nenhum deles usava uniforme, apenas simples robes marrons com capuz, sem adornos e de aparência suja, como se tivessem passado o dia fazendo jardinagem.

O prédio, infelizmente, dividia uma parede com uma residência. Por volta de quinze crianças anãs corriam pela rua, rindo e brincando de lutinha. Elas deviam ter entre 5 e 12 anos e, levando em conta a semelhança entre suas roupas sujas e remendadas, além da presença de vários pares de gêmeos e alguns trigêmeos, chutei que fossem todos irmãos. Um dos mais velhos segurava um graveto com uma pequena salamandra amarrada na ponta e corria atrás dos outros enquanto eles gritavam. Imaginei que aquilo fosse para zombar dos elfos.

A criança do graveto apontou a pobre salamandra silvante para um dos encapuzados. O pequeno anfíbio cuspiu uma fagulha no elfo da cidade, que xingou e tentou chutar a criança. Outro menino pegou uma pedra e a atirou no elfo, que por sua vez ergueu a mão e invocou um feitiço, lançando-a de volta para o atirador. A pedra acertou a criança na cabeça, e ela começou a chorar. Os irmãos o cercaram e foram todos correndo para dentro da casa ao lado do templo.

Na esquina do fim da rua estava um par inabalável de guardas da vila. Eles não deram atenção à baderna. Devia ser algo costumeiro. Prestei atenção na posição do sol, e ainda tínhamos uma hora antes que os guardas sumissem na noite.

O graveto com a pequena salamandra foi abandonado no meio da rua. O pobre anfíbio tentava fugir se arrastando, e eu ia soltar o carinha, mas Mongo pulou na frente e engoliu a salamandra inteira junto de metade do graveto.

— Mongo, que nojeira — reclamei. — Pare de comer coisas que você acha no chão.

O velocirraptor fez uma careta estranha, como se a salamandra tivesse um gosto ruim, e depois soltou um som de ânsia.

— Isso aí é o que você ganha — falei.

— Você precisa mastigar a comida, Mongo — aconselhou Donut.

Os três elfos da cidade nos encararam quando nos aproximamos. Um deles correu para dentro.

— Olá, Carl — cumprimentou um deles, que depois se virou para Donut com uma careta. — *Blasfemadora,* vil e asquerosa.

— Eu? — perguntou a gata. — O que eu fiz?

Examinei o elfo.

Salvatore. Elfo da Cidade — Nível 16.

Druida de Raízes.

Portador da Varinha de Recrutamento do Templo.

Os portadores das varinhas são os rostos doces e agradáveis do Centro Educacional Apito, que é o braço de divulgação da milícia do 201° Grupo de Segurança. Geralmente exercendo a dupla função de guardiões da entrada, os portadores das varinhas são os membros mais devotos, mais doutrinados e, portanto, mais perigosos desse pequeno culto bobo.

Esta filial em particular abriga membros do esquadrão de Operações Mágicas. Tradução: se você for sair na mão com esses caras, esteja pronto para lidar com todo tipo de magia.

O segundo elfo era chamado Carmim e sua descrição era quase idêntica, exceto por ele ser um mago de vento em vez de druida de raízes.

— Como vocês sabem nossos nomes? — perguntei.

Salvatore cuspiu no chão.

— Morra comendo musgo, apóstata. O mestre nos disse que o Carvalho Caído e sua tropa apodrecida logo viriam para este vilarejo, e a batalha final em nome do paraíso se iniciaria. — Ele olhou para Donut com uma expressão furiosa. — Quando concordou em ajudar aquela orc, soubemos que era você. Até usa o símbolo imundo de sua blasfêmia.

— Mas que caralho você está falando? — perguntei.

Carl: Mordecai, depressa. Que porra é o Carvalho Caído? Ah, e outra vez o nosso Charme não está funcionando nesses caras.

Mordecai: O Carvalho Caído é a versão do Anticristo de Apito. Isso não é coisa que costuma importar antes do décimo segundo andar. Precisamos conseguir um feitiço de Desfazer Proteções para vocês, que vai lidar com as barreiras Anticharme e outros protocolos de segurança que essas missões costumam ter. É irritante como elas são comuns em povoados ornitocéu.

— Tivemos que torturá-la para arrancar seus nomes dos lábios dela — afirmou Salvatore.

O terceiro elfo retornou, seguido de meia dúzia de amigos. Os outros não usavam robes, mas uniformes do Grupo de Segurança. Eles formaram um semicírculo na entrada e a bloquearam. Todos eram nível 16, mas havia uma diversidade de estilos mágicos: um mago de fogo, um invocador, uma curandeira de luz, entre outros. Seus pontos continuavam brancos no mapa, por ora.

— Pera, vocês tiveram que torturar quem? — indaguei.

Perdi essa informação por causa da conversa com Mordecai.

— GumGum — retrucou o elfo da cidade. — Ela servia a um propósito importante, remover a imundície imprestável das ruas. Mas então ela começou a fazer perguntas. Perguntas que, como descobrimos, atraíram o Carvalho Caído. Assim como o mestre previu.

— Vocês torturaram a GumGum? — perguntou Donut, incrédula.

Ao lado dela, Mongo rosnou. Na verdade, logo percebi que era mais um som de ânsia. O dinossauro parecia um pouco verde. Aquela salamandra não tinha caído nada bem. Ainda assim, o som que ele fez pareceu ameaçador, e os elfos ficaram tensos. *Calma, garoto*. Ainda não.

— Torturamos — disse Salvatore. — Da mesma forma que torturaremos vocês. Derrotaram o nosso campeão, Vicente. Ele treinou a vida inteira para a batalha final. Mas ele já floresce em Sua árvore. O mestre nos avisara que apenas um campeão não seria o suficiente, e nós nos repreendemos por não termos seguido o conselho. Não cometeremos o mesmo erro. Vocês enfrentarão a todos nós.

— Só tem nove de vocês? — questionei.

— Éramos doze, então nos tornamos nove — disse Salvatore. — Igual nas escrituras durante a grande queda.

— Vicente? Ele é o sujeito cuja cabeça eu explodi? E que você chutou nas bolas? — perguntou Donut, que estava no chão e se virou para olhar para mim.

Todos os nove elfos silvaram em sincronia e deram um passo para trás. Donut olhou por cima do ombro.

— O que foi? Vocês têm medo do meu traseiro ou algo parecido? Quero que saibam que ele é glorioso. — Ela o balançou na direção dos elfos fazendo o rabicho, que a servia feito uma saia, tilintar. — Este é um bumbum premiado!

Um dos elfos, um tipo de mago chamado "congelador", rosnou. O ponto dele piscou do vermelho de volta para o branco. Todos eles olhavam para Donut com caretas e ultraje.

Donut: CARL, ELES VÃO NOS ATACAR.

Carl: Não se mexa. Fique onde está e sacuda sua perna traseira esquerda.

Donut ergueu a perna, revelando a pequena tornozeleira mágica com as três contas. A gata balançou o pé, e o acessório fez um barulho de chocalho. Os elfos rosnaram e silvaram feito um bando de animais selvagens.

Um deles, a elfa curandeira de luz, começou a arranhar o próprio rosto, formando filetes de sangue.

Que porra tinha de errado com aqueles babacas?

Eles estavam com medo da tornozeleira de Donut, aquela que encontráramos em uma exploradora morta pelos lêmures. Lembro que o acessório dava uns pequenos bônus de atributo e uma habilidade chamada Tiro Duplo. Não havia mais nada de notável nela exceto pelo nome: **Tornozeleira Encantada do Carvalho Caído**.

A descrição indicava com fervor que eu não devia usá-la, que foi a razão de eu ter a dado para Donut. Parecia que os elfos não eram fãs de itens mágicos feitos de carvalho, e achei que fazia sentido, uma vez que a deusa deles era chamada de Mãe Carvalho. Eu também não gostaria que alguém andasse por aí usando acessórios feitos de bebês humanos mortos.

— Deixa eu ver se entendi direito — comentei olhando para Salvatore, que não parava de cuspir no chão feito um maníaco.

O grupo inteiro tinha ido de usuários de magia raivosos, mas de aparência competente, para um bando de malucos que parecia ter escapado de um hospital psiquiátrico. A transformação ocorrera em segundos. O mago de fogo havia se mijado. O invocador chupava o dedo.

— Vocês, seus babacas, acreditam que Donut é o Anticristo, esse tal de Carvalho Caído, porque ela está usando aquela tornozeleira?

— Eu te disse que acessórios de madeira são feios — reclamou Donut.

— Você é a portadora do carvalho proibido — acusou Salvatore diretamente para Donut.

Ele estava tenso, praticamente formal, então arrancou a noz na ponta da varinha que ainda estava em sua mão e a comeu, mastigando alto. Seu corpo inteiro brilhou em azul e as palavras **Fervor Mágico** apareceram sobre sua cabeça. Todos os outros pegaram nozes e as comeram. Logo, o grupo inteiro brilhava.

Carl: Fervor Mágico, o que faz?

Mordecai: Triplica os pontos de mana e aumenta a Força. Também faz brilhar e falar muito alto. Quem usar ficará imune ao feitiço Medo.

Ah, merda, pensei. O plano era forçar aqueles caras a nos atacar na frente dos guardas do vilarejo. Contanto que atacassem primeiro, Mordecai nos garantira que os guardas lutariam ao nosso lado. Mas naquele momento fiquei preocupado que os dois espadachins no fim da rua não fossem ser o suficiente para aquela luta.

Casca Protetora não nos protegeria de ataques mágicos. Eu ainda tinha a Armadura Fátua, mas aquilo não salvaria Donut e Mongo. Minha mente foi a mil. Havia duas táticas diferentes em nosso livro de estratégias que poderiam funcionar, a Leão de Bolor, que recebera esse nome depois do primeiro monstro em que a usamos, e a Largar o Microfone. Era provável que essa última funcionasse mais, mas terminaria com os guardas nos caçando, algo que eu queria evitar se possível.

Donut: Leão de Bolor outra vez?
Carl: Acho que sim. Fique a postos.

Eu me preparei para pular no meio deles. Invocaria Casca Protetora de qualquer forma e mandaria os elfos voando em todas as direções. Assim com os leões de bolor, esperava matar um ou outro dessa forma. Se isso acontecesse, Donut teria preciosos segundos para os trazer de volta dos mortos, o que nos daria escudos de carne e deixaria a batalha mais justa.

Salvatore continuou com o discurso inflamado, mas, sob a influência do buff do Fervor Mágico, sua voz soava como se vinda de um alto-falante. Mantive os olhos colados nos pontos no minimapa, esperando eles ficarem vermelhos. Se eu agisse um segundo muito cedo, estaríamos duplamente fodidos. O escudo não empurraria os elfos, e os guardas espadachins nos atacariam.

— O anjo, nosso mestre, nos preparou para o fim dos dias — esbravejou Salvatore. — Ele completou quase todas suas tarefas. Estamos preparados para florescer Nela. Nós, do 201° Grupo de Segurança, estamos prontos para fazer o sacrifício final e proteger o anjo, aquele que trabalha para garantir a visão da Plantação de Apito. A Deusa nos avisa que há uma grande besta que deseja destruir o paraíso e matar todos os deuses. A grande impostora, a devoradora de tudo que é sagrado, tem um nome. Ela é Princesa Donut, o Carvalho Caído. A morte que paira sobre nós. Ela, que é o fim. Com a ajuda de meus irmãos, eu...

Bonc!

Salvatore foi ao chão gritando e com as mãos na cabeça. Uma anã enorme de grávida deu outro golpe com o rolo de macarrão nele, xingando-o. Atrás dela, o grupo de jovens anões que brincava na rua mais cedo retornou. O menino que jogara a pedra no mago tinha um monte de gaze ao redor da cabeça. O mais velho que segurava a salamandra pegou o pedaço de galho quebrado e ficou olhando confuso para ele.

— Cadê o Benjamin? — perguntou ele.

A anã, que parecia ser a mãe de toda aquela criançada, continuou dando cacetadas em Salvatore com o rolo de macarrão.

— Jogando pedra em meu menino? Onde já se viu? Vô ensiná uma lição que cês não vão esquecê, seus pedaço louco de merda de lesma! Um bando de cuzão que fica balançando graveto o dia todo! Tamo cansado disso, tamo sim!

Bonc! Bonc! Bonc!

No fim da rua, os dois guardas começaram a prestar atenção na briga.

A anã grávida parou de esmagar a cabeça do elfo, que ainda não tinha morrido, mas também não ia se levantar tão cedo. Li o nome dela. **Eunice. Anã das Profundezas — Nível 30**. Ela se endireitou, encarando os outros elfos. O silêncio reinou, apenas marcado pelo som da respiração pesada da mulher e do sangue pingando do rolo de macarrão. Um fedor forte de urina enchia a rua.

Fiquei encarando a cena completamente atônito. A anã tinha aparecido do nada. Os elfos se entreolharam, mas nenhum deles se mexeu, todos congelados de surpresa pela violência repentina. O invocador continuava a chupar o dedo. A curandeira ainda arranhava o próprio rosto. O retrato manteve a forma por apenas um momento, mas pareceu durar para sempre.

O impasse se resolveu quando Mongo vomitou a salamandra de volta na rua.

O pequeno anfíbio, já morto, continuava amarrado no pedaço partido do galho. Ele pousou em uma poça gosmenta com um *plof*.

— Benjamin? — indagou a criança anã, dando um passo à frente. O nome dele era **Ricardinho — Anão das Profundezas Jovem — Nível 2**. Ele olhou para o pequeno animal que não se mexia. — *Benjamin?*

Depois disso, foi tudo ladeira abaixo.

O elfo congelador, o primeiro a sair do choque, atirou um pulso em formato de um bumerangue contra a anã Eunice, acertando a grávida bem no peito e a atirando para trás, congelada. A vida dela foi parar no vermelho. Uma segunda barra de vida menor apareceu sobre sua barriga, também no vermelho, mas não tão fundo. A condição **Resfriada** apareceu sobre ela com uma contagem regressiva de sessenta segundos. As crianças anãs gritaram e correram para a mãe, todos com exceção de Ricardinho, que se ajoelhava em frente a Benjamin, a salamandra morta. O lábio dele tremia quando pegou o graveto partido, que pingava gosma.

Naquela hora, nenhum ponto no mapa estava em vermelho, mas os dois guardas se encaminhavam para a cena em uma marcha barulhenta, desembainhado suas enormes espadas. Eles foram até a anã grávida congelada.

As crianças se espalharam, atravessando a rua, todas exceto a que estava com a cabeça enfaixada e que cobria a mãe com o próprio corpo.

— Deixa minha mãe em paz!

Os guardas não se importaram. Ambos ergueram a espada sobre a cabeça.

Eu estava bem ciente de que o que eu ia fazer em seguida poderia ser considerado uma Coisa Muito Estúpida.

Também compreendia muito bem que ninguém que estava naquela rua era inocente. A exceção talvez fosse Benjamin, que já tinha morrido, e o anão bebê na barriga de Eunice.

Os elfos eram uns cuzões. O pirralho atirador de pedras era um merdinha que teve o que merecia. Estava claro que Eunice tinha alguns problemas no controle da raiva (e da natalidade) que ela precisava resolver. E Ricardinho, o torturador de salamandras, estava muito bem encaminhado para se tornar um assassino em série.

Tudo isso passou pela minha cabeça quando eu ataquei os guardas.

Fechei a mão em um punho, dei um passo em frente e soquei o espadachim do vilarejo nível 75 mais próximo com toda a minha força.

Minha manopla acertou em cheio a lateral de armadura dele. Era como se eu tivesse esmurrado o lado de um tanque de guerra. Cheguei a amassar o metal, mas o guarda nem se mexeu. A barra de vida não apareceu. Ele e o seu companheiro pararam o ataque e olharam para mim, os pontos de ambos ficando vermelhos no mapa.

Puts.

Aviso: Você foi considerado um encrenqueiro neste povoado. Guardas passarão a atacar assim que te verem.

No mesmo momento em que eu soquei o guarda, Ricardinho decidiu que também queria entrar para o concurso de "idiota do dia".

O menino, ainda segurando o graveto partido com a salamandra morta pendurada, socou Mongo, o velocirraptor, na cara.

— Você matou meu melhor amigo! Seu...

O menino foi socar outra vez, mas, quando puxou a mão de volta, descobriu que ela não estava mais lá. Mongo, ágil feito uma cobra, arrancara todo o antebraço do anão em uma mordida, engolindo-o com o Benjamin uma segunda vez.

— Mongo, espera! — gritou Donut, salvando a vida do menino idiota, ao menos naquele momento.

Outra vez, o dinossauro pareceu enjoado.

Pulei para trás, entre os usuários de magia que voltaram a ficar boquiabertos, no momento em que a larga espada do guarda acertava o chão. O golpe me errou, mas atravessou Salvatore, que acabara de voltar à consciência graças à curandeira de luz que arranhava o próprio rosto. Ele estava sentado no chão, sacudindo a cabeça, e foi cortado ao meio feito a porra de um pão.

Atrás dos guardas, as crianças correram até a mãe ainda congelada e começaram a puxar ela para o outro lado da rua. Entre os dois espadachins foi se meter Ricardinho, que olhava para o toco do braço, de onde jorrava sangue igual a um chafariz em que crianças brincam no verão. Pulei em frente, peguei o menino anão pesado e o coloquei debaixo do braço esquerdo, feito uma bola de futebol americano, enquanto pegava um Explojarro com o direito.

— Largar o Microfone! — gritei.

— Vamos levar o menino também? — indagou Donut, gastando alguns segundos preciosos.

Pulei para escapar de outro golpe de espada. Os guardas eram fortes e praticamente indestrutíveis, mas também lentos pra caramba.

— Sim, vai! — gritei e acendi a tocha do Explojarro.

— Tudo pronto! — disse Donut.

Atirei o garrafão aceso para cima sem muito esforço e olhei ele subir conforme contava mentalmente os dois segundos. O jarro chegou à altura máxima e começou a descer na direção da minha cabeça.

Todos os quatro de nós — eu, Donut, Mongo e Ricardinho — sumimos e reaparecemos no telhado de um prédio do outro lado da rua graças ao feitiço Salta Poças de Donut.

Eu me virei para a cena bem a tempo de ver o Explojarro acertar o chão, e o fogo engolir a tudo e a todos que estavam na entrada do templo. Os oito elfos que restavam viraram carvão instantaneamente. Os dois guardas, ambos no processo de me golpear com a espada, pararam e olharam um para o outro. Barras de vida surgiram acima deles, embora mal descessem, mas os espadachins pareciam ignorar o incêndio. Eles saíram das chamas, depois se viraram para olhar o fogo e ficaram ali, parados. Não viram para onde nós tínhamos ido.

Ainda bem que Eunice e as outras crianças estavam longe o suficiente para não serem pegas pelo fogo. A porta do prédio ao lado de onde eles se abrigavam foi aberta, e um par de NPCs humanos saiu de lá e puxou a todos para dentro, enquanto outros NPCs corriam para a rua para ver o que estava acontecendo.

O fogo seguiu pela entrada do templo corrompido, e logo o edifício inteiro e a casa ao lado ardiam em chamas.

Peguei uma Poção de Cura e a coloquei na boca do Ricardinho, que começara a berrar. O sangue parou de jorrar e a barra de vida dele voltou para o verde. O braço não cresceu de volta. O menino olhou para o dinossauro ainda enjoado e fez o movimento para tentar bater outra vez em Mongo, dessa com a mão esquerda, mas eu consegui o segurar.

— Dá de volta! Dá meu braço de volta!

Mongo seguiu a ordem.

21

ESPERAMOS ATÉ O SOL SE PÔR PARA SAIR DO ESCONDERIJO NO TOPO DO prédio. Depois da breve e caótica luta no meio da rua, os dois guardas mantiveram a vigia virados para o incêndio. Eles não se mexeram nem olharam para o alto. Vários NPCs, incluído ornitocéus, vieram observar os prédios em chamas. Ninguém prestou atenção na gente.

Ninguém, exceto Mordecai, que passou pelo menos dez minutos nos xingando nas mensagens por termos ativado a agressividade dos guardas.

Ricardinho ficou sentado de pernas cruzadas no telhado, mal-humorado, segurando o que sobrara de seu braço arrancado e do corpo de Benjamim, a salamandra de estimação duplamente devorada. Ele havia feito um escarcéu terrível quando descobriu que não poderia colocar o braço de volta, mas Donut tinha conseguido convencê-lo a se sentar e esperar com calma até a noite chegar. Assim que o edifício foi totalmente tomado pelo fogo, tive a impressão de que qualquer feitiço que protegia aquela área também se desfizera, permitindo que o Charme de Donut funcionasse outra vez.

— Ei, menino — chamei enquanto esperávamos. — Sabe que isso não é muito legal, né? Estou falando de amarrar um bichinho na ponta de um graveto. É coisa que só um merdinha faz.

— Você não devia falar palavrões na frente de crianças — censurou Donut. — Mas é verdade, Ricardinho. Não pode fazer isso.

— Pelo menos eu não comi ele — retrucou o menino. — E o Benjamim gostava daquilo. Anões das profundezas amarram as salamandras em capacetes antes de entrar nas minas. Estava treinando ele.

Um pouco depois, os guardas se viraram bruscamente e foram embora. Eu observei eles atravessarem as ruas do vilarejo em uma marcha metálica, convergindo com outros grupos de espadachins até entrarem todos em um prédio na mesma direção dos aposentos do magistrado.

— Ei — chamei Ricardinho outra vez, apontando para a ruína carbonizada do templo dos elfos. A casa do menino, que era colada ao lugar, também fora queimada até o chão. — Alguma vez você viu algo estranha entrando ou saindo dali? Ou escutou algo esquisito?

— Esquisito? — perguntou Ricardinho. — Eles sempre foram esquisitos. Tinha um que chorava pela mamãe todas as manhãs. Dava pra escutar pela parede. Tinha muitos cheiros esquisitos, também. Meu irmão Buba disse que viu uma coisa voar do telhado umas noites atrás. Ele disse que era uma krasue, mas acho que era só aquela senhora ornitocéu.

— Que senhora?

— Não sei o nome dela. Todos têm a mesma cara, para mim. Mas ela visitava o templo várias vezes. Ela vinha logo antes de anoitecer e ia embora logo depois, levando um monte de mulheres junto. Só que hoje ela não veio.

— Pera, como assim mulheres?

— Ah, mulheres. Costumam ser elfas, anãs e humanas. Aparecem o dia inteiro, mas eu nunca as reconheço. Acho que elas querem entrar para o culto, mas vêm vestidas como se estivessem indo para o Clube dos Pistoleiros. Buba diz que é porque mulheres são idiotas, mas, quando diz isso, mamãe dá uns tapas nele e puxa sua orelha até ele se desculpar. Aí ela pede para a gente formar uma fila e chamar o *Buba* de idiota. Ele não gosta muito disso.

— Você sabe para onde a ornitocéu leva essas mulheres? — perguntou Donut.

— Não. A gente não pode sair daquela rua. Mamãe diz que é perigoso longe daqui.

Eu olhei para Donut. Então, um bando de mulheres vindas de fora do vilarejo ia até aquele templo e depois eram levadas embora por uma ornitocéu. Interessante, mas não dava para gastar mais tempo parado ali.

Não havia um jeito fácil de descer do telhado. O Salta Poças de Donut não voltaria a funcionar por mais quatro horas, e precisaríamos dele para a próxima parte das investigações daquela noite.

Suspirei e peguei a corda que eu tinha no inventário, pensando em tudo que mudara desde que havíamos acordado naquela manhã. Tinha sido um dia longo e doido, e ele ainda estava longe de acabar. Não poderíamos mais andar tranquilos pela cidade. Ficaríamos bem durante a noite, mas enquanto tivesse sol nós seríamos atacados pelos guardas, o que era uma droga. Havia outros vilarejos próximos, mas aquele era o maior da área. Com apenas três dias faltando para o colapso, já estava muito tarde para nos aventurarmos muito longe da única escada que havíamos encontrado até aquele momento, meio dia de caminhada dali, nas ruínas do circo Grimaldi.

Donut colocou Mongo dentro da caixa de transporte e me esperou descer pela corda. Tive que carregar o Ricardinho debaixo do braço, por mais que ele não tenha parado de reclamar. Acabei o derrubando sem querer nos últimos três metros da descida, mas até que ele ficou bem. O menino caiu de barriga no chão, largando o braço decepado e a salamandra morta. Então ele começou a chorar.

— Qual é, você tá bem — falei enquanto terminava de descer. — Anda que passa.

A barra de vida dele mal tinha diminuído.

Quando eu cheguei no chão, Donut simplesmente pulou do prédio como se a altura não fosse nada. Puxei a corda e a coloquei no inventário.

— Você precisa trabalhar nos seus saltos, Carl — comentou Donut enquanto soltava Mongo. — Ou descobrir como voar.

Um grito de arrebentar os tímpanos veio de dentro do prédio ao lado e ecoou por toda a rua.

— É a minha mãe — falou Ricardinho. — Ela vai dar à luz outra vez. E vai ficar uma arara se eu não estiver lá. Meu trabalho é segurar a perna esquerda dela. Tchau, Princesa Donut! Tchau, Mongo!

Ele correu em direção à porta.

Troquei um olhar com Donut e balancei a cabeça.

De volta ao Narval Caolho. Estávamos começando a ficar sem dinheiro. Peguei mais outras três caixas de Hob-Lanças, todas da versão de detonação por impacto. Pústula também apresentara dez caixas de cortinas de fumaça hobgoblinoides: bombas redondas, de pavio, que deveriam funcionar muito melhor que as bombas de fumaça dos goblins. Comprei tudo.

Mordecai já estava no Narval quando chegamos, o que significava que ele tinha ido até ali sozinho. O episódio de retrospectiva estava prestes a começar, e ele se sentava a uma mesa junto de uma mulher estranha. Uma exploradora, percebi ao ver o ponto azul no mapa.

— É a amiga da Hekla! — exclamou Donut. — Viva! Ela nos achou!

Merda. Eu tinha esquecido daquilo. Quando nos aproximamos, a mulher se virou para nos olhar e eu hesitei. Ela era... estranha. Eu não sabia dizer qual era sua idade. Os olhos da loira eram grandes demais e pareciam muito altos em seu rosto. Seu nariz era torto e virado de lado, e o queixo tinha uns caroços. Além disso, eu podia ver que os fios de cabelo em sua cabeça eram grossos demais. Ela parecia estar usando um conjunto esportivo mal costurado e botas de neve quadradas. Examinei as propriedades dela.

Explorador #9.077.265. "Katia Grim."
Nível: 9.
Raça: Humana.
Classe: Motorista de Caminhão Monstro.

Pisquei algumas vezes, tentando entender o que estava vendo. Era óbvio que ela não era mais humana. E que droga era a classe motorista de caminhão monstro? Foquei o nível 9. Ela estava a 10 níveis abaixo do meu. Katia também tinha um par de estrelas ao lado do nome, um chefão de bairro e um de município. Ainda assim, era nível 9. Aquilo seria um problema.

— Oi, Katia — cumprimentou Donut, pulando sobre a mesa. — Você é a amiga da Hekla?

— Olá — disse ela de um jeito tímido, concordando com a cabeça. — Sou, sim. Obrigada mesmo por concordarem em me encontrar. Hekla disse que estariam aqui.

Mongo se aproximou dela, farejando hesitante. Vendo que a mulher não era uma ameaça, ele andou em círculo algumas vezes e se deitou no chão.

— Olá — falei.

— Olá, Carl. Hekla me contou tudo que aconteceu durante a entrevista. Nossa... foi uma loucura. Ela quer falar com você, mas daqui a pouco. Ela e as Filhas estão lutando contra um chefão agora. Não vou ganhar experiência porque estou muito longe.

Quando Katia falava, sua boca se mexia de um jeito esquisito, como se ela estivesse sendo dublada. Muito estranho.

Eu não poderia falar diretamente com Hekla. Conseguia falar com outros exploradores por meio de mensagens, igual fazia com o Brandon, mas só depois de iniciarmos a conversa com um aperto de mão, que tinha que ser feito em pessoa.

— Enfim — disse ela, ao ver que eu não ia comentar —, Mordecai estava me dando algumas dicas. — Ela sorriu. — Já me ajudou muito. O meu guia de jogo não é muito prestativo.

— A Hekla é tão legal — afirmou Donut. — Ela é tipo a Xena, a Princesa Guerreira, só que melhor.

— Sim, ela é. Hekla é incrível, salvou a minha vida — disse Katia.

Mordecai: Se conseguirem treiná-la, ela seria uma boa adição a equipe. Tão boa que vocês poderiam até roubá-la de Hekla. Mas Katia está muito, muito atrás. É provável que esteja atrasada demais.
Carl: Podemos confiar nela?

Mordecai: Eu ainda não sei. Ela parece sincera. E também é meio que um desastre.

Carl: Mas o que ela é? Ela não é humana de verdade, né?

Mordecai: Tudo no seu tempo.

— Que tipo de dicas o Mordecai estava dando para você? — perguntei em voz alta.

Katia deu um suspirou profundo.

— Bannon, meu guia de jogo, acabou me convencendo de escolher esta raça e classe, mas eu não sei o que estou fazendo.

— Qual é a sua raça? Aqui diz humana, mas não parece.

— Simples — interveio Mordecai. — Ela é o que está tentando parecer.

Eu finalmente me sentei à mesa. Acima do bar, o episódio de retrospectiva começava.

— O que isso quer dizer? — perguntei.

— Sou uma doppelgänger — disse ela. — Na descrição diz "humana" quando você lê, porque é o que eu estou tentando emular. Antes que o Mordecai me ajudasse a ajustar as orelhas, a descrição da minha raça dizia "Mas que p* é essa?", então estamos fazendo avanços.

— Uma doppelgänger? — indaguei e olhei para Mordecai. — É o mesmo tipo de raça que a sua? Um metamorfo?

— Elas são parecidas — disse Mordecai —, mas não exatamente a mesma coisa. Doppelgänger é uma raça muito difícil de se dominar, e o guia devia ter a convencido de escolher outra coisa. Como metamorfo, posso mudar para qualquer raça que eu já tenha tocado, com algumas condições. Pelo menos é assim que funciona para exploradores. Como você sabe, perdi a habilidade de escolher a minha forma quando me tornei um guia. Enfim, com o doppelgänger é diferente. É como se Katia fosse feita de argila. Ela já teve uma forma regular e está usando equipamentos. Tudo isso, o corpo dela mais os equipamentos, equivale a um tanto de massa. Com essa massa, ela pode adaptar o corpo para ser qualquer coisa contanto que mantenha o peso. — Ele a encarou com tristeza. — Ela não ganha as habilidades não físicas da forma que toma, diferente de um metamorfo. Ela só ganha a aparência. O problema da srta. Katia é que ela não pode só pensar "Quero ser humana", ela tem que se modelar.

— E dói também — completou ela.

— E dói — concordou Mordecai. — Ela tem que esculpir mentalmente a própria aparência, e como ela ainda não é mestre em escultura… — Ele deixou a frase em aberto, apenas indicando o rosto dela. Então ele completou:

— Mas eu tenho alguma experiência no assunto e estou a ajudando a obter uma aparência mais natural.

— É bem complicado. Eu só volto a minha aparência normal quando durmo ou dentro do banheiro. E eles não deixam eu me modelar enquanto estou no banheiro. Tenho usado uma garrafa de Poção de Cura como espelho, e os resultados são óbvios — disse Katia, apontando para o próprio rosto.

— Pera, eu tenho uma coisa que pode ajudar — falei, procurando no inventário.

Coloquei o que havia achado em cima da mesa. Era um pedaço de espelho quebrado do tamanho de uma mão. Eu pegara aquilo no primeiro andar, no que tinha sobrado da academia depois da luta contra Suquito. Eu tinha pedaços de espelho quebrado o suficiente para encher uma parede com eles.

— Ah, nossa, obrigada — disse ela, pegando o espelho.

Katia tinha um jeito contido de se mexer. Ela me fazia pensar em um coelho. Arisca e discreta, como se fosse sair correndo se eu erguesse a voz. *Como essa mulher ainda está aqui? Como ela está viva?*

Ela arriscou se olhar no espelho.

— Uma das lojas neste andar tinha um espelho de mão, mas eu não tinha dinheiro para... Minha nossa, eu pareço uma pintura do Juan Gris.

Eu não sabia quem era Juan Gris, mas imaginei que deveria ser alguém muito ruim em retratar rostos. Enquanto eu observava, o rosto dela se contorceu e ondulou como se algo abaixo da pele estivesse se mexendo. Seus olhos mudaram de forma e desceram até uma posição mais correta. Era como observar alguém modelando argila com mãos invisíveis.

— Tenho que mudar as roupas também — comentou ela. — Estou usando um colete de couro mágico, mas, assim que ele é equipado, desaparece e aumenta minha massa. A única coisa que não some é a minha arma.

— Você ficará melhor e mais rápida em alterar sua aparência com a prática. É uma habilidade como qualquer outra — explicou Mordecai, com paciência.

— E qual é a da classe de motorista de caminhão monstro? — indaguei.

Mordecai respondeu por ela.

— Eu não posso mais pesquisar as classes, então não tenho certeza dos detalhes, mas, pelo que eu entendi, é a versão da Terra que mistura as classes "barreira fiel" e "cavaleiro de justa". É uma classe mista relativamente comum que costuma ser chamada de "colosso". Em outras palavras, ela é 100% tanque e ganha um bônus imenso de Constituição que fica cada vez maior quanto mais rápido Katia se movimentar. E, considerando a Constituição que ela já tem enquanto parada, seu poder é imenso.

— Caramba — falei.

Na TV, o sujeito crocodiliano com a espingarda tinha formado uma equipe com um humano que me pareceu familiar, mas que eu não conseguia lembrar onde o vira antes. Eles saltaram de um prédio em chamas enquanto eram perseguidos por insetos de três pernas.

Carl: E qual que é o porém dela?

Mordecai: Katia tem uma Constituição imensa e boa Destreza, mas é ruim em todo o resto, especialmente na Força, o que parece contraintuitivo. Ela não é uma guerreira. Sem falar que o nível dela é baixo, então, apesar de sua capacidade em absorver um monte de dano físico e mágico, ainda está muito atrás na curva. Por exemplo, teve uma vez que lutei contra uma espécie de vombate indestrutível no oitavo andar. Os monstros absorviam o golpe de um Martelo de Guerra Celestial na cabeça, mas eram pequenos e fracos. Assim, nós só os pegamos e os mergulhamos em baldes cheios d'água. Eles se afogaram rapidinho.

Carl: Meu Deus, Mordecai.

Mordecai: O que eu estou tentando dizer é que a barreira mais forte e indestrutível do mundo não é lá grande coisa se você pode levantá-la e jogá-la para o lado. É igual àquele seu plano das prateleiras para hoje à noite.

Katia olhou para cima.

— Bom, parece que a Hekla terminou a luta. Ela mandou: "Olá, Carl e Donut. Estou feliz por vocês não terem sido assassinados. Por favor, ajudem a Katia", que sou eu. "Acho que será melhor se vocês a aceitarem em sua equipe para que ela possa ganhar experiência. Quanto mais longe os membros estão da ação, menos experiência recebem. Por favor, não a deixem entrar em perigo demais. Apreciaria muito a ajuda e prometo retornar o favor."

Carl: Aceitar na equipe? Isso não vai diluir muito a experiência ganha?

Donut: NÓS TEMOS QUE FAZER ISSO. PROMETEMOS PARA A HEKLA.

Carl: Não, VOCÊ prometeu para a Hekla.

Mordecai: Contanto que vocês terminem a missão hoje à noite, poderão passar os dois últimos dias do andar ralando muito e, mesmo com Katia junto, ainda estarão no caminho certo. E outra, antes de vocês chegarem aqui, consegui convencer o Fitz a me deixar visitar

o estoque de ervas dele e roubei o boletim de notícias de ontem à noite. Li uma coisa nele sobre a qual vamos ter que conversar. Mas a coloquem na equipe primeiro.

— Diga a Hekla que vamos cuidar de tudo daqui em diante e também para ela ficar segura — falei para Katia.

Passamos os próximos minutos fazendo a mulher entrar para a equipe. Observei os atributos dela.

Força: 11
Inteligência: 8
Constituição: 51
Destreza: 30
Carisma: 8

— Como você conseguiu deixar a Constituição tão alta? — indaguei.

— Tenho um anel que me dá 15 pontos de Constituição. Ganhei ele em uma caixa logo no começo. Aí eu consegui alguns buffs e, quando escolhi esta classe, ganhei mais ainda.

— O que mais você consegue fazer? — perguntei, ainda examinando as propriedades dela.

— Tenho uma habilidade chamada Tanque Reserva, que absorve dano e reflete um pouco dele de volta. Ela ativa de maneira aleatória, mas o limite é uma vez por luta. Também tenho a habilidade Ímpeto, que permite que eu use meu corpo como um aríete. Posso fazer isso só uma vez a cada trinta horas. Também ganhei algo chamado Desbravador, que me ajuda a achar a escada bem rápido.

Troquei um olhar com Mordecai.

— Não tenho qualquer feitiço útil — continuou a mulher. — Ah, e sou imune ao dano de magia de ar. Além disso, sou boa em consertar motores.

— Você é mecânica?

— Não, eu nunca mexi em um motor antes, mas ganhei isso na Poção de Hobby da Terra. Agora sou "apaixonada por máquinas". Eu era uma professora de arte antes de tudo isso acontecer.

— Professora de arte? — perguntei, olhando com ceticismo para o rosto mal esculpido dela.

Katia deu um sorriso envergonhado, ou ao menos foi isso que eu achei que ela tentou fazer. Em vez disso, a expressão foi meio macabra.

— Como é o ditado? Quem não sabe fazer, ensina?

— Muito bem, escutem — disse Mordecai. — Como você entrou na equipe, precisamos falar sobre experiência e algo que eu acabei de descobrir.

— Quietos, quietos! — mandou Donut, apontando para a tela. — Olha! Sou eu!

— Ah, merda — eu disse, lendo a manchete.

Era um gráfico que mostrava Donut com os olhos cerrados, uma foto tirada na noite anterior, quando ela bebeu no bar. Um raio dividiu a tela, e do outro lado uma imagem de dois rottweilers foi carimbada. Era óbvio que era para lembrar os gráficos de uma batalha de chefão.

Princesa Donut *versus* Cici e Gustavo 3!

— É uma batalha de proporções épicas! Princesa Donut desafiou diretamente Cici e Gustavo 3, os dois animais de estimação adorados da nossa atual favorita, Lucia Mar! — anunciou o lagarto laranja quase sem respirar.

— Eu nunca fiz tal coisa! — protestou Donut, incrédula. — Eles estão mentindo! — Ela se virou para mim. — Carl, eu não gosto disso. Desde quando deixam o noticiário mentir?

A imagem de Donut com a cabeça inclinada sobre o coquetel apareceu na tela.

“Esses cachorros parecem horríveis”, exclamava a Donut na gravação. “Rottweilers filhos de uma cadela. Quase tão ruins quanto os cocker spaniels. Eles se acham tão espertos.”

— Lucia Mar apareceu hoje mais cedo em *Aquecendo os Punhos*, e isso é o que ela disse.

A tela piscou, mudando para uma cena com Lucia Mar. Ela se sentava em um sofá ao lado de um apresentador com cabeça de lobo. Lucia estava na versão forte e com cara de caveira, a lajabless. Ela e o homem-lobo riam com crueldade enquanto Gustavo e Cici destroçavam um pequeno animal peludo e o público uivava, encorajando-os.

— Mas que porra é essa? — bradei.

— É um programa de arena de luta — informou Mordecai. — Já disse para Zev nunca deixar vocês aparecerem em um. As lutas nem são reais. É complicado.

A cena cortou para o rosto de Lucia Mar em um megaclose. Os buracos dos olhos da caveira estavam cheios de insetos.

— O que você diz do desafio? Vai voltar aqui? Poderíamos fazer do combate o evento principal. Donut contra um ou ambos dos seus garotos? — perguntou o homem-lobo, fora da imagem.

— Não — afirmou Lucia. — Esse programa é uma perda de tempo. Cada momento que não passamos ganhando experiência é uma perda de tempo. — A voz dela era rouca e com um sotaque espanhol forte. — Vou achar essa Donut pela masmorra, onde a morte dela será eterna. Cici e Gus vão fazer essa puta em pedaços. E depois eu vou desmembrar Carl e pegar todos os brinquedinhos dele.

— Ela parece legal — murmurei.

Tive que me lembrar de que aquela era apenas uma menina. Que tipo de infância fodida ela tinha tido?

— Isso é um ultraje! — gritou Donut. — Não foi um desafio! Carl, precisamos avisar ela que isso foi um engano. Eu não quero lutar contra aqueles cachorros idiotas. Mataríamos eles sem problemas, claro, mas eu não quero aquelas duas caveiras feias ao lado do meu nome.

— Mas que droga — xingou Mordecai, olhando para a tela. — Que porra.

— Eles vão fazer os nossos caminhos se cruzarem, não vão?

— Claro que vão — respondeu o guia. — Mas não ainda. Eles vão deixar a rivalidade se desenvolver primeiro.

— Vai ser neste andar?

— Sem chances. Não será antes da terceira rodada de patrocínios, talvez durante ou depois do sexto andar.

— Isso significa que eles vão pegar leve com a gente até lá?

— Talvez — disse Mordecai. — Mas é mais provável que não.

— E o que aconteceu com aquela história de eles quererem matar todo mundo logo?

— Eles ainda estão tentando terminar a temporada o mais cedo possível. Acontece que precisam de dinheiro, e por isso os exploradores de alto desempenho, como vocês, serão tratados de maneira diferente. O que me leva ao assunto que quero tratar com vocês. A Borant está avisando aos vendedores e taverneiros para serem cuidadosos e não enfurecerem os exploradores. Não falam isso com todas as palavras no boletim, mas dá para ler nas entrelinhas. Alguns de vocês estão ficando muito mais fortes do que deveriam. O fato de aquela pirralha quase ter destruído o Clube dos Pistoleiros duas noites atrás é prova disso. A maior parte das Caixas de Recompensa são controladas pela IA do sistema, e parece que ela está tentando compensar pelos limites de tempo mais curtos. A Borant controla os monstros e a quantidade de experiência ganha, mas, na maior parte, a IA ainda é a árbitra final e está usando essa capacidade para equilibrar as chances.

— É por isso que você não teve um troço quando decidimos aceitar a missão?

Ele deu de ombros.

— Vocês já estavam presos na rede dela. Acontece. E eu sabia que essa era uma das boas desde o começo. Geralmente, tudo que se faz em missões é levar alguma coisa do ponto A para o B, e está feito. Ou apenas matar alguém. Essas missões mais elaboradas também são um sintoma dos andares mais curtos. — Ele fez uma pausa quando o anúncio surgiu. Nenhuma novidade. — É melhor vocês dois terem algumas horas de sono. Assim que o Salta Poças de Donut estiver pronto para o uso novamente, vocês terão de voltar lá fora. Como conseguiram zangar os guardas, precisamos ter certeza de que conseguirão terminar tudo isso antes de o sol nascer. Nesse meio-tempo, ajudarei Katia a treinar o esculpimento do próprio rosto. Ela não irá com vocês. Porém, assim que tiverem terminado essa missão, todos passarão o resto do tempo neste andar se fortalecendo juntos.

Mordecai: Tente manter ela viva, mas, se Katia morrer, não esqueça de tirar aqueles anéis dos dedos dela.

Carl: Você não tem coração, Mordecai.

Horas depois ainda naquela noite, o vilarejo inteiro dormia. As tavernas estavam fechadas. Ninguém andava pelas ruas principais. A única luz vinha da placa do Clube dos Pistoleiros umas ruas acima, que pairava sobre o restante dos prédios. Um silêncio medonho dominava a escuridão, sendo quebrado apenas pelos terríveis gritos sobrenaturais que pareciam vir de todos os lugares.

Para invadir o lar do magistrado, primeiro tínhamos que entrar em uma viela, escalar o exterior de um pequeno prédio que havíamos marcado mais cedo e então usar o feitiço Salta Poças para chegar ao telhado do edifício municipal.

A viela continha um grupo de monstros nível 14 chamados vaza-sombras. Eles eram seres da classe fantasma com corpos que lembravam fumaça, e formaram um enxame ao nosso redor quando chegamos à lateral do prédio. Usavam um ataque gélido ardente, mas eu tinha resistência graças à minha capa. Por sorte, a minha manopla mágica também conseguia feri-los como se eles fossem feitos de carne, e os protetores de presas mágicos de Mongo também funcionavam.

Os fantasmas deram uma quantidade de experiência estranhamente alta e foram fáceis de matar. Mongo chegou ao nível 13 e ficou ainda maior, batendo na altura do meu peito. Ele tinha ido do tamanho de um cachorro para o de um pônei em um instante.

Donut pulou de meus ombros para o dorso do Mongo para ver se conseguia montar nele, mas o dinossauro ficou tão animado que começou a pular sem parar e a atirou longe. A gata ficou com o pelo todo eriçado de raiva e voltou para meu ombro.

— Vamos trabalhar nisso depois — resmungou Donut.

Aquele edifício residencial era coberto por uma série de treliças em posições estratégicas em sua faixada, facilitando a escalada. Mongo voltou para a caixa de transporte enquanto Donut pulava de janela em janela, rapidamente chegando ao telhado sobre o segundo pavimento. Eu a segui escalando as treliças, que rangeram de forma ameaçadora, mas logo cheguei às telhas sobrepostas inclinadas com o coração na boca.

O grande prédio do magistrado estava à nossa frente. Antes, nós havíamos entrado pelo outro lado, usando um telhado diferente para chegar à entrada principal do shopping que havia abaixo da administração. O prédio em que estávamos em pé naquele momento era um andar mais alto que o anterior e nos permitiria pular direto no telhado do edifício administrativo.

Isto é, presumindo que alguma coisa sobrasse depois de eu explodir as três bananas de dinamite. Eu as tinha escondido nas prateleiras que seguravam a coleção de Beanie Babies da srta. Penacho. Quando eu as examinei antes de reencaixá-las na parede, descobri que eram ocas por dentro. Por isso, havia colocado três bananas mais um pedaço do acionador de Pus de Hobgoblin dentro da segunda prateleira. Não conseguiríamos explodir a porta mágica que protegia a sala do magistrado, mas, só de bater na parede, soube que seria fácil derrubar aquela madeira.

Passei mais alguns momentos examinando os arredores, procurando inimigos voadores. Não vi qualquer coisa. Do outro lado da rua, um prédio antes do nosso, ficava o grande galpão onde todos os guardas inativos eram mantidos. Podia sentir sua presença ameaçadora nos apertando contra o edifício municipal imponente feito um sanduíche. Torci para que os guardas continuassem lá dentro, como deveriam. Mordecai garantira que eles se manteriam inativos durante a noite inteira, mas eu me preocupava mesmo assim. Estávamos prestes a causar uma confusão muito alta e barulhenta.

O plano original era diferente, mas, depois do teste com a dinamite hobgoblinoide, tivemos que repensar como iríamos proceder.

— Lá vamos nós — falei para a gata. — Se prepare.

— Espere, eu tenho que lembrar as minhas falas — disse Donut, que balançou a pata e limpou a garganta.

Suspirei e tirei a carta misteriosa do inventário.

Foi Mordecai que descobriu o que a carta era. Havíamos a encontrado no inventário de GumGum depois que ela tinha sido assassinada e pensáramos que fosse algo que a orc tivesse resgatado do corpo de uma das prostitutas. Na verdade, era mais provável que aquilo tivesse sido plantado de propósito para que o encarregado das investigações a achasse.

Naquela manhã, depois de examinarmos o cadáver com as palavras "Não vão, não" entalhadas em suas costas ao lado do Narval Caolho, em resposta à minha afirmação sobre caçar e matar quem fosse o responsável, fiquei horrorizado com a situação.

— Quem fez isso escutou o que a gente estava falando. Ele pode nos ver e ouvir — falei para Mordecai.

— Isso é improvável. Vocês se encontravam em uma sala segura.

— E, ainda assim, olha o que aconteceu. Ele agiu rápido também. Essa mulher caiu poucos segundos depois que eu falei.

— Quero que me diga exatamente o que vocês estavam fazendo quando essa moça foi jogada no telhado.

Foi só então que notamos que eu estava segurando a carta misteriosa no momento que garanti à Donut que vingaríamos GumGum.

— Eu devia ter percebido — disse Mordecai, depois de pensar um pouco. — Não a pegue outra vez. A carta não funcionará enquanto estiver em seu inventário. Sim, trata-se de um pergaminho de necroescrita, mas também está coberto de sangue. Achei que viera do cadáver em que o encontraram, mas acredito que seja sangue do próprio feiticeiro. O pergaminho já foi utilizado. Eles tendem a sumir assim que usados, mas não sempre.

— Sei, mas o que ele faz?

— Olho Purulento — afirmou o guia. — Um feitiço comum de lich. Não costuma vir no formato de pergaminho, mas já ouvi falar dessa variante. O usuário de magia lança o feitiço e depois pinga um fluido corporal sobre uma superfície. A partir disso, o feiticeiro pode ver e ouvir tudo que acontecer próximo ao fluido derramado. É como invocar uma câmera espiã. Ele derramou direto sobre o pergaminho, porque sabia que vocês pegariam. Enquanto essa carta estiver fora do seu inventário, o feiticeiro vai saber onde vocês estão e pode ouvir o que estão dizendo. É provável que não consigam vender o pergaminho para ninguém, então deveriam apenas se livrar dele.

— Ou podemos o usar! — exclamou Donut. — Podemos falar o quanto esse feiticeiro é um babaca até que fique com raiva e venha atrás de nós.

— Na verdade, essa é uma ótima ideia — elogiei.

— Claro que é uma ótima ideia, Carl. Sempre tenho ideias geniais.

E naquela noite, nos telhados, coloquei o pergaminho com cuidado sobre as telhas.

— Eu ainda não sei bem o que é isso — sussurrei. — Quando terminarmos aqui, deveríamos vender essa carta.

— Você acha que haverá mais pergaminhos lá dentro? — perguntou Donut, em uma atuação exagerada, mas já era tarde para tentar outra vez. — Parece valioso. Mas, deveríamos procurar por um que não estivesse coberto de sangue.

— Depois que saquearmos o fichário da recepção, podemos procurar por mais pergaminhos no gabinete — adicionei. — Além disso, seria melhor roubar todas aquelas pelúcias na mesa da srta. Penacho. Especialmente aquelas na prateleira do topo, as que ficam em caixas de vidro. Elas devem valer alguma coisa para alguém. Senão, dá para usar aqueles bichinhos para acender fogueiras.

— Boa ideia. Acho que Mongo precisa de um brinquedinho para morder.

— Muito bem, vamos esperar mais um minuto para ter certeza de que não tem nada voando acima da gente e aí saltamos para o telhado, fazemos um buraco pelo teto e entramos no gabinete. A chave da porta deve estar em algum lugar.

— É um plano à prova de riscos — anunciou Donut.

Guardei a carta no inventário outra vez.

— Lá! — disse Donut, apontando para o céu.

Um grupo de quatro krasue emergiu do térreo. Parecia que elas haviam estado nos esperando no espaço desocupado e agora subiam em direção à nossa localização no telhado.

— Vai — sussurrei.

Donut soltou o Mongo sobre as telhas. Antes que ele pudesse fazer barulho, ela silvou.

— Quieto!

O dinossauro resmungou nervoso, mas percebeu que estava em um telhado inclinado e começou a derrapar. Donut invocou Tríplice Mecânica em Mongo e guardou o original de volta na caixa de transporte. Iríamos soltar ele logo, mas não ali.

Os dois Mongos mecânicos guincharam desapontados quando o original sumiu. Coloquei a cortina de fumaça hobgoblin acesa em minha xistera e a atirei no telhado a frente, depois acendi outra e a enfiei em uma telha perto de nossos pés.

Donut deu rápidas instruções para os dois dinossauros, e eles uivaram conforme a fumaça densa começava a subir na noite. Eu peguei a carta misteriosa outra vez.

— Vamos pular agora — anunciei.

Amassei a carta e joguei para cima. Um dos Mongos a pegou e engoliu. Depois, eles correram e pularam para o topo do edifício do magistrado, cortando o ar e pousando com facilidade. Um deles uivou, e o som ecoou pela noite.

— Cacete — sussurrei. Eles pularam a distância da viela e mais um andar acima. — Você estava certa. Não imaginei que eles conseguiriam ir tão longe.

— Mongo tem a mesma habilidade de Salto que eu — explicou Donut. — E ele é muito maior.

— Talvez eu que devesse montar nele em vez de te deixar ter toda a diversão — comentei enquanto a fumaça encobria o ar por completo.

Pústula estava certa, aquelas coisas eram muito melhores do que as bombas de fumaça goblinoides comuns. Era como se uma névoa densa encobrisse toda a área. Os dois pets mecânicos sumiram de vista.

O enxame de pontos vermelhos indicava que as krasue mudaram o curso e seguiam em direção ao telhado do prédio a frente. Os dinossauros pularam antes de a névoa cobrir tudo, então as cabeças flutuantes deviam ter visto o movimento. Eu não sabia ao certo se névoa funcionaria com fantasmas. Mordecai explicara que não serviria para a maior parte das entidades fantasmagóricas não corpóreas, mas nelas sim, porque tinham uma presença física. Eu ainda não entendia como ele conseguia guardar todas aquelas informações na cabeça.

Minha atenção voltou para o mapa.

— Muito bem, os Mongos mecânicos estão bem acima do gabinete do magistrado.

Se o sujeito estivesse nos ouvindo, com sorte ele teria sido enganado em pensar que *nós* é que estávamos no telhado e teria mandado todos os capangas para o gabinete para interceptar a ação.

— Se abaixe.

Nós fomos para a parte de trás do telhado e nos agachamos. Devíamos estar a uma distância segura, mas, todas as vezes em que eu disse aquilo, estive errado.

— Eu me sinto mal por arruinar a coleção da srta. Penacho — disse Donut. — Ela ama mesmo aquelas pelúcias.

— Algo me diz que ela não vai mais se importar.

Peguei o detonador do Pus de Hobgoblin e o apertei. O uivo de um Mongo mecânico ecoou pelo ar um momento antes de a noite virar dia.

22

— BOA — FALEI AO EXAMINAR O IMENSO BURACO NO PRÉDIO.

Abaixo de nós, o vilarejo inteiro foi acordado pela explosão. Luzes se acenderam por toda parte. Gritos e choros ressoaram. Os vultos escuros dos ornitocéus encheram o céu ao nosso redor, mas a maioria se manteve longe da destruição. Os aposentos do magistrado ardiam em chamas. Havíamos explodido metade do prédio, mas não ele todo.

Aviso da Administração: Uma nova aba está disponível em sua interface.

Aviso da Administração: Seu título foi alterado. Essa mudança será revertida assim que o andar entrar em colapso.

Um monte de notificações encheu a tela, o que me surpreendeu. Eu pulei dois níveis direto para o 21. Donut também saltou 2 níveis para o 19.

— Bem, essa foi fácil — comentou Donut enquanto invocava o feitiço Tocha, cobrindo o telhado com uma luz brilhante.

A bomba de fumaça deu suas últimas tossidas antes de parar, e a luz refletiu pulsando nos escombros. Chegou a me lembrar a pista de dança do Clube dos Pistoleiros.

Eu achava que as krasue fossem vir com força para cima de nós, por isso tínhamos esperado até aquele momento para que Donut invocasse seu feitiço de luz. Elas deveriam ser imunes à explosão, mas não as vimos em qualquer lugar. Era provável que o impacto tivesse as jogado a meia vila de distância. Mesmo assim, continuei de olho, cuidando de qualquer ponto vermelho que aparecesse.

— Ah, merda — falei ao examinar as notificações.

Nós não recebemos a conquista que eu estava esperando, mas ainda tinha várias informações interessantes ali.

Nova conquista! Assassino!

Você matou um NPC classificado como autoridade em um vilarejo. *_Snif_* Parece que foi ontem que você era um simples explorador nível 1 assustado e de belos pés, que quase se mijou ao lutar contra um rato. Olhe só para você, planejando assassinatos políticos. O que vem depois? Matar um deus?

***Recompensa:* Você recebeu uma Caixa de Assassino Bronze!**

Nova conquista! Poder Absoluto Extremo!

Calma aí, Carlos Magno. Este é apenas um povoado médio. Não é como se você tivesse conquistado a maior parte da Europa. Mas como você matou o atual magistrado deste vilarejo...

Sabe o que isso significa? Bem-vindo ao incrível mundo da administração pública.

***Recompensa:* Você recebeu uma Caixa de Tirano Platina! Você também ganhou controle do Povoado Ornitocéu Médio. Boa sorte, magistrado.**

Nova conquista! Empata-Foda!

Você assassinou um NPC cuja existência era necessária para que outro explorador completasse uma missão. [*NPC Morto: Senhorita Penacho — Ornitocéu — Nível 30.*] Quem era esse outro explorador? Qual era a missão? Ninguém liga para essa merda. Você ganhou a recompensa prometida a eles!

Aviso: Você só pode receber essa conquista uma vez. Na próxima em que fizer isso, vamos falar para o explorador quem você é, e ele ainda receberá uma nova missão para te matar. Ninguém gosta de um empata-foda.

***Recompensa:* Você recebeu uma Caixa de Missão Prata!**

Com isso, parecia que nós tínhamos matado tanto a srta. Penacho quanto o magistrado Caipluma.

— Vamos pular ou não? — perguntou Donut. — Era para nós já estarmos lá dentro!

— Espera um pouco — pedi, todos os meus instintos me dizendo para aguardar. — Algo aqui não está certo. Preciso pensar.

— Ei — disse Donut, momentos depois —, por que você ganhou uma mudança de nome toda pomposa e eu não? Isso é um ultraje!

Olhei para o menu. Meu título tinha mudado de **Segurança Real** para **Magistrado Carl do Povoado Ornitocéu Médio**.

Eu não reagi. O Mordecai já havia me avisado que era provável que um de nós ganhasse a administração da vila caso matássemos o magistrado. Mas ele também disse que, quando se mata o vilão principal de uma missão, ou ela se completa automaticamente, ou ela falha na hora, dependendo da situação. Considerando as circunstâncias misteriosas daquela missão, tínhamos uns 50% de chance de ganhar a caixa, o que estava tudo bem por mim, contanto que aquele mistério fosse resolvido. De qualquer forma, nós ganharíamos um monte de experiência, já que o Caipluma também mandava na vila. Porém, nada aconteceu com a missão. Ela continuava ativa no menu. Será que tínhamos matado um NPC inocente? Nem chegamos a conhecer o magistrado e fizemos a casa dele em pedacinhos.

— Olha, temos um problema. Acho que fizemos merda. O magistrado Caipluma morreu, mas a missão ainda está ativa. Significa que ele não era o vilão da história. Parece que a srta. Penacho também não era a culpada, como eu suspeitava. E, para completar, ferramos com a missão de outro explorador.

O plano era simples. Usando a carta misteriosa de isca, a ideia era fazer o Caipluma pensar que estávamos prestes a entrar pelo teto, atraindo-o até aquela área para nos emboscar. Depois que o Ricardinho disse que uma ornitocéu visitava os elfos da cidade, achei que a srta. Penacho pudesse ser a vilã. Era o tipo de reviravolta que a IA tentaria fazer, e foi por essa razão que mencionei a queima dos bichos de pelúcia. De qualquer forma, com alguma sorte quem estivesse na escuta iria para aquela sala. Mordecai disse que um lich explodiria em pedacinhos com tanta facilidade quanto um humano. O único monstro com que nós tínhamos que nos preocupar depois da detonação eram as krasue, que não seriam feridas pelas bombas.

Depois da explosão, se algo tivesse sobrado, entraríamos no gabinete do magistrado, acabaríamos com qualquer inimigo que restasse e, com sorte, descobriríamos o que estava acontecendo com as mulheres mortas.

— Se a srta. Penacho estava lá para ser explodida, significa que ela devia fazer parte do esquema. Por que outra razão ela trabalharia até tão tarde? — indagou Donut.

— Bom ponto — falei. — Mas ela disse que o magistrado só aparecia de noite. Talvez ela tivesse alterado os próprios horários para encaixar com os dele. Ou talvez ela morasse lá.

— Ou talvez ela fosse uma serva sugadora de sangue do lich. Nós não sabemos, Carl. Vamos lá olhar, deixe de ser um amarelão.

— Está bem — concordei depois de um tempo. — Mas vamos ter que ser cuidadosos. Estou com um mau pressentimento. Desligue a Tocha por enquanto, mas fique pronta para acendê-la outra vez.

— Espera, espera, olha — chamou Donut. — Leia de novo as notificações. Tem uma Caixa de Chefão Bronze ali. Eu disse para você que um deles era mau.

Eu olhei, e ela estava certa. Não tinha percebido a informação enterrada debaixo de todas as outras. Então, ou Caipluma ou Penacho havia sido um chefão de bairro. Aquilo fez eu me sentir um pouco melhor. Porém, qual deles era? Ali não dizia.

A explosão havia aberto uma imensa cratera no telhado, empurrando-o para cima como se tivesse sido perfurado de dentro para fora. Felizmente o prédio não tinha sido tomado pelas chamas, pelo menos não até então. A fumaça continuava a subir do buraco, mas pouca. Um único Explojarro tinha conseguido reduzir um prédio às cinzas em questão de minutos. E, apesar do efeito daquela explosão parecer ter sido muito mais poderoso, também parecia ter sido bem menos incendiário. Se eu fosse continuar a explodir coisas com tanta frequência, tinha que saber o que esperar. Aquela explosão em particular, embora imensa, não fora o que eu esperava. A física daquilo tudo ainda estava além da minha compreensão, o que era perigoso. Eu precisava aprender, e rápido.

Donut usou o Salta Poças para nos levar ao telhado do outro lado da rua. Fomos das telhas inclinadas para as vigas retas, mas o chão pareceu de repente muito instável, como se prestes a ceder.

— Vocês aí! — gritou uma voz. Olhei para cima. Um par de NPCs ornitocéus havia sido corajoso o suficiente para voar mais perto da área da explosão e nos sobrevoava naquele momento. — O que vocês estão fazendo?

— Eu sou o novo magistrado desta vila — informei. — Estou exercendo minha magistratura.

As águias se encararam. Eu não sabia como aquilo funcionava e se eles reconheceriam minha autoridade ou não. Se ali fosse o mundo real, eles diriam...

— Vão se foder, seus malucos! — gritou o ornitocéu. — Voltem para o Clube dos Pistoleiros ou seja lá de onde vieram. Não deveriam estar aí. Houve uma explosão, e esse telhado em que vocês estão vai ceder logo. Não vamos salvar vocês se caírem aí, seus idiotas sem asas.

— Bom, que se fodam vocês também! — gritei de volta para eles.

O outro ornitocéu se virou para o companheiro.

— Não estou me sentindo bem. Pode ser que seja alguma coisa no ar. Vamos embora daqui, irmão.

Os dois circularam mais algumas vezes e foram embora.

Fiquei atento a qualquer sinal de monstros quando nos aproximamos com cuidado do buraco. Olhamos para dentro do que haviam sido os aposentos do magistrado. O epicentro da explosão ainda estava a uns quinze metros de distância e, pelo rombo no telhado, podíamos ver que um caminho até o chão lá embaixo, no térreo, fora criado.

Metade do lar e gabinete do magistrado estava destruída, junto de toda a ala sul do prédio. O chão no andar do shopping também tinha uma imensa cratera e, abaixo dele, restava uma montanha de destroços fumegantes. Porém, mais adentro tanto do lar quanto do shopping eu podia ver que o piso estava até que intacto.

— Não me admira que não tenha tido tanto fogo — comentei. — É como se a gente tivesse aberto um buraco através da estrutura, tanto para cima quanto para baixo. Que esquisito.

Donut apontou para a lateral do prédio. Do outro lado da rua, outro prédio tinha entortado no meio, mas por sorte se tratava de um comércio, e não uma residência. Fiquei grato por ter escolhido outro edifício para observar.

— Sua explosão foi para cima, para baixo e para os lados — disse Donut. — Mas não nessa direção. Será que a porta mágica funcionou como proteção?

— Talvez — murmurei. — Mas, de qualquer forma, a recepção já era. Se era ali onde a srta. Penacho e o Caipluma estavam na hora da detonação, eles não tiveram a mínima chance.

— Aqueles pobres bichos de pelúcia — lamentou Donut. — Bom, então vamos descer.

Donut balançou o traseiro e, em seguida, pulou com destreza nos aposentos do magistrado enquanto eu amarrava uma corda em uma chaminé. Aquilo estava começando a ficar incômodo. Donut estava certa, eu precisava achar um jeito melhor de subir e descer.

Desci fazendo rapel até a câmara abaixo e deixei a corda cair pendurada até depois do nível do shopping. Completamente estendida, ela terminava uns quatro metros e meio acima do chão.

Ainda havia alguns focos de incêndio aqui e ali. Fiquei a uma boa distância deles ao explorarmos o espaço mais a fundo. Donut soltou Mongo, que correu até uma pequena gaiola vazia colocada perto da parede e começou a farejar.

O gabinete do magistrado ficava atrás da porta na recepção, o que queria dizer que ele já era. Também não havia sinal da porta mágica, provavelmente enterrada nos destroços junto dos cadáveres e todos os Beanie Babies da srta. Penacho. Depois do gabinete ficavam os aposentos, que se estendiam por todo o comprimento do shopping abaixo. Não tinha muito para ver. Algumas mesas e poleiros em formato de T. Também encontramos um grande baú encostado em uma parede, mas ele estava vazio.

Donut inspecionou a gaiola que havia chamado a atenção de Mongo. Parecia que em algum momento ela tinha sido usada para abrigar ratos ou camundongos de tamanho normal. A portinha estava aberta, e a gata disse que ali cheirava a bolor, como se a jaula não tivesse sido usada havia algum tempo. O único cheiro que eu sentia era de fumaça. Ela guardou a gaiola no inventário e foi olhar o baú que eu cutucava com o pé.

— Olha, Donut, o fecho foi arrombado. Isso não aconteceu com a explosão.

— Então isso foi saqueado antes de nós explodirmos tudo?

— É o que parece.

— Talvez outro explorador tenha invadido este lugar antes de nós — comentou ela.

— Talvez — falei. — Só que foi a gente que matou o Caipluma. Fique de olho no mapa.

Continuei a procurar. O apartamento inteiro parecia estranhamente vazio. Havia prateleiras, mas nada sobre elas. Não tinha nada pendurado nas paredes. A gaiola vazia servira para armazenar alimentos, mas não era usada havia algum tempo.

Tinha uma porta pesada na parede mais distante do apartamento. Eu me escorei nela e a abri devagar.

Assim que empurrei a porta, vi o X aparecer no mapa. Eu a abri por completo e, quando fiz, dezenas de pontos vermelhos surgiram, junto do mesmo número de X. Eu congelei e fechei a mão em um punho, pronto para me defender. Nada aconteceu. Nada se mexeu.

Puta merda.

— Mongo, quieto — sussurrei quando o dinossauro emplumado tentou forçar sua entrada na sala. Ele abriu a boca para uivar, mas eu apertei a mão esquerda sobre seu bico. — Quieto — repeti.

Donut pulou em meu ombro e se colocou em posição para atirar. Ainda assim, nada dentro da sala se mexeu. A gata ficou boquiaberta, tensionando por completo.

— Carl — sussurrou Donut, aterrorizada. — Você estava certo, Carl. Essa foi uma má ideia. Não estou gostando disso. Por favor, vamos embora. Vamos embora agora.

Engoli em seco e observei a cena terrível em minha frente.

Tínhamos entrado no sonho obsceno de um assassino em série.

A sala inteira estava cheia de cadáveres nus femininos pendurados de ponta-cabeça no teto, como se tivéssemos entrado em um frigorífico. Havia humanas, elfas e anãs, além de umas poucas outras raças, como orcs e uma ogra. Os corpos que apareciam como X no mapa não tinham cabeça. Os outros, pelo menos trinta deles, ainda tinham todas as partes, mas as cabeças estavam separadas, penduradas uns bons quinze centímetros abaixo do pescoço, mantidas no lugar apenas pelos ossos e pelas artérias finas como canudo. Parecia que alguém as tinha pegado pela cabeça, dado uns bons puxões e deixado lá, feito bonecos com cabeça de mola. Filamentos de energia roxa giravam ao redor das que tinham pontos vermelhos, como se elas estivessem sendo recarregadas.

Todas pareciam estar dormindo de olhos fechados.

O horror não parava por aí. No centro da sala, pendurado de ponta-cabeça em um imenso apanhador de sonhos feito de ossos, estava o cadáver nu e emaciado do magistrado Caipluma. Suas asas depenadas estavam esticadas, cobertas por nada além da pele cinzenta cheia de calombos, parecendo um par de asas de frango cru com dedos articulados na junta do punho. Seus olhos leitosos mortos nos observavam sob um bico rachado. Um fluido transparente pingava tanto da boca quanto dos olhos. No topo da estrutura de arco, seus pés com garras estavam esticados e espalmados em direção ao teto. A visão toda me fez pensar em alguma paródia descaralhada e invertida do *Homem vitruviano*, de Da Vinci.

O corpo do ornitocéu estava preso à estrutura com uma corda velha e gasta. Parecia que ele estava ali já fazia algum tempo, e seu corpo tinha entrado no processo de mumificação. O círculo girava no ar, balançando de um lado ao outro e rangendo.

Cadáver Saqueável. Ex-Magistrado Caipluma. Clérigo das Sombras — Nível 32.

— Como conseguimos crédito por matar esse sujeito se ele já se encontrava nesse estado? — sussurrou Donut. — Parece que ele morreu faz muito tempo.

— Eu não sei.

Aquele era o ninho das krasue. A descrição delas dizia que, para matá-las, era preciso encontrar seus corpos e os destruir. Presumi que as sem cabeça eram as que estavam zanzando pelas vielas. Mas, se aquele fosse o caso, então por que apareciam como cadáveres no mapa? A descrição dizia que elas eram os restos mortais de NPCs comuns. Será que o corpo ficava "morto" até a krasue retornar? Supus que aquilo não importaria contanto que nós matássemos os cadáveres. Mas será que nós conseguiríamos? Sabia que não dava para matar fantasmas sem usar magia. Mas e seus corpos?

O chão inteiro estava pegajoso com sangue e pedaços esquecidos de corpos. O cheiro era quase insuportável. Se nós queríamos nos aproximar de Caipluma, teríamos que passar raspando em várias das mulheres penduradas.

A mais próxima, uma elfa de pele azul, estava só a meio metro de distância. Ela era magra e jovem, e estava pendurada por uma corda amarrada em seus tornozelos. Seu longo cabelo preto formava uma cascata abaixo dela, faltando pouco para alcançar o chão. Eu resisti ao impulso de chutar sua cabeça.

— A gente tem que chegar mais perto para saquear o corpo dele — sussurrei.

— Ah, não, não dou mais um passo sequer para dentro desta sala. Essas coisas vão acordar.

— Se a explosão não as acordou, talvez elas continuem inconscientes.

— Mas é claro que elas vão acordar, Carl. Você *nunca* assistiu a um filme de terror?

Donut estava certa. E, considerando o sangue espalhado pela sala toda, eu tive fortes suspeitas que, independentemente de quem fosse o antagonista da missão, ele provavelmente lançara o feitiço Olho Purulento ali. Não podíamos continuar naquele lugar por muito tempo.

Mandei uma pergunta rápida para Mordecai, que disse que devia ser tranquilo de usar ataques físicos contra as decapitadas, mas que as que continuavam com a cabeça no lugar e circundadas pela energia roxa deviam estar protegidas. Ainda assim, ele não tinha certeza.

— Certo — murmurei. — Vamos matar essa daqui e ver o que acontece. Se funcionar, vamos abrir um caminho. Aí é só saquear e correr.

— Legal, só recue um pouco. Vou acertar ela com um míssil — pediu Donut. — Se todas elas acordarem, invoco Tocha. Talvez elas se assustem outra vez.

Momentos depois, a gata exclamou:

— Ei! Não é justo. Aqui diz que a área está silenciada. Eu não posso usar feitiços.

Mandei outra mensagem para Mordecai.

Mordecai: Feitiços no seu menu e pergaminhos não funcionarão dentro de uma área silenciada. Todo o resto, incluindo itens mágicos, poções e feitiços que você já invocou, ainda funcionarão.

— Muito bem, Mongo — falei. — É a sua vez. — Ele tinha aqueles protetores de presas que ainda causariam dano. — Vai lá e arranca a cabeça daquela elfa. Tem que ser rápido.

Mongo grasnou e olhou para Donut, procurando confirmação.

— Pega lá — disse a gata.

O dinossauro correu até o alvo feito uma serpente. No último momento, ele virou a cabeça de lado como se fosse dar uma mordida em um cachorro-quente e abocanhou a cabeça da elfa das trevas.

Crunch.

A cabeça dependurada foi esmagada com facilidade pela mordida incrivelmente poderosa de Mongo. Então, um pedaço dela caiu no chão seguido por um fluxo de órgãos e sangue, como se seu pescoço fosse um ralo que tinha acabado de ser desentupido. Os filamentos de magia roxa piscaram e sumiram.

Mongo ergueu o bico e uivou, o sangue pingando de sua cara.

A aura roxa das outras também sumiu e senti os pelos da minha nuca se arrepiarem. *Oh-oh.*

Mongo, sem perceber, correu ainda mais para dentro da sala, mordendo uma segunda e depois uma terceira cabeça. Ele ignorou as decapitadas. O dinossauro saltou sobre a quarta, mas atravessou o corpo como se não estivesse ali. Uivou, furioso, e se virou para morder, dessa vez a pegando pela perna e a arrancando do teto. O corpo caiu no chão igual a uma boneca de pano.

— Volta aqui! — chamei.

— Mongo, venha já! — gritou Donut.

Por toda a sala, as krasue começaram a acordar. Elas gemeram, em um lamento alto e agudo, as cabeças todas se mexendo de uma vez, trabalhando para se soltar de seus corpos.

— Donut, Passe Longo! — gritei.

Aquela era uma das nossas táticas mais antigas, mas não se encaixava bem naquela situação. Com sorte, ela pegaria a ideia.

— Carl, não vai fun... Ah, entendi! Passe com o quê?

— Com a luz!

Ela pulou do meu ombro e correu, atravessando a sala e possivelmente subindo no telhado. Assim que ela saísse da área silenciada, invocaria o feitiço Tocha e voltaria.

Atirei uma cortina de fumaça no meio do caos e fechei a mão em um punho correndo na direção de Mongo, que puxava outra perna de um dos corpos. Meus pés chapinharam no sangue. Soquei uma krasue próxima de mim, minha manopla mágica conectou com seu rosto em um *splat* molhado.

Peguei uma tocha normal e a acendi, atirando-a no chão em seguida. As fantasmas guinchavam de fúria e se livravam de seus corpos às dezenas. Uma a uma, elas se viraram no ar, flutuando e formando uma trilha de órgãos enquanto seus cadáveres ocos balançavam nas cordas, tornando-se X no mapa.

Elas recuaram da tocha fraca, que invadiu a sala cheia de fumaça como um brilho pulsante avermelhado, mas não fugiram como da última vez. A luz não era tão poderosa, e elas também estavam cegadas pela fumaça. As krasue circularam pela sala feito uma revoada de pássaros, trombando umas nas outras, nos corpos pendurados e no arco de ossos central, que começou a girar. Uma delas deu um rasante e me acertou na cara com um coração que ainda pulsava. Tentei socá-la, mas errei.

— Volta para a porta! — gritei para Mongo, apontando para trás.

O pet olhou para mim e guinchou. Ele mordeu o pulmão pendurado de uma krasue e o arrancou, fazendo o monstro gritar e ir ao chão, onde quicou e rolou com as artérias chicoteando feito os tentáculos de uma água-viva.

Traçamos o caminho de volta pela cortina de corpos decapitados enquanto eu tirava a raspadinha Bola de Fogo ou de Creme? do inventário. Nós voltamos para a sala de estar, que também começava a se encher de fumaça, paramos em frente à cratera, e eu me virei.

O apartamento era grande, mas eu não sabia o quanto ele ainda aguentaria ser castigado antes de o edifício inteiro entrar em colapso. Também não sabia o quão poderosa seria uma Bola de Fogo nível 15. Na última vez que eu tentara a sorte, o jogo havia invocado a bola de creme.

Onde está Donut, cacete? Olhei no mapa, e parecia que ela se encontrava logo acima de nós, no telhado. Havia mais pontos vermelhos rodeando a gata, mas mantendo distância.

— Lá vai bola! — gritei enquanto raspava o cartão.

Tinha toda certeza de que o creme seria invocado outra vez.

Bola de Fogo. Picante!

A bola de fogo em formato de ovo pulou de minha mão e voou na direção da entrada do quarto. Aquele projétil flamejante era da largura de um guarda-chuva aberto. Não era tão rápido quanto um dos Mísseis Mágicos de Donut, mas não importava. O feitiço atravessou a porta com tudo, arrebentando o batente nos dois lados, partindo a fumaça e detonando assim que chegou ao corpo de ponta-cabeça de Caipluma.

O prédio inteiro tremeu outra vez. O chão entortou. E um calor escaldante me encobriu, causando uma pequena quantidade de dano. A sala toda foi preenchida com X antes que parte dela caísse sobre o andar abaixo. Uma fumaça acre escura tomou o ar, misturando-se com a cortina de fumaça branca. Acima de nós, todos os pontos vermelhos que perturbavam Donut desapareceram.

Logo em seguida, Donut desceu e pousou em meu ombro, trazendo a bola de luz. Nunca tinha visto a tocha mágica brilhar tão poderosa e precisei proteger os olhos.

— Conseguimos acabar com todas? — perguntou a gata. — Elas sumiram com o que você fez.

— Acho que sim, mas é provável que eu tenha torrado os itens do Caipluma.

— Vamos lá ver.

Entramos no quarto outra vez. O chão todo havia virado uma rampa para o nível do shopping, e a bola de fogo tinha carbonizado tudo na câmara. As cinzas de Caipluma estavam espalhadas sobre os detritos.

— Ele não era o chefão — comentei. — Se fosse, teria o Mapa do Bairro com ele, mesmo depois de o corpo ser destruído.

— Então devia ser a srta. Penacho — disse Donut. — Ela era a chefona o tempo todo. Mas o corpo dela está lá atrás e provavelmente enterrado.

O prédio tremeu mais uma vez.

— Vai cair — avisei. — Temos que sair daqui.

— Mas e a missão? Não descobrimos nada ainda.

Estava prestes a dizer "Estamos sem tempo" quando percebi um ponto vermelho no mapa. Um dos cadáveres torrados tinha mudado de um X para um ponto. Enquanto eu me virava, fechando o punho, o ponto piscou outra vez e ficou branco.

Era uma mulher, um dos cadáveres decapitados. Ela estava no chão, e sua cabeça tinha magicamente retornado ao corpo. Era uma humana que eu reconheci, a que tinha o longo cabelo preto. No breve momento em que seu ponto ficara vermelho, ela tinha sido marcada como uma krasue, mas, quando mudou para branco, o sistema a designou humana. A parte de baixo de seu corpo era apenas carvão escuro. Ela olhou para nós, piscando de dor. Tinha um olho azul claro e um marrom. Aquela era Borgonha, a mesma mulher que nós encontráramos na escada quando visitamos o prédio horas antes. Ela era uma das assistentes do magistrado. Seu rosto estava estranhamente intocado pelas chamas.

Donut pulou no chão e a farejou. As pernas da mulher haviam virado duas toras de carvão quebradiço da cor da obsidiana.

— Carl, temos que ajudá-la.

Eu me ajoelhei e peguei uma Poção de Cura.

— Não — pediu Borgonha com a voz fraca. — Se me curar, vai curar meu corpo, e eu vou virar uma daquelas coisas outra vez. É tarde demais para mim, fui amaldiçoada. Condenada. A coisa mais gentil que podem fazer é me matar enquanto eu ainda sou mortal. Se apressem, por favor. Dói muito.

— Então você é uma pessoa durante o dia, e uma daquelas monstras durante a noite?

— Sim — disse ela, tossindo. — Fui trazida aqui pelos elfos. Trabalhava em outro povoado, mas eles disseram que poderiam conseguir uma vaga para mim no Clube dos Pistoleiros. Há uma entrada nesta vila. Eles me convenceram a vir, e todo mundo sabe que quem trabalha no clube tem uma chance de descer. Disseram que eu poderia ir aos Campos de Caça, e talvez ainda mais fundo, onde é seguro. Mas foi tudo uma mentira.

— Você era uma prostituta?

Os lábios dela tremeram.

— Era sim, e se não gostou, vai se foder. Esfaqueei homens por menos. — Ela tossiu.

— Só queremos entender o que está acontecendo. Muitas colegas suas têm aparecido mortas em vielas.

— Vai ficar tudo bem, querida — completou Donut, estendendo a pata e acariciando o cabelo da mulher. — Fale o que você puder sobre o Caipluma.

— Caipluma? — perguntou Borgonha, com a voz mais fraca. — Pode deixar essa luz mais forte? Sinto que ela me protege da maldição, mas parece que está apagando. — A tocha mágica de Donut parecia um sol ardente. A gata não tinha como a deixar ainda mais forte. — Não foi Caipluma que fez isso — continuou a mulher. — Ele esteve aqui o tempo todo, pendurado naquele troço. Já tinha morrido quando eu cheguei. O cadáver dele foi transformado em um talismã sombrio que mantinha nossos corpos seguros durante a noite. A srta. Penacho é quem administra a vila esse tempo todo. Ela é a verdadeira magistrada.

Senti uma estranha onda de alívio tomar conta de mim. A srta. Penacho *era* a vilã da história. Matamos a pessoa certa. Quando o sistema disse que havíamos matado uma autoridade, ele se referia a ela, e não a Caipluma. E outra: aquela era a enésima vez naquele dia que a IA descrevia algo incorreto.

Ela dissera que Penacho era a assistente do magistrado. Dissera que Katia era humana, embora fosse uma doppelgänger. Também falara que Borgonha era humana, quando se tratava de uma daquelas vampiras bizarras. O mapa marcava todos aqueles corpos com X, quando eles ainda podiam virar monstros. Era importante saber que não podíamos confiar em nada.

Mas se a Penacho era a cabeça do esquema, por que a missão não tinha acabado? Reli o que nós tínhamos que fazer, focando a última linha.

Ninguém sabe quem são ou de onde vêm. Descubra o porquê.

A missão não nos disse para *salvar* as mulheres nem para matar o responsável. Só tínhamos que descobrir o que estava acontecendo. Estávamos quase lá, era só tirar mais algumas informações daquela moça antes que o prédio desabasse ou que ela morresse.

— Certo — murmurei —, e como você ficou desse jeito?

— Os elfos me levaram até o templo deles e, quando cheguei lá, a srta. Penacho veio nos buscar. Ela fez tantas perguntas. Naquela época, eu não entendi o porquê. Achei que ela fosse me levar para o clube, mas, em vez disso, ela me levou até ele.

— Até quem?

Debaixo dos nossos pés, algo estalou, reverberando por todo o andar. A névoa da bomba havia se dissipado, mas a fumaça negra do fogo ficava mais densa.

— Até o marido dela. Ele está em outro lugar, em um prédio próximo daqui. É onde os guardas ficam durante a noite. Ele fica no andar de cima. Os soldados não sabem que ele está lá ou não se importam. Eles não conseguem olhar para cima.

— O marido dela?

Tentei me lembrar do que a Penacho dissera sobre ele. Não era muito. Ela dissera que ele tinha morrido e sido o magistrado antes de Caipluma. Só.

— Sim, o nome dele é Rémige. Ele está fazendo alguma coisa, invocando um feitiço enorme. Eu não sei para quê. Ele não está vivo nem morto. Ele é algo entre os dois, algo monstruoso. Acho que está tentando trazer a si mesmo de volta à vida.

Merda. Outro inimigo. Estava torcendo para que todos os chefões daquela missão estivessem mortos.

— Mas o que isso tem a ver com vocês? — perguntei.

— Sabe o que eu sou? O que eu me tornei? Sou uma krasue. Uma mulher que viveu uma vida de pecado, que morreu na dor e na raiva e retornou dos mortos. Durante o dia vivemos e trabalhamos neste prédio como assistentes ou vendedoras. Fazemos coletas. Durante a noite, somos o exército dele, servindo aos seus comandos e ajudando os elfos da cidade, que ele também enfeitiçou para que ficassem sob seu controle.

— Coletas do quê? E o que aconteceu com as mulheres mortas que encontramos nas vielas?

— Toda vez que um novo ornitocéu ou chapim entra nas lojas do shopping, devemos tirar uma pena de sua plumagem. Não sei por quê. Só sei que devemos dá-las para a srta. Penacho.

— Não parece boa coisa — afirmou Donut, e Mongo concordou com um resmungo.

— Já as mulheres... Tem algumas cujos pecados não foram o bastante. Elas são mulheres que querem trabalhar no Clube dos Pistoleiros, mas, quando são levadas para o Rémige e ele as torce até que as cabeças saiam de seus corpos, elas nem sempre viram krasue. A transformação não é perfeita. Tem vezes em que elas apenas morrem. Quando isso acontece, ele nos permite saciar nossa sede nelas. Depois, um dos avatares dele as pega e larga nas vielas. A srta. Penacho pede que eles as deixem alguns quarteirões de distância do covil. Rémige controla os avatares como se fossem parte de seu corpo, mas eles não podem ir longe. Ao menos não ainda.

— Avatares? — indaguei. — Eles são outros ornitocéus? Acho que não entendi.

Crack! O resto da sala desceu mais ainda. O corpo de Borgonha começou a escorregar.

— Por favor, me mate! — gritou ela conforme o teto acima começava a ceder.

Donut a acertou com um Míssil Mágico momentos antes de seu corpo desaparecer.

23

COLOQUEI A CORDA DENTRO DO INVENTÁRIO ENQUANTO AINDA ESTAVA pendurado a mais de quatro metros do chão. Fiquei satisfeito por ter descoberto aquele truque logo de cara, antes de comprar rolos de corda de comprimentos diversos. Mas, de novo, Donut estava certa: eu precisava de um método melhor para subir e descer.

Caí com tudo sobre a pilha de destroços, mas não doeu como teria doído antes. Por um instante, eu me perguntei de qual altura teria que cair para levar dano. Acima, toda a estrutura tremeu. O prédio todo desabaria sobre nossa cabeça a qualquer momento. Tínhamos que sair dali.

O X do corpo da srta. Penacho estava marcado no mapa, logo abaixo dos meus pés, e me tentava. Teríamos que cavar por uma hora até chegar nela e no Mapa do Bairro, que seria super útil naquela hora. Mas sem chance de isso acontecer.

Um brilho chamou a minha atenção. Havia uma caixa queimada parcialmente enterrada nos destroços. Eu a peguei enquanto fugíamos. Era uma das caixas de vidro da srta. Penacho, que não parecia quebrada apesar de ter estado a menos de trinta centímetros da explosão, o que significava que ela devia ser encantada. Limpei a fuligem com facilidade. A pelúcia dentro dela era um homem de armadura sentado sobre um cavalo negro. Dei uma olhada na etiqueta, que dizia Kimaris. Guardei ela no meu inventário.

O prédio rangeu ainda mais enquanto ganhávamos distância. Paramos na rua e nos viramos para assistir ao resto do edifício imenso afundar. Fugimos bem a tempo.

— Agora nós sabemos o que aconteceu com as prostitutas. Sabemos também por que algumas delas estão caindo nas vielas — disse Donut, com a respiração ofegante. — Por que a missão ainda não terminou?

— A gente sabe *como* elas acabaram lá — falei. — Ainda não sabemos o porquê. Não temos a história toda.

Olhei para o galpão escuro mais à frente. Era um prédio simples, quadrado e de dois andares. Não havia luz e apenas um par de portas duplas servia de entrada. Eu podia sentir a presença dele no primeiro pavimento. Rémige.

— Se queremos terminar essa história, temos que entrar naquele prédio — afirmei. — Essa é a missão.

A uma curta distância, um grupo de NPCs observava o prédio municipal e o shopping entrarem em colapso. Olhei para cima, mas não vi ornitocéus. Havia dezenas deles antes, mas naquela hora todos tinham sumido. Tive a impressão de que eles não gostavam de voar de noite. Mesmo assim, aquilo era incomum.

Havia um único ponto azul de explorador no meio daquela multidão. Acabei encontrando com o olhar dele, e o homem se aproximou de nós. Foquei o nome familiar sobre sua cabeça.

— Não deixe ele ver a tornozeleira de carvalho na sua perna — sussurrei para Donut.

— Por quê? Ele não é um daqueles elfos.

— Ele é parente da exploradora morta de quem tiramos o item. Também é o mesmo cara que matou o chefão da piscina, aquele que explodiu. O Divisor.

— Ah, ele é nojento — resmungou Donut quando o homem se aproximou.

Ele andava devagar e com propósito. Vi que ele não usava sapatos, mas suspeitei que aquilo fosse algo recente graças aos seus pés com garras.

— Alguém deveria lhe ensinar sobre cores sóbrias — murmurou Donut. — Parece que alguém pegou o boné daquele idoso com incontinência urinária, o Jack, e o usou para fazer uma fantasia *furry* exagerada.

— Seja legal — sussurrei, tentando não rir.

Jack, o homem que havia mijado na parede e causado todo o caos no segundo andar, tinha muito apreço pelo seu boné laranja do Cincinnati Bengals.

— Eu estou falando sério, Carl. Esse sujeito pode ser a reencarnação de Chuck Norris, mas nós não podemos tê-lo na equipe. As pessoas ririam de nós.

— Você sabe que é uma gata persa, né?

— O que você está querendo dizer com isso, Carl?

— Não se preocupe — sussurrei —, não parece que ele está a fim de entrar para a equipe, de qualquer forma.

O homem parou na nossa frente.

— E aí — cumprimentei.

Ele continuou quieto e me olhou de cima a baixo. Senti minha sobrancelha se erguer enquanto o sujeito me examinava por tempo demais.

Explorador #2.165.570. "Daniel Bautista 2."
Nível: 18.
Raça: Tigran.
Classe: Esgrimista Aventureiro.

Ele parecia um personagem rejeitado de *Thundercats*. Era um homem musculoso sem camisa com um pouco mais de um metro e oitenta de altura. Ele era peludo e laranja. *Muito* peludo. E *muito* laranja. Seu rosto era um híbrido de humano com grande felino, com as marcas laranjas, brancas e pretas de um tigre siberiano. Porém, diferente do animal, seus olhos tinham as pupilas verticais de um gato doméstico. Seu nariz e boca eram humanos, embora cobertos de pelinhos alaranjados. Bautista também tinha uma cauda longa e absurdamente desgrenhada. O efeito seria engraçado se o cara não parecesse capaz de me partir ao meio. Ele tinha nove estrelas de chefão de bairro. Usava um cinto com uma espada curva presa na bainha e a lâmina da arma brilhava também em laranja.

— Foram vocês que mataram a srta. Penacho? — indagou Bautista, por fim.

Ele tinha um sotaque asiático. Lembrei dos três cadáveres que encontráramos muitos dias antes. Grace, Nica e Lea. Todas elas tinham o mesmo sobrenome, e por isso supus que ele fazia parte da mesma família. Alguém havia saqueado a maior parte dos equipamentos delas. Donut ficou com a tornozeleira do Carvalho Caído, e eu peguei os dois anéis genéricos de Força.

Se Bautista soubesse que nós estávamos com aqueles itens, será que iria exigi-los de volta? Se fosse assim, ia ficar querendo. Achei melhor nem tocar no assunto.

— Isso — afirmei. — E você é o cara que acabou com a missão ferrada por nossa causa?

— Eu mesmo. A missão era invadir a casa dela e a matar. Isso me daria acesso ao Clube dos Pistoleiros. Porém, quando cheguei na casa, Penacho fugiu. Eu tentei seguir, mas ela voava, né? Foi direto para aquele prédio ali, e poucos minutos depois veio a explosão e a mensagem da morte dela.

— Ela tinha mais bichos de pelúcia dentro de casa? — perguntou Donut.

— Tinha — resmungou Bautista. — O apartamento inteiro dela estava cheio dessas coisas. Mais de mil delas. Eu peguei todas.

Dei de ombros.

— Bem, foi mal por essa. Também tínhamos uma missão que envolvia ela. E ainda não a terminamos.

Ele balançou a cabeça lentamente. Dava para ver que queria perguntar alguma coisa, mas estava hesitante.

— Umas noites atrás, eu vi vocês no programa de notícias — comentou Bautista, finalmente.

— Estamos nele quase todas as noites — disse Donut, orgulhosa.

— Vocês lutaram naquele circo. Mataram os lêmures. Não sobrou nada?

Imaginei que ele quisesse perguntar sobre sua família, mas estava tendo dificuldade de colocar aquilo em palavras.

— Nada. Acabamos com todos eles. Mas tem uma escada lá.

Bautista assentiu, apreciando.

— Há outra a três quilômetros ao leste desta vila. Os exploradores têm escrito bilhetes com as localizações das escadas e os deixado nos bares.

— Ótimo — falei, depois fiz uma pausa. — E sim, a gente as viu, as outras Bautista. Matamos os lêmures responsáveis.

A cauda dele balançou de um lado ao outro.

— Obrigado. Elas eram as minhas irmãs e prima. Todas as cinco morreram em segundos, aconteceu tão rápido. Eu estava com o meu primo, e mal conseguimos escapar.

Engoli em seco. Víramos só três corpos, mas lembro de ter pensado na época que havia sangue para mais gente ali.

— Ele morreu no dia seguinte — continuou Bautista. — Meu primo, quer dizer. Ele desistiu. Sou tudo que resta da minha família inteira. Eu tinha quatro irmãos e irmãs. E quinze primos. — Seus olhos se perderam na distância. Então ele completou: — Não sei por que continuo. Queria não ter escolhido este corpo. Devia ter continuado verdadeiro a mim mesmo. Todos nós vamos morrer, de qualquer forma. Como podemos chegar ao paraíso se Deus não nos reconhece?

Eu não tinha resposta para aquilo.

Um silêncio desconfortável se seguiu. Eu me mexi, inquieto.

— Bem, sinto muito pelas suas perdas. E me desculpe por ferrar com sua missão.

Ele concordou com a cabeça.

— Não tem problema. Estou feliz por minha família ter sido vingada. Tenho uma dívida com você. Pode me chamar se precisar, e eu virei.

Ele estendeu a mão, iniciando o cumprimento que abriria o canal de mensagens. Por um momento eu hesitei, mas retribuí o gesto. O nome dele apareceu na minha lista de contatos. Depois disso, Daniel Bautista se virou e desapareceu na noite.

— Aquele cara é muito intenso — comentei.

— Eu também seria se tivesse aquela aparência — disse Donut. — O guia de jogo deixou que ele escolhesse aquela raça. E uma das irmãs ou primas dele era aquela coisa árvore, lembra? É como se o guia quisesse que eles parecessem idiotas. O guia da Katia não a ajudou. Além disso, lembra daquele cérebro voador no programa do Maestro? O do Frank Q. e da Maggie My? Aquela coisa os convenceu a assassinar pessoas. Acredito que a maioria desses guias não gosta muito de seus trabalhos e estão descontando isso nos exploradores.

— Acho que você está certa — concordei. — Mas deixa eu te contar um segredo, Donut. Antes de tudo isso acontecer, era considerado uma raridade alguém achar um emprego que realmente amasse.

— Você não gostava de consertar navios? Ou de estar na marinha?

— Não muito. E eu estive na guarda costeira, não na marinha. É diferente.

— Tem certeza? Porque a srta. Beatrice dizia para todo mundo que você era da marinha.

— Tenho sim, Donut.

— Bem, e o que você teria sido se pudesse ter trabalhado com algo que gostasse? — perguntou ela.

Pensei naquilo durante algum tempo. Lembrei das candidaturas para faculdades que eu tinha começado a preencher, mas nunca terminei.

— Eu teria entrado para o serviço florestal para trabalhar como guarda-florestal.

— Para fazer o quê? Olhar para árvores o dia inteiro?

— Isso — disse. — Já vi demais do oceano durante esta vida. Eu ficaria feliz sozinho na floresta, prestando atenção aos sinais de queimadas. Nossa, daria tudo por isso. Seria belíssimo.

Donut resmungou.

— Eu sei o que gostaria de fazer. Eu escreveria roteiros para a TV. Zev e eu vamos formar um time de roteiristas quando sairmos daqui. Vamos fazer um remake de *Gossip Girl* com um viés intergaláctico.

Eu ri.

— É mesmo?

— Zev disse que os programas da Terra são os melhores que ela já viu. Poderíamos fazer novos e apresentá-los ao universo. Talvez, se os programas forem bons o suficiente, o público não ficasse tão interessado em assistir a pessoas de verdade matando umas às outras — disse ela.

Eu não falei nada por um bom tempo.

— Você me surpreende todos os dias, Donut.

— Então — disse Donut —, vamos encerrar a noite por aqui ou vamos lutar com aquele lich?

Ela não me deu a resposta irônica que eu estava esperando.

Suspirei. Ainda tínhamos três horas antes de o sol nascer.

— O que você acha?

As portas imensas do depósito dos espadachins não estavam trancadas. Elas foram deixadas entreabertas, e eu mantive o olho nelas, cauteloso, enquanto subia a escada pela lateral externa do prédio. Estava pronto para sair correndo ao primeiro sinal de movimento. As armaduras vivas me preocupavam bem mais que o lich, pois se elas acordassem, estaríamos fodidos. Embora eu fosse o magistrado da vila, ninguém parecia ligar para esse fato. Antes, Caipluma, ou melhor, a srta. Penacho tinha *muito pouco* controle sobre os guardas. Eu me lembrei de quando ela tentou nos prender e não funcionou. Algo me dizia que eu seria caçado até ter que fugir do meu próprio vilarejo assim que eles acordassem, não importando o que eu fizesse.

Rémige, o lich, permaneceu quieto durante aquele tempo todo. Donut teve coragem de pular sobre o telhado, e uma descrição apareceu em seu mapa. Ela disse que havia algo de tamanho mediano no lugar, como um ornitocéu comum, e que ele não se mexia. Ela não viu qualquer outra coisa dentro da sala. A capacidade do mapa dela para registrar monstros era melhor que a do meu, mas o mapa também era conhecido por ser pouco confiável quando se tratava de inimigos escondidos, e por isso mantive a cautela.

Momentos antes eu dera uma olhadela pela fresta da porta do térreo, querendo ver o que rolava ali e saber a altura interior do espaço. Mesmo no escuro eu podia ver eles, os espadachins desativados. Eles mantinham uma formação silenciosa às centenas, o que me lembrava os soldados de terracota chineses. Nem sequer havia pontos sobre eles em meu mapa, e eu não sabia se aquilo era algo bom ou ruim.

Seus corpos metálicos brilhavam com uma aura amarela que subia até um ponto no teto. Havia um cristal de alma em algum lugar lá em cima. Mordecai dissera que durante a noite os guardas entravam em um modo de “estase” e ficavam indestrutíveis. Tive uma breve ideia de trancá-los dentro do galpão e detonar tudo, o lich incluso, jogando muitas bombas várias vezes até que todos morressem, resultando em uma quantidade astronômica de experiência. Mas parecia que aquilo não rolaria, ao menos não naquela noite.

E nós também não podíamos só jogar uma bomba na câmara do lich. Ele supostamente era o último inimigo que faltava, então eu precisava fazer com que ele desse o monólogo de vilão antes de o matar. Daquela forma, poderíamos completar a missão.

Descobrimos que não havia feitiço silenciando a área nem qualquer outro tipo de proteção que pudéssemos ver. Aquilo não significava que não houvesse alguma surpresa terrível nos esperando, mas ao menos poderíamos contar com a magia.

Coloquei a décima e última banana de dinamite goblinoide em uma viga externa exposta e usei o detonador de Pus de Hobgoblin para colar tudo na estrutura. Cada unidade do pus pegajoso permitia até dez explosões simultâneas com o apertar de um botão. Se precisasse, usaria todas as dez naquela noite. Estava torcendo para que não fosse necessário.

Abaixo de nós, metade do vilarejo estava na rua nos observando. Eles tinham tochas, foices e outros tipos de armamentos medievais. Eu não tinha os chamado, mas o taverneiro Fitz soara o alarme depois de escutar Mordecai e Katia debatendo sobre a possibilidade de haver um lich na vila. Embora fosse o equivalente às três e meia da manhã, o taverneiro saíra correndo, gritando que a "patrulha da noite" tinha que defender o povoado. Como metade do vilarejo já estava acordada graças ao colapso do edifício municipal, não demorou muito até que uma pequena multidão se formasse.

Antes que a gente percebesse, um grupo de NPCs tinha chegado no galpão. Eles iam de orcs e humanos a elfos e dezenas de outras raças mais obscuras. Mesmo assim, não havia sinal de ornitocéus ou chapins. Era como se eles não ligassem para os problemas da cidade, contanto que os danos continuassem no nível térreo. Ali perto, a fumaça ainda saía dos destroços do shopping e dos aposentos do magistrado. A noite cheirava a fogo e poeira.

Depois de todos os nossos preparos, tínhamos só quarenta minutos sobrando antes que as armaduras se reanimassem. O topo dos prédios distantes já brilhava com os primeiros sinais do falso amanhecer. Precisávamos ser rápidos.

— Essa é a última delas — avisei, descendo pela escada até o chão.

Eu xinguei quando um dos degraus da escada feita à mão se soltou, porque levei mais um minuto para o consertar, e depois a coloquei no inventário. Havia a construído na pressa com um monte de sucata que tinha guardado. Era uma combinação bamba e desleixada de pedaços de madeira com barras de peso de metal que daria um ataque cardíaco em qualquer fiscal de segurança do trabalho. Tinha levado quase uma hora para a construir. Se sobrevivêssemos àquela noite, faria outra delas, mas direito dessa vez.

— Está pronta? — perguntei.

— Não — disse Donut. — Eu não gosto desse plano, Carl.

Mongo estava outra vez em sua caixa. Não podíamos confiar que ele se manteria quieto se as coisas saíssem do controle, como ele nos mostrara, e precisávamos muito ter o domínio da narrativa ali. Sem falar que Donut precisava focar.

Estávamos contando com os conselhos de Mordecai para continuarmos vivos.

"Existem liches em todas as formas, tamanhos e níveis de poder. Nunca se sabe o que vai encarar", dissera ele horas antes naquela noite. "Mas todos eles têm algo em comum."

"O que é?"

Ele deu uma olhada irônica para o teto.

"Eles são iguais a Odette. Eles nunca, nunca calam a porra da boca. São narcisistas até o fim. Além disso, são covardes. Assim que conseguem uma fagulha de vida, eles farão qualquer coisa para não a perderem outra vez. É por isso que sempre têm um grupo de seguidores e planos elaborados e grandiosos. E essa também é a razão pela qual eu acho que vocês deveriam apenas explodir o prédio e arriscar perder a missão."

Aquilo servia para quando ainda achávamos que Caipluma era o lich e que o seu covil era o edifício municipal. Depois de todo o incidente, Mordecai mudou de opinião. Ele pensava que, como havíamos matado a maior parte da rede de suporte de Rémige, ele estaria vulnerável. Naquele momento valia o risco tentar se aproximar dele. Mordecai também havia comentado que fazia sentido ele se esconder no galpão dos guardas, pois um cristal mágico era usado para "recarregar" os espadachins todas as noites, e alguém que usasse de meios mágicos para vasculhar o vilarejo não o veria ali.

Mordecai: Há outro problema. É óbvio que ele se trata de outro chefão. E como a primeira se tratava de um chefão de bairro, eu apostaria o meu mamilo esquerdo que este se trata de um chefão de município. Assim, mesmo se ele estiver enfraquecido, vocês precisam entrar nessa luta preparados.

Dessa forma, tomamos uma decisão. Nós iríamos confrontar o lich enquanto ele estivesse fraco. Afinal, Rémige já sabia que estávamos a caminho, e era provável que estivesse nos observando durante aquele tempo todo. Por isso, nós rodeamos todo o exterior do prédio com explosivos, sem pressa e com material suficiente para fazer toda aquela estrutura virar pó.

Meu plano original era que Donut ficasse do lado de fora enquanto eu entrava sozinho, mas ela se recusou.

— Você prometeu que eu não morreria sozinha — argumentou ela. — Não pode manter essa promessa se você morrer primeiro. Vamos fazer isso juntos.

Eu cedi, mas precisei fazer algumas mudanças no plano.

Katia estava em pé entre as pessoas. Seu rosto havia melhorado muito e se tornado mais natural. Ela ainda parecia uma vítima de queimadura que antes tinha passado na fila da feiura, mas parecia sem dúvidas ser humana. Eu a chamei.

— Aqui — disse. — Segura isso para mim.

Dei para ela o detonador que lembrava um lápis.

— Espera, espera! — falou Katia, recuando e se negando a pegar o item. — Não me dê isso aí.

— Guarde no inventário — pedi, empurrando o detonador na mão dela. — Se nós morrermos, ou se eu mandar, você aperta o botão. Sem questionar. Apenas faça.

— Por que *você* não segura isso? — indagou ela, olhando para o objeto com se eu tivesse acabado de entregar uma cobra viva. — Carl, a descrição diz que ele pode detonar sozinho.

— Guarde ele no inventário — repeti. — Vai ficar tudo bem.

O item sumiu da mão dela.

— Por que eu? — perguntou Katia outra vez, parecendo enjoada.

— Não sabemos se esse cara tem algum tipo de controle mental. É uma coisa de lich. Precisamos que alguém fora da área de influência dele segure o botão do *kabum*, só para garantir.

— Então, qual é a sua ideia? — quis saber ela. — Destruição mútua garantida?

— Isso mesmo — afirmei. — Tudo o que queremos é informação. Tudo o que ele quer é viver. Claro que é uma aposta. Mas estamos na beira da morte todos os dias, isso não é novidade.

Ela balançou a cabeça.

— Hekla avisou que vocês eram loucos.

— Apenas se certifique de que está a pelo menos um quarteirão de distância antes de apertar o botão. Tem dinamite o suficiente ali para mandar você e suas botas de neve esquisitas de volta para a Islândia. — Então, ergui a voz e gritei para a multidão: — Vocês ainda estão dentro da área da explosão! É melhor recuar, e bastante.

Nós entramos no galpão assim que o povo começou a se espalhar. Dei uma olhada nervosa nos espadachins conforme fomos rapidamente até um pequeno alçapão que havia no teto, em um canto da sala. Peguei a escada e comecei a subir. Donut continuou em meu ombro, mas tremendo.

— Ele está se mexendo — avisou Donut. — Mas está só recuando para o canto dos fundos da sala, como se tentasse fugir.

— Não nos mate — falei quando entrei no cômodo. — Se você matar a gente, morre também!

Respirei fundo quando examinei o monstro tremendo no canto distante.

Carl: Não é um lich, Mordecai. Não é a porra de um lich!

24

– VOCÊ CONSEGUE ME ENTENDER? – PERGUNTEI.

— Não se aproximem. Não, não. Fiquem longe. Não me explodam — pediu Rémige, com a voz muito rouca. — Por favor. Não cheguem perto.

Confuso, examinei as propriedades da criatura. Apesar de todos os preparos e os avisos de Mordecai, aquilo *não* era um chefão. Nem um lich.

Rémige — Sugador de Almas Capacitor — Nível 1.

Esse é um soldado destituído da srta. Penacho.

Já brincou com um tabuleiro de Ouija e percebeu que só falar com o ente querido perdido não te satisfazia mais? Talvez tenha pensado que gostaria de deixar as coisas mais emocionantes? Quem sabe trazer ele de volta a vida? E depois forçá-lo a conseguir um emprego? Um Sugador de Almas Capacitor pode fazer isso para você.

Essas frágeis mas fisicamente fortes criaturas mortas-vivas só podem ser criadas por um necromante ou um clérigo das trevas. A magia se prende à alma mais amada pelo invocador do feitiço e puxa a criatura de volta à existência. O espírito ressuscitado estará apegado para sempre àquele que o amava. Porém, o sugador de almas é como uma fenda no plano entre a vida e a morte, existindo em nenhum deles. Um simples arranhão dessa criatura arrancará a alma de seu corpo. O poder dessa alma é então armazenado dentro do capacitor, permitindo que o dono do sugador tenha acesso a imensas reservas de mana.

— Sabe — murmurei para Donut —, toda vez que eu acho que esses caras chegaram a um novo nível de perturbação descaralhada, eles me surpreendem. Se ele tentar chegar perto, use Míssil Mágico.

Rémige se parecia muito com Caipluma, com a exceção de que estava vivo. Bom, mais ou menos. Ele tinha a aparência de um ornitocéu despenado e zumbificado. Seus olhos eram dois orbes de redemoinhos pretos, e uma fumaça negra densa saía de seu corpo. Filamentos etéreos parecidos com vermes se contorciam ao seu redor, como uma paródia das asas cheias que um dia ele tivera.

Um cordão fino de luz dourada entrava no peito da criatura, prendendo-a a uma joia âmbar do tamanho de uma bola de golfe que flutuava no meio da sala. Uma haste de luz fluía para baixo e através de um buraco no chão. Outros fios de energia dourada chicoteavam em volta da gema voando em todas as direções, como se procurassem mais itens para consumir. Eu recuei quando a luz passou por mim, mas não senti qualquer coisa. Parecia que ela era inofensiva para quem não podia a usar.

A ave se encolhia no canto, arfando. Parecia agonizar.

Carl: E o que é a porra de um soldado destituído?

Mordecai: É um soldado que continua vivo depois da morte de seu controlador. Parece que você matou a vilã da história quando explodiu a srta. Penacho. Acontece. Às vezes, missões parecem maiores do que são. Eu deveria ter percebido, já que é apenas uma missão prata. Desculpe por fazer você desperdiçar toda aquela dinamite. Consiga a informação, tire ele da própria miséria e depois voltem aqui antes de os guardas acordarem, ou ficarão nesse barracão o dia inteiro.

Rápido, eu examinei a joia.

Cristal da Alma. Qualidade C.

Tecnologia élfica. É como um carregador sem fio, só que no lugar da eletricidade, ele funciona com a energia da alma de todas as coisas que são mortas na área. Essa gema em particular, em vez de recarregar um iPhone, reenergiza os guardas espadachins da vila todas as noites. Parte desse poder também está sendo sugado por outra coisa.

Se esse cristal for tocado fisicamente por um ser vivo orgânico, ele quebrará e parará de funcionar.

Mordecai já havia nos falado um pouco sobre aquelas gemas. Elas deixavam de ter valor assim que ativadas, e se as quebrássemos os guardas parariam de recarregar, mas não os feriríamos de qualquer outra forma. Em algum momento eles ficariam sem energia, mas não aconteceria logo.

— Você esteve nos observando? Viu o que eu fiz na parte de fora desse prédio? — indaguei.

— Eu vi. Eu vi — disse ele. — Você deu o controle para a sua amiga. Minha esposa invocou o feitiço. Ela tem milhares de olhos, todos vendo ao mesmo tempo. Observando, provando. Vemos tudo. Ela me usa para invocar o feitiço, e as visões vão de mim para ela. Mas agora ela se foi, e estão acumulando, acumulando. Não têm para onde ir. A alma dela está perdida. Com a aurora, a liberação. A liberação.

Ele não estava fazendo sentido.

— Então era Penacho quem invocava os feitiços, mas ela fazia isso através de você? É isso que significa você ser um capacitor?

— Sim. Tanto, tanto poder. E com as pequenas. E as antenas. Tudo foi coletado. Coletando. Ela tem que fazer a drenagem. Ela se foi, foi. Ela se foi. Nada de feitiço hoje à noite. Nada de dreno hoje à noite.

— Ótimo, outro lunático — resmungou Donut.

Tentei deixar a minha voz reconfortante. Rémige ainda estava do outro lado da sala, mas eu não queria chegar mais perto.

— Conte pra gente sobre as pequenas. As moças. Fale sobre Caipluma e a srta. Penacho, e como você terminou assim.

A criatura piscou, como se nos visse pela primeira vez. Os fios de luz ao seu redor chicotearam, e a névoa sumiu de seus olhos.

— Quem são vocês? Onde estou?

Repeti a pergunta, só que mais devagar. Ele se aninhou no canto e se abraçou com as asas emaciadas como se fosse uma criança assustada.

— Estão aqui para ouvir a história. Eu compreendo. Estive esperando por tanto tempo por alguém a quem a contar. Tudo que eu precisava fazer era contar a história, e tudo terminaria.

— Por favor — pedi —, conte a história pra gente, que não vamos te machucar.

Ele concordou lentamente.

— Por favor, me deem um momento. Não me matem antes que eu acabe. Eu pratiquei para esse momento. É bastante coisa, mas eu tenho que contar tudo. Aqui está a história. Ele... Caipluma... nunca gostou dos guardas. O magistrado tinha apenas um pequeno controle sobre eles, por isso queria mais. Caipluma me perguntou, depois que eu me aposentei e passei o poleiro para ele. Isso mesmo. Ele me perguntou o que tinha que fazer para ter controle sobre os espadachins. Para os controlar, expliquei, você tem que saber o que eles são. Como são animados e como vieram a ser. Mas, espere, não pergunte sobre isso. Não é importante, é uma tangente. Temos que evitar tangentes. Caipluma não tinha visão a longo prazo. Não tinha ambição além de controlar esse pequeno vilarejo. Era o seu reino. Os ornitocéus controlavam este mundo, sabia disso? Antes de o demônio destruir tudo. Gosto de pensar que é uma metáfora. Alguns dizem que os primais... Não, não posso. Isso está fora do roteiro. Desculpe, desculpe. Por favor. Os ornitocéus estiveram no topo do mundo e controlavam a Cidade Acima. É importante que vocês saibam disso.

— O que aconteceu? — perguntei. — Como que Caipluma acabou pendurado naquela coisa?

— Você é como ele. Só liga para o que está acontecendo na sua frente. Julga um livro pela capa. Acho que é isso que eu precisava dizer.

Donut: Carl. Tem alguma coisa acontecendo, alguma coisa estranha. A contagem está lenta como sempre, mas acho que nossas visualizações estão ficando *muito* altas. Estou ganhando conquistas sem parar sobre visualizações e seguidores. É provável que você também esteja. Não entendo o porquê.

Eu a ignorei.

— Me mostre a capa primeiro, depois leia o livro.

Rémige se mexeu, depois continuou:

— Quero que me deixe terminar a história. Não me mate. Eu tenho que recomeçar se você me matar. O orc, ele me matou. Anos atrás.

— Eu vou te matar aqui e agora se você não desembuchar de uma vez — exigiu Donut.

Ele fez um som meio ganido, meio pio que era completamente miserável.

— Eu vou terminar. Depois que faleci, Caipluma se aproximou de minha esposa. Penacho. Eles a chamam de srta. Penacho, mas não sei por que adicionaram o "senhorita". Ele pediu que ela o ajudasse a invocar o feitiço. Caipluma sabia que ressuscitar outro clérigo das trevas, como eu, resultaria em um capacitor especialmente poderoso, o que o forneceria a energia da alma necessária para subjugar os espadachins. Por isso, Caipluma se colocou na posição de Promessa Noturna, e minha esposa ficou na sala oferecendo assistência.

Eu quase não conseguia acompanhar a história.

— Pera, então a srta. Penacho sabia que você seria trazido dos mortos e transformado no que é agora? E ela aceitou isso?

— Ah, sim — afirmou ele —, ela não é mesmo a... Não, não posso dizer isso. Pense, pense. Ah, sim, ela também sabia que Caipluma estava cometendo um grave erro ao invocar o feitiço tão perto do Amplificador.

— Amplificador?

— Isso mesmo. Você está diante dele. Este telhado é uma antena, e o cristal da alma guarda o poder. Ele captura a energia das almas perdidas de toda esta área. É o que mantém os espadachins funcionando. Magia dos altos elfos. Eles são os que... Não, outra tangente. Caminho errado. Durante a noite, os guardas são recarregados. Acontece que os aposentos de Caipluma ficam muito próximo. Quando ele invocou o feitiço, eu fui manifestado e trazido de volta à existência, mas ele foi morto pelo retorno de energia. Minha esposa... ela planejou isso. Ela esteve planejando isso o tempo todo, durante sua vida inteira. Era exatamente o que devia ter acontecido. Eu me condenei quando me tornei marido dela. Eu me tornei o capacitor dela. Penacho continuou fingindo que o magistrado estava vivo e assumiu a função de administrar o povoado. Ela era uma maga poderosa e usou um feitiço para manter a fraude. Conseguiu enganar a todos.

Mordecai: Vocês estão ficando sem tempo. Terminem logo com isso e saiam daí.

Carl: Estamos quase acabando.

— E por que traziam as mulheres para você? As prostitutas?

— Não... não faça eu me perder. Só escute. Estamos chegando lá. Primeiro, ela tomou controle sobre aqueles elfos tolos. Ela invocou uma ilusão, um resplandecente ornitocéu lendário para falar com eles, fingindo ser um anjo, e os convenceu que a deusa-árvore deles estaria vindo para os buscar. Eu conseguia os fazer voar e manipular objetos. Estou falando dos avatares. Penacho nunca gostou de sujar as próprias mãos, então ela os usava. Fosse para intimidação. Ou para a remoção de cadáveres. Isso, os avatares. Um deles se parecia com meu filho. Meu garoto. Perdido no tempo. Mas eles não podiam ir muito longe daqui. Assim, minha esposa ordenava os elfos a trazerem as mulheres até nós. Elas continuavam vindo à procura de uma vida melhor. Vinham às centenas. Às vezes, podia ver nos olhos delas que algumas eram dez, como eu. “Não escolha morto-vivo”, nos avisaram. “Não escolha morto-vivo. Não vale a pena.” Espere, ignore isso.

Manter Rémige dentro do assunto era como tentar conduzir um navio sem o leme.

— Está bem, mas por que Penacho trazia as mulheres para você?

— Por duas razões. Minha esposa tinha grandes planos, planos que foram estabelecidos muitos anos antes. Mas para isso ela precisava de ajuda, e em algo que não poderia ser feito pelos elfos da cidade. As krasue são fáceis de controlar. Fáceis de fazer, quando se tem os materiais corretos. Elas voam e se mantêm intactas e complacentes durante o dia. Além disso, o ato de criá-las gera um salto vigoroso de poder da alma, o que me dá mais energia. E como a matéria-prima vinha de fora do vilarejo, ninguém percebia que ela estava as coletando.

Donut zombou daquilo.

— *Alguém* percebeu. GumGum percebeu.

— Então você recarrega toda vez que alguma coisa morre? — perguntei.

— Isso. Minha posição aqui também me permite sugar das almas que fluem para o cristal. Minha esposa sabia disso, mas nem ela poderia ter previsto a quantidade de energia. Eu posso sentir. É demais. Pontos de mana. Aquela sensação que se tem quando bebe uma poção e os pontos de mana fluem de volta para você, só que nunca param de vir.

Senti um arrepio. Estava finalmente entendendo as entrelinhas. Precisávamos nos apressar.

— Então sua esposa estava criando um exército? Por quê?

— Ela era a neta da família real. Penacho transbordava ambição. Retomaria tudo que haviam perdido. Mas vocês a mataram e me encontraram. Ela morre, mas nunca me encontram. Porém, desta vez, fui descoberto. Houve um orc, certa vez. Ele me encontrou, mas me matou antes que eu pudesse terminar a história.

— Foco, Rémige. Me conte sobre a Penacho. Quando você disse "Retomaria tudo que haviam perdido", o que quer dizer?

— Ah, sim, claro. O feitiço. Tenho que mencionar o feitiço. Ela estava preparando o Batalha Final. É um feitiço de três partes. Magia de herança. Ele foi primeiro invocado pelo avô dela, depois pela mãe. Era para Penacho o completar. Assim como o ataque de nove categorias de Scolopendra que arruinou o nosso reino, ela preparava algo que devolveria a Cidade Acima para os ornitoceús.

— Ela estava esperando conseguir energia o suficiente antes de poder invocar o feitiço, então? — indaguei. — E ela precisava do exército para o quê? Proteger a si mesma enquanto o invocava?

— Precisamente. Antes, durante e depois. As krasue seriam suas tenentes, olhos e ouvidos para a batalha. Mas Penacho tinha poder suficiente. Mais que o suficiente. Ela já havia começado, havia mesmo.

— Peraí, e o que teria acontecido se ela tivesse completado a invocação?

— Ah, é um feitiço glorioso. O terceiro e último ato de Batalha Final é uma invocação longa e perigosa que requer três noites para invocá-lo. Ela tinha completado a primeira. Iria fazer a segunda hoje. Milhares. Milhares de pontos de mana. Assim que terminado, as bestas que ela invocaria varreriam a Cidade Acima e matariam todos exceto por aqueles cuja essência ela protegeu, os que ela adicionou ao feitiço.

— Você quer dizer, os com asas? — perguntei. — Então os ornitocéus e os ornitocéus mirins, não lembro o nome deles, estariam seguros?

— Chapins — informou Donut. — Eu gosto deles, são uns fofos.

— Isso — respondeu Rémige. — Eles e suas famílias inteiras. Todos os outros pereceriam.

— Ahhh — falei e olhei para Donut. — Todos estariam mortos exceto pelos voadores. Acabamos de evitar um genocídio.

— Acho que isso compensa você ter matado todos aqueles goblins bebês no primeiro andar — comentou Donut.

— Não vamos ter essa conversa outra vez.

Missão Concluída: As Profissionais do Sexo que Caíram do Céu.

— Olha só, nem precisamos matar o sujeito — exclamou Donut. — E não vamos ter que explodir mais prédios hoje.

Rémige riu. Era um cacarejar seco e quase sem ar.

— É isso. É isso. Eu consegui. Consegui!

A risada seca virou um choro lamurioso.

— Do que ele está falando, Carl? — perguntou Donut.

— Eu explico depois. — Fui tomado pela pena. *Meu Deus*, pensei, observando o morto-vivo chorar lágrimas secas. — Rémige, está feito. Você nos contou sua história. Quer que a gente te mate ou só deixe em paz?

— Me mate, ou me deixe viver, não importa mais. Não importa. Com o nascer do sol, será o meu fim. E o de vocês, também. Escute, garoto, não fique triste. Você não sabia. É uma sorte, uma piedade morrer aqui... — Ele apontou para o chão com a asa. — E não ter que chegar lá embaixo. É tão melhor. Esperem aqui comigo.

— Do que você está falando? — indaguei.

O anúncio não ressoou só na minha mente. Veio dos alto-falantes, igual às atualizações diárias.

Nova Missão: Os Tolos que Quebraram o Vidro.

ESSA É UMA MISSÃO EM GRUPO. Todos os exploradores dentro do raio da explosão de quarenta e cinco quilômetros quadrados receberão essa missão.

Sua equipe foi designada como a Hospedeira da Missão em Grupo. Como os hospedeiros, não terão a opção de não participar da missão.

Que porra é essa que está acontecendo? Que bom que você perguntou!

Um tempo atrás, certo NPC começou a invocar um feitiço muito poderoso, algo tão potente que teria que ser completado por uma geração futura.

Aqui está o problema com feitiços antigos: são como árvores. Eles crescem e ficam grandes. Às vezes até imensos. Muita merda acontece quando ferram com um feitiço desses. E quanto maior ele for, pior é a merda. E rapaz, aquele feitiço era grande. Não vou mentir, sua IA favorita queria muito ter visto ele terminar de ser invocado.

Pois é. Mas isso aqui vai ser quase tão legal quanto.

A jiripoca vai piar. Por exemplo, pode ser que você tenha percebido que todos os NPCs ornitocéus e chapins na área ficaram doentes. A maioria deles entrou em um coma ou já morreu. Não é culpa sua, mas eles estavam atrelados ao feitiço, e é assim que a coisa funciona.

Também não é culpa sua estar dentro dos quarenta e cinco quilômetros quadrados prestes a serem afetados pela consequência do feitiço falho. Novamente, não é culpa sua. (Bem, a menos que você seja um dos exploradores Carl, Princesa Donut ou Katia Grim. Aí a culpa é de vocês.) É só o jeito que as coisas funcionam. Que azar o seu.

Vai ocorrer uma explosão. O epicentro está marcado no mapa. Todos os exploradores dentro da área marcada estarão fodidos.

O objetivo dessa missão é simples: desfoda-se. Não morra.

Aviso: Essa é uma missão de evento. Se não quiser participar da missão, terá sessenta segundos após esta mensagem para entrar em uma sala segura. Depois disso, todos os acessos às salas seguras na área da missão serão trancados até que o evento seja concluído. Todos os NPCs que se encontrarem em lugares fechados, sendo salas seguras ou não, estarão a salvo. Todos os monstros e chefões do nível bairro que estiverem dentro da área do impacto e que são suscetíveis tanto a dano físico quanto mágico morrerão.

***Recompensa:* Todos os participantes que sobreviverem receberam uma Caixa de Missão Platina.**

Ah, sim! A explosão vai ser daqui a sete minutos.

Corram.

— Mas que porra? Como que isso é uma missão? — gritei.

Mordecai: CORRAM. CLUBE DOS PISTOLEIROS. NÃO É UMA SALA SEGURA, MAS A SALA DOS FUNDOS ESTÁ FORA DO RAIO DA EXPLOSÃO.

Katia: Eu não tenho acesso ao clube! E não posso entrar em uma sala segura porque eu sou uma das hospedeiras da missão!

Carl: Casca Protetora?

Mordecai: Não vai funcionar, explosão mágica. Vão.

— Merda! — esbravejei. — Temos que ir para o clube, vamos.

— Mas e a Katia? — disse Donut. — Não é justo. Prometemos que a manteríamos segura, e a culpa de tudo isso é nossa.

— Não é.

Não me incomodei em descer a escada. Apenas pulei, pousando com um impacto pesado e barulhento.

Atrás de mim, os soldados pararam de brilhar. Uma fileira inteira de pontos brancos surgiu no mapa. Sabia que, assim que os guardas me vissem, aqueles pontos ficariam vermelhos. Donut hesitou e pulou em meu ombro, suas orelhas achatadas na cabeça.

Merda, merda, merda! Abri o mapa, procurando pela rota mais rápida. O Clube dos Pistoleiros ficava só a três quadras. Conseguiríamos chegar lá se corrêssemos.

— Olha — falei —, isso ia acontecer de um jeito ou de outro. É por isso que tentaram fazer com que Bautista matasse a srta. Penacho. Eles *queriam* acionar essa missão de explosão.

Recebi uma notificação de conversa em grupo esquisita. Eu a abri e vi que na janela dizia **Grupo da Missão.**

Ela era diferente do chat comum. Aquilo era como um canal do Discord cheio de nomes de exploradores na lista. Devia ter pelo menos oitenta pessoas ali.

Quan Ch: Valeu mesmo Carl e Donut, seus cuzões de merda.

Aquela era a única mensagem. *Ah, vai se ferrar*, pensei. Ignorei a mensagem. Mas aquela lista de exploradores que provavelmente estavam prestes a morrer me chocou. Oitenta pessoas.

Eu fui fechar o mapa também, mas me detive ao ver algo inesperado. Uma pequena estrela arredondada apareceu onde seria o epicentro da explosão. Dei zoom nela.

— Carl — chamou Donut. — Os guardas estão acordando!

Carl: Mordecai, a pedra da alma é o epicentro, e não o Rémige. Se eu quebrar a pedra, a explosão será cancelada?

Mordecai: Eu não sei, mas não acho que isso vai pará-la. É possível que faça ela explodir mais cedo. A missão se chama "Os Tolos que Quebraram o Vidro" por uma razão. Eles *querem* que vocês façam isso. Saiam já daí.

Donut: NÃO PODEMOS ABANDONAR A KATIA!

Katia: Está tudo bem, obrigada, Donut. Eu entendo. Estou levando os NPCs para a casa deles. Corram, vocês dois. Vão.

Donut: E VOCÊ, MORDECAI?

Mordecai: Eu estou na minha sala. Estou seguro. Andem logo com isso!

— Merda — sussurrei, olhando para o buraco no teto.

— Carl? — chamou Donut.

— Donut, temos que fazer uma escolha: nos salvar, ou tentar salvar a Katia e todas as outras oitenta pessoas. Eu tenho uma ideia, mas é provável que não vá funcionar. Temos que decidir, e rápido.

— Eu, ah, eu não sei — murmurou Donut, olhando ao redor, parecendo murchar em meu ombro. — Deveríamos tentar salvar os outros, é o certo a fazer.

Eu não respondi, apenas estendi a mão e acariciei a gata. Depois subi as escadas.

Voltamos para a sala. Rémige continuava no canto, de olhos fechados. Ele parecia estar se apagando.

— Vocês retornaram — disse ele, sem abrir os olhos. — Bem-vindos ao fim dos tempos.

O cristal das almas flutuava na sala. A gema inteira vibrava. Os tentáculos de luz tinham parado de sair dela, assim como o grande fluxo que ia para a sala debaixo e o fio dourado que entrava em Rémige.

Uma contagem regressiva em vermelho pairava acima do cristal. Ela estava em quatro minutos e trinta segundos.

Eu peguei o Beanie Baby da srta. Penacho do inventário. Não foi difícil de achar, já que Kimaris, o cavaleiro em seu cavalo de pelúcia, estava bem no topo dos itens organizados por ordem de valor.

O item seguinte nessa lista era a caixa protetora em que ele estivera guardado. A porta do pequeno estojo de vidro nem estava trancada. Ela era só uma pequena portinhola com dobradiças mantida fechada por um gancho e argola baratos. Eu a abri, tirei o bicho de pelúcia de dentro e o guardei outra vez no inventário.

Dei uma olhada nas propriedades da caixa.

Caixa de Vidro Ceifadora de Sheol.

Forjados nos fogos de Sheol, o misterioso décimo quinto andar do Mundo Masmorra, esses caros artefatos protetores são feitos e vendidos pela tropa viajante da Aranha Ceifadora. Eles também vendem pirulitos, que dizem ser de outro mundo.

Quando quer com toda, absoluta certeza manter alguma coisa segura, você a coloca em uma caixa dessas, que a protegerá da *maioria*, mas não de todas, as formas de dano.

Aviso: Toda vez que você abre essa caixa, há 1,5% de chance de você ser afetado pelo feitiço Fogo de Sheol. Isso não é algo bom. O item dentro da caixa continuará protegido.

Engoli em seco. Teria sido melhor ler a descrição antes de abrir a caixa para tirar a pelúcia de dentro. Mantive a porta aberta.

Eu havia lembrado que, quando pulamos do edifício municipal e caímos sobre os destroços, eu vira uma faísca de luz. Percebi naquele instante que aquilo acontecera de propósito. O sistema havia me feito ver a caixa de vidro. Era como em um jogo qualquer. Objetos que pareciam aleatórios eram deixados em algum lugar intencionalmente só para deixar o jogo mais justo. Era isso o que aquela caixa era.

Eu a segurei e me aproximei da pedra pulsante. Cuidadoso para não encostar na joia com minhas mãos, eu a envolvi com a caixa, como se estivesse pegando um vaga-lume. Fechei a portinhola e coloquei o gancho no lugar com cuidado.

Tentei colocar a coisa no inventário, mas acabei recebendo uma mensagem de erro.

Ah, tá. Boa tentativa, cuzão.

— Ah, vai se foder — resmunguei.

Não esperava que aquilo fosse funcionar mesmo. Depois de inspirar fundo, soltei a caixa. Eu me encolhi quando ela caiu alguns centímetros, então parou no ar com um estalido ao bater na gema que flutuava em seu interior. O cristal em si começava a vibrar cada vez mais depressa, com pequenas rachaduras aparecendo nas bordas. A descrição da caixa (e como ela protegia da "maioria" das formas de dano) não me passou confiança. Uma explosão mágica prestes a arrasar quarenta e cinco quilômetros quadrados da masmorra parecia algo que estaria bem alto na breve lista de ataques que quebrariam aquele vidro.

Ainda restavam dois minutos e meio na contagem. Nem de longe o tempo que precisaríamos para chegar à segurança.

— Ah, minha nossa, Carl. Você acha que vai funcionar? — questionou Donut.

— Eu não sei. Duvido muito. Mas vale a pena tentar — falei, depois fiz uma pausa. — Desculpa, Donut. Eu devia ter contado a ideia para você antes de te fazer escolher.

Ela fez um resmungo.

— Você sempre finge que eu sou a cabeça-dura, mas, quando você decide alguma coisa, Carl, não há o que te faça mudar de ideia. Não há razão para se desculpar.

Eu me sentei no chão, exausto. Donut pulou em meu colo e ficamos olhando a caixa de vidro flutuante.

Rémige balançava para a frente e para trás em seu canto, murmurando:

— Estou indo, filho. A qualquer minuto. Estou indo. Senti tanta saudade. Estou indo.

— Do que ele está falando? — perguntou Donut.

— Ele era um explorador — explicou. — Ele disse que era dez. Acho que isso quer dizer alguém que deixou o jogo no décimo andar. Acho que ele foi famoso, o que explica as visualizações.

— Carl, eu não quero virar uma NPC — comentou Donut. — Mas acho que isso não vai importar se nós morrermos.

Estendi a mão e fiz carinho em sua cabeça. Quarenta e cinco segundos.

— Sabia que estou orgulhoso de você? — murmurei.

— Por quê?

— Você cresceu. Você se preocupou com a Katia, nem conhece ela, mas prometeu a manter segura. Meu primeiro instinto foi abandoná-la.

Donut riu.

— Eu só não quero que Hekla fique com raiva de nós. Já temos a Lucia Mar para nos preocupar. E a Maggie My. E o pai do Maestro.

Eu ri. Quinze segundos.

— Não dá para dizer que não tentamos, isso eu garanto.

— Carl? — chamou a gata.

Eu olhei em seus enormes olhos brilhantes.

— O que foi?

— Não sou tão burra quanto finjo ser. Eu sei que ela morreu.

— Eu sei.

Envolvi Donut com meu corpo, nós dois fechamos os olhos e esperamos pelo fim.

25

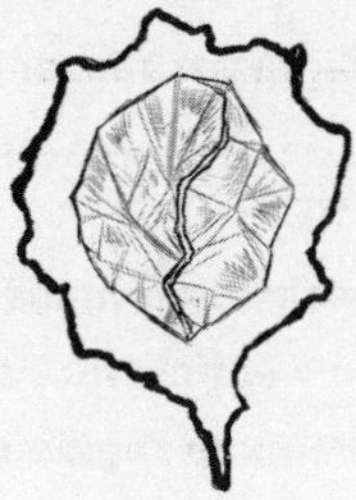

RÉMIGE GRITOU. E O SOM TERRÍVEL E REPENTINO ME FEZ ABRIR OS OLHOS e examinar a sala.

— Merda — falei ao me levantar depressa.

Fui até a caixa que havia caído no chão.

Nós não morremos. Óbvio. O pequeno recipiente transbordava luz como um minissol enjaulado. A explosão fora completamente silenciosa. Raios parecidos com lanças irromperam do vidro e um deles tinha acertado Rémige no peito, que no momento estava no chão, gritando e tendo convulsões. Fosse lá o que aquilo tivesse feito com ele, havia lhe dado a capacidade de urrar em um volume sobrenatural.

A caixa de vidro em si brilhava em um vermelho incandescente. O piso ao seu redor estava em chamas, e as tábuas de madeira borbulhavam e entortavam sob o calor extremo. Tive medo de que a coisa toda estivesse prestes a cair para o térreo, nos levando junto. A caixa de vidro e a gema se transformaram em outra coisa, eu não tinha tempo para ler a descrição inteira, mas foquei a linha que dizia **Condição: Explosão Iminente** nos dois segundos antes de a pegar. *Por favor, por favor*, pensei. Meus dedos queimavam quando a coloquei no inventário e gritei quando a explosão enjaulada sumiu.

— Caralho — exclamei enquanto invocava Cura em mim mesmo.

Minha pele queimara tão depressa e tão por completo que mal doeu nos dois segundos iniciais. Aquilo mudou quando ela começou a se curar, e eu ofeguei de dor.

Uma página de notificações surgiu, mas eu as dispensei naquele momento.

Examinei o mais novo item em meu inventário.

O Cenário Apocalíptico do Carl.

Tipo: Explosivo personalizado instável.

Efeito: Uma explosão grande o suficiente para fazer um deus bater o queixo.

Condição: Explosão Iminente (3/1 x 10^7)

Criado por um homem que mata bebezinhos e rouba colecionáveis raros de idosos, esse artefato é poderoso o suficiente para transformar em ruínas uma cidade inteira assim como sua região metropolitana. Foi criado com a combinação de um cristal da alma absurdamente sobrecarregado e uma Caixa de Vidro Ceifadora de Sheol.

Aviso: Esse item não pode mais ser estabilizado.

— A missão não acabou — avisou Donut. — Mas também não estamos mortos.

Eu me sentei no chão, respirando fundo. Minhas mãos doíam, as palmas e os dedos latejavam apesar da cura. Eu não acreditava que aquilo tinha funcionado. Não pude colocar o item no inventário mesmo depois de ele detonar. Mas que merda eu iria fazer com aquilo? Assim que o retirasse do inventário, ele explodiria. Eu teria menos de um segundo restante.

Ao menos nós estávamos vivos.

— Hmm, Carl — chamou Donut, momentos depois. — Por acaso você não teria outra dessas caixas de vidro, teria? Talvez uma bem grande?

Ergui os olhos para ver Rémige ainda tendo convulsões.

— Ah, puta merda — resmunguei.

— Você tem xingado muito nos últimos dias. Não sei se gosto disso, Carl.

Foi a vez de Rémige ter uma contagem regressiva sobre ele. Vinte minutos. Não havia começado a contar ainda, mas o cronômetro piscava em vermelho. Fiz uma careta quando a nova notificação surgiu.

Atualização da Missão.

Vocês devem ter notado que não morreram. Por isso, digam todos: "Obrigado, explorador Carl". Eu darei um segundo para vocês sentirem o gostinho da vitória.

Essa é a boa notícia. Acho que vão querer se sentar para a próxima parte.

Rémige guinchou, e o mundo ficou branco por um momento. De repente, eu me senti mais pesado, mais cansado. Uma barulheira imensa encheu o galpão, parecendo o som de dezenas de panelas caindo no chão.

— O que aconteceu? — perguntou Donut.

— É igual a quando nós entramos em um trailer de produção. Perdemos todos os buffs de atributos vindos de equipamentos.

A má notícia é que ainda tem uma explosão em andamento. Uma ainda mais forte, para falar a verdade, mas a área de efeito será parecida. Não vou entediar vocês com os detalhes técnicos, mas o que acabaram de sentir é chamado de pulso precursor. Um abalo premonitório. Um dos quatro que virão antes da hora do grande show. Esse que vocês sentiram removeu temporariamente as propriedades mágicas de tudo que vocês tinham equipado. O próximo fará algo diferente.

Tudo isso culminará em uma erupção de pura magia selvagem, muito mais potente que a explosão química e magicamente fortalecida da qual vocês se safaram. Menos dano físico para o meio ambiente, e mais rostos derretendo. Para falar a verdade, eu prefiro que seja assim. Já colocaram um marshmallow no micro-ondas? Pensem na sua cabeça como o marshmallow. É tipo isso. Preparem as suas defesas de acordo.

Vocês têm vinte minutos para se salvarem.

— Vamos — chamei —, temos que ir.

Eu parei e me virei, outra vez, para o pequeno alçapão. Dei uma última olhada em Rémige, que continuava convulsando em seu canto. Todos os meus instintos me diziam para o matar e o tirar daquela miséria, mas eu sabia que aquela seria uma Ideia Muito Ruim.

E foi então que o piso ruiu.

Eu gritei, caindo todo torto no meio da sala, que estava cheia de peças de armadura e espadas abandonadas que estalavam. O pulso eletromagnético saído de Rémige havia desativado todos os espadachins, fazendo com que as armaduras fossem ao chão como um monte de sucata. Gemi, peguei alguns pedaços aleatórios de armadura, além de uma imensa espada larga e os coloquei no inventário. Eu me pus em pé e bebi uma Poção de Cura. Ao menos elas ainda funcionavam.

Rémige não caiu com a gente, e ele continuava no andar acima, quase visível pelo buraco do teto. Um som de vibração elétrica muito alto saía dele, crescendo tanto a ponto de encobrir seus gritos constantes.

— Para onde estamos indo? — perguntou Donut.

Fugimos do galpão e viramos para a direita, seguindo na direção leste. Abri o grupo da missão e comecei a digitar as ordens furiosamente, dando para aquelas pessoas suas duas opções de fuga.

Mordecai: Tirem todos os itens mágicos que vocês equiparam e os coloquem no inventário. Parem o que estiverem fazendo e guardem tudo. Eles estarão a salvo no seu inventário, mas não na sua pele. Não sei que porcaria vocês fizeram, mas a situação atual é pouca coisa melhor.

Carl: Eu nem tenho roupas não mágicas fora a minha jaqueta. Até a minha cueca é mágica.

Mordecai: Mas que droga, Carl. Sem tempo para discussões. Ninguém vai ligar para seu bilau balançando solto.

Donut: E A MINHA COROA?

Graças à condição Efêmera da coroa, ela desapareceria caso removida e seria dada a outro explorador, o que seria algo muito ruim. Apenas um membro do Sultanato seria permitido de prosseguir para o décimo andar. Mordecai ficou quieto por um tempo longo demais.

Mordecai: Melhor continuar com ela, mas há uma chance de você a perder. É possível que uma dessas descargas cause um efeito negativo permanente em seus atributos. Pode ser que você seja afetada com Sepse, também. O efeito do veneno será negado, mas ainda vai te deixar tonta. Magia de alma selvagem é imprevisível. Ela usa seus próprios itens mágicos contra você. Mantenham Mongo trancado.

Dezenas de respostas à minha mensagem na conversa em grupo pipocaram enquanto eu retirava os equipamentos, incluindo a cueca. Também removi minha xistera, só por precaução. Tirar as coisas era fácil, muito mais do que equipá-las. Eu podia transferi-las direto para o inventário.

Mas que droga, pensei ao ler as mensagens. Três exploradores diferentes deram a mesma resposta: a entrada para a sala dos fundos do Clube dos Pistoleiros tinha desaparecido quando as salas seguras se fecharam. Estavam preparando o clube para o desastre iminente.

Aquilo só nos deixou com uma rota de fuga.

Katia se juntou a nós a passos rápidos, seguida por um bando de outros exploradores, a maioria humanos. Eu não conhecia nenhum deles. Daniel Bautista não estava no grupo.

— Muito bem, pessoal — falei. — Se ainda não fizeram, tirem os equipamentos mágicos, e depois vamos correr o mais rápido possível. Estamos quase sem tempo.

Eles só ficaram me encarando. Finalmente, um deles disse:

— Cara, por que você tá pelado?

Eu apontei para o leste.

— Vão!

O próximo pulso ocorreu logo quando estávamos deixando a vila. Um homem que estava atrás no grupo simplesmente explodiu. O nome dele era **Conrad E.**, e ele tinha um sotaque russo. Ele era um arqueiro nível 12.

— Que porra foi essa? — perguntei enquanto corria.

Três monstros parecidos com emus apareceram grasnando em nossa frente. Eles eram chamados de **Rebanho das Ruínas**. Donut matou dois deles com mísseis e outro mago acertou o terceiro com um raio. O último emu não morreu, mas caiu no chão, e eu pisei em seu pescoço enquanto seguimos correndo.

— A aljava dele. Acho que todas as flechas dele explodiram — explicou Katia. — Ele guardou o arco, mas esqueceu das flechas.

— Donut — chamei. — Não estou gostando disso. Acho que você deveria tirar a coroa.

A gata continuava em meu ombro, apesar de ser mais rápida do que eu. Atrás de nós, alguém avisou que outro monstro estava próximo.

— Só ignora! — ordenei.

— Mas assim eu vou perder 5 pontos de Inteligência! — reclamou Donut. — E o meu debuff de Sepse. Eu gosto muito dele.

— Esses pulsos estão atacando os equipamentos mágicos.

— Mas se eu a perder, outra pessoa vai a colocar, e vamos ter que lutar com ela. Eu não quero ter que machucar uma pessoa.

— Eu sei.

Também não queria aquilo. E não completei dizendo que só um idiota a colocaria depois de ler a descrição. Qualquer um que estivesse vivo naquele ponto saberia que seria uma má ideia usar a coroa, então eu não estava mais tão preocupado.

Pulei sobre uma pilha de destroços. Estávamos quase chegando a dez minutos para a explosão. Um par de exploradores mortos apareceu em meu mapa, rodeados dos pontos vermelhos dos piquezinhos de rua. Não tínhamos tempo para investigar.

Antes da masmorra, eu nunca tinha sido o corredor mais rápido. Tinha uma boa resistência, mais que a maioria dos caras que só levantava peso, mas nunca fui um atleta da velocidade. Sempre odiei correr por esporte, mas jogava bastante basquete. Não existem muitos esportes coletivos que treinam tão bem o aeróbico quanto o basquete. Talvez o tênis e o futebol. E provavelmente o *jai alai*.

Naquele momento eu corria pela cidade em ruínas com facilidade, me movendo muito, mas muito mais rápido do que eu conseguia antes. Minha respiração era seca e ofegante, mas meu corpo não desacelerava. Era uma sensação estranha e desconcertante. Se sobrevivêssemos àquilo, eu decidi que me forçaria mais fisicamente, testaria meus limites. Meu cérebro ainda me compreendia como um homem normal. Acontece que todo o grupo, até mesmo o mais lento entre nós, ainda avançava mais rápido do que um bando de atletas olímpicos teria conseguido correr. Lembrei da minha pobre motoca perdida. Ela não teria funcionado bem naquele nível, não com todo o entulho nas ruas.

— Bem, eu não vou tirar — teimou Donut.

— Aquele sujeito explodiu, Donut — falei.

À nossa esquerda, mais quatro exploradores apareceram e se juntaram a nós.

— Tem certeza de que está lá? — perguntou um deles, uma criatura com cabeça de tubarão.

— Está! — gritou outro membro do grupo. — Já posso ver no mapa.

Olhei para Donut. O próximo pulso viria a qualquer momento. Eles não estavam separados em intervalos de cinco minutos exatos.

— E o que vai acontecer se você perder permanentemente 5 pontos de Inteligência e depois perder a coroa de qualquer forma? Vai ficar com um prejuízo de 10 em vez de 5.

— Mas ela foi o meu primeiro item — argumentou ela.

— Também pode fazer a sua cabeça pegar fogo. Além disso, lembra da descrição? Você ainda vai ser uma princesa.

— Donut, ele está certo. É melhor você tirar a coroa — disse Katia.

— Aff, está bem — reclamou Donut.

A Coroa Encantada da Meretriz Séptica se desfez em pó, espalhando feito cinzas.

— Ei! — protestou Donut. À minha esquerda, um dos novos integrantes do grupo também gritou. A calça dele desapareceu. — Ela sumiu antes que eu pudesse tirar!

Parecia que o segundo pulso havia ativado as armas mágicas. O terceiro destruíra qualquer armadura ainda equipada.

O quarto pulso assolou nossa equipe assim que nós chegamos a um pequeno prédio decrépito. Havíamos corrido toda a distância até ali em tempo recorde.

Caos dominou o grupo. Um raio passou pelos exploradores, acertando um humano de raspão e fazendo ele cair no chão, quase morto. Outra pessoa simplesmente foi teletransportada. O corpo inteiro de Katia brilhou e ela pulou para a frente, esbarrando em mim e me derrubando no processo. Ela correu para uma parede e atravessou com uma pancada, feito uma bola de demolição. Eu caí no chão gritando, e Donut silvou e pulou de meu ombro. Senti meu braço quebrar assim que Katia me deu o encontrão, mas já havia curado quando terminei de rolar.

Você foi envenenado!

Precisei de um tempo para entender o que tinha acabado de acontecer. Normalmente, eu era imune a venenos, mas essa habilidade vinha da minha capa de noturno. Donut também fora envenenada, mas ela tinha se tornado imune graças à classe ex-atriz mirim.

Os dois primeiros itens em todas os acessos rápidos se ativaram sozinhos. *E aquele papo dos itens estarem seguros nos inventários?* Tanto para mim quanto para Donut, os itens eram uma Poção de Cura e uma Poção de Mana. Havíamos ingerido a segunda poção antes do tempo de recarga da primeira acabar, nos afetando com envenenamento por poção. Sabia que Katia tinha uma habilidade ativa chamada Ímpeto, algo que ela podia fazer apenas uma vez a cada trinta horas, e era aquilo que acontecera com ela.

O efeito do veneno foi um coice em meu estômago, fazendo eu me dobrar sobre mim mesmo. Assim que os quinze segundos se passaram, tomei um antídoto e avaliei o estado do grupo. Todos nós havíamos parado no meio da rua e fora do prédio. Katia retornou, com um olhar atordoado. O nariz dela tinha sido jogado todo para o lado, e se encontrava embaixo de sua orelha. Ela não pareceu perceber.

— Essa doeu pra caramba — murmurou ela.

Ninguém morreu, mas não sabíamos o que acontecera com o sujeito que tinha sido teletransportado. Eu me agachei perto do humano que havia sido semicozido pelo feitiço de Raio. Ele era um dos que vieram nos encontrar quando corríamos. Ele ainda estava inconsciente, e eu derramei uma Poção de Cura em sua boca. Os olhos do homem asiático pestanejaram e então se abriram.

— Por favor, tira esse seu pau da minha cara.

Eu sorri envergonhado e recuei.

Olhei por cima do ombro, para o buraco na parede criado por Katia, e eu pude ver o que procurávamos. Espiei a contagem regressiva no canto da minha visão. Tínhamos três minutos antes da explosão.

Também tínhamos dois dias e dezoito horas sobrando até que aquele andar entrasse em colapso.

Um explorador familiar apareceu, surgindo com um novo grupo. Era Daniel Bautista.

— Falei para você que ela estaria aqui — comentou ele, indicando a escada para o quarto andar.

Bati no ombro dele, e Bautista acenou com a cabeça antes de seguir na direção da escada, desaparecendo para o quarto andar.

Não tínhamos escolha. Eu tinha pensado em mandar todo mundo sem acesso ao Clube dos Pistoleiros para a escada, mas, com o clube fechado, era aquilo ou a morte.

— Vão — falei. — Todos descendo a escada.

Assistimos à procissão formar uma fila e descer correndo pelo buraco.

Carl: Mordecai, você está na sua sala?

Mordecai: Estou seguro.

Carl: O que vai acontecer com a gente se descermos mais cedo? E você?

Mordecai: Vou ficar aqui olhando para o teto pelos próximos três dias. Vocês nem vão perceber o tempo passar. Verei vocês lá embaixo. Aliás, acabei de dar uma olhada no lado de fora. Todos os NPCs estão seguros, ao menos os que eu posso ver. Ninguém está na rua com exceção dos guardas, que foram reativados com o segundo pulso. Todos estão com um só ponto de vida. É uma pena vocês não estarem aqui, senão eu pediria que matassem o quanto deles pudessem. Não é tanta experiência quando só se dá o golpe final, mas ainda assim seria uma boa quantia.

Olhei para Katia, que estava em pé na frente da escada, nos esperando.

Carl: Ainda tem guardas no galpão?

Mordecai: Eu não sei. É provável que haja alguns. Eles ainda estão indo para suas posições normais. Eu não vou até lá olhar. Desçam logo para a escada.

Carl: Ok. Ah, e mais uma coisa, Mordecai.

Mordecai: O que foi?

Carl: Parabéns.

Ele não respondeu. Donut olhou para mim com os olhos arregalados.

— É mesmo! — exclamou ela. — Ele está livre, não está? Entramos no quarto andar, e ele pode ir para casa assim que a masmorra terminar.

— Exato — falei.

Pensei em Rémige, que também estava prestes a terminar o seu "dever". Eu me perguntei quanto tempo ele estivera preso ali. Também me lembrei do que Donut tinha dito quando descobriu o que ele era de verdade. "Carl, eu não quero virar uma NPC."

E ela disse outra coisa também. Algo de partir o coração, se eu pensasse muito. "Eu sei que ela morreu."

Pensei em todo mundo que havíamos conhecido naquele andar, os exploradores e NPCs que tínhamos encontrado. Ficáramos nele durante menos de uma semana, mas parecia um milênio. Pensei em Sinete, a meio-náiade. Em Quint, o boticário com cara de gambá. Pústula, a hobgoblin vendedora de explosivos. Pensei na pobre GumGum, a orc. Na srta. Penacho. No Ricardinho, o menino anão de um braço só. Eu me perguntei se a mãe dele tinha dado à luz o bebê.

Nós três fomos em direção à escada. Donut soltou Mongo da caixa, e o dinossauro resmungou irritado por ter ficado preso por tanto tempo.

Descemos os degraus, não dava mais para voltar. Eu sabia, graças às últimas vezes, que o andar acabava quando virávamos a maçaneta. A porta no final da escada era sempre a mesma, com o entalhe gigantesco do kua-tin, fazendo eles parecerem maiores e mais ameaçadores do que eram na verdade.

Vocês não vão me destruir. Vão todos se foder.

Examinei as propriedades da porta.

Entrada para o quarto andar.

Aqui é onde a diversão começa para valer.

Cuidado com o vão.

— O que isso quer dizer? — murmurei.

Ainda tínhamos cem segundos faltando.

— Katia — chamei —, pegue o detonador que eu te dei mais cedo. Ele tem um atraso de dez segundos. Espere até a contagem regressiva chegar perto dos quinze segundos e aperte. Aí vamos embora antes que ele detone.

— Por quê? — perguntou ela, pegando o detonador com formato de lápis. O item tinha um alcance de dez quilômetros, então estávamos mais que perto o suficiente. — Não vai fazer a explosão ser mais rápida?

— Sim, mas só por alguns segundos. Se alguém não estiver seguro até lá, já vai ter morrido de qualquer jeito. Duvido que vá funcionar, já que os detonadores são mágicos. É provável que eles tenham sido arruinados no primeiro pulso. Mas, se ainda prestarem, fui eu quem colocou a dinamite e Donut colou os detonadores nas paredes. Se ganharmos qualquer experiência com isso, dividiremos os pontos.

Ela deu de ombros. Quando a contagem chegou a vinte segundos, ela apertou o botão.

Nós nos viramos para abrir a porta.

— Ei, Carl — chamou Donut assim que nós começamos a nos dissolver —, teria sido melhor se você tivesse colocado sua cueca enquanto ainda tinha acesso ao inventário, não acha? Afinal, estamos indo diretamente para o programa de Odette.

Olhei para ela, horrorizado. A gata gargalhou.

— Mas que droga, Donut.

EPÍLOGO

— PARECE QUE TEMOS A PROVA DEFINITIVA DE QUE O VÍDEO PORNÔ COM o falecido Maestro era mesmo um corte — contemplou Odette.

O público foi à loucura. Donut estava deitada de barriga para cima, rindo até não aguentar, e minhas bochechas queimavam.

Eu nunca me considerei uma pessoa tímida. Estava andando pela masmorra só de cueca nas últimas semanas. Mesmo assim, ver a mim mesmo na tela, correndo a toda pela Cidade Acima vestido apenas com a jaqueta de couro de uma manga só e com as bolas balançando ao vento, me encheu com uma sensação estranha, uma vulnerabilidade quase primitiva. Eu não sei como nudistas conseguiam se acostumar com aquilo.

A entrevista ia bem. Até aquele momento, só tínhamos recebido perguntas água com açúcar, mas sabia que logo tudo mudaria. Ainda era cedo.

Nós quatro (eu, Donut, Mongo e Katia) tínhamos atravessado a porta e aparecido na sala verde logo em seguida. Senti aquele *pop* esquisito em meu cérebro, parecido com o que senti da primeira vez que entrei na masmorra, mas era só. Não havia qualquer outro sinal de que dois dias e meio haviam passado.

— Uau — exclamou Katia, girando para ver toda a sala verde. Ela parou e ergueu os braços para se equilibrar. — Estamos em um navio?

Não respondi, apenas continuei olhando para ela. Katia se transformara em uma linda mulher de cabelo preto curto. Devia ter uns 30 e tantos anos, pálida e com grandes olhos claros dispostos em um ângulo em seu rosto.

— Katia — disse Donut —, você está ficando muito boa em se esculpir. Além disso, gostei mais de você com o cabelo preto. Te dá mais compostura.

A mulher tocou o próprio rosto e então relaxou.

— Essa sou eu de verdade, Donut.

Conforme Donut explicava para Katia onde nós estávamos, fui para o banheiro tentar fazer uma tanga de papel higiênico para mim mesmo. Minhas mãos tremiam enquanto eu enrolava o papel em minhas pernas.

Puta merda, pensei. Nossas últimas horas no terceiro andar passaram tão rápido e de forma tão inesperada. E como eu enfim estava tendo um momento para tomar fôlego, meu coração não parava de saltar. Percebi que estava sentado no chão do banheiro com a mão no peito. *Como isso pode ser real? Como essa pode ser minha vida?*

Sabia que aquele momento de descanso seria breve. Depois que terminássemos ali, eles nos jogariam no quarto andar, e tudo recomeçaria outra vez.

— Carl, anda logo! Eu tenho que fazer xixi! — chamou Donut, escancarando a porta do banheiro. Ela se deteve, e sua cauda desceu ao me ver no chão. Vi o relance de um olhar de preocupação na expressão da gata. Ela não disse qualquer coisa durante algum tempo. — É melhor você voltar lá. Katia e Mongo estão comendo todos os lanches para humanos. Lexis está lá. Ela disse que Katia também aparecerá no programa, mas só no final da entrevista. Lexis disse que é um especial do quarto andar e que apareceremos ao vivo logo antes de o novo andar abrir.

— Venha cá, Donut — chamei.

Ela pulou em meu colo de imediato, empurrando sua cabeça no meu peito.

— Carl, você está bem?

— Vou ficar bem — falei, fazendo um carinho em sua cabeça, que parecia estranha sem a coroa. — E você? Pensamos que fôssemos morrer, só que aí não morremos, e tem sido assim desde sempre.

— Você precisa dormir — respondeu Donut, também se desvencilhando da pergunta. — Vamos fazer a entrevista, encontrar uma sala segura e descansar. Está bem?

— Está bem — falei, me levantando. Abri os braços, revelando a minha tanga de papel. — Então, o que acha?

— Está querendo que eu minta, Carl?

— Sim, estou.

Trinta minutos depois, eu estava sentado no sofá com minha tanga improvisada e ridícula enquanto assistíamos aos nossos últimos momentos no terceiro andar passando na tela.

Odette se inclinou para trás.

— Antes de mostrar o que aconteceu em seguida, quero trazer a mais nova integrante da Corte Real da Princesa Donut. Todos digam "oi" para Katia. E seja bem-vindo de volta ao programa, Mongo!

Katia se sentou ao meu lado no sofá enquanto Mongo inflava as penas e grasnava para o público virtual, que cumprimentava animado o velocirraptor. Depois, ele se deitou no chão em frente a Donut. Apesar de ter passado a maior parte da noite dentro da caixa, até ele parecia exausto.

Depois de algumas perguntas iniciais para Katia, que respondeu igual a um cervo cego pela luz de um caminhão, dando réplicas de uma palavra só, Odette suspirou e voltou a falar comigo.

— Então, pessoal — disse ela. — Vocês só estiveram sumidos por dois dias, mas muita coisa pode acontecer durante esse intervalo. Não é mesmo? — O público deu uma risada quase nervosa, o que *me* deixou nervoso. — E aí? O que acham que ocorreu depois de terem apertado o detonador?

Eu dei de ombros.

— Torci para explodir o galpão, mas sei que o Pus de Hobgoblin usa detonadores mágicos, então suspeitei que eles torraram com o pulso e nada aconteceu.

Ela bateu palmas, acenando a cabeça de inseto com vigor.

— Garoto muito esperto.

A plateia ficou completamente quieta. Uma sensação de apreensão elétrica tomou conta de mim. *Eita. O que está acontecendo?*

— Acreditem se quiserem, mas era para vocês estarem mortos. Está certo, o detonador do Pus de Hobgoblin *é* mágico. Ao que tudo indica, ele *devia* ter ficado inerte após o primeiro pulso. E, se por alguma razão isso não tivesse ocorrido, o segundo pulso que ativou todos os armamentos mágicos deveria ter disparado ele, detonando as dinamites, o que teria matado Rémige, o Grande, e desencadeado a última explosão cataclísmica.

Rémige, o Grande?

— Mas não foi o que aconteceu.

— Não — concordou Odette. — Não aconteceu. A Corporação Borant entrou com um apelo imediato contra a decisão da IA de considerar os detonadores isentos dos efeitos desses dois pulsos. Logo antes de vocês chegarem aqui, hoje, o pedido da Borant foi indeferido pela corte do Sindicato. Além disso, e o que é ainda mais importante, a corte considerou que as conquistas que vocês receberam como resultado da explosão foram justas e que vocês teriam que receber as recompensas.

— Conquistas? — perguntou Donut, se animando. — Recompensas?

— *Mas* — continuou Odette —, de acordo com as regras do Sindicato, é permitido ao anfitrião um veto a cada temporada. Isso também é importante. Ele é quase sempre usado para transformar um apelo favorável a eles no décimo andar ou ainda mais fundo. *Nunca* foi usado tão cedo. A Borant foi forçada a usar o veto gratuito na decisão das recompensas e reverteram a sentença do tribunal. Assim, infelizmente, vocês não receberão os prêmios que deveriam ter ganhado. Mas todos viram o que aconteceu. E todo o universo viu o que era a recompensa. Infelizmente, vocês não a ganharão.

— O quê? — exclamou Donut. — Eu não estou entendendo. O que nós não vamos ganhar?

— Vamos primeiro assistir ao que aconteceu depois que Katia apertou aquele botão.

A tela mudou para o que parecia ser um programa de notícias que eu nunca tinha visto. Um âncora estava sentado à mesa, quase como o programa de retrospectiva, mas o jornalista era daquela raça alienígena dos veras.

O veras falou com a calma praticada de um apresentador veterano:

— E embora a trágica e controversa história de Rémige, o Grande tenha chegado ao fim, uma nova controvérsia deu as caras na temporada da Borant de *Exploradores do Mundo Masmorra*. Uma decisão de último minuto feita por um trio de exploradores encurralados acabou em um resultado inesperado, algo com consequências potencialmente desastrosas para a Borant na vida real. Vejam nas imagens.

Eu me irritei com o jeito que o âncora usou o termo "vida real".

Na tela, mostraram Katia apertando o botão. A cena mudou para uma visão do galpão e do Pus de Hobgoblin detonando. Vários guardas, todos com as vidas bem fundo no vermelho, foram ao chão. A cena subiu para o primeiro andar, onde a forma deplorável e encolhida de Rémige continuava a se debater no canto. Ele era nada além de uma silhueta amarela pulsante. Nos dois segundos antes da explosão final, a luz sumiu. Ele gritou de dor ao mesmo tempo que foi aniquilado pelo impacto da dinamite.

O âncora voltou.

— Uma explosão controlada no último segundo, que causou uma descarga em massa de energia da alma dos guardas destruídos, suavizou significativamente a explosão de magia selvagem. O resultado fez com que ela fosse muito menos destrutiva do que originalmente previsto. No fim, milhares de NPCs e várias dezenas de exploradores tiveram suas vidas salvas por essa ação.

Eu gemi.

— Quer dizer que a gente não precisava ter descido as escadas?

— Não mesmo — disse Odette, pausando a tela com um gesto e depois nos olhando, fingindo simpatia. — Sabem quantas Caixas de Prêmios Celestiais foram dadas na história de *Exploradores do Mundo Masmorra*?

Donut pulou em pé. Mongo também se levantou, abanando a cauda com animação.

— Meu Deus, Odette, não brinca com isso — exclamou Donut, com os olhos enormes —, você está querendo dizer que roubaram Caixas Celestiais de nós? — A gata se virou para o público. — Isso é um ultraje!

Odette concordou com a cabeça.

— A resposta é 2.145. Essa é a quantidade de Caixas Celestiais de todos os tipos que já foram dadas. Eu mesma fui recebedora de três. O recorde delas para um único explorador é quatro. Antes da atual exploração, o maior número dado em uma única temporada era dezoito. Essa foi uma temporada dos naga, muito tempo atrás. Pode ser que não saibam disso, mas a empresa anfitriã tem que pagar taxas ao Sindicato sobre cada uma das caixas não patrocinadas que são dadas. A empresa recebe algumas Caixas Celestiais gratuitas a cada temporada, mas qualquer coisa além do número estipulado vem com uma conta bem salgada, e cada uma delas é mais cara que a anterior. Isso geralmente é equilibrado por milhões de outros lucros que vêm com a produção. Por exemplo, nós pagamos um valor exorbitante para ter suas caras feias neste estúdio.

— Bem como deveria — disse Donut com a voz ainda cheia de raiva.

A plateia riu.

— Já se passaram mais de duzentos e cinquenta ciclos desde que o Sultanato Sanguíneo dos naga organizou a primeira exploração a dar prejuízo, e eles *ainda* estão se recuperando disso. Desde então, eles nunca mais foram os anfitriões de uma temporada. Têm somente um lugar nas Guerras de Facção porque compraram uma vaga permanente bem no começo das tunelações.

— Só por causa de dezoito caixas? — perguntei. — Parece um exagero.

— Aquela temporada foi amaldiçoada por várias razões, mas não precisamos entrar nesse assunto. Enfim, é para o jogo ser difícil. Eles distribuem Caixas Lendárias igual doce porque são baratas, mas as Caixas Celestiais são de outra ordem de magnitude. O prêmio de uma única dessas caixas pode fazer com que um explorador de baixo desempenho fique quase imortal e praticamente imbatível até chegar ao décimo andar. Se dessem por capricho, mais exploradores chegariam aos andares mais profundos, e os organizadores poderiam fazer a temporada durar mais e ganhar muito mais dinheiro. Assim, o Sindicato coloca uma imensa taxa sobre esses itens. Embora seja a IA quem escolha os prêmios, os roteiristas por trás do programa são responsáveis pela criação das circunstâncias que darão a caixa como recompensa. É um equilíbrio cuidadoso.

Eu estava me esforçando muito para não quebrar a regra de ouro que era: "Não falarás merda sobre a Borant", mas era bem, bem difícil.

— São só três caixas — reclamou Donut. — Não vejo por que eles gastaram o veto idiota para impedir eu, Carl e Katia de ganharmos um prêmio incrível.

Odette virou a cabeça de lado.

— Talvez seja melhor mostrar a vocês o resto daquela notícia.

Ela fez um gesto com a mão, e a cena recomeçou. Mostrava um explorador asiático meio-elfo se arrastando para uma sala segura depois de sobreviver à explosão mágica que deveria o ter matado. Ele parecia gravemente ferido, talvez pelo próprio equipamento ter se voltado contra ele. O programa o marcou como o explorador nível 15 **Quan Ch**, e a classe dele era **Soldado de Segurança Imperial**. Aquele era o mesmo sujeito que nos tinha chamado de cuzões no grupo.

— Ele sobreviveu! — exclamou Donut. — Ainda bem. Eu me senti um pouco mal depois do que fiz.

— Do que você está falando? — perguntei.

— Ah, eu o bani do chat depois que ele nos chamou de cuzões — disse Donut. — Você não pode deixar as pessoas em conversas em grupo saírem do controle, Carl. Tem que governar com uma pata de ferro.

O repórter continuou enquanto eu olhava incrédulo para Donut:

— Como recompensa por sobreviverem à missão de evento, foi prometido a todos os exploradores que estavam na área de impacto inicial uma Caixa de Missão Platina. Mas, como vocês estão prestes a ver, os sobreviventes ganharam algo um pouco melhor do que isso.

Assistimos a Quan Ch abrir suas conquistas.

Nova conquista! Bandit!

Dane-se o Hadji. Ele era um merdinha. Você completou uma missão de uma forma tão incomum que acionou a conquista Bandit! Diferente do Bandit verdadeiro, que era fundamental em auxiliar Jonny Quest em suas missões, você não fez nada para merecer essa recompensa. Mas está tudo bem, porque vai ganhar ela mesmo assim. Essa é uma das raras conquistas que podem ser alcançadas mais de uma vez.

Recompensa: **Sua Caixa de Missão Platina foi aprimorada para uma Caixa de Missão Celestial!**

A cena mostrou o homem abrindo a caixa com reverência para receber algo que parecia um robe brilhante. O noticiário não mostrou a descrição do item, mas, assim que Quan Ch o colocou, ele começou a flutuar. Asas que pareciam ser feitas de fogo fátuo surgiram em suas costas, e a mão esquerda dele brilhou azul.

O âncora continuou:

— Um incrível total de oitenta e três Caixas Celestiais foi presenteado como resultado da missão que levou ao raro aprimoramento duplo. A Borant entrou com um apelo imediatamente, mas não antes de uma das caixas ser aberta, e o valor acabou na conta da Corporação. A corte do Sindicato convocou uma sessão de emergência para determinar se a empresa prejudicada teria que pagar pelas outras oitenta e duas caixas. Se isso acontecer, é certeza que não haverá como o outrora poderoso sistema Borant se recuperar financeiramente de tal decisão.

— Então aquele babaca ganhou uma caixa de graça em cima do *nosso* trabalho duro? — gritou Donut. — Vocês estão de brincadeira? E nós não ganhamos *nada*? Nem ao menos a Caixa Platina?

— Infelizmente, não — disse Odette. — O veto deles negou todos os prêmios. Ninguém mais vai receber uma Caixa de Recompensa por essa missão com a exceção daquele explorador. Naquela mesma noite, a Borant lançou uma atualização de jogo que desativou os aprimoramentos de conquista Hadji e Bandit.

Eu ri. Todos se viraram para olhar para mim.

— Não é engraçado, Carl — censurou Donut.

Ali, ela não estava atuando. A gata tremia de raiva.

— E por que isso é tão divertido para você, Carl? — indagou Odette.

Eu dei de ombros.

— Não importa o que façamos nem o quanto nós nos esforcemos. Continuamos nos ferrando. Perder as caixas é uma merda, mas eu passei a esperar por coisas assim. Tudo o que importa é ficar mais forte e ganhar mais experiência. A gente errou em se envolver em missões enquanto deveria estar ralando. Não vamos cometer o mesmo erro. Daqui em diante, vai ser só progressão e subida de nível.

— Acho que vocês não deixaram de ganhar tanta experiência quanto acreditam — informou Odette. — A explosão mágica foi enfraquecida, mas ainda foi grande. Podem não ter recebido a recompensa ou os pontos de experiência pela missão, mas ainda ganharam crédito pela explosão. Como foram vocês que tecnicamente a causaram, sua equipe recebeu um punhado de experiência por cada monstro morto por ela, incluindo todos os guardas espadachins.

Ela fez um gesto com a mão, e nossos atributos e níveis apareceram sobre nós. A plateia soltou um arquejo chocado e então irrompeu em aplausos.

Donut havia subido 7 níveis, indo do 19 para o 26. Eu tinha subido 6, indo do 21 para o 27. A última vez que eu havia pisado em uma sala segura estava no nível 19. O que queria dizer que eu tinha 24 pontos de atributo para distribuir.

E aí tinha a Katia.

Ela pulara 12 níveis, indo do 9 para o 21.

Odette se virou para o público.

— Como eu prometi no começo do programa, tenho notícias exclusivas para compartilhar. O quarto andar abrirá em menos de uma hora, mas recebi um primeiro esboço da tabela de classificação. Vocês gostariam de vê-la?

— Sim! Nós adoraríamos — exclamou Donut, dando pulinhos.

Todos os sinais de raiva (e de personalidade esnobe que ela usava em frente às câmeras) haviam sumido. O público estava enlouquecido.

— Tenham em mente que ela não será oficial até o próximo episódio de retrospectiva e, como sabem, as coisas podem mudar rapidamente na masmorra, então é possível que algo mude até lá. Mas posso revelar que essa é a versão em vigor no momento. Ninguém sabe ao certo como são calculados os resultados da tabela de classificação, mas é uma mistura de visualizações, favoritos, níveis e dinheiro ganho. A lista costuma se encaixar bem com os que seriam os exploradores mais populares no jogo. Estão prontos?

— Carl — disse Donut, tremendo de emoção —, nós vamos estar nela, eu posso sentir!

Odette fez um gesto, e a lista do top 10 apareceu.

TABELA DE CLASSIFICAÇÃO ATUAL:

1. **Lucia Mar — Lajabless — General Sombria da Inquisição — Nível 29 — 1.000.000**
2. **Hekla — Amazona — Donzela Escudeira — Nível 28 — 500.000**
3. **Prepotente — Caprídeo — Acrobata Renegado — Nível 27 — 400.000**
4. **Florin — Crocodiliano — Mensageiro Armado — Nível 24 — 300.000**
5. **Miriam Dom — Humana — Pastora — Nível 27 — 200.000**
6. **Carl — Primal — Anarquista Remunerado — Nível 27 — 100.000**
7. **Princesa Donut — Gata — Ex-Atriz Mirim — Nível 26 — 100.000**
8. **Ifechi — Humana — Iátrica — Nível 18 — 100.000**
9. **Li Jun — Humano — Monge de Rua — Nível 25 — 100.000**
10. **Elle McGib — Dama da Geada / Nevemante — Nível 13 — 100.000**

Donut deu gritinhos de alegria.

— Carl, estamos entre os dez melhores! E a Hekla é a número dois! — A gata se virou para a plateia. — Eu amo ela. Hekla demonstra tanta dignidade, tanta graça. Não posso acreditar que a feia da Lucia Mar é a número um. Ela não é horrível?

O público riu.

— Quem é Prepotente? — perguntei, lendo a lista.

Naquele momento eu soube o nome do sujeito com cabeça de crocodilo e espingarda, Florin. Da mulher dos bodes, Miriam Dom. Eu não conhecia Ifechi. Li Jun era o chinês que encontramos no programa do Maestro, o que eu ajudei a salvar dos trogloditas e das lagartas rajadas. Fiquei feliz por ver ele na lista e torci para que Zhang e os outros integrantes do grupo deles também estivessem se saindo bem.

— Carl, aquela ali é quem eu acho que é? — questionou Donut, apontando para o último nome.

Eu fiz que sim com a cabeça. Caramba. A sra. McGibbons, antes cadeirante e afetada pela demência, uma das idosas que residiam na Comunidade de Cuidado Adulto Pradaria do Lazer, naquele instante estava na lista. Era apenas nível 13, já que começara o terceiro andar no nível 1. Como aquilo tinha acontecido? Eu não falava com o Brandon havia dias.

— E esse é o nosso show de hoje, pessoal! — disse Odette. — Amanhã traremos um engenheiro da Borant para discutir os detalhes impressionantes deste novo andar. Eu ainda não sei quais são, mas dizem que se trata de algo nunca tentado antes. Também teremos uma dupla de exploradores como convidados especiais. Eles não chegaram no top 10, mas essas revelações estão rapidamente se tornando novos favoritos. Aqui está uma dica: são gêmeos!

O público foi à loucura e depois desapareceu.

— Eu preciso muito falar com vocês, mas temos pouco tempo — anunciou Odette, sem tirar a máscara como de costume. — Daqui a cinco minutos eu serei a entrevistada, em um outro programa. Estaremos ao vivo, comentando a abertura do andar. Os críticos vão querer minha cabeça por não te fazer perguntas sobre a tentativa de assassinato, mas a Borant disse que esse assunto é confidencial. E Mordecai reforçou esse fato várias vezes.

— Você fica, tipo, assistindo ele o dia inteiro? — perguntou Donut.

— Fico — afirmou Odette, como se fosse uma coisa perfeitamente normal de dizer. — O tanto quanto eu posso. Escutem, esse próximo andar será muito perigoso. — Ela olhou para mim. — Tenha cuidado com essa manopla. Ela tem o poder de invocar o deus da guerra Grull se usada contra um de seus devotos. Eles começarão a aparecer nesse andar, e o rei Ferrugem gastou uma boa quantidade de dinheiro em um patrocínio de deidade. O Império Caveira não costuma fazer esse investimento, então pode ser uma tentativa de atingir você. Não sei que deus eles patrocinaram, mas, se eu ainda fosse uma apostadora, colocaria minhas fichas em Grull.

— Esse deus pode nos atacar se eu não o invocar por acidente?

— É provável que não. Ao menos não nesse andar. Pergunte a Mordecai como funciona — disse Odette, fazendo uma pausa em seguida. — Ele tem muita experiência no assunto, infelizmente.

Lexis entrou na sala.

— Katia, querida, pode vir comigo, por favor? Preciso te mostrar o procedimento de retorno — pediu a assistente da produção. — Donut, você pode me ajudar, se quiser.

— Hmm, está bem — disse Katia, levantando e deixando a sala.

Donut parou e olhou de mim para Odette. Era óbvio que a apresentadora queria falar só comigo naquele momento. Fiz um gesto com a cabeça, indicando que era para ela ir. A gata pareceu prestes a se opor, mas então pensou melhor.

— Tchau, Odette — despediu-se Donut quando ela e Mongo seguiram Katia.

— Eu não sei qual é o tema do próximo andar — avisou Odette, observando eles irem embora —, mas, com base no que ouvi falar, exploradores com habilidades de Impulsão e Movimento terão uma grande vantagem, então mantenham Katia por perto enquanto puderem. Porém, eu pedi para que a tirassem da sala porque queria te fazer um aviso.

— Sobre a Katia? — estranhei. — Ela parece inofensiva, e o Mordecai gosta muito dela.

— Eu não acho que ela esteja por dentro do esquema. Não voluntariamente. Estou falando de Hekla. Ela não é má nem psicótica como Lucia Mar. Porém, é uma mulher muito prática e astuta. Ela não tem seu senso de justiça, o que a torna perigosa. Eu a assisti por um tempo, e ela está ficando obcecada com a ideia de ter Donut na equipe dela.

— Hekla parece legal, mas acho que não trabalharíamos bem juntos. Só consigo lidar com uma personalidade forte por vez, e Donut se encaixa muito bem nesse papel.

— Considerando as conversas que ela teve com o agora ex-guia dela, não acho que Hekla te quer na equipe. Ela te acha instável. Porém, ela soube sobre Mordecai graças à Katia, e como Mordecai é parte do pacote de Donut, ela quer Donut na equipe para ter acesso a um agente permanente.

— Não acho que Donut me deixaria assim — comentei, olhando para a porta.

— Eu também não acho. Não enquanto você estiver vivo.

Eu senti um arrepio subir pela espinha.

— Mas, novamente, eu não acho que Katia esteja por dentro do esquema. E vejo que ela gosta de você.

— Por que você está me falando isso, Odette?

Ela riu.

— Fico grata por você continuar seguindo meu primeiro conselho. Eu menti quando disse que estava pagando um valor exorbitante para ter vocês dois no programa. Quando comprei seus direitos de imagem ainda era muito cedo e vocês eram bem baratos. Paguei menos por uma temporada inteira de entrevistas do que um programa pagaria agora para ter vocês em um episódio. Se você morrer e Donut entrar para as Filhas de Brunilda, esse contrato será anulado. Vocês dois ainda são os convidados que me trazem a maior audiência. Para falar a verdade, achei aquela lista dos dez melhores pura besteira. Vocês deveriam ser número dois e três.

A lista do top 10 ainda flutuava no meio da sala. Eu a li novamente.

— Odette, o que são esses números depois de cada nome? Aquele milhão e o nosso cem mil?

— Aquilo é a recompensa — explicou ela. — É quanto outros exploradores ganham se conseguirem matar vocês. Eu tenho que ir. Seja cuidadoso lá fora. Vejo vocês depois do colapso do próximo andar.

Odette sumiu e me deixou sozinho, sentindo o ondular lento do mar.

— Merda — murmurei para a sala vazia.

MATERIAL BÔNUS DO LIVRO 2

NOS BASTIDORES DO CABARÉ ABACAXI

PARTE DOIS

"CORRA. CORRA, MEU AMOR. ESTOU LOGO ATRÁS DE VOCÊ."

Vovó Lhama abriu os olhos. O templo amarelo. Ela esteve sonhando com aquele lugar outra vez e as últimas palavras que o marido lhe dissera. Ele tinha sorrido para a tranquilizar, mas ela percebeu o tremor em seus lábios. Ele tinha sorrido, dito que estava logo atrás dela, e ela nunca mais o viu.

Vovó piscou, a desorientação a tomando por inteiro por um instante. Onde estava?

Ah, sim, ela se lembrou. Eles estavam nos "bastidores". Vovó Lhama se ergueu em suas quatro patas apesar do ranger e estalar dos ossos velhos. A bolsa de lava em sua garganta borbulhou feito um estômago revoltado.

O templo amarelo era só um sonho. Aquele lugar não era real. A outra lhama não era o marido dela de verdade, ela nem sequer o conhecia exceto pelo sonho.

As únicas outras lhamas que estavam com ela conversavam entre si ali perto. Ela suspirou ao olhar para o par de jovens soldados. Era assim que acabava? Todo o seu império reduzido a apenas aquilo?

Só ela e um par de lhamas malvadas, ambas idiotas.

— Não aguento mais. Vou tacar lava neles — resmungou Chá de Bago enquanto olhava para o bando dos goblins.

Vovó sabia que isso aconteceria. Havia dias desde que eles foram levados aos "bastidores", e ainda não tinham descoberto o que era aquele lugar estranho. A gangue, se é que dava para chamar três lhamas de gangue, estava ficando inquieta.

— Você não vai fazer coisa alguma — avisou Vovó, estalando o pescoço. — Não ainda. Teremos nossa vingança quando for a hora. Se você cuspir lava aqui, ainda mais uma pelota grande, vai fazer o carpete pegar fogo outra vez. E o que vamos fazer se isso acontecer? Com certeza acabaremos queimando também.

— Mas temos que fazer alguma coisa — disse Arturo Médio, que estava ao lado de Chá de Bago. — Eles roubaram o nosso estoque e tão torrando tudo na nossa frente.

Ambos balançavam as caudas em uma sincronia raivosa.

Eles não estavam errados. Havia uma nuvem de fumaça constante ao redor do bando de goblins desde que eles chegaram. O fedor distinto do produto enchia a sala, apesar de ter diminuído durante aquele último dia.

Do outro lado, um dos goblins, o que tinha uma panela na cabeça, fez um gesto rude na direção deles.

— Vamos fazer algo, mas não ainda — disse Vovó, tentando esconder a frustração em sua voz. — Há três de nós e vinte e três deles, incluindo duas xamânicas e vários daqueles bombardos.

Ela estava tentando manter a compostura. Tinha que ser forte para seus soldados, mesmo que só tivesse dois deles. Os goblins assassinaram seu filho e se exibiam bem na sua frente. Eles roubaram o produto, mataram dezenas de lhamas, foram embora e depois voltaram só para matar o filho dela.

Eles arruinaram tudo.

Haveria um acerto de contas. Mesmo se aquela fosse a última coisa que Vovó fizesse, ela teria sua vingança. Mas eles tinham que ser inteligentes para a execução.

— A gente ganha deles — disse Chá de Bago.

— Não, não ganharíamos — discordou Vovó. — E, mesmo se pudéssemos, o que aconteceria depois? Se atacarmos os gobs assim, do nada, pode ser que todos os outros que estão aqui parem de confiar em nós. Se isso acontecer, o que faríamos? Você viu aqueles kobolds com os dingos? Eles nos fariam em pedacinhos. E eu nem sei o que aqueles cérebros voadores são. Não precisamos de novos inimigos. Sejam pacientes, vocês dois. Teremos nossa vingança.

De todos os grupos ali, claramente o das lhamas era o mais fraco, e o fato que aqueles dois imbecis não percebiam aquilo era assustador para ela. *A culpa é minha*, pensou Vovó, pesarosa. *Estivemos tão concentrados no plano que nós não nos empenhamos em fazer com que as lhamas não fossem completas idiotas.*

Arturo Médio cuspiu para o lado, e o carpete felpudo foi chamuscado. Ele estava marcado em vários lugares onde os cuspes cáusticos das lhamas fizeram buracos. Acima deles, o grande autômato mágico flutuante apitou furioso. Ele fazia aquilo toda vez que Arturo cuspia. As três lhamas olharam para a máquina voadora por um momento antes de Arturo voltar a falar com Vovó:

— Sem querer desrespeitar, Vó, mas cê não tá mais no comando. Cê se aposentou, e eles tão rindo de nós.

Vovó Lhama se imaginou derretendo a cara idiota de Arturo. Ela teria feito isso, se não houvesse apenas três deles. Por isso, respirou fundo e por um bom tempo. A bolsa de lava em sua garganta se revirou.

— Escute aqui, seu imbecil dos infernos. Eu *estou* no comando. Já expliquei para você não sei quantas vezes: meu filho era um laranja. Sou eu quem controlo a operação. Estive no controle durante esse tempo todo. Vocês sabem disso. Já sabiam antes mesmo de chegarem aqui.

— Mas se cê tá mesmo no comando, então por que eu tinha que seguir as ordens do Mandachuva, hein? E por que ele me dava o produto para vender? Por que eu tinha que pagar para ele no final do dia?

— O que é um "laranja"? — indagou Chá de Bago.

Ela apenas olhou para eles. Acima, o autômato voador fez um som estridente e zuniu na direção de um dingo perigo que estava se agachando, preparado para cagar no carpete. O disco voador tentou empurrar o bicho para a área designada dos banheiros, mas a criatura rosnou, tentou morder o disco e voltou a fazer cocô.

Já fazia mais de duas semanas que eles estavam ali. Todos os dias, novos grupos de seres surgiam, embora estivesse começando a desacelerar. Algumas daquelas criaturas eram assustadoramente fortes. Àquela altura, o primeiro andar da masmorra já teria entrado em colapso havia muito tempo, e Vovó suspeitava que dias suficientes haviam passado para a exploração ter chegado no terceiro andar. Era dali que os novos seres estavam vindo.

Havia menos deles, mas os que chegavam ali eram grandes, raivosos, fortes e muito, muito confusos. O mais recente, um estranho ogro grande e musculoso vestido no que parecia ser uma roupa de banho de bolinhas, não saíra do lugar em que tinha surgido. Ele só balançava para a frente e para trás, murmurando alguma coisa sobre minhocas e sorvete.

A sala era grande. Tão grande que Vovó contou quase mil passos de uma parede à outra. Apesar das centenas de monstros ali, ela ainda parecia vazia. As vozes ecoavam quando se falava alto. Havia um teto, mas ele era alto demais. Todos que vieram do primeiro andar sentiam pavor daquele ambiente aberto.

O que você quer? Foi o que a voz perguntou quando Vovó esteve em frente ao corpo de seu filho, assassinado sem razão pelos goblins. Aquilo não era parte do plano. Era para ele ficar vivo. Era para, um dia, ele estar mesmo no comando. Eles estavam construindo um império e fortificando para serem liberados para um andar mais profundo. Tinham um plano: não atacariam os exploradores a menos que fossem atacados primeiro. Assim, eles estariam seguros.

Mas eles não foram atacados por um explorador. Goblins. A porra de um bando de goblins assassinos viciados no produto.

Não havia portas na sala. Nenhuma saída. Era uma câmara retangular imensa com paredes de metal e um carpete grosso que tinha cheiro de novo. Vovó só sabia o que era um "carpete" por causa dos sonhos. O templo amarelo. Ela andava sonhando muito com aquele lugar ultimamente. No sonho, ela era uma guarda. Ela e o marido. O templo amarelo tinha cheiro de lírio e carpete novo e macio. Havia uma jovem menina elfa no templo, e ela escovava o pelo de Vovó.

Por volta de quinze robôs redondos flutuavam pela sala. A maioria deles passava o tempo apitando raivosa para quem fizesse alguma porcaria fora da área demarcada, e ele desciam para limpar se fosse algo que desse para arrumar. Acontece que eles não podiam consertar o carpete, mas apitavam raivosos mesmo assim.

Duas vezes ao dia, os robôs jogavam biscoitos alimentícios e cantis de água perto de todos os grupos. Certa vez, um dos ratos brutamontes tentara segurar um autômato e ele tinha sido eletrocutado assim que tocou no objeto voador. Aquilo não o matou, mas fez o pelo de seus braços cair. O rato musculoso não esteve bom da cabeça desde então. Mesmo dias depois, ele andava de um lado ao outro, às vezes dando tapas no próprio rosto. Ninguém ousou mexer com os robôs depois daquilo.

Os grupos continuaram segregados, construindo pequenos acampamentos e territórios na sala mal iluminada. Ali havia os goblins, os kobolds com seus dingos, o povo rato, aqueles cérebros com tentáculos, os bandidos da bosta, os bodes gélidos e tantos outros. A maioria se encontrava em bandos de três a quatro integrantes. Os goblins eram, de longe, o maior grupo.

Naqueles últimos dias, os seres começaram a surgir sozinhos. Havia um ogro, uma súcubo e um minotauro.

Ninguém havia brigado ainda, mas Vovó sabia que aquilo era questão de tempo. Os ratos e os cérebros não gostavam uns dos outros. Além disso, estava claro que a súcubo e o minotauro se conheciam e odiavam um ao outro. Os bandidos com cabeça de guaxinim matariam a todos eles, se tivessem a chance, e pior de tudo era que havia uma maga na equipe deles. Uma princesa do lixo. Aqueles eram conhecidos por serem perigosos e insanos.

Vovó percebeu que todos se tratavam de criaturas "inteligentes". Todos, com exceção dos dingos, podiam falar. Mesmo assim, os grupos não se comunicavam. Todos demarcavam seus cantinhos no carpete e ficavam por ali, de mau humor, esperando alguma coisa acontecer.

Essa reação, percebeu Vovó, era a que foram treinados para ter. Era o que acontecia na masmorra quando as coisas ocorriam normalmente. Ao menos era o que ocorria no primeiro andar e, até onde ela sabia, no segundo também. Vovó sabia que algo mudava no terceiro andar e que muitos daqueles seres não sabiam que eles estavam em uma masmorra. Por isso toda aquela confusão dos novatos.

— Mas aquela ali até que é sexy — murmurou Arturo Médio.

Vovó piscou, voltando a atenção para os dois soldados, que ainda olhavam para os goblins. A língua comprida pendia da boca de Arturo enquanto ele lambia o focinho e o interior do nariz. Ele soltou um gemido estranho e terrível enquanto secava uma das goblins xamânicas.

Vovó Lhama estremeceu. Ela se xingou pela enésima vez, pensando que, de todas as lhamas com quem ela poderia ter acabado presa ali, tinha que ter sido com aqueles dois imbecis. A *maioria* das lhamas era de idiotas, mas aqueles dois chegavam a outro nível.

— *Muito* sexy — continuou Arturo, sussurrando as palavras como se tentasse parecer sedutor. — Depois de a gente matar todos eles, talvez eu chame ela para sair.

— E como cê vai sair com ela morta? Cê acha tudo sexy — murmurou Chá de Bago.

— Eu não te acho sexy. Não acho a Vovó sexy — reclamou o outro, observando a lhama idosa de cima a baixo. — Bom, ela não é mais tão sexy. Mas não tá fora de questão. Eu gosto de carne maturada, saca?

Ah, que se dane, pensou Vovó enquanto começou a invocar seu feitiço de Coice.

E foi então que a luz da sala foi acesa. Todos pararam o que estavam fazendo e olharam para cima. Antes, a sala estava na penumbra. Naquele momento, a luz era tão forte que podia se ver tudo de parede a parede. O carpete brilhou naquela luminosidade, pontilhado de centenas de manchas causadas por todos ali. Toda a falação e os resmungos pararam naquele instante.

Uma notificação surgiu, a primeira desde que eles haviam chegado:

O terceiro andar foi concluído. Por favor, aguardem.

Um dos discos voadores desceu e flutuou na frente de Vovó. E apitou.

— Vovó Lhama. Siga-me, por favor. Todos os outros, esperem até ela retornar.

Eles se entreolharam. Aquelas coisas de metal nunca falaram antes, e a voz era estranha. Masculina e metálica. Era parecida com a dos administradores da masmorra, mas de alguma forma diferente, mais formal.

— Vão se foder — falou Chá de Bago depois de uns instantes. — Se cês querem uma vó, vão ter que achar outra. Essa é a nossa vó. Ela é mãe do Mandachuva. Aonde ela for, a gente vai também.

Do outro lado, um robô flutuava na frente de uma das goblins xamânicas. A outra goblin gritava, provavelmente se opondo de alguma forma. Vovó olhou pela sala, e a mesma cena ocorria em alguns, mas não todos, dos outros grupos.

— Chá de Bago — chamou Vovó —, deixe-me ir. Fique aqui e não ponha fogo em nada.

Vovó seguiu o robô até a parede da sala gigante. Ela podia sentir os olhos dos não escolhidos nela e na procissão dos outros. De repente, sentiu a necessidade de estufar o peito e caminhar com orgulho. *Mostre a eles quem você é.* Ela passou pela mulher súcubo de pele vermelha, que a encarou feio de seu canto no carpete. Vovó piscou para a demônia.

Uma grande porta apareceu por meio de magia quando eles se aproximaram da parede e, hesitante, ela trotou sozinha para dentro, o robô permaneceu na sala.

Aquela era outra câmara, menor e de teto bem mais baixo. O chão ali era azulejo ao invés de carpete, o que fazia o som dos cascos dela ecoar. Aquele era o único ruído na sala, bem, era até que os outros chegaram atrás dela. As paredes eram feitas do mesmo metal que a outra sala, e a luz era suave. O ar cheirava mais limpo, também. Era o ar mais fresco que ela já havia respirado na vida.

Isto não é bem verdade, não é?, pensou Vovó lembrando outra vez do templo amarelo de seu sonho. Da janela que dava para o grande céu aberto. Da menina elfa com a escova e as palavras gentis. Do próprio marido, cujo nome ela nem conseguia lembrar.

Havia dez deles naquela sala. Além dela própria, estava a xamânica coberta de piercings, um dos ratos brutamontes, a princesa do pixo maga, um dos cérebros flutuantes e mais uns outros. Ninguém falava. Todos olhavam uns para os outros, nervosos.

A goblin se abraçava enquanto se mantinha nos fundos da sala, tremendo.

Vovó a examinou e percebeu que a pequena criatura já estava sofrendo de abstinência. Ela se encontrava em um estágio inicial, mas os sinais eram claros. A lhama estava esperando por aquilo. Ela não queria atacar os goblins enquanto eles viajavam no produto, só dali a mais um dia, quando todos estivessem nas garras da abstinência...

— Muito bem pessoal, se aproximem — chamou uma nova voz na sala.

Vovó se virou para a frente, na direção da criatura que acabara de aparecer. A lhama ficou boquiaberta e deu um passo à frente.

Era ela.

A menina dos sonhos dela. A elfa que escovava seu pelo e a cobria de lacinhos.

Não. Depois de um momento Vovó se encheu de decepção, pois aquela se tratava de uma jovem elfa, mas não a mesma. Só era parecida.

O homem-rato foi o primeiro a falar. Ele era um dos brutamontes e segurava uma lança que brandia cheio de ameaças para a elfa.

— Onde a gente tá, cacete? Tão segurando a gente aqui um puta tempo sem explicar nada. Nada de nada. E as máquinas de comida idiotas só dão porcaria pra gente comer. Elas queimaram o pelo todo do Jimmy James, e ele não foi mais o mesmo depois daquilo.

Um dos cérebros flutuantes balançou seus tentáculos, entretido. Ele disse, com uma voz cantarolada:

— Ah, tenho que dizer, o Jimmy James ficou muito melhor assim.

A coisa não tinha uma boca que Vovó pudesse enxergar.

O homem-rato se virou para o cérebro e rosnou:

— Eu vô arrancar esses seus fios molengas e usar eles pra tocar a siririca da sua mãe!

— Me desculpe, mas o quê? — perguntou o cérebro.

— Isso é o que a sua mãe disse! — retrucou o homem-rato.

— Hein? Isso nem faz sentido!

Balançando a lança, o rato deu um passo em direção do cérebro flutuante, que respondeu subindo até o teto e abrindo os tentáculos, de repente parecendo com uma flor imensa. O rato largou a lança, levou as mãos à cabeça e começou a gritar.

Vovó sentiu a pressão vinda do ataque psiônico em seu próprio cérebro, mas a ignorou. Por sorte, o ataque foi direcionado apenas no homem-rato, que havia caído de joelhos.

— Ah, deuses, ah, deuses, isso dói! — gritou o rato.

— Viu só, isso foi o que a *sua* mãe disse — disse o cérebro, com um toque triunfante na voz desencarnada. — É assim que se usa esse insulto, seu monte de pus sifilítico podre.

— Pessoal — chamou a menina —, parem, por favor, e prestem atenção.

O rato gritou outra vez enquanto resistia à dor do ataque. Ele pegou a lança, virou para o cérebro no teto e ergueu o braço, mirando para a atirar.

— Eita — disse o cérebro. — Escuta, Larry, vamos resolver isso na conver...

A lança voou bem na mira, mas, quando ia acertar o cérebro, ela explodiu em um monte de insetos. Mariposas. Elas voaram pela sala e se acomodaram no teto.

— Minha nossa — murmurou o cérebro. — Isso foi inesperado.

— O que você fez com o meu espeto bom? — exigiu o rato, balançando o punho. — Você vai pagar por isso, Nigel.

Os tentáculos do cérebro pararam de balançar e ficaram pendurados, molengas.

— Está claro que não fui eu quem fez isso, Larry. Isso aí foi magia druídica.

— Todos vocês, calem a boca — comandou a elfa, deixando a educação de lado sem querer. — Juro à Nekhebit que, se vocês não se acalmarem, vou transformar a todos em montes de escaravelhos do esterco, e vamos começar de novo com um novo grupo de monstros.

— Vocês... Vocês todos já tem nomes? — perguntou a goblin com uma voz assustada e trêmula.

— Claro que eu tenho nome — respondeu Larry, o rato. — Por que eu não teria? Pera...

Ele não continuou a sentença.

A pergunta surpreendeu Vovó Lhama, que parou um minuto para pensar. Ela *tinha* um nome? Ela era a Vovó Lhama. O filho era o Mandachuva.

Mas, ainda assim... Aqueles não eram seus nomes. Eram títulos. Bem, Vovó Lhama se tratava de um título, e Mandachuva também. Mas Chá de Bago e Arturo Médio *eram* nomes. Nomes idiotas, mas ainda assim, nomes. Por que *eles* tinham nomes e ela, não?

Você tem um nome. Sempre teve um nome. A elfa, ela te chamava de sra. Bonita, e seu marido de sr. Charmoso. Mas sra. Bonita era só um apelido, não? E aquele não foi o único nome que ela já tinha tido.

Em um repentino surto de clareza, ela se lembrou de tudo de uma vez só. Era como se tivesse levado um chute no pescoço, e Vovó arfou conforme as lembranças a sobrecarregavam. Tudo veio tão rápido, com tamanha violência. Normalmente, ela sequer tinha um nome ou um título, mas, quando tinha, era sempre algo diferente. Foi só nas últimas dez temporadas, mais ou menos, que ela se tornara a Vovó Lhama. E as drogas... os palitos de pisca. A metanfetamina de qualidade duvidosa. Toda a estrutura do laboratório.

Aquilo era novo. Bem, parte daquilo era novo. Já fazia várias temporadas que eles fabricavam e vendiam drogas, mas a metanfetamina era a novidade daquela exploração.

O quê? O quê?

Ela sentiu que iria desmaiar.

Quem sou eu? *Quem sou eu?*

Ela não era a única tendo uma espécie de epifania. De repente, todos haviam ficado muito quietos. Até mesmo Larry, o homem-rato, tinha uma expressão estranha em seu rosto. O cérebro chamado Nigel descera ao chão e estava pulsando no lugar.

— Ah, ótimo — disse a elfa, olhando ao seu redor. — Obrigada, Rory. Foi mais fácil do que eu achei que seria. Você me poupou de muito trabalho. Pessoal, aguentem aí, a sensação de desorientação vai sumir em um ou dois minutos.

Vovó sempre soubera que ela era um ser que fora "feito" pela masmorra. Compreendia onde estavam e qual o propósito de sua existência. Porém, não imaginava que quem ela era e as próprias lembranças também estavam sendo alteradas. Isso era o que faziam com os seres do terceiro andar para baixo, não os do primeiro e segundo.

Ela pensou em seu filho. O Mandachuva. Nem *todos* foram feitos pela masmorra. Ele tinha nascido ali, e ela lembrava de o dar à luz. Ainda assim... Ela se sentiu enjoada outra vez. Quando ela havia ficado grávida? Quem era o pai? Era o marido dela, aquele do templo amarelo? Não, não podia ser. A ordem cronológica não batia. Seu filho... ele nasceu, a temporada mudou, e de repente ele era um adulto. Foi quando decidiram o fazer de laranja enquanto ela continuava no comando. Era parte do plano. Ela lembrava de ter tido a ideia, mas então aquela lembrança evaporou. O plano *não* fora ideia dela. Simplesmente já estava ali quando ele apareceu.

A mente dela continuou a girar. As revelações a acertavam uma após a outra feito uma rajada de flechas.

O templo amarelo não era um sonho. Ah, deuses. Aquelas eram lembranças reais. Ela havia sido uma guarda em uma sala de "bênçãos", certa vez. Ela vivera segura, e os exploradores sempre ficavam felizes ao encontrá-los. O marido dela era real, e eles amavam um ao outro. Até que... até... Ela conseguiu lembrar. Um explorador. Sua raça era chamada de bune. Ele era um lagartinho voador. Aquele explorador tinha matado a menina elfa quando ela tentara impedi-lo de roubar toda a água da fonte das bênçãos. O marido tinha enfrentado o explorador e falado para Vovó fugir. Ela tinha que fugir. Depois disso, ela passara os dias subsequentes andando sem direção e chorando, sem saber o que faria. E então, quando a próxima masmorra começou, ela havia mudado. O marido dela se fora.

Naquele momento, Vovó percebeu que aquilo acontecia muito. As coisas continuavam as mesmas até que um explorador vinha arruinar tudo, e aí tudo mudava. Se alguém morria, a criatura sumia para sempre, mas às vezes surgiam novos seres para repor os perdidos. Era tudo tão confuso. Não fazia sentido.

Ao lado dela, um pequeno lagarto com uma língua comprida estava de quatro, vomitando no chão. Um dos robôs apareceu do nada e fez um som estridente.

A elfa assistia a tudo aquilo com um sorriso estranho no rosto. Ela fez um gesto com a mão e uma cadeira apareceu na sala, feita de vinhas que cresceram do piso. A elfa se sentou nela, cruzou as pernas e se inclinou para a frente.

— Isso pelo que vocês estão passando se chama "violação de lembrança". Normalmente, há proteções para evitar que isso aconteça, mas elas degradam com o passar do tempo. A comida e a água que foram dadas a vocês agilizaram esse processo. Ia estourar a bolha eu mesma, mas Rory fez isso por mim. Quando isso ocorre, o procedimento padrão é matar vocês e jogar seus corpos na recicladora. Mas é óbvio que não é isso que vai acontecer aqui. Precisamos de seus cérebros completamente funcionais para cumprir nossa tarefa.

— Você não é uma administradora da masmorra. Quem é você? Que lugar é este? — questionou a princesa do lixo, cuspindo as palavras enquanto ofegava.

— Pensem em mim como uma guia de jogo, mas não de exploradores, e sim para monstros como vocês. Eu ajudarei vocês a se acostumarem e os guiarei pelo treino para subir de nível daqui em diante. Meu nome é Menerva, e vocês são os meus dez Generais de Mestre da Masmorra.

Treinar e subir de nível?, pensou Vovó. *Generais de Mestre da Masmorra?*

— Está bem, mas onde é *aqui*? — perguntou a princesa guaxinim.

A elfa mostrou os dentes em um sorriso e estendeu os braços.

— Estamos nos bastidores do Cabaré Abacaxi.

Todos apenas olharam para a elfa.

— E que porra é essa? — perguntou Larry, finalmente.

O sorriso não deixou os lábios de Menerva.

— Meus amigos, essa é a sua salvação. A área dos bastidores é o décimo sétimo andar da masmorra, o último antes da sala do grande chefão, logo abaixo.

A goblin, seu nome era Rory, deu um passo em frente.

— O... décimo sétimo andar? Vamos pular todos os outros? Como? Como isso é possível? Por que a gente?

— Muito bem, quero que todos prestem atenção — pediu Menerva ao se inclinar ainda mais em sua cadeira. — Estamos nos bastidores neste momento. Isso significa que nos encontramos em um lugar em que os exploradores não podem entrar. Estamos sob a influência da IA do sistema, mas este não é um andar da masmorra. Vocês ainda não têm as interfaces apropriadas, mas isso vai mudar em um arrimo.

— IA? O que é isso? — perguntou Larry.

— É o deus — respondeu a princesa do lixo. — O deus que cria as palavras mágicas.

— Esses são os administradores da masmorra, sua idiota — ralhou Larry. — Os intocáveis. Tipo o Damien e aqueles homens-peixe.

A guaxinim parecia estar prestes a se atirar sobre o rato, mas Menerva ergueu a mão.

— Com o tempo, será tudo esclarecido. Apenas escutem, e vocês poderão fazer perguntas depois. Se ainda não sabem, a masmorra tem dezoito andares. Neste momento os exploradores acabaram de terminar o terceiro, e o quarto está prestes a abrir. Como regra, os organizadores da temporada têm que planejar cada andar antes do programa começar. Seis deles já são predeterminados por tradição. Esses são os andares três, seis, nove, doze, quinze e dezoito. — A elfa contou erguendo os dedos. — Mas acontece que, até hoje, apenas um explorador conseguiu passar do décimo segundo andar. Como resultado, tivemos muitas, muitas temporadas em que os andares do décimo terceiro ao décimo sétimo nunca foram vistos pelos espectadores.

— Espectadores? — perguntou Vovó.

Ela deixou a pergunta escapar, e Menerva a ignorou.

— E é aqui onde vocês se encaixam. Como esses andares nunca foram utilizados, todos os organizadores apenas reenviam os mesmos planos da temporada anterior. Como resultado, esses andares não mudam há muito, muito tempo. E, francamente, eu não acredito que os organizadores atuais saibam o que tem nesses andares. Ninguém mais examina os planos.

— Por que eles não diminuem o número de andares, então? — perguntou Nigel, o cérebro, que continuava pulsando no chão.

— É provável que alguém com mais capacidade de planejamento fosse necessário para fazer isso dar certo — murmurou Menerva. — Enfim, *este* andar, o décimo sétimo, é o último teste pelo qual os exploradores têm que passar antes de encararem o grandioso Scolopendra. No décimo sétimo eles lutarão contra monstros de todos os andares anteriores, mas em ordem reversa de força. Assim, vocês do primeiro andar serão os mais fortes. Mas não podemos só dar a vocês superforça e muitos níveis. Vocês serão lentamente treinados para que não acabem se matando por acidente. Enquanto o andar em si... ele será todo contido neste espaço.

— O andar é aqui? — perguntou Nigel. — Aqui nesse galpão vazio com o chão felpudo?

— Isso mesmo.

— Bom, isso não é muito empolgante, né?

Menerva sorriu e estalou os dedos. Uma coluna de alguma coisa (talvez gelo?) começou a crescer do chão sob Nigel, erguendo-o no ar. O cérebro deu um gritinho e flutuou para longe.

— Assim que eu puder confiar que vocês não vão matar uns aos outros, todos os dez ganharão o poder de construir qualquer coisa que quiserem. Sua tarefa será construir uma minimasmorra, um espelho do primeiro andar, para testar os exploradores. A única regra é que tem de haver um caminho claro da entrada para as duas escadas que levam ao décimo oitavo. O que vocês construírem ao redor desses caminhos é com vocês. Eu os ajudarei, mas vocês vão construir o andar inteiro por conta própria enquanto treinam. Vocês têm todo o tempo até o término do décimo sexto andar para construir e projetar essa sala.

— Mas você disse que os exploradores nunca passam do décimo terceiro... — comentou a princesa do lixo.

— Exato. E geralmente tudo termina no décimo. Às vezes até no nono.

— Então qual é o sentido disso? — resmungou o guaxinim. — Se ninguém vai chegar aqui, por que temos que fazer a masmorra?

Menerva mostrou os dentes em um sorriso.

— Há muito tempo, alguém achou que seria uma boa ideia programar esse penúltimo andar para se autoconstruir. Todos vocês foram resgatados pela IA pouco antes de serem reciclados. Vocês foram salvos, e seu dever é construir este andar com o melhor de suas habilidades mesmo que ninguém venha a ver ele. Tem que ser feito porque a IA diz que é para ser feito.

— Bom, eu tenho uma pergunta — disse Vovó. — Se esse suposto andar existe todas as temporadas, e os exploradores nunca chegam até ele, então onde estão todos os monstros das temporadas anteriores? O que acontece com eles quando a temporada termina? Para onde vão?

— Ora, vão todos para o cabaré. Estamos nos bastidores, mas, assim que vocês acabarem esse dever, poderão se juntar aos outros em um lugar maravilhoso. Um lugar de segurança eterna, sem exploradores ou perigo. Vocês irão para o Cabaré Abacaxi.

— Sério? Promete mesmo? — indagou Rory, a goblin, que veio dos fundos da sala para ficar bem na frente de Menerva. Ela caiu de joelhos em frente à elfa. — Estaremos seguros para sempre?

— Para todo o sempre — garantiu Menerva, estendendo a mão sobre Rory como uma sacerdote dando a bênção.

Rory começou a chorar alto.

O sorriso de Menerva ficou ainda maior, mas Vovó viu. O tremor. Era o mesmo sorriso, o mesmo tremor que esteve nos lábios de seu marido. "Estou logo atrás de você."

Vovó se encheu de uma profunda e terrível sensação de alarme.

Este livro foi impresso pela Lisgráfica, em 2025, para a HarperCollins Brasil.
O papel do miolo é Pólen Natural 70g/m² e o da capa é Cartão 250g/m².